时习文库

诗经

王延海 译注

齊魯書社
·济南·

图书在版编目（CIP）数据

诗经 / 王延海译注. -- 济南 : 齐鲁书社, 2025.
3. -- ISBN 978-7-5333-5124-3

Ⅰ. I222.2

中国国家版本馆CIP数据核字第2025E77Z48号

出 品 人：王　路
项目统筹：张　丽
责任编辑：王江源
装帧设计：亓旭欣

诗经
SHIJING
王延海　译注

主管单位	山东出版传媒股份有限公司
出版发行	齊魯書社
社　　址	济南市市中区舜耕路517号
邮　　编	250003
网　　址	www.qlss.cn
电子邮箱	qilupress@126.com
营销中心	（0531）82098521　82098519　82098517
印　　刷	山东华立印务有限公司
开　　本	710mm × 1000mm　1/16
印　　张	36
插　　页	2
字　　数	303千
版　　次	2025年3月第1版
印　　次	2025年3月第1次印刷
标准书号	ISBN 978-7-5333-5124-3
定　　价	105.00元

《时习文库》
专家委员会

《时习文库》出版委员会

出版说明

文化乃国本所系，国运所依；文化兴盛则国家昌盛，民族强大。在源远流长的中华文化长河中，经典古籍宛如熠熠星辰，承载着先辈们的智慧、思想与情感，是中华民族精神内核的深厚积淀。

2017 年以来，中共中央办公厅、国务院办公厅相继出台《关于实施中华优秀传统文化传承发展工程的意见》及《关于推进新时代古籍工作的意见》等重要文件，有力推动了大众对中华优秀传统文化的关注与重视，古籍事业亦借此良好契机，迎来了前所未有的跨越发展，步入了一个崭新的黄金时代。齐鲁书社作为文化传承的重要阵地，始终秉持对中华优秀传统文化的敬畏之心，肩负守正创新之使命，积建社四十余年之精华，汇国内学界群贤之伟力，隆重推出中华经典名著普及丛书——《时习文库》。

“学而时习之，不亦说乎？”文库之名，正是源自《论语》的这句经典语录。“时习”不仅是对知识的反复学习与实践，更是一种对中华优秀传统文化持续探索、深入理解的态度。文库共分为文化类和文学类两大辑，囊括了经史子集、诗词歌赋、戏曲小说等诸多经典，旨在为读者搭建一座通往中国古代文化瑰宝的坚实桥梁。文库的编纂宗旨在于，引导读者在阅读经典著作的过程中，将学习与思考深度融合，不断从古人的智慧海洋中汲取营养，从而得到心灵的润泽与智慧的启迪。通过对经史子集、诗词歌赋、戏曲小说等多元内容的系统整理与精良审校，让中华古籍真正成为可亲、可读、可传的“活的文化”。

为了确保文库的品质，我们除升级广受好评的原有经典版本作为开发基础外，亦精选其他优质底本，以确保版本选择的卓越性；文库会聚文史学界权威，如高亨、陆侃如、王仲荦、来新夏等学界大家，群贤毕至，各方咸集；文库延聘名家成立专家委员会，严格把控丛书质量，确保学术水准；文库针对不同层次读者，精心设计文化类与文学类品种：前者左原文右译文下注释，后者文中加简注评析，实用性强；文库采用纸面布脊精装，正文小四号字，双色印刷，装帧精美，版面舒朗，典雅大方，方便易读。

在习近平文化思想指导下，《时习文库》的出版是对中华优秀传统文化“两创”“两个结合”的一次重要尝试。我们希望通过这套文库，让更多的人了解和喜爱中国古代典籍，让中华优秀传统文化在新时代焕发出新的生机与活力。同时，我们也期待广大读者在阅读文库的过程中，能够与古圣先贤进行跨越时空的对话，汲取智慧，启迪心灵，不断提升自我的文化素养和精神境界。让我们一起在经典的海洋中遨游，感受中华文化的博大精深，共同书写中华优秀传统文化传承与发展的新篇章。

齐鲁书社

2025 年 3 月

前　言

中国素以“诗国”著称于世，在其琳琅满目、争奇斗艳的诗苑中，《诗经》是最先盛开的一朵奇葩。《诗经》是中国第一部诗歌总集，它的出现标志着中国诗歌的发展进入了全新的鼎盛时期。无论就《诗经》内容的深广而言，抑或视其诗艺的水准而论，其都达到了空前的高度，甚至令后人“不可及也”（王夫之《诗绎》）。所以明朝的陈第在其《读诗拙言》中高度赞美《诗经》说：“《诗》虽三百篇，然牢笼天地，囊括古今，原本物情，讽切治体，总统理性，阐扬道真，廓乎广大，靡不备矣！美乎精微，靡不贯矣！”《诗经》在中国文学史上有崇高的地位，为中国文学赢得了巨大的世界声誉。

一、《诗经》的基本知识

第一，《诗经》的名称。

在先秦时期，《诗经》只称《诗》，或称《诗三百》。《论语·泰伯》曰：“子曰：‘兴于《诗》，立于礼，成于乐。’”《孟子》《墨子》《荀子》等书也这样称呼《诗经》。虽然孔丘、荀况偶称《诗》为“经”（见《庄子·天运》《荀子·劝学》），但是《诗经》之名并未在先秦通行。到了汉代，统治者崇尚儒学，遂把《诗》称为《诗经》（《史记·儒林列传》），并沿用至今。当然此后也不乏称《诗经》为《诗》《诗三百》者，也有简称《三百》《三百篇》者，甚至尚有以《风》代称《诗经》者，但以《诗经》为通用之名。

第二，《诗经》产生的年代。

据王国维《观堂集林·周大武乐章考》，《诗经·周颂》中的《我将》《武》《赉》《般》《酌》《桓》六首诗为周武王克商时的庆功之歌。今人多从之，认为这是《诗经》中最早的诗，当产生于周初，即公元前 11 世纪中叶。《诗经·陈风·株林》描写陈灵公君臣与夏姬淫乱的丑恶行径，《左传·宣公九年》《史记·陈杞世家》皆载其事；灵公被杀在公元前 599 年，今人多以为《株林》为《诗经》中最晚之作，当产生于公元前 6 世纪中叶。由此可见，《诗经》收录的诗作大约产生于西周初年至春秋中叶。

第三，《诗经》的篇数与题目。

今所传的《诗经》篇目共 311 首，即《国风》160 首，《小雅》80 首，《大雅》31 首，《周颂》31 首，《鲁颂》4 首，《商颂》5 首。但是《小雅》中的《南陔》《白华》《华黍》《由庚》《崇丘》《由仪》，实际上有目无诗，被称为“笙诗”，故《诗经》实有 305 首诗。

这些诗篇的命名，没有严格规律，因为“古之人于诗多不命题，而篇名往往无义例”（欧阳修《诗本义》）。就《诗经》篇名来看，一般皆取每首诗首句中的一字、二字或全句来命名。取一字者如《氓》《丰》《还》《著》《绵》《板》《荡》《抑》等；取二字者如《关雎》《卷耳》《鹿鸣》《公刘》《清庙》《閟宫》《玄鸟》等；取全句者如《麟之趾》《皇皇者华》《文王有声》《维天之命》等。也有取诗中不相关联的两字为题者，如《召旻》诗，“首章称‘旻天’，卒章称‘召公’，故谓之《召旻》，以别《小旻》也”（朱熹

《诗集传》)。《韩奕》也如此。还有不从诗句中取字为名，而另加篇名者，如《雨无正》《酌》《般》《赉》等。也有以官名或诗的内容来命名的，如《巷伯》《巧言》等。还有在篇首加“小”“大”来区别《小雅》《大雅》者，如《小旻》《小宛》《小弁》《小明》等，皆明其为《小雅》之诗；而《大明》则明其为《大雅》之诗，所谓“盖对《小雅》有《小明》篇而言”（马瑞辰《毛诗传笺通释》)。值得注意的是，《诗经》中有些重名诗，如《邶风》《鄘风》皆有《柏舟》；《邶风》《小雅》皆有《谷风》；《郑风》有《叔于田》和《大叔于田》；《王风》《郑风》《唐风》皆有《扬之水》；《郑风》《唐风》《桧风》皆有《羔裘》；《齐风》《小雅》皆有《甫田》；《唐风》有《杕杜》《有杕之杜》，而《小雅》有《杕杜》；《唐风》《秦风》皆有《无衣》。

第四，《诗经》的作者。

《诗经》基本上是集体的作品，特别是《国风》部分。因此，作者的名字难以指出。在305首诗中，只有几首诗中提到了作者的名字，即家父作《节南山》、寺人孟子作《巷伯》、尹吉甫作《崧高》《烝民》、奚斯作《閟宫》等。另外，《毛诗序》《左传》等书指出《载驰》为许穆夫人作，《桑柔》为芮良夫作，这些说法有史料为证，是可信的。又《毛诗序》《左传》《诗集传》等书中还提到另外一些所谓《诗经》的作者，如孔丘、卫武公、周公、召康公、召穆公、凡伯等，皆是“未有据”（朱熹《诗集传》)的说法，都不可信，只能参考而已。

第五，《诗经》的编辑和流传。

人们谈到《诗经》的篇数，往往要提到孔子删《诗》的事。司马迁在《史记·孔子世家》中说：“古者《诗》三千余篇，及至孔子，去其重，取可施于礼义……三百五篇，孔子皆弦歌之。”后来的欧阳修和郑樵、王应麟、马端临等皆信之。实际上，这种孔子删《诗》的说法显然不可信。因为《左传·襄公二十九年》明确记载吴国季札去鲁国观乐的史实。鲁国为季札所奏之乐，其《风》《雅》《颂》的体制和篇目顺序，与今所传《诗经》的体制和篇目顺序基本相同，而当时孔丘不足10岁，不可能进行删《诗》工作。这说明在孔子出生前，今所传《诗经》已基本定型。孔丘可能作过“正乐”的工作，这在《论语》里有记载。唐代学者孔颖达首疑《史记》之说，其后朱熹、叶适、崔述、魏源等皆证此说，当从之。

那么《诗经》是怎样编辑成书的呢？据《礼记·王制》《汉书·食货志》《汉书·艺文志》及《国语·周语》《国语·楚语》《国语·晋语》等书的记载，中国古代确有采诗、献诗、陈诗的制度。这种制度使民间流传的诗歌、各级官吏的诗作，最后都集中到王朝音乐长官太师那里，并由太师等编选整理，逐步辑成《诗经》一书。辑成《诗经》的最后时间大约在公元前6世纪中叶。

《诗经》有了定本之后得以广泛流传，其首先成为贵族子弟的教科书，同时成为各国士大夫朝聘会盟、宴饮欢聚、外交问答时的必备之书，也成为文人著书立说的必引之书。所以，《诗经》虽经秦火焚烧的厄运，但是到了汉代仍然被完好地保留下来，成为先秦流传下来的最可靠的典籍之一，并被广泛传授。

第六，《诗经》的分类。

《诗经》的分类是个有争议的复杂问题。宋人程大昌《诗论》以为“《南》《雅》《颂》为乐诗，诸国为徒诗（不入乐）”。朱熹《诗集传》、顾炎武《日知录》等书皆谓《诗经》有入乐和不入乐之别。但是，古人多说《诗》皆入乐，早者如《墨子·公孟》即说："诵《诗三百》，弦《诗三百》，歌《诗三百》，舞《诗三百》。"司马迁《史记·孔子世家》也说："三百五篇，孔子皆弦歌之。"清儒马瑞辰《毛诗传笺通释·诗入乐说》、俞正燮《癸巳存稿·诗入乐》、皮锡瑞《经学通论·论诗无不入乐史汉与左氏传可证》及今人顾颉刚《论〈诗经〉所录全为乐歌》、张西堂《〈诗经〉六论·〈诗经〉是中国古代的乐歌总集》等，皆主《诗经》之诗全部入乐说，这已成定论，为今人接受。

对于《诗经》的分类，自古至今有四分法，即南、风、雅、颂四类。程大昌始言"南"为《诗》之一类，苏辙也说《诗》有南、风、雅、颂四类。郭沫若释"南"为"铃"，可信。"南"既为乐器，则从乐器"南"演化来的乐调仍可视为地方乐调，大可不必另立"南"为一类。《诗经》分类当以风、雅、颂三类为是。

第七，《诗序》的问题。

《毛诗》在长期流传、后世学者研究过程中，逐渐形成了各篇的序言，并被记录在每首诗的首句之前，被称为《诗序》或《毛诗序》，以别于《三家诗》之序。关于《诗序》的作者，有二十多种说法，这里仅取几种有代表性的说法：或以为子夏作《大序》，毛公、子夏合作《小序》；或以为子夏一人所作；或以为"村野妄人"所作；或以为孔子、毛公所作。其中《后汉书·儒林列传》记载卫宏"从曼卿受学，因作《毛诗序》，善得《风》《雅》之旨，于今传于世"的说法，是比较可信的。《诗序》向有大、小之别，汉人与宋人说法不一。《关雎》之前有一长篇序文，除解释《关雎》题旨，尚有概述全部《诗经》之义的一段文字，宋人称为《诗大序》。《诗经》第二篇（《葛覃》）以后，每首诗之前有一小段题解式的序文，宋人称为《小序》。今人多信宋人之说。《毛诗序》有其可取之处，却存在着穿凿附会的严重毛病，往往歪曲诗旨。对于今人来说，《毛诗序》多不可取。

第八，四始、六义与“变《风》变《雅》”。

前人研究《诗经》，向有四始、六义和《风》《雅》正变之说。“四始”之说不同，《史记·孔子世家》以为《关雎》是《风》之始，《鹿鸣》是《小雅》之始，《文王》是《大雅》之始，《清庙》是《颂》之始。这种说法较普遍，只有《齐诗》有异说：《大明》为水始，《四牡》为木始，《嘉鱼》为火始，《鸿雁》为金始（《诗纬》）。《齐诗》之说歪曲了《诗经》研究的正确方向，没有任何积极意义。

“六义”是汉人研究《诗经》时提出的一种说法，如《诗大序》依据《周礼·春官·大师》的“六诗”说，曰：“《诗》有六义焉：一曰风，二曰赋，三曰比，四曰兴，五曰雅，六曰颂。”其中赋、比、兴是《诗经》的艺术手法，朱熹称之为“三经”；风、雅、颂是《诗经》的分类，朱熹称之为“三纬”（《朱子语类》）。“六义”之说对《诗经》研究有一定意义。

《毛诗序》提出了所谓“变《风》变《雅》”之说。汉代郑玄以国家治乱为据，把《周南》和《召南》称为“正风”，把另外十三《国风》称为“变风”；把《鹿鸣》至《菁菁者莪》共16篇诗称为“正小雅”，把《文王》至《卷阿》共18篇诗称为“正大雅”；把《六月》至《何草不黄》共58篇诗称为“变小雅”，把《民劳》至《召旻》共13篇诗称为“变大雅”。与此相联系，汉人又提出“美刺”之说，把《诗经》的诗分为“赞美”和“讽刺”两种。这些说法对《诗经》的研究有一定积极意义。

二、《诗经》是商周社会的一面镜子

《诗经》的内容“博大宏远”（张表臣《珊瑚钩诗话》）、“牢笼天地，囊括古今”（陈第《读诗拙言》），从不同侧面形象生动地再现了商周社会的生活，可称为商周社会的一面镜子。

第一，反映了商周统治者的思想。

《雅》《颂》中的很多诗，突出地表现了商周统治者的天命思想。他们总是把自己说成“允也天子”（《长发》）。他们高唱“君权神授”的赞歌，说“天命玄鸟，降而生商”（《玄鸟》），“有命自天，命此文王，于周于京”（《大明》）。他们把天说成是有意识的人格神，说“明明上天，照临下土”（《小明》），“皇矣上帝，临下有赫。监观四方，求民之莫”（《皇矣》）。天视下界情况可降灾或赐福，“昊天不佣，降此鞠訩。昊天不惠，降此大戾。……不吊昊天，乱靡有定。式月斯生，俾民不宁。……昊天不平，我王不宁”（《节南山》），“天降丧乱，灭我立王”（《桑柔》），“自天降康，丰年穰穰”（《烈祖》）。为了避免天的惩罚，他们必须“小心翼翼”，“无贰尔心”（《大明》），“不敢怠遑”（《殷武》），“好是懿德”（《烝民》），“顺帝之则”（《皇矣》），方可“聿怀多福”（《大明》），“骏命不易”（《文王》），永远保持统治地位。

另外，商周统治者的重农思想、敬贤重德和民本思想等，也都在诸如《七月》《楚茨》《信南山》《甫田》《载芟》《良耜》等诗中表现得很明显。

第二，是商周的史诗。

《玄鸟》《长发》《生民》《公刘》《皇矣》《绵》《大明》《崧高》《烝民》《韩奕》《江汉》《常武》等皆为商周的部族史诗。如《生民》写周始祖后稷降生的灵异及教民稼穑的史实，反映了中国古代劳动人民创造物质文明的伟大智慧和力量；《公刘》写周人另一先祖公刘率民迁豳，并开发新地的史实；《绵》写古公亶父率民由豳迁岐的史实；《皇矣》《大明》写文王、武王灭商的过程。这些诗用粗线条勾勒出周部族兴起发展的脉络，让读者清晰地看到周族历史车轮的印迹，具有鲜明的史诗性质。这些诗所描写的历史人物是智慧的化身，都有开拓创业的精神，具有战胜困难、征服自然的愿望和毅力。读者在他们身上可以看到中国人民的伟大，也可以看到中国历史的辉煌。

第三，表现了人民的苦难、不满与反抗。

《诗经》中反映人民苦难的诗有很多，如《七月》描写了西周前期的奴隶们一年四季的艰苦劳动，他们的身体和精神饱受摧残，同时揭露了奴隶主无偿占有奴隶劳动成果、残酷盘剥奴隶的罪恶史实，表现了当时阶级矛盾的尖锐，也揭露了奴隶制度的不合理，在一定程度上表现了奴隶的不满。《伐檀》《硕鼠》比《七月》更深刻地表现了人民的不满。伐木者已经公开嘲讽不劳而获的剥削者："彼君子兮，不素餐兮。"冷语相讥，不满之情、反抗之意溢于言表。《硕鼠》则把剥削者比作不劳而获的田鼠，并高喊"适彼乐土""适彼乐国""爰得我直"的要求，反映了此时人民的觉醒及他们有意识的反抗，这是人民反压迫反剥削思想的升华。从《七月》到《硕鼠》，反映了周代社会发展和人民反抗统治者斗争合理而必然的进程。

第四，表现了人民对兵役与徭役的不满。

周代的兵役与徭役是繁重的。当时"戎狄交侵，暴虐中国。中国被其苦"（《汉书·匈奴传》），服役者"久者终年，速者数月，男女久不相见"（《墨子·节用》），往往"起一人之繇，百亩不举；起十人之繇，千亩不举"（《管子·巨乘马》）。《君子于役》《伯兮》等诗，从女性的角度揭示了兵役与徭役给人民带来的痛苦；《鸨羽》《击鼓》《王风·扬之水》《陟岵》等诗，从男性的角度揭示了兵役、徭役给社会生产和家庭生活带来的灾难；《采薇》则从更广泛的层面揭示了兵役和徭役给社会、家庭、民族关系等方面带来的更大灾难。服役者对“夙夜无已”（《陟岵》）、“不知其期”（《君子于役》）、“王事靡盬”（《鸨羽》）的征役表达了强烈不满，因为这使他们“不能蓺黍稷”，使“父母何怙”（《鸨羽》），使妻子“首如飞蓬”（《伯兮》），使战士“不遑启处”（《采薇》）、“敦彼独宿”（《东山》）。总之，频繁征役使社会生活、农业生产遭受严重破坏，人民蒙受极大苦难，造成了社会的动荡。

第五，鞭挞了统治者的丑恶。

《南山》《新台》《墙有茨》《株林》等诗揭露和抨击了最高统治者的丑行；《秦风・黄鸟》写秦穆公用百余活人殉葬的史实，表现出统治者的极端残酷和永无休止的奢欲，令人发指；《宾之初筵》写贵族纵酒无行的丑态；《巷伯》《巧言》《何人斯》等也都不同程度地揭示了贵族统治者的种种丑恶。

第六，是爱国主义思想的赞歌。

爱国主义是永恒的诗歌主题，《诗经》也不乏这类内容。《秦风・无衣》写战士们同仇敌忾，奔赴战场，保卫国家，建功立业，洋溢着强烈的爱国激情，是杰出的古代战歌。《载驰》是女诗人许穆夫人的作品，写她为拯救沦亡的祖国而奔波的经历与感受，表现了她真挚的爱国之情。《采薇》《出车》《采芑》《江汉》《常武》《六月》等诗热情歌颂了抗击敌人、保卫国家的周军，字里行间流露出一种正义感与自豪感，表现出爱国之情。

第七，反映了贵族之间的矛盾与斗争。

《雅》《颂》中的产生于周厉王、周幽王时代的作品，都深刻地揭示了贵族之间的矛盾。《小星》写小官吏对等级制度的不满；《北门》写官吏对繁重政事不堪承受的抱怨；《北山》写下层官吏对统治阶级内部的劳逸不均表示了强烈的怨恨；《权舆》写没落贵族对当今统治者的不满。又如《节南山》《正月》《十月之交》《雨无正》《小旻》《巧言》《巷伯》《大东》《北山》《民劳》《板》《荡》《抑》《桑柔》《瞻卬》《召旻》等诗，从不同角度揭示了周朝内部君与臣、臣与臣、大臣与小官吏、得志官吏与失意官吏、保守腐朽官吏与开明官吏、周朝与诸侯国之间的种种矛盾。

第八，是周代的婚恋风俗画。

在《国风》的160首诗中，有很大一部分是婚恋诗。其中有反映男女对自由幸福爱情生活的渴望与追求的诗，如《关雎》写一个男青年思慕一个“窈窕淑女”，竟然“寤寐求之”“辗转反侧”“琴瑟友之”“钟鼓乐之”，感情真挚强烈；《摽有梅》写姑娘大胆求偶的呼唤。《汉广》《简兮》等诗也有此类描写。有的诗表现了男女幽会密约的欢乐幸福，如《溱洧》写男女相约出游、奔者不禁的欢乐；《桑中》写诗人对桑林幽会的幸福回忆；《绸缪》写新婚的欢乐与惊喜；《静女》写男女幽会和赠物定情的欢乐。有的诗写男女婚恋受阻或失败的痛苦，《将仲子》写女子渴望与情人私会，却又害怕被父母、兄长及别人发现，心情痛苦；《蒹葭》写男子寻情人不得的焦灼忧伤的心情；《泽陂》写一个男子无法得到美人而产生极大痛苦，致使他“涕泗滂沱”。《月出》《鄘风·柏舟》等也是此类好诗。有的诗反映了平民和统治者对待爱情的不同态度，平民往往对爱情忠贞专一，而贵族却反复无常，始乱终弃，如《出其东门》说：“出其东门，有女如云。虽则如云，匪我思存。缟衣綦巾，聊乐我员。”《大车》说：“穀则异室，死则同穴。”《南山》《新台》则反映了统治者对待男女之情的丑恶态度。特别值得重视的是《诗经》中有多首弃妇诗，如《氓》《邶风·谷风》《中谷有蓷》《日月》等，生动形象地揭示了中国古代妇女被奴役、被遗弃的不幸命运，抨击了那个时代不平等的制度和风俗，很有积极意义。

综上所述，《诗经》的内容丰富多彩，有人称其为“风俗书”“诗史”（姚际恒《诗经通论》），有人称其为“字字可信可宝者”（梁启超《要籍解题及其读法·诗经》）。这些说法各有道理，我们不妨称《诗经》为商周社会的一面镜子。

三、《诗经》的艺术成就

《诗经》的艺术成就主要体现在以下几个方面。

第一，“诗从肺腑出”，“为情而造文”。

中国古代艺术家非常强调艺术的真实性，因为只有真才能动人。《诗经》就是最真实的诗，是从诗人肺腑中流出来的诗。《国风》的作者皆是渔者樵夫、怨女思妇、役夫农人等，他们“猝为外物感触，满心而发，肆口而成”（元好问《新轩乐府引》），“率意言情”（袁枚《随园诗话》），其诗皆为佳作。如《七月》揭示了西周奴隶社会尖锐对立的阶级矛盾，真实地表现了奴隶一年四季艰苦的劳动、痛苦的生活、悲惨的命运，揭露了奴隶制度的残酷。《将仲子》中的女主人公说：“仲可怀也，父母之言，亦可畏也！将仲子兮，无逾我墙，无折我树桑。岂敢爱之？畏我诸兄。仲可怀也，诸兄之言，亦可畏也！”女主人公的悲惨命运及其心理活动与当时的风俗有直接关系。孟轲说：“丈夫生而愿为之有室，女子生而愿为之有家；父母之心，人皆有之。不待父母之命、媒妁之言，钻穴隙相窥，逾墙相从，则父母国人皆贱之。”（《孟子·滕文公下》）《将仲子》的女主人公不正是畏惧这种风俗而牺牲了自己的幸福吗？她的言行非常真实地再现了那个时代妇女的处境。上述诸诗都通过典型事物的艺术概括，再现了周代社会生活的本质，具有鲜明的现实主义文学的特点。

第二，赋、比、兴的表现方法。

汉代人向有“六义”之说，即风、雅、颂和赋、比、兴。其实赋、比、兴是《诗经》的主要表现手法。赋是“敷陈其事而直言之”（朱熹《诗集传·葛覃》）的艺术手法，往往从多方面去铺叙事物，而且不加修饰，直接描写事物的状态和发展过程。如《七月》《生民》《长发》等皆用赋法铺陈叙事，描摹景物，状写情态，借以抒情议论。比是打比喻，是“以彼物比此物”（朱熹《诗集传·螽斯》），是一种渲染情感、突出特征、显示性质、强化形象的艺术手法，也是一种极好的议论和抒情的手法。如《硕鼠》以大田鼠比喻剥削者，两者在不劳而获这一性质方面极其相似，比喻生动贴切，形象地揭示了奴隶主不劳而获、残酷贪婪的丑恶本质。《诗经》中的比喻分为明喻、隐喻、借喻、对喻、博喻等。兴是《诗经》中的重要艺术手法。朱熹说：“兴者，先言他物，以引起所咏之词也。”（朱熹《诗集传·关雎》）实际上，兴就是起兴。诗人往往先言他物，忽然触动了早已潜伏于头脑中的思绪，使其感情起伏，于是很自然地唱出了自己的心声。这样的手法往往具有渲染气氛、衬托意境、借景寄情的艺术效果。如《秦风·黄鸟》的“交交黄鸟，止于棘”，这一兴句与诗中旨意无关，只起开头的作用。再如《桃夭》的“桃之夭夭，灼灼其华”，有引发联想的作用。

第三，《诗经》的句式章法和韵律。

《诗经》以四言为基本句式，以二二节拍为节奏。每句四字的句子占大多数，但是为了抒情的需要，诗人也杂用一、二、三、五、六、七、八言等句。《诗经》的章法，特别是《国风》的章法，多采用复沓的形式，即重章叠句的形式。如《芣苢》三章十二句，每章只换用两个动词，其余字词与另外两章相对应的字词一样，这是典型的重章叠句形式。《采苓》《破斧》也较典型。这能很好地表现事物间的层进关系，协调全诗的韵律和节奏，强化抒情的气氛，产生一唱三叹的艺术效果。

《诗经》有音乐之美，主要是其严密而灵活的用韵规律造成的。顾炎武在《日知录·古诗用韵之法》中提到《诗经》有三种主要的押韵规律。首先，句句押韵。如《硕鼠》："硕鼠硕鼠，无食我黍。三岁贯女，莫我肯顾。"句句押"鱼"部韵。其次，隔句押韵。如《卷耳》："采采卷耳，不盈顷筐。嗟我怀人，置彼周行。""筐""行"押"阳"部韵。再次，一章中一、二、四句押韵。如《关雎》："关关雎鸠，在河之洲。窈窕淑女，君子好逑。""鸠""洲""逑"押"幽"部韵。《诗经》的押韵法尚有"抱韵""遥韵"等。

第四，《诗经》的语言特点。

《诗经》的语言精练华美，质朴自然；其语汇丰富，历来为时人称赞。据近人胡朴安《诗经学》统计，《诗经》中有草名 105 个，木名 75 个，鸟名 39 个，兽名 67 个，虫名 29 个，鱼名 20 个，各种器物名 300 余个。《诗经》的词汇很丰富，用语准确简练，增强了记事抒情的效果。另外，《诗经》中多重言词、双声叠韵词，增强了诗的艺术效果。

当然《诗经》也有其不足，如有人认为《诗经》中的《颂》部分多为歌功颂德之作，内容虚伪，语言缺乏美感。但是，《诗经》的不足甚小而成就巨大。《诗经》以其巨大的思想与艺术成就，在中国文学发展史上树起了一座辉煌的里程碑，深深影响着中国乃至远东的文学发展，成为中国现实主义文学的直接源头。《诗经》对汉乐府"感于哀乐，缘事而发"的现实主义创作，对"慷慨任气"的建安文学的发展，都产生了直接的积极影响。《诗经》也为后世各类诗歌的创作及各类艺术手法的运用提供了极好的范例。

需要说明的是，本书在译注过程中参考了通行的优良排印本，综合各家之所长，以保证原文精良准确。不妥之处，敬请读者批评指正。

目　录

CONTENTS

国风

周南

关雎

解 题

这是一首优美的民间恋歌，也是一支绝妙和谐的爱情畅想曲。全诗五章。诗中描绘了一位美丽善良的姑娘，她那轻盈飘逸的身姿和娴熟的劳动技巧，激起男子强烈的爱慕之情，致使他朝思暮想，辗转反侧，无法成眠。但是，他久思而不得，情之悠悠，绵绵无尽，令其沉浸在轻纱般的梦幻之中。

【原 文】

关关雎鸠，在河之洲。①
窈窕淑女，君子好逑。②

参差荇菜，左右流之。③
窈窕淑女，寤寐求之。④

求之不得，寤寐思服。⑤
悠哉悠哉，辗转反侧。⑥

参差荇菜，左右采之。

【译 文】

雎鸠应和相鸣唱，在那黄河小洲上。
美丽和善好姑娘，她是我的好对象。

荇菜有高又有低，左挑右选忙采起。
美丽和善好姑娘，梦中醒来难忘记。

求娶理想未实现，日夜把她勤思念。
思愁绵绵把忧添，床上辗转难入眠。

荇菜有高又有低，左挑右选忙采摘。

窈窕淑女，琴瑟友之。⑦	美丽和善好姑娘，弹琴奏瑟相亲热。
参差荇菜，左右芼之。⑧ 窈窕淑女，钟鼓乐之。⑨	荇菜有高又有低，左挑右选忙采择。 美丽和善好姑娘，敲钟击鼓让她乐。

注释

❶ 关关：象声词，鸟的和鸣声。雎鸠：水鸟名。河：黄河。洲：水中的陆地。

❷ 窈窕：美好的样子。君子：西周、春秋时对贵族的通称。此泛指未婚男子，实指本诗作者。逑：配偶。

❸ 参差：长短不齐的样子。荇菜：水草名，可食用。左右：左手、右手。或释为向左、向右，皆描写姑娘采荇菜轻盈娴熟的姿态。流：顺着水流采摘。之：指“荇菜”。

❹ 寤寐：犹日夜。寤，醒。寐，睡。求：追求，指求爱。之：指“淑女”。

❺ 思服：思念。

❻ 悠哉：形容思念之情绵绵悠长。或释“悠”为“思念”。辗转：转动。此指翻身。反侧：转侧，翻来覆去。实皆描绘男子极度思念“淑女”，彻夜难眠，寝不安席。

❼ 琴：古代乐器，多由七弦或五弦组成。瑟：古代乐器，由二十五弦组成。友：亲爱。之：指“淑女”。此句为想象之词。

❽ 芼：采摘，选择。此指择优而采。

❾ 乐：快乐。此为使动用法，使淑女快乐。

葛覃

解 题

这是一首描写已出嫁女子准备回娘家探亲问候父母的诗。全诗三章。首章写景起兴；二章写刈葛织布；三章点明回娘家探亲之事。本诗叙事简洁而有层次，展现了那个时代广大妇女日常生活的一个侧面。

【原 文】

葛之覃兮，施于中谷，
维叶萋萋。①黄鸟于飞，
集于灌木，其鸣喈喈。②

葛之覃兮，施于中谷，
维叶莫莫。③是刈是濩，
为絺为绤，服之无斁。④

言告师氏，言告言归。⑤
薄污我私，薄浣我衣。⑥
害浣害否，归宁父母。⑦

【译 文】

葛草儿蔓延生长，藤条伸向谷中央，
叶儿繁茂又浓密。黄莺儿低空飞翔，
群栖丛生矮树上，喈喈和鸣在欢唱。

葛草儿蔓延生长，藤条伸向谷中央，
叶儿繁茂又碧绿。割葛煮藤日夜忙，
织成细布织粗布，穿在身上喜洋洋。

快把心事告保姆，我要回家看父母。
内衣污垢快洗除，外衣洗净莫耽误。
洗与不洗整理好，回家请安慰父母。

注 释

❶ 葛：藤本植物，茎的纤维可织成葛布。覃：延长，蔓延。施（yì）：蔓延，

延续。中谷：谷中，山谷之中。维：语助词。萋萋：草茂盛的样子。

❷ 黄鸟：黄雀。于飞：犹言“飞翔”。集：众鸟栖息于树上。灌木：丛生的矮小树木。喈喈：鸟儿和鸣之声。

❸ 莫莫：植物成熟茂盛的样子。

❹ 是：乃，于是。刈（yì）：割。濩（huò）：煮。煮葛方能取其纤维以织布。为：犹言“织”。絺（chī）：用葛织成的细布。綌（xì）：用葛织成的粗布。服：用。此指穿。斁：厌倦。

❺ 言：连词，于是。一说发语词。师氏：保姆。归：归宁，即回娘家探亲。

❻ 薄：语助词。污：本义是浑浊之水。此指将衣物浸泡水中，边揉边洗，除去污垢。私：指贴身内衣。浣：洗涤。衣：上衣。此泛指外衣。

❼ 害：何。归宁：古代已婚妇女回娘家探亲。

卷耳

解题

这是一首妇女思念远行丈夫的诗。全诗四章。首章写思妇怀夫，无心劳作；后三章写思妇想象丈夫旅途困顿之状，以及丈夫思念家中亲人的深切之苦。本诗层次分明，委婉而又极生动地表现了思妇对丈夫的真挚怀念之情，颇有艺术情趣。

【原文】	【译文】
采采卷耳，不盈顷筐。①	采啊采啊采卷耳，久采未满斜口筐。
嗟我怀人，置彼周行。②	可叹我把丈夫想，他正迈步大路上。
陟彼崔嵬，我马虺隤。③	我已登上高山巅，马腿疲软上山难。

我姑酌彼金罍，维以不永怀。[4]	且把酒杯来斟满，借此免把亲人念。
陟彼高冈，我马玄黄。[5]	我已登上高山冈，马儿劳累毛黑黄。
我姑酌彼兕觥，维以不永伤。[6]	且把酒杯来斟满，借此浇去久忧伤。
陟彼砠矣，我马瘏矣。[7]	我已登上多石山，马儿累瘫在山间。
我仆痡矣，云何吁矣。[8]	车夫疲惫难向前，心有忧痛多不安。

注释

❶ 采采：不间断采摘。卷耳：也称苍耳，一种菊科植物，叶如鼠耳，嫩苗可食，也可入药。盈：满。顷筐：前低后高的斜口筐子，形似簸箕。这是极易装满的筐子，今频采而不满，表现出思妇的无心劳作。

❷ 嗟：叹息声。怀：思念。人：指远行的丈夫。置：放置。彼：指“顷筐”。周行：大路。

❸ 陟：登上高处。崔嵬：高而不平的土石之山。虺隤（huītuí）：因疲劳而病。

❹ 姑：暂且。酌：用酒勺舀酒。此指独饮。金罍（léi）：铜制酒器。此处以酒器代酒。维：语助词。永怀：长久思念。

❺ 玄黄：马毛黑黄。此为马生病之兆。

❻ 兕觥（sìgōng）：犀牛角制的酒杯。觥，酒杯。

❼ 砠（jū）：覆盖薄土的石山。瘏（tú）：病。

❽ 仆：赶车之人。痡（pū）：疲倦之极。云：语助词。何：何等，多么。吁：忧愁。

樛木

解题

这是一首祝福“君子”安享福禄的诗。被祝福者当是人们心目中才德兼备的人，所以人们热情称颂他，希望依附于他。这种通用式的祝颂民歌，既可用于君臣、夫妇之间，也可用于朋友、主仆之间。本诗每章首二句为起兴之句，有比喻作用，形象生动。

【原 文】

南有樛木，葛藟累之。①
乐只君子，福履绥之。②

南有樛木，葛藟荒之。③
乐只君子，福履将之。④

南有樛木，葛藟萦之。⑤
乐只君子，福履成之。⑥

【译 文】

南国乔木高又高，满满青藤把它缠。
欢快君子乐陶陶，幸福平安已来到。

南国乔木高又高，满满青藤覆树梢。
欢快君子乐陶陶，天赐幸福把他保。

南国乔木高又高，满满青藤把它绕。
欢快君子乐陶陶，天降幸福有所成。

注释

❶ 南：南土，南国，即周南之地。樛（jiū）：树枝向下弯曲的树。葛藟（lěi）：葛和藟皆为蔓生植物，攀缘树木生长。累：缠绕。

❷ 乐：欢乐。只：语助词，或在句中，或在句末。福履：幸福。绥：降临。

❸ 荒：覆盖。
❹ 将：扶助。
❺ 萦：缠绕。
❻ 成：成就。

螽斯

解 题

这是一首祝颂民歌，祝贺人家多子多孙，人丁兴旺。螽斯为农业害虫，然其具有极强的繁殖能力，因而诗人并不介意螽斯为害作物的“恶行”，热情地用螽斯作比，祝人家多子多孙。这可以看出周代人对新生命的渴望。全诗通篇用比，生动形象，颇有韵味。

【原 文】

螽斯羽，诜诜兮。①
宜尔子孙，振振兮。②

螽斯羽，薨薨兮。③
宜尔子孙，绳绳兮。④

螽斯羽，揖揖兮。⑤
宜尔子孙，蛰蛰兮。⑥

【译 文】

螽斯儿展翅飞翔，密密麻麻聚四方。
你的子孙多又多，种族繁盛又兴旺。

螽斯儿振翅飞翔，两股相摩薨薨响。
你的子孙多又多，绵绵相聚在一堂。

螽斯儿鼓翅飞翔，团结飞聚日日忙。
你的子孙多又多，和睦安静喜洋洋。

注释

❶ 螽斯：蝗虫类的昆虫，具有很强的繁殖能力。羽：翅。诜诜（shēn）：众多的样子。

❷ 宜：应该，为祝愿之意。振振：盛多的样子。

❸ 薨薨（hōng）：虫儿群飞的声音。

❹ 绳绳：连续不断的样子。

❺ 揖揖（jí）：多而聚集的样子。

❻ 蛰蛰：安静群居的样子。

桃夭

解题

这是一首贺婚的民歌。全诗三章。首章以桃之盛美比喻新娘子年轻貌美，唤起人们对美和幸福的向往，然后再祝福新娘子幸福美满；二、三章进一步祝福新娘子家庭和睦、早生贵子。全诗洋溢着轻松欢快的气氛，表现了人们对美好爱情生活的热烈追求，再现了周代的民间婚俗。

【原 文】

桃之夭夭，灼灼其华。①
之子于归，宜其室家。②

桃之夭夭，有蕡其实。③
之子于归，宜其家室。④

【译 文】

桃树茂盛嫩枝发，枝枝绽放鲜艳花。
这个姑娘要出嫁，善待夫婿人人夸。

桃树茂盛嫩枝发，桃子红白多肥大。
这个姑娘要出嫁，善待夫婿人人夸。

桃之夭夭，其叶蓁蓁。⑤	桃树茂盛嫩枝发，叶儿繁多压枝杈。
之子于归，宜其家人。⑥	这个姑娘要出嫁，善待夫婿人人夸。

注释

❶ 桃：桃树。此喻新娘子。之：结构助词。夭夭：茂盛，颇有生机的样子。灼灼：鲜艳的样子。此喻新娘子容貌艳丽动人。华：古“花”字。

❷ 之：此。子：古代男女皆可称子。这里的“之子”犹言“这位姑娘”，指新娘子。于归：出嫁。宜：和顺。室家：家庭。此指夫家。按：古人称女子有夫曰有家，男子有妻曰有室。

❸ 蕡（fén）：果实硕大的样子。实：果实。

❹ 家室：同“室家”。

❺ 蓁蓁：茂盛的样子。

❻ 家人：同“室家”“家室”。

兔罝

解题

这是一首赞美武夫的诗。全诗三章。每章前二句写武夫张网立桩的活动，后二句描写武夫的勇武之状，赞美他们捍卫国家安全的才智和忠勇的品格。全诗充溢着热烈而自豪的感情，隐微地透露出爱国主义的情思。

【原 文】

肃肃兔罝，椓之丁丁。①
赳赳武夫，公侯干城。②

肃肃兔罝，施于中逵。③
赳赳武夫，公侯好仇。④

肃肃兔罝，施于中林。⑤
赳赳武夫，公侯腹心。⑥

【译 文】

网眼细密是兔网，捶打木桩拴兽网。
威武雄壮好勇士，他是公侯好屏障。

网眼细密是兔网，放置四通路中央。
威武雄壮好勇士，他是公侯好搭档。

网眼细密是兔网，安放郊野好去处。
威武雄壮好勇士，他是公侯好心腹。

注释

❶ 肃肃：兔网细密的样子。罝（jū）：捕兽的网。椓：击打。丁丁：象声词，击木声。此句是说把系兽网的木桩打进地里，发出丁丁的响声。

❷ 赳赳：健壮勇武的样子。公侯：泛指贵族统治者。周代有五等爵位，即公、侯、伯、子、男。干：盾。城：城墙。

❸ 施：安置，施放。中逵：逵中。此指四通八达的路。

❹ 好仇：犹言“好助手”。

❺ 中林：林中，密林深处。

❻ 腹心：心腹，亲信的人。

芣苢

解 题

这是一首描写妇女劳动的诗。全诗三章，反复叙述一群妇女集体采摘芣苢草的过程，并反复描写其内心的快乐，表达了她们对劳动的热爱。本诗采用重章叠句的形式，三章十二句，只换用六个动词，其余全同，音韵和谐，形式整齐，具有很高的艺术性。

【原 文】

采采芣苢，薄言采之。①
采采芣苢，薄言有之。②

采采芣苢，薄言掇之。③
采采芣苢，薄言捋之。④

采采芣苢，薄言袺之。⑤
采采芣苢，薄言襭之。⑥

【译 文】

车前草啊我们采，急忙把它采下来。
车前草啊我们采，赶快把它取些来。

车前草啊我们采，赶快把它拾起来。
车前草啊我们采，赶忙把它捋下来。

车前草啊我们采，捏住衣襟揣起来。
车前草啊我们采，快用衣襟兜起来。

注 释

❶ 芣苢（fú yǐ）：车前草。古人传说芣苢之子可入药，医治妇女不孕和难产等病。薄：语助词。言：语助词。

❷ 有：取。

❸ 掇：拾取。
❹ 捋：成把地摘取。
❺ 袺（jié）：提起衣襟盛东西。
❻ 襭（xié）：用衣襟兜起来。

汉广

解 题

这是一首樵夫唱的恋歌。全诗三章。首章前四句以乔木底下不可乘凉为喻，点出所恋之女不可求，后四句又以江汉广不可渡，喻求女无望。在反复“不可”的失望中，表达了他对游女的深情和理想无法实现的苦恼。二、三章的前四句皆为虚设之境，樵夫想象自己将喂马驾车，亲迎新娘。然而这终非事实，樵夫再度陷入失望之中。诗中有巧妙的比喻和丰富的想象，使樵夫这一痴情男子的形象跃然纸上，栩栩如生。

【原 文】

南有乔木，不可休思。①
汉有游女，不可求思。②
汉之广矣，不可泳思。③
江之永矣，不可方思。④

翘翘错薪，言刈其楚。⑤
之子于归，言秣其马。⑥
汉之广矣，不可泳思。

【译 文】

南方有树高又高，不能乘凉树阴间。
汉水有女在游玩，不能求爱吐真言。
汉水河面宽又宽，不能游泳到对岸。
长江水流长又长，不能驾船过大江。

薪柴众多又杂乱，我割荆条置一旁。
这个姑娘要出嫁，我喂马儿忙又忙。
汉水河面宽又宽，不能游泳到对岸。

江之永矣，不可方思。	长江水流长又长，不能驾船过大江。
翘翘错薪，言刈其蒌。⑦	薪柴众多又杂乱，我割蒌蒿置身旁。
之子于归，言秣其驹。⑧	这个姑娘要出嫁，我喂马驹忙又忙。
汉之广矣，不可泳思。	汉水河面宽又宽，不能游泳到对岸。
江之永矣，不可方思。	长江水流长又长，不能驾船过大江。

注释

❶ 南：南方。此指江汉流域。或释为南山。乔木：高大的树木。休思：休息。

❷ 汉：汉水。游女：游玩的姑娘。求：求爱，求婚。思：语助词。

❸ 广：宽。此指河面宽阔。泳：游泳。此指渡河。

❹ 江：长江。永：水流长。方：船。此指乘船渡江。

❺ 翘翘：高高的样子。错：杂乱。薪：柴。按：《诗经》中所言男女嫁娶之事，每每提及柴草，这是因为当时的婚礼在黄昏后举行，必须要用火把照明，而柴草是制造火把的材料。这是当时的民俗风情。言：我。楚：一种丛生的木本植物，即今之荆条。其嫩叶细枝可喂牲口。

❻ 之子：这个姑娘。秣（mò）：喂牲口。

❼ 蒌：蒌蒿，可喂马。

❽ 驹：小马崽。

汝坟

解 题

这是一首思妇怀念远行丈夫的诗。全诗三章。首章写其对丈夫的深情；二章写其想象丈夫归来时的欣喜之情；三章写其盼望丈夫于乱世之中归家团聚。本诗真实地揭示了西周末年社会动乱的情景，表达了人们的忧怨之情。

【原 文】

遵彼汝坟，伐其条枚。①
未见君子，惄如调饥。②

遵彼汝坟，伐其条肄。③
既见君子，不我遐弃。④

鲂鱼赪尾，王室如毁。⑤
虽则如毁，父母孔迩。⑥

【译 文】

沿着汝堤我前行，砍下枝干来烧火。
未见丈夫回故乡，忧如早晨特饥渴。

沿着汝堤我前行，砍下新枝来烧火。
看见丈夫到面前，欣喜他未远弃我。

鲂鱼劳累尾巴红，朝政暴虐似火烧。
虽然暴政如火烧，亲近父母是礼道。

注 释

❶遵：沿着。汝：河流名，发源于河南天息山，东南流入淮河。坟：“濆”的假借字，沿河的高地。伐：砍。条：树枝。枚：树干。

❷ 君子：周代女子称丈夫为君子。惄（nì）如：心情难受之貌。调饥：朝饥，早晨饥饿之意。

❸ 肄（yì）：树被砍伐后又生出的枝条。

❹ 遐弃：抛弃。

❺ 鲂（fáng）：鳊鱼。赪（chēng）尾：红尾。毁：烈火。比喻西周王朝暴虐如火，人民苦不堪言。

❻ 孔：甚。迩：近。此句是思妇希望丈夫早归之言。

麟之趾

解题

这是一首祝人多子的诗。全诗三章。每章首句分别写麟之趾、额和角，赞美麟仁厚有德，同时也希望子孙能成为有德之人；第二句祝人多子多孙，子孙振奋有为；最后一句完全相同，复赞麒麟而结束全诗。全诗采用重章复沓的写法来抒情，语言简洁精练，有一唱三叹之妙。

【原文】	【译文】
麟之趾，振振公子， 于嗟麟兮！①	麒麟有蹄不踢人，公子振奋大有为， 仁厚之极好麒麟！
麟之定，振振公姓， 于嗟麟兮！②	麒麟有额不撞人，公孙振奋大有为， 仁厚之极好麒麟！
麟之角，振振公族， 于嗟麟兮！③	麒麟有角不伤人，公族振奋大有为， 仁厚之极好麒麟！

注释

❶ 麟：麒麟，我国古代传说中的动物，似鹿而大，牛尾，马蹄，头上生有一角。其形类似今之长颈鹿。古人认为它是“瑞兽”。趾：足。振振：振奋有为的样子。公子：指诸侯之子。于嗟：感叹、赞美之词。

❷ 定：同“颠”，额。公姓：此与下章之“公族”，皆为同姓子孙之意。

❸ 角：相传麟有一角。

召南

鹊巢

解 题

这是一首描写贵族姑娘出嫁的贺婚诗。全诗三章。每章前两句以鹊巢鸠占起兴，比喻女子嫁到男人家中；后两句点出姑娘出嫁的事实，并极力渲染男方迎亲之隆重和女方送亲之盛况，显示了贵族婚嫁的礼仪与排场，表现了那个时代的民俗风情。本诗文字简洁，颇有风趣。

【原 文】

维鹊有巢，维鸠居之。①
之子于归，百两御之。②

维鹊有巢，维鸠方之。③
之子于归，百两将之。④

维鹊有巢，维鸠盈之。⑤
之子于归，百两成之。⑥

【译 文】

树上喜鹊做成窝，八哥占有来居住。
这位姑娘要出嫁，百辆车儿接她去。

树上喜鹊做成窝，成双八哥同住下。
这个姑娘要出嫁，百辆车儿送她去。

树上喜鹊做成窝，双双八哥住满巢。
这个姑娘要出嫁，百车送婚礼周到。

注释

❶ 维：语助词。鹊：喜鹊，善作巢。鸠：尸鸠，今名八哥。

❷ 两：同“辆”。“百两”即“百辆”，言车乘甚多。御：迎接。

❸ 方：占有。

❹ 将：送。此指女方娘家送女出嫁。

❺ 盈：满。此指鸠多，住满鹊巢。

❻ 成：指完成结婚之礼。

采蘩

解题

这是一首描写蚕女养蚕的诗。全诗三章。前二章每章前两句以设问的形式，写出采蘩的地点，指出养蚕之事；后二句则点出养蚕的用处。第三章写蚕女繁忙劳动的情景，委婉地表达了其怨愤不平的心情。本诗多采用设问的形式叙事抒情，用字精练。

【原文】	【译文】
于以采蘩？于沼于沚。①	我们何处采白蒿？就在池沼和水塘。
于以用之？公侯之事。②	什么地方用白蒿？公侯养蚕正需要。
于以采蘩？于涧之中。	我们何处采白蒿？山涧水边处处有。
于以用之？公侯之宫。③	什么地方用白蒿？公侯蚕室正需求。
被之僮僮，夙夜在公。④	蚕妇发髻高高挽，人人养蚕日夜忙。

被之祁祁，薄言还归。⑤ | 蚕妇成群多劳碌，采桑完毕回蚕房。

注释

❶ 于以：相当于“于何”，在何处、前往何处之意。蘩：白蒿，可制蚕箔以养蚕。沼：水池。沚：水塘。

❷ 公侯：泛指贵族。事：指养蚕之事。

❸ 宫：养蚕之屋，即“蚕室”。

❹ 被：“髲（bì）”之借字，用假发编成的头髻，为当时妇女的头饰。此处借指蚕女。僮僮：光洁高耸的样子。夙夜：从早到晚。公：指公桑，即君王、奴隶主的桑田。这句写蚕女为奴隶主的养蚕事日夜操劳。

❺ 祁祁：舒缓。此处指头发散乱。薄言：语助词，有勉强、急迫之意。还归：指蚕女采桑完毕，立返蚕室，守职不息。

草虫

解题

这是一首妻子思念丈夫的抒情诗。全诗三章。首章以蝈蝈鸣叫、蚱蜢跳跃起兴，既交代了秋日时令，又点出了初秋冷清寂寥的气氛。思妇触景生情，睹物思人，表达了不见丈夫归来的“忧心忡忡”的情怀。后两章变换时空，设想春、夏时节，登山望夫，终不得见，内心的忧伤渐趋沉重，于是再次想象与丈夫相见的欢乐情景。全诗读来真实而亲切，具有很高的艺术性。

【原文】

嘤嘤草虫，趯趯阜螽。①
未见君子，忧心忡忡。②
亦既见止，亦既觏止，
我心则降。③

陟彼南山，言采其蕨。④
未见君子，忧心惙惙。⑤
亦既见止，亦既觏止，
我心则说。⑥

陟彼南山，言采其薇。⑦
未见君子，我心伤悲。
亦既见止，亦既觏止，
我心则夷。⑧

【译文】

蝈蝈嘤嘤在鸣叫，蚱蜢时时在跳跃。
没能见到我丈夫，无限忧伤心烦躁。
若能立即见到他，若能立即相亲热，
忧愁消除心情好。

登上那边南山坡，我把蕨菜来采摘。
没能见到我丈夫，心中无乐忧伤多。
若能立即见到他，若能立即相亲热，
我的心中就快乐。

登上那边南山坡，我把薇菜来采摘。
未能见到我丈夫，心中悲伤无欢乐。
若能立即见到他，若能立即相亲热，
我的心中就快活。

注释

❶ 嘤嘤：昆虫鸣叫之声。草虫：蝈蝈，善于鸣叫，声音清亮。趯趯（tì）：昆虫跳跃的样子。阜螽：蚱蜢。

❷ 忡忡：心中忧愁不安的样子。

❸ 亦：若，假如。既：已经。止：语尾助词，即“了”意。觏：见。降：放下，落下。

❹ 陟：登。言：我。蕨：山野中的一种草，嫩时可吃，多于春季采摘。

❺ 惙惙（chuò）：忧虑不安的样子。

❻ 说：同“悦”。

❼ 薇：野菜名，嫩苗与果实皆可食用。

❽ 夷：喜悦。

采蘋

解题

这是一首描写女子婚前祭祖受教的诗，主要描写祭祀的准备工作。《礼记·昏义》曰：“是以古者妇人先嫁三月，祖庙未毁，教于公宫，祖庙既毁，教于宗室，教以妇德、妇言、妇容、妇功。教成祭之，牲用鱼，芼之以蘋、藻，所以成妇顺也。”这首诗就反映了这一风俗。全诗三章，六用问句，六用答句，一气呵成，颇有艺术趣味。

【原 文】

于以采蘋？南涧之滨。[1]
于以采藻？于彼行潦。[2]

于以盛之？维筐及筥。[3]
于以湘之？维锜及釜。[4]

于以奠之？宗室牖下。[5]
谁其尸之？有齐季女。[6]

【译 文】

我们何处采蘋草？就在南边河水旁。
我们何处采藻草？那边水沟好地方。

什么东西装水草？就用方筐和圆筐。
什么东西煮祭牲？有脚锅和无脚锅。

祭品放置在何处？宗庙窗下最合适。
谁来主持这祭祀？美好少女主其事。

注 释

❶ 蘋：水草，可食用。

❷ 藻：水生植物。行潦：雨后积水坑。行，水沟。潦，雨后积水。

❸ 盛：装。维：语助词。筐：方形竹器。筥（jǔ）：圆筐。
❹ 湘：烹煮。锜：有三足的锅。釜：无足的锅。
❺ 奠：放置祭品。宗室：宗庙，祭祀祖先的庙宇。牖：窗。
❻ 尸：主持祭祀。季女：少女。

甘棠

解题

这是一首歌颂并纪念召伯的颂诗。全诗三章。首言甘棠茂盛；次言“勿伐”“勿败”“勿拜”，表惜树之情；末言树为召伯“所茇”“所憩”“所说”，揭示爱树的原因。本诗言浅意深，情意深挚。

【原文】

蔽芾甘棠，勿翦勿伐，
召伯所茇。①

蔽芾甘棠，勿翦勿败，
召伯所憩。②

蔽芾甘棠，勿翦勿拜，
召伯所说。③

【译文】

棠梨枝叶初生长，不要剪枝莫砍伐，
召伯曾住树荫下。

棠梨枝叶初生长，不要剪枝莫毁它，
召伯曾憩树荫下。

棠梨枝叶初生长，不要剪枝切莫拔，
召伯曾宿树荫下。

注释

❶ 蔽芾（fèi）：枝叶初生的样子。甘棠：棠梨。翦：除去枝叶。伐：砍。召伯：召公奭。茇（bá）：草房。此指露宿。

❷ 败：折，毁坏。憩：休息。

❸ 拜：弯曲，攀折。说：通“税”，止宿，停留。

行露

解题

这是一首描写女子拒绝无理逼婚的诗。全诗三章，描写了一个男子无理强求一个女子嫁给自己，女子不从，他竟以打官司相要挟；女子理直气壮，愤怒斥责，据理争辩，表达了决不相从的态度和反抗欺凌压迫的斗争精神。诗中采用反诘的修辞手法，斥问作恶者，铿锵有力，语锋犀利，很好地表现了诗的主旨。

【原文】

厌浥行露，岂不夙夜？①
谓行多露。

谁谓雀无角？②何以穿我屋？③
谁谓女无家？④何以速我狱？⑤
虽速我狱，室家不足！⑥

【译文】

道上露水湿漉漉，难道不想早启程？
害怕道上露水浓。

谁说麻雀没有嘴？凭何穿透我的屋？
谁说女子没夫家？为何投诉打官司？
虽然诉讼打官司，强求娶我理不足！

谁谓鼠无牙？何以穿我墉？⑦	谁说老鼠没有牙？凭何穿透我的墙？
谁谓女无家？何以速我讼？⑧	谁说女子没夫家？为何投诉上公堂？
虽速我讼，亦不女从！⑨	虽然诉讼打官司，决不向你去投降！

注释

❶ 厌浥：湿。此指路上露水多而潮湿。行露：道路上的露水。行，道路。夙夜：早晚。此专指早起。

❷ 谓：说。角：鸟嘴。

❸ 穿：穿破，穿透。

❹ 家：古代女子有夫曰有家。

❺ 速：招致。狱：诉讼，打官司。

❻ 室家：古代男子有妻曰有室，女子有夫曰有家。此处指结婚。不足：不充足。或以为成室家的聘礼不够。

❼ 墉：墙。

❽ 讼：诉讼。

❾ 女从：从女，顺从你。

羔羊

解题

本诗主旨有不同说法，其中一种说法认为是讽刺大夫之诗。全诗三章，采用重章叠句的形式，揭示出大夫不以治国理民为务，无所事事，尸位素餐，表现了诗人的嘲讽之意。诗人善于抓住此类大夫的主要形象和心理特征，不直露批判之言，而嘲讽之意已显。

【原 文】

羔羊之皮，素丝五紽。[1]
退食自公，委蛇委蛇。[2]

羔羊之革，素丝五緎。[3]
委蛇委蛇，自公退食。

羔羊之缝，素丝五总。[4]
委蛇委蛇，退食自公。

【译 文】

那件羔羊轻皮袄，白丝交叉缝得好。
吃罢公餐往家走，悠闲得意且逍遥。

那件羔羊轻皮袄，白丝交叉缝得佳。
悠闲得意且逍遥，吃罢公餐方回家。

那件羔羊轻皮袄，白丝交叉缝得妙。
悠闲得意且逍遥，吃罢公餐缓回家。

注 释

❶ 羔羊：小羊称羔，大羊称羊。此泛指羊。皮：指皮袄。周代大夫可穿皮袄。素丝：白丝。素，白。五：同“午”，交错。紽（tuó）：缝合，密缝。

❷ 退食自公：在公家吃完饭回家。自，从。公，公家，即衙门。委蛇（wēiyí）：悠闲自得的样子。

❸ 革：兽皮揉制去毛为革。緎（yù）：缝。

❹ 缝：缝合之处。总：缝合。

殷其雷

解 题

这是一首思夫诗。全诗三章。首章写思妇的丈夫远役他乡，两人终年不得相见。在殷殷的雷声中，她更加思念丈夫。“莫敢或遑”，反映了丈夫服役于外的艰苦和劳累，隐微地表现了妻子对丈夫的关心和疼爱，流露出对兵役与徭役的怨恨之情。二、三章进一步表达了上述情感。本诗运用比兴手法和重章叠句的形式，反复抒情，感情真挚而强烈，具有极强的艺术感染力。

【原 文】

殷其雷，在南山之阳。①
何斯违斯？莫敢或遑。②
振振君子，归哉归哉！③

殷其雷，在南山之侧。
何斯违斯？莫敢遑息。④
振振君子，归哉归哉！

殷其雷，在南山之下。
何斯违斯？莫或遑处。⑤
振振君子，归哉归哉！

【译 文】

雷声啊殷殷震响，在那南山阳坡上。
丈夫此时何离乡？不敢在家稍安闲。
忠厚老实我丈夫，回故乡呀回故乡！

雷声啊殷殷震响，就在那边南山旁。
丈夫此时何离乡？不敢在家稍休息。
忠厚老实我丈夫，回故乡呀回故乡！

雷声啊殷殷震响，在那南山最下方。
丈夫此时何离乡？不敢在家稍住宿。
忠厚老实我丈夫，回故乡呀回故乡！

注释

❶ 殷：通“磤”，雷鸣声。其：语助词。阳：山南为阳。

❷ 莫：不。或遑：有闲暇时间。

❸ 振振：忠厚老实的样子。或释为勤奋的样子。归：回来。

❹ 息：休息。

❺ 处：居。

摽有梅

解题

这是一首大龄女子求夫之诗。全诗三章。每章先写梅子落地，姑娘睹物有感，产生了青春将逝的哀伤，于是希望及早成婚，盼望小伙子向她求爱；二章和三章层层递进，展示出姑娘希望嫁人的焦急心情，反映了“中春之月，令会男女。于是时也，奔者不禁”（《周礼·地官·媒氏》）的风俗，表现了人们对美好幸福爱情生活的渴望。

【原文】

摽有梅，其实七兮。①
求我庶士，迨其吉兮。②

摽有梅，其实三兮。③
求我庶士，迨其今兮。④

摽有梅，顷筐塈之。⑤
求我庶士，迨其谓之。⑥

【译文】

树上梅子纷纷落，还有七成挂枝头。
向我寻爱众小伙，趁着吉日快追求。

树上梅子纷纷落，还有三成挂枝上。
向我求婚众小伙，趁着今日好时光。

树上梅子纷纷落，斜口竹筐取落梅。
向我求爱众小伙，趁着聚会成婚配。

注释

❶ 摽（biào）：落。有：名词词头。“有梅”即“梅”。梅：酸梅，味甜酸。古代有抛梅求婚之俗，所以此处以梅起兴。实：果实。七：指十分之七。此处喻女子尚年轻。

❷ 庶：多。士：未婚男子。迨：趁着。吉：吉祥之日，好时光。

❸ 三：指三成，十分之三。此处喻女子年龄渐大，好时光多已流逝。

❹ 今：今日，现在。

❺ 塈（xì）：取。

❻ 谓：约定，聚会。

小星

解题

这是一首小吏表达不满的诗。周代有公、侯、伯、子、男五等爵位，等级森严。据《左传·昭公七年》记载：当时“天有十日，人有十等，下所以事上，上所以共神也。故王臣公，公臣大夫，大夫臣士，士臣皂，皂臣舆，舆臣隶，隶臣僚，僚臣仆，仆臣台。马有圉，牛有牧，以待百事”。诗中的“夙夜在公”者，正是这里所说的小官吏。这类人虽然为吏，却受上层官吏的支配，没有自由，日夜奔波。本诗善写残夜景象，星光微明，三五悬空，寥落如画，历历在目。

【原文】

嘒彼小星，三五在东。①
肃肃宵征，夙夜在公，

【译文】

天空小星闪闪亮，三三五五在东方。
匆匆忙忙夜间行，早早晚晚为公忙，

实命不同。②	命运与人不一样。
嘒彼小星，维参与昴。③ 肃肃宵征，抱衾与裯， 实命不犹。④	天空小星闪闪亮，参星昴星悬东方。 匆匆忙忙夜间行，抱着被子与床帐， 别人命运比我强。

注释

❶ 嘒：星光微弱闪耀的样子。东：东方。

❷ 肃肃：快步前行的样子。宵征：夜行。夙夜：早晚。公：公事。实：是，此。命：命运。不同：指与别的官吏不一样，命运不如人。

❸ 参（shēn）：星宿名。昴（mǎo）：星宿名。

❹ 衾：被子。裯：床帐。犹：如。

江有汜

解题

这是一首被遗弃之女的自慰诗。全诗三章，描写了她的丈夫在外另娶新妇，于是她怨恨丈夫喜新厌旧，忘却旧情，但她尚对未来抱有希望，以为丈夫定会后悔，与她重归于好。但是，她最后发现自己只是痴心妄想，丈夫并未回心转意，于是她极度怨恨丈夫，在绝望之际唱出诅咒之歌，表达其痛苦之情。本诗言简意赅，形象生动。

【原 文】

江有汜，之子归，
不我以。[1]不我以，
其后也悔。[2]

江有渚，之子归，
不我与。[3]不我与，
其后也处。[4]

江有沱，之子归，
不我过。[5]不我过，
其啸也歌。[6]

【译 文】

长江流水有支流，丈夫再婚归家来，
不肯友好把我待。不肯友好把我待，
料他今后必悔改。

长江洲岛把水分，丈夫再婚把家还，
不肯友好把我看。不肯友好把我看，
今后有忧他不安。

长江之水有支流，丈夫再婚把家还，
不肯相容把我赶。不肯相容把我赶，
悲歌长啸我哀叹。

注释

❶ 江：长江。汜：水的支流。此处以长江有支流喻丈夫有新情人。之子：这个人，指丈夫。归：自外归来。以：与，相处，在一起。

❷ 悔：改变。此指回心转意。

❸ 渚：江中小洲。与：同“以”。

❹ 处：通“癙（shǔ）”，忧。

❺ 沱：江水的支流。过：到。与前文“以”“与”义同。

❻ 啸：哀号，悲叹。

野有死麕

解题

这是一首反映初民风俗和意识的情歌。在那个时代，打猎是生活的重要事务，因而男子向女子求婚，往往要向女方献上猎物。诗中的“吉士”是善射的英雄，他向姑娘献上猎得的獐、鹿，立即赢得了她的芳心。本诗前两章铺叙其事，未知究竟，末章突然描绘狂喜的细节，含蓄而形象地透露出爱情的真挚纯洁。全诗语言清新质朴，生动活泼，充溢着极浓的生活气息，艺术感染力极强。

【原文】

野有死麕，白茅包之。①
有女怀春，吉士诱之。②

林有朴樕，野有死鹿。③
白茅纯束，有女如玉。④

“舒而脱脱兮，无感我帨兮，
无使尨也吠！”⑤

【译文】

猎获獐子在野外，全用白茅包起来。
有位姑娘思配偶，猎人引诱来求爱。

林中小树青又嫩，郊外猎获那野鹿。
快用白茅捆死鹿，那位姑娘纯如玉。

“你的动作要舒缓，莫把佩巾弄翻转，
莫使狗儿叫得欢！”

注释

❶ 野：郊外。麕：兽名，即獐。白茅：草名，古人用以包裹肉食品。包：裹。

❷ 怀春：思春。此指男女情欲萌动，产生了思求配偶之情。吉士：善良的男

子。此指猎人。诱之：引诱姑娘。此指猎人向姑娘献獐与鹿的举动。

❸ 林：树林。朴樕：小树。

❹ 纯束：捆绑。如玉：像美玉。此指姑娘纯洁无瑕。

❺ 舒而：缓缓的样子。脱脱：轻缓美好的样子。无：不要。感：通“撼”，动。帨（shuì）：古代女子使用的一种佩巾。尨（máng）：一种多毛的狗。

何彼襛矣

解题

这是一首贺婚诗。全诗三章，称颂新娘子貌美如花，雍容华贵，又祝其婚姻永久美满。本诗采用诘问形式，善用比喻，生动形象，颇有韵味。

【原文】

何彼襛矣？唐棣之华。①
曷不肃雍？王姬之车。②

何彼襛矣？华如桃李。
平王之孙，齐侯之子。③

其钓维何？维丝伊缗。④
齐侯之子，平王之孙。

【译文】

何物繁盛那样美？那是棠棣盛开花。
何物雍容特华贵？王姬嫁车人人夸。

何物繁盛那样美？如同桃李花儿新。
她是平王外孙女，她是齐侯好千金。

需用何物去钓鱼？拧成钓绳用丝线。
她是齐侯好千金，她是平王外孙女。

注释

❶ 彼：那样。襛：艳丽的样子。唐棣：棠棣，棠梨树。其花或白或红，其实如李。诗人以此花形容新娘貌美如花。

❷ 曷不：何不。肃雝：严肃雍和。王姬：周天子的女儿。姬为周王之姓。

❸ 平王：周平王宜臼。孙：此指外孙女。齐侯：齐国君王。子：女儿。

❹ 钓：钓鱼的工具。维：是。丝：丝线。伊：是。缗：多条丝拧成的丝绳。

驺虞

解题

这是一首歌颂猎人之诗。全诗二章。每章首句写打猎时节和场所，二句写猎人高超的射箭本领，三句为直接赞美之词。打猎是人类早期生活的重要内容，猎物是食物的主要来源之一。因此，崇拜英雄猎手便成为人们的共同心理，歌颂英雄猎手成为人们的共同呼声，此诗正是这种生活现实的反映。

【原 文】

彼茁者葭，壹发五豝，
吁嗟乎驺虞！①

彼茁者蓬，壹发五豵，
吁嗟乎驺虞！②

【译 文】

片片芦苇多茂盛，一箭射出五猪中，
嘿嘿驺虞大英雄！

片片飞蓬多茂盛，一箭射出中五豵，
嘿嘿驺虞真神勇！

注释

❶彼：那。茁：草木初冒出地面时的茂盛样子。葭：芦苇。壹：发语词。发：发射弩箭。豝（bā）：母野猪。吁嗟乎：表示赞美的叹词。驺（zōu）虞：为天子管理鸟兽的官。这里“驺虞”实指猎人。

❷蓬：飞蓬。按：蓬与葭皆不高大，易发现兽之行迹，便于射猎。豵（zōng）：小野猪。此泛指小动物。

邶风

柏舟

解题

这是一首有志者忧国伤怀之诗。当时卫国政治腐败，君昏臣佞，正直之臣不被重用。诗人眼见时局危殆，却无法施展才华，只能忧心忡忡。全诗五章。首章先言诗人心有深忧，焦虑不眠，又无法排遣苦恼；二章借喻言志，说自己爱憎分明，却不被君王理解；三章仍借喻明志，言其决不退让；四章言其受群小陷害，忧心不宁；五章以日月有微为喻，斥君臣昏聩不明，恨自己不能奋发有为。诗人层层设喻，直抒胸臆，将其忧国伤己之痛淋漓尽致地倾泻无余，颇有艺术感染力。

【原文】	【译文】
泛彼柏舟，亦泛其流。①	双手划起柏木船，船儿漂浮水中流。
耿耿不寐，如有隐忧。②	心烦意乱不能眠，如同心中蓄深忧。
微我无酒，以敖以游。③	不是无酒来浇愁，也非不能去遨游。
我心匪鉴，不可以茹。④	我心不是照面镜，不能美丑兼容多。
亦有兄弟，不可以据。⑤	虽然也有亲兄弟，不能前去相依靠。
薄言往诉，逢彼之怒。⑥	我向他们去诉说，他们怒把我数落。
我心匪石，不可转也。⑦	我心不是小石头，不能随意来翻转。
我心匪席，不可卷也。⑧	我心不是一张席，不能随意把它卷。

威仪棣棣，不可选也。[9]	威仪庄重又娴雅，不能委屈退一边。
忧心悄悄，愠于群小。[10]	我心忧愁很不安，怨怒相加是群小。
觏闵既多，受侮不少。[11]	遭受忧患多又多，蒙受侮辱也不少。
静言思之，寤辟有摽。[12]	静心仔细来思考，醒来拍胸气难消。
日居月诸，胡迭而微？[13]	太阳月亮在天上，为何轮番黑无光？
心之忧矣，如匪浣衣。[14]	心中不净有忧伤，如同没洗脏衣裳。
静言思之，不能奋飞。[15]	静心仔细来思量，不能奋力高飞翔。

注释

❶ 泛：漂浮。此指划船。柏舟：柏木船。亦：就。流：河水。

❷ 耿耿：心烦不安的样子。寐：睡。隐忧：藏在内心的忧痛。

❸ 微：非。以敖以游：犹“遨游”。

❹ 匪：非。鉴：镜子。茹：容纳。

❺ 亦：虽。据：依靠。

❻ 薄言：语助词。诉：告诉。彼：指兄弟们。

❼ 匪石：不是石头。转：翻转。

❽ 匪席：不是席子。卷：卷曲，卷起。

❾ 威仪：法度，礼节。棣棣：安和的样子。选：通“算”，计算。

❿ 悄悄：忧愁的样子。愠：怨恨。群小：指朝中窃权误国之臣。

⓫ 觏：遇到。闵：忧患。侮：侮辱。

⓬ 静言：犹“静然”，静静细想的样子。寤：醒来。辟：一作“擗（pǐ）”，捶胸。有摽：犹“摽摽”，捶胸的样子。

⓭ 日居：太阳。“居”为语助词。月诸：月亮。“诸”为语助词。胡：何。迭：更迭、轮流之意。微：黑。此处指日月亏缺无光，即指日蚀和月蚀。喻君臣昏聩而不明。

⑭ 之：有。浣：洗。此句以没洗的衣服喻心中不净。

⑮ 奋飞：展翅高翔。

绿衣

解 题

这是丈夫悼念亡妻的诗。全诗四章，叙述了男主人公看到亡妻所做所穿的绿衣、黄裳等物，不禁生出思念之情。诗中虽无长啸激动之言、捶胸顿足之举，但那沉痛思念之挚情却悠悠无尽，在男主人公的心海里荡起层层波澜，激荡着读者的心扉，艺术感染力极佳。

【原 文】	【译 文】
绿兮衣兮，绿衣黄里。①	绿颜色啊绿上衣，绿上衣来黄内衣。
心之忧矣，曷维其已！②	睹物思妻心忧伤，忧思何时才能止！
绿兮衣兮，绿衣黄裳。③	绿颜色啊绿上衣，上衣绿色下身黄。
心之忧矣，曷维其亡！④	睹物思妻心忧伤，何时才能把她忘！
绿兮丝兮，女所治兮。⑤	绿颜色啊好细丝，你把衣裳来裁制。
我思古人，俾无訧兮。⑥	心中思念我亡妻，不会使我有过失。
絺兮绤兮，凄其以风。⑦	细葛布啊粗葛布，穿它似觉秋风凉。
我思古人，实获我心。⑧	心中思念我亡妻，事事称心我难忘。

注释

❶ 衣：上衣。里：衣之衬里。此处当释为内衣。

❷ 之：结构助词。曷：何时。维：语助词。其：指“忧”。已：止。

❸ 裳：古称下身的衣服。

❹ 亡：通“忘”。

❺ 女：通“汝”，你，指亡妻。治：理丝织布。

❻ 古人：故人，死去之人，指亡妻。俾：使。訧（yóu）：过错。

❼ 絺：细葛布。绤：粗葛布。凄其：犹“凄然”，凉爽。以：通“似”，像。

❽ 获：得。此言亡妻深知我的心理活动，做事使我满意。

燕燕

解题

这是一首卫君送其二妹出嫁之诗。全诗四章。前三章每章前二句皆用燕飞起兴，烘托出恋恋不舍、依依惜别的气氛。中间两句写送别，一个“远”字写出了难舍之情。末二句写卫君目送倩影、泪落如雨的两个细节，进一步表现了卫君对二妹的依恋之情。卫君何以至此？第四章进行了回答：前四句赞美她的美德，末二句记述她的临别赠言。本诗结构奇妙，颇富艺术感染力。

【原文】

燕燕于飞，差池其羽。①
之子于归，远送于野。②
瞻望弗及，泣涕如雨。③

【译文】

长空燕儿双飞翔，扬翅相随时上下。
这个姑娘要出嫁，亲到郊外来送她。
倩影远逝望不见，泪落如雨思念她。

原文	译文
燕燕于飞，颉之颃之。④	长空燕儿双飞翔，扬翅相随忽上下。
之子于归，远于将之。⑤	这个姑娘要出嫁，前往远处来送她。
瞻望弗及，伫立以泣。⑥	倩影远逝望不见，久立泪落思念她。
燕燕于飞，下上其音。⑦	长空燕儿双飞翔，上下和鸣甚凄凉。
之子于归，远送于南。⑧	这个姑娘要出嫁，远送南郊意凄惶。
瞻望弗及，实劳我心。⑨	倩影远逝望不见，我心劳苦甚忧伤。
仲氏任只，其心塞渊。⑩	二妹诚信可依靠，心胸开阔思虑深。
终温且惠，淑慎其身。⑪	她既温柔又和顺，自身善良又谨慎。
先君之思，以勖寡人。⑫	常说“先父有大恩”，她的劝勉记在心。

注释

❶ 燕燕：燕子。于飞：不停地飞翔。差池：参差不齐的样子。羽：翅。

❷ 之子：这个姑娘。野：郊外。

❸ 弗：不。及：至。泣涕：流泪。

❹ 颉（xié）：向上飞。颃（háng）：向下飞。

❺ 将：送行。之：指出嫁之女。

❻ 伫立：长久站立。以：而。

❼ 下上：指燕子忽上忽下地飞翔。其音：燕子鸣叫。

❽ 南：卫国的南郊。

❾ 劳：指思念之苦。

❿ 仲氏：古代兄弟或姊妹的长幼排行，依次称伯、仲、叔、季。诗中出嫁之女是卫君的二妹，故称仲氏。任：可以依靠和信赖。只：语助词。其：指二妹。塞渊：形容心胸开阔。

⓫ 终：既。温：温柔。惠：和顺。淑：善良。慎：谨慎。

⓬ 先君：指死去的国君。勖：勉励。寡人：古代国君自称。

日月

解 题

本诗“系妇人不得志于夫者所作”（崔述《读风偶识》）。全诗四章。每章前二句写日月出自东方，照临大地；后四句写妇人睹物兴怀，联想到丈夫抛弃自己，痛苦不已，反复陈诉，并在第四章呼唤父母，正所谓“忧患疾痛之极，必呼父母，人之至情也”（朱熹《诗集传》）。本诗构思奇巧，抒情深婉缠绵，弃妇的神态栩栩如生，颇见作者的艺术功力。

【原 文】	【译 文】
日居月诸，照临下土。①	天上太阳和月亮，光辉普照大地上。
乃如之人兮，逝不古处。②	至于提起你这人，不肯光临旧住房。
胡能有定？宁不我顾。③	何时德行有定准？竟然不肯把我想。
日居月诸，下土是冒。④	天上太阳和月亮，光照四方大地上。
乃如之人兮，逝不相好。⑤	至于提起你这人，不肯与我相来往。
胡能有定？宁不我报。⑥	何时德行有定准？专心爱你没回响。
日居月诸，出自东方。	天上太阳和月亮，升至天空在东方。
乃如之人兮，德音无良。⑦	至于提起你这人，好话说尽行不良。
胡能有定？俾也可忘。⑧	何时德行有定准？使我忧伤全遗忘。
日居月诸，东方自出。	天上太阳和月亮，升到东方天空上。

父兮母兮，畜我不卒。⑨	我的父亲和母亲，何不终生把我养。
胡能有定？报我不述。⑩	何时德行有定准？让我不道我心伤。

注释

❶ 居、诸：语助词。照临：照耀到。下土：大地。此指人间。

❷ 乃：竟。如：像。之人：此人。此指妇人的丈夫。逝：发语词。古处：原来的住处。

❸ 宁：竟然。顾：念。

❹ 冒：覆盖。此指阳光普照。

❺ 相好：相爱。

❻ 报：答。按：男女相恋，一方爱另一方，另一方却不爱对方，则谓之不报，或曰“不见答”。

❼ 德音：名誉。无良：不好。

❽ 俾：使。忘：遗忘。

❾ 畜：养。卒：终。

❿ 述：说。

终风

解题

这是一位被丈夫戏谑的妇女抒发其苦闷情怀的诗。全诗四章。首章写其经常遭受丈夫的无礼戏谑，心情极为苦恼；二章写她与丈夫久离之后，思绪悠悠，夜不能寐，心情矛盾；三、四章写她所受戏谑日甚一日，对丈夫由怨而恨，悲伤不已。本诗以风雨和阴霾来塑造气氛，有声有色，生动形象。

【原文】

终风且暴，顾我则笑。[1]
谑浪笑敖，中心是悼。[2]

终风且霾，惠然肯来。[3]
莫往莫来，悠悠我思。[4]

终风且曀，不日有曀。[5]
寤言不寐，愿言则嚏。[6]

曀曀其阴，虺虺其雷。[7]
寤言不寐，愿言则怀。[8]

【译文】

风急雨骤霎时起，丈夫见我笑嘻嘻。
戏谑放荡把我欺，难忘心中忧伤事。

风急刮得尘土扬，丈夫佯顺到身旁。
他若不肯相来往，我又时时把他想。

风急天昏扬飞尘，霎时又见天昏昏。
醒而不眠意沉沉，喷嚏连连又思念。

尘土飞扬天昏昏，雷声滚滚漫天响。
醒而不眠意沉沉，殷切思念心忧伤。

注释

❶ 终：既。暴：大雨。顾：回头看。笑：戏笑。

❷ 谑浪：放荡，戏谑。笑敖：调笑。中心：内心，心中。悼：悲伤。

❸ 霾：大风刮起，尘土飞扬。惠：顾。然：语助词。

❹ 莫：不。悠悠：思念的样子。

❺ 曀（yì）：云遮日而天空阴沉的样子。不日：不到一天。有：又。

❻ 寤言：醒而不眠的样子。寐：睡。愿言：思念殷切。则：而。嚏：打喷嚏。

❼ 曀曀：天阴尘起的样子。虺虺（huǐ）：雷声。

❽ 怀：悲伤。

击鼓

解 题

这是一首被迫从军者的怨歌。全诗五章。首章写其被迫当兵，开赴战场；二章写其久戍不归的忧愁；三章写其行军打仗的劳顿之苦与可能战死的忧虑，反映出战争的激烈和时间的漫长；最后两章写他回忆与妻子“白头偕老”的誓言，以及愿与妻子团聚而不能的苦闷、绝望之情。全诗充溢着久戍不归者对统治阶级所发动的战争的怨恨，表达了人们对和平生活的怀恋与向往。

【原 文】

击鼓其镗，踊跃用兵。①
土国城漕，我独南行。②

从孙子仲，平陈与宋。③
不我以归，忧心有忡。④

爰居爰处？爰丧其马？⑤
于以求之？于林之下。⑥

死生契阔，与子成说。⑦
执子之手，与子偕老。⑧

【译 文】

敲起战鼓咚咚响，手持武器奔沙场。
宁愿修城在都漕，随军南征不曾想。

跟随统帅公孙氏，陈宋混乱得平定。
不肯让我回卫国，致使我心忧忡忡。

军队留驻在何方？战马丢失在何乡？
何处寻找那失马？就在树林正中央。

同生同死不分离，我们早已立誓言。
拉着你的一双手，白头偕老是愿望。

于嗟阔兮，不我活兮。⑨	哀叹你我离太远，没有缘分相会合。
于嗟洵兮，不我信兮。⑩	哀叹你我离太久，无法坚定守信约。

注释

❶ 镗：鼓声。踊跃：指练兵或打仗时跳跃击杀的行动。兵：武器。

❷ 土国：在卫国的都城修城。土，用为动词，以土修城。国，都城。城：用为动词，修城。漕：卫国的城邑。南行：南征，指前往陈、宋两国。

❸ 从：跟随。孙子仲：卫国南征的统帅公孙子仲。平：平定。陈：国名。宋：国名。

❹ 不我以归：不让我回国。有忡：犹“忡忡”，忧愁不安的样子。

❺ 爰：何。丧其马：丢失马。失马实指死人。

❻ 之：指马。

❼ 契：合。阔：离。成说：约定誓言。

❽ 执：拉住。偕：同。

❾ 于嗟：叹息声。活：团聚。

❿ 洵：长久，久远。信：守信用。

凯风

解题

此诗之旨，旧说各异。综观全诗，似乎不当纠缠于父过或母过，也不必涉及母欲改嫁等事。其实全诗四章，皆在直写母亲终生劳苦，尽心抚育儿辈；儿子深深感念于此，于是反复道来，以表慰母颂母之挚情。所以说，这是一首称颂母爱的诗作，表现了中国古代女性的伟大。

【原 文】

凯风自南，吹彼棘心。[①]
棘心夭夭，母氏劬劳。[②]

凯风自南，吹彼棘薪。[③]
母氏圣善，我无令人。[④]

爰有寒泉，在浚之下。[⑤]
有子七人，母氏劳苦。

睍睆黄鸟，载好其音。[⑥]
有子七人，莫慰母心。

【译 文】

暖风由南吹过来，缓缓吹那枣树苗。
苗儿日日长得旺，老娘时时付辛劳。

暖风由南吹过来，吹得枣树成了柴。
老娘爱子特贤明，我们个个不成材。

寒泉之水可浇苗，浚邑城下尽流淌。
一生养育七个儿，老娘至今劳苦忙。

黄莺婉转相鸣叫，尽心唱出悦耳音。
一生养育七个儿，没人抚慰老娘心。

注 释

❶ 凯风：暖风，和风。棘心：酸枣树之幼苗。棘，酸枣树。

❷ 夭夭：形容棘苗嫩壮的样子。按：此诗以南风喻母，以棘喻子。母氏：老娘。劬（qú）劳：特别劳苦。

❸ 棘薪：长成柴的棘树，喻子已长大。

❹ 圣善：贤明。令：善。此为儿子自责之言。

❺ 爰：发语词。寒泉：寒冷的泉水。泉水可灌禾苗，使其生长发育，诗人借以比喻母亲养育儿子之事。浚：卫国城邑名。

❻ 睍睆（xiànhuǎn）：鸟儿清脆婉转的叫声。黄鸟：黄莺。载：语首助词。好其音：使其叫声好听。

雄雉

解题

这是一首思妇怀念丈夫的诗。全诗四章，描写了思妇看到雄雉飞翔，想起丈夫在外服役久未归来，不免心生忧怨。她一方面怀念他、关心他，一方面又责备他、教训他，思绪翩翩。诗中思妇的形象生动逼真，颇能打动读者的心扉。全诗结构完整，层次清晰，节奏富于变化，又有内在的逻辑，毫无割裂之感。

【原 文】

雄雉于飞，泄泄其羽。①
我之怀矣，自诒伊阻？②

雄雉于飞，下上其音。③
展矣君子，实劳我心？④

瞻彼日月，悠悠我思。⑤
道之云远，曷云能来？⑥

百尔君子，不知德行。⑦
不忮不求，何用不臧？⑧

【译 文】

雄性野鸡在飞翔，双翅缓缓飞远方。
我的心中把他想，自找苦吃对谁讲？

雄性野鸡在飞翔，歌声高低甚悠扬。
丈夫远行真劳苦，能不苦苦把他想？

远望太阳和月亮，思夫之情悠悠长。
道路相离太遥远，何时他能回故乡？

天下男人都一样，不知修养德和行。
若不忌恨与贪求，想做何事能不成？

注释

❶ 雄雉：公野鸡。此借喻丈夫。于飞：飞翔。泄泄：鸟鼓翅慢慢飞翔的样子。羽：翅。

❷ 怀：思念。诒：遗留。伊：其。阻：忧愁。

❸ 下上其音：此言鸟儿鸣叫，声音高低悠扬，非常悦耳。

❹ 展：劳苦。劳：忧苦。

❺ 悠悠：绵长不断的样子。

❻ 道：指丈夫出行之路。云：语中助词。曷：何时。

❼ 百：所有的。德行：高尚的道德和行为。这里是做有德之事的意思。

❽ 忮（zhì）：忌恨。求：贪求。此指贪求名利。臧：好。

匏有苦叶

解题

这是一首女子思念未婚夫的诗。一位姑娘在济水河边听到野鸡求偶的鸣声，越发焦急地盼着未婚夫能抓紧时间，早日前来迎娶，切勿错过良机。全诗感情真挚强烈，形象生动，表现了那个时代青年男女对美好爱情生活的向往与追求。全诗四章，看似各自立意，实则相互联系，意境优美，韵味深长。

【原文】

匏有苦叶，济有深涉。①
深则厉，浅则揭。②

有弥济盈，有鷕雉鸣。③

【译文】

葫芦成熟叶枯黄，济河渡口河水涨。
水深腰系葫芦过，水浅提裳把河蹚。

济河水满白茫茫，野鸡鸣叫声啾啾。

济盈不濡轨，雉鸣求其牡。[4]
水满未湿车轴头，野鸡鸣叫急求偶。

雍雍鸣雁，旭日始旦。[5]
士如归妻，迨冰未泮。[6]
大雁和鸣相呼叫，朝阳初升天已明。
哥若有情把我娶，趁这秋冬好时令。

招招舟子，人涉卬否。[7]
人涉卬否，卬须我友。[8]
船夫摇身摆渡船，有人渡河我不过。
他人渡河我不过，耐心等待我情哥。

注释

❶ 匏：葫芦。古人渡河常将葫芦系在腰间，以防沉溺，故有“腰舟”之称。苦：枯。济：河名。深涉：水较深的渡口。徒步过河叫涉，涉水的渡口也称涉。水涨后渡口水深，故称深涉。

❷ 厉：连衣徒步过河。揭：提起下裳过河。

❸ 弥：水满貌。盈：满。鷕（yǎo）：母雉的叫声。雉：野鸡。

❹ 濡：沾湿。轨：车轴的两头。牡：雄性的兽。此指雄雉。

❺ 雍雍：雁的和鸣之声。旭日：朝阳。旦：天明。

❻ 士：未婚男子的通称。归妻：娶妻。迨：趁。泮：融解。

❼ 招招：指船夫划船时身体摆动的样子。卬（áng）：我。否：不。此指不渡河。

❽ 须：等待。友：亲爱之人，即未婚夫。

谷风

解题

这是一首著名的弃妇诗。全诗六章，塑造了弃妇勤劳刻苦、善持家务、心地善良、乐于助人、温柔婉顺、忠于爱情的可贵形象；同时，诗人也描绘了弃妇被遗弃的不幸命运。本诗有较高的艺术性。第一，诗中借助较多具体的故事性情节来抒情，细腻动人；第二，诗中善于描绘弃妇的心理活动，展现了其复杂的感情世界，使其性格生动形象；第三，全诗结构完整，前后照应，组织缜密；第四，诗中运用对比手法描写今与昔、新人与旧人的不同，突出了主人公的不幸，增强了感人的艺术效果。

【原文】

习习谷风，以阴以雨。①
黾勉同心，不宜有怒。②
采葑采菲，无以下体。③
德音莫违，及尔同死。④

行道迟迟，中心有违。⑤
不远伊迩，薄送我畿。⑥
谁谓荼苦，其甘如荠。⑦
宴尔新昏，如兄如弟。⑧

泾以渭浊，湜湜其沚。⑨

【译文】

山谷大风刮不止，天阴下雨不放晴。
勤勉持家心向你，不该发怒总不停。
采摘蔓菁和萝卜，不要丢弃那根茎。
情语婚约莫背弃，发誓与你同死生。

走在路上慢悠悠，心中愁多无欢喜。
不能远送当近送，你只送到门坎里。
谁说苦菜苦又苦，我用口尝甜如荠。
你们新婚多快乐，亲哥亲妹不能比。

渭因泾水而浑浊，渭若静止清见底。

宴尔新昏，不我屑以。[10]	你们新婚多欢乐，竟然不肯把我理。
毋逝我梁，毋发我笱。[11]	新人莫上我鱼梁，莫开鱼篓水塘里。
我躬不阅，遑恤我后。[12]	自身尚不被容纳，以后事儿谁来理。
就其深矣，方之舟之。[13]	走向深深大水中，可以乘筏到对岸。
就其浅矣，泳之游之。[14]	走近浅浅小水中，可以游泳到对面。
何有何亡，黾勉求之。[15]	东西无论有没有，我都努力搜求遍。
凡民有丧，匍匐救之。[16]	大凡邻居有祸殃，我都竭力补救全。
不我能慉，反以我为仇。[17]	你竟不肯把我爱，视同仇人来相待。
既阻我德，贾用不售。[18]	我的挚爱你拒绝，如同卖货难甩开。
昔育恐育鞫，及尔颠覆。[19]	从前有病又穷困，患难与共日月挨。
既生既育，比予于毒。[20]	待到生儿又育女，比我如毒抛门外。
我有旨蓄，亦以御冬。[21]	我有干菜和腌菜，冬天缺菜端上来。
宴尔新昏，以我御穷。[22]	你们新婚多欢快，拿我东西来挡穷。
有洸有溃，既诒我肄。[23]	暴怒异常对待我，苦累活儿我担待。
不念昔者，伊余来塈。[24]	丝毫不想往日爱，一心赶我出门外。

注释

❶ 习习：大风持续不止的样子。谷风：来自山谷的风。以阴以雨：又阴天又下雨。这两句以风雨不止喻丈夫暴怒不止。

❷ 黾勉：辛勤努力工作。不宜：不应该。有：通“又”。

❸ 葑：蔓菁，即大头菜。菲：萝卜。无以：不用。以，用。下体：指葑、菲的根茎。

❹ 德音：好话。莫违：不要违背。及：同。尔：你。

❺ 行道：走路。此处指女子被休离夫家，正走在路上。迟迟：慢行的样子。中心：心中。有违：行动和心意相违背。

❻ 伊：是。迩：近。薄：勉强。畿：门内。这里指门槛。

❼ 谓：说。荼：苦菜。甘：甜。荠：菜名，味甜。

❽ 宴：快乐。尔：你，你们。此指丈夫与新婚妻子。新昏：新婚。

❾ 湜湜（shí）：水清见底的样子。沚：底。

❿ 屑：顾惜。

⓫ 毋：不要。逝：往。梁：鱼梁，即拦鱼的水坝，中有缺空，鱼过则捕之。发：打开。笱（gǒu）：捕鱼的竹笼。

⓬ 躬：自身。不阅：不被收容。遑：何。恤：忧虑。我后：我走后之事。

⓭ 就：往。深：指深水。方：筏。此用为动词，乘筏过河。舟：此用为动词，乘船过河。

⓮ 浅：浅水。

⓯ 亡：无。

⓰ 民：指邻居。丧：灾祸。匍匐：爬行。此指尽力相助。

⓱ 能：竟然。慉（xù）：喜爱。

⓲ 阻：拒绝。我德：我的美德，即我的挚爱之情。贾：卖。用：而。售：卖出。

⓳ 昔：从前。育恐：生活恐慌。育鞫（jū）：生活穷困。颠覆：患难。

⓴ 既：已经。生、育：指养儿育女。予：我。毒：指毒虫。

㉑ 旨蓄：贮藏的美味干菜和腌菜。亦：尚。以：用。御冬：指备冬天食用。

㉒ 御穷：防御生活的穷困。

㉓ 洸：威武貌。溃：怒貌。诒：给予。肄：劳苦的工作。

㉔ 念：顾恋。伊：句首语气词。余：我。塈：爱。

式微

解题

这是一首服徭役者的怨歌。在风雨泥泞中，服役者起早贪黑，不停地艰难劳作。诗中揭示了服役者苦难加身的原因，表达了他们对劳役制度和最高统治者的怨恨之情。本诗语言精练，两章皆采用诘问和直抒胸臆的手法，感情强烈而直率。

【原文】

式微式微，胡不归？[1]
微君之故，胡为乎中露？[2]

式微式微，胡不归？
微君之躬，胡为乎泥中？[3]

【译文】

天已黑啊天已黑，为何不能把家回？
若是不为君王事，何须奔波沾露水？

天已黑啊天已黑，为何不能把家回？
若非供养君王你，何须劳作沾泥水？

注释

❶ 式：发语词。微：黑。此指天黑了。胡：何。
❷ 微：非。君：君王。故：事。中露：露中。
❸ 躬：身体。

旄丘

解题

这是一首“女子思念爱人的歌”（袁梅《诗经译注》）。全诗四章，先以葛节悠长起兴，比喻自己与所爱者分别已久，思念之情绵延悠长；然后写女子责备丈夫久去不归，并疑心丈夫或许移情别恋，或有什么别的原因，不肯归来，但是挚爱之情又使她无法忘记丈夫。本诗结构缜密，层次分明，感情步步深化，非常生动。

【原 文】

旄丘之葛兮，何诞之节兮？①
叔兮伯兮，何多日也？②

何其处也？必有与也。③
何其久也？必有以也。④

狐裘蒙戎，匪车不东。⑤
叔兮伯兮，靡所与同。⑥

琐兮尾兮，流离之子。⑦
叔兮伯兮，褎如充耳。⑧

【译 文】

葛藤生长高丘上，为何藤蔓悠悠长？
我的小弟和大哥，为何久不回故乡？

为何安居不出门？必定已经有新欢。
为何许久不回还？必定有因在其间。

身穿狐裘毛茸茸，你们行车不向东。
我的小弟和大哥，咱们所想不相同。

既年轻来又美丽，小小黄莺令人爱。
我的小弟和大哥，服饰美盛垂充耳。

注释

❶ 旄丘：前高后低的土丘。葛：葛藤。诞：延长。节：葛藤的枝节，实指藤蔓。

❷ 叔、伯：兄弟或姊妹排行，大者称伯，二者称仲，小者称叔、季。这里指高层统治者君臣。

❸ 与：相与，即相好之人。

❹ 以：原因。

❺ 狐裘：狐狸皮袄。蒙戎：毛茸茸的样子。匪：彼，指丈夫。不东：不向东方。

❻ 靡：无。同：同心。

❼ 琐、尾：青春貌美的样子。流离：黄莺。“流离之子”当指春天的小黄莺。

❽ 褎（yòu）如：盛服貌。充耳：饰物，即耳瑱（tiàn）。

简兮

解题

这是一首女子称颂舞师并表达爱慕之情的诗。全诗四章。前三章叙事，正面描写舞师表演“万舞”的情景，表现出他的勇武之态，又点明他身材魁梧，容貌美丽。字里行间，流露出女子对他的赞美和颂扬之情。末一章，女子直接表达她对舞师的爱慕之情，感情热烈而坦率。本诗善用比喻，描写舞姿、声容、服饰皆简练生动，惟妙惟肖，使一个古代舞蹈艺术家的形象栩栩如生地展现在读者面前。

【原 文】

简兮简兮，方将万舞。①
日之方中，在前上处。②

硕人俣俣，公庭万舞。③
有力如虎，执辔如组。④

左手执籥，右手秉翟。⑤
赫如渥赭，公言锡爵。⑥

山有榛，隰有苓。⑦
云谁之思？西方美人。⑧
彼美人兮，西方之人兮。

【译 文】

敲起鼓来咚咚响，万舞演员将登场。
正午太阳当空照，舞师领队站前方。

舞师高大身魁梧，公庭之上演万舞。
动作有力似猛虎，手握缰绳如丝组。

左手拿着笛子吹，右手雉尾尽情扬。
脸庞红光如染色，卫君吩咐把酒赏。

山上处处生榛树，低湿之地苓草长。
我的心里把谁想？西方美人生得棒。
那个美人令我想，他是西方好儿郎。

注 释

❶ 简：鼓声。或释“简”为勇武之貌。方将：将要。万舞：古代大型舞蹈名，分文武两部分，文用羽（雉羽）籥（乐器），武用干（盾）戚（斧）。

❷ 方中：指太阳当空而照。在前上处：在前面领头的位置上。

❸ 硕人：高大的人。俣俣（yǔ）：身躯魁梧的样子。公庭：公堂前的庭院。

❹ 有力：其力，指舞师之力。辔：马缰绳。组：编织的排排丝线。

❺ 籥：古代乐器名，舞师所吹。秉：持。翟：野鸡尾上的长羽，舞师持以指挥众舞者。

❻ 赫如：形容脸色红而有光的样子。渥：浸湿。赭：红色。此言舞师脸色红润，好像涂上一层赤红的颜色。公：指卫国君王。锡：通“赐”，给予。爵：酒器。此代指酒。

❼ 榛：树名，落叶乔木，果实似栗而小。隰（xí）：低湿之地。苓：甘草，

也叫大苦。此句是起兴之言，以木喻男，以草喻女。

❽ 西方美人：指舞师。

泉水

解题

旧注以为此诗是许穆夫人所作，但无确据，不可信。从诗的描写可知，诗人当是卫国女子，远嫁他国，思念祖国和父母，但又无法回国，只好出游以排遣忧愁。全诗四章。首章写远嫁思归；二章写远嫁历程及问候姑与姐；三章写想象中的回国情景；四章写驱车出游，宣泄心中忧愁。全诗深沉哀婉，颇有艺术情趣。

【原 文】

毖彼泉水，亦流于淇。①
有怀于卫，靡日不思。②
娈彼诸姬，聊与之谋。③

出宿于泲，饮饯于祢。④
女子有行，远父母兄弟。⑤
问我诸姑，遂及伯姊。⑥

出宿于干，饮饯于言。⑦
载脂载舝，还车言迈。⑧
遄臻于卫，不瑕有害？⑨

【译 文】

泉水急速在流淌，流进淇河浩荡荡。
怀念卫国欲回家，没有一日不曾想。
思念姬家女亲眷，且与她们来相商。

出嫁住宿在泲旁，饮酒饯行在祢邑。
女子一旦要成婚，远离父母和兄弟。
问候我的姑姑们，还向大姐表心意。

回家住宿在干邑，饮酒饯行就在言。
轴涂油来插上舝，我回娘家车头转。
急忙赶回卫国去，不会招来甚祸患？

原文	译文
我思肥泉，兹之永叹。⑩	我心思念那肥泉，日益长叹心忧烦。
思须与漕，我心悠悠。⑪	还有须地和漕邑，心中常常来思念。
驾言出游，以写我忧。⑫	驾起车儿去游玩，借以消忧寻心欢。

注释

❶ 毖：泉水急流的样子。泉水：卫国河名，亦名百泉。亦：尚。淇：河名。

❷ 怀：念。卫：卫国。靡：无。

❸ 娈：思。或释“娈”为美好貌。诸姬：诸姬姓女子。此指诗人在卫国或在他国的亲人中的女子，如姑、姊等。聊：且。谋：商量。此指商议归国之事。

❹ 泲：河名，即济水，也名泲水。或释为地名，亦通。饯：喝酒送行。祢：卫国地名。此忆其出嫁所经之地。

❺ 行：嫁。

❻ 问：问候。诸姑：众位姑妈。伯姊：大姐。

❼ 干：卫国地名。言：卫国地名。诗人想象回卫国时所经之地。

❽ 脂：油脂。此用为动词，以油涂车轴，易于行车。舝（xiá）：车轴两头的键子。此用为动词，插上键子，使车行走。还：回。言：语助词。迈：远行。

❾ 遄（chuán）：快。臻：至。不瑕：没有什么。

❿ 肥泉：卫国的河水。兹：同“滋”，益，越发。

⓫ 须：卫国地名。漕：卫国地名。悠悠：漫长。

⓬ 驾：驾车。言：语助词。写：同“泻”，宣泄，消除。

北门

解题

这是一首周朝或诸侯国小官吏的诉苦诗。全诗三章，描写小官吏终日奔波在外，事务繁多，劳累不堪；可是，他的所得却无法维持家庭生活，每当他回到家中，便招致全家人的责难和不满。在内外交困之时，他只好抱怨上天。这表现了他对上层统治者的不满，揭示了下层小官吏境遇的凄苦和心情的愤懑，有一定的社会意义。本诗感情色彩极浓厚，艺术感染力强。

【原文】

出自北门，忧心殷殷。①
终窭且贫，莫知我艰。②
已焉哉！③天实为之，
谓之何哉！

王事适我，政事一埤益我。④
我入自外，室人交遍谪我。⑤
已焉哉！天实为之，
谓之何哉！

王事敦我，政事一埤遗我。⑥
我入自外，室人交遍摧我。⑦

【译文】

我从北门走出来，满怀忧伤无可言。
我家生活太贫寒，有谁知道这艰难。
算了吧！上天这样来安排，
我们还能怎么办！

君王之事抛给我，政事全部交给我。
我从外面回家来，家人一齐责备我。
算了吧！上天这样来安排，
我们还能怎么办！

君王之事逼我做，政事全部交给我。
我从外面回家来，家人全都讽刺我。

已焉哉！天实为之，	算了吧！上天这样来安排，
谓之何哉！	我们还能怎么办！

注释

❶ 自：从。殷殷：深忧的样子。

❷ 终：既。窭（jù）：本义为房屋简陋，无法讲求礼节。引申为“贫穷”之意。

❸ 已焉哉：犹言“算了吧”。已，止。

❹ 王事：君王之事。适：同“擿（zhì）”，投掷。政事：国家政务之事。一：全，都。埤（pí）益：增加。

❺ 室人：家里的人。交遍：一致，普遍。交，犹“俱”。谪：责备。

❻ 敦：逼迫。

❼ 摧：讽刺。

北风

解题

这是一首逃亡者的怨歌。全诗三章。前两章的首二句描写风雪交加的凄凉之景以起兴，烘托出卫君“政教酷暴，使民散乱”的恐怖气氛；三、四两句写人们相约出逃；五、六两句写人们急于逃离卫国的紧迫情势，令人感到恐怖。第三章揭示了人们被迫逃难的原因。全诗揭露了卫国政治腐败黑暗的本质，表现了人民忍无可忍的愤怒心情和希望走向新生活的愿望。诗中有一种抑扬顿挫的节奏感和“山雨欲来风满楼”的紧张气氛，增强了诗的艺术感染力。

【原 文】

北风其凉，雨雪其雱。[1]
惠而好我，携手同行。[2]
其虚其邪，既亟只且。[3]

北风其喈，雨雪其霏。[4]
惠而好我，携手同归。
其虚其邪，既亟只且。

莫赤匪狐，莫黑匪乌。[5]
惠而好我，携手同车。
其虚其邪，既亟只且。

【译 文】

北风吹啊天气凉，雪落满天纷扬扬。
喜欢我的人儿呀，携手同行远逃亡。
欲逃且勿慢悠悠，形势危急甚紧张。

北风吹来天气凉，大雪漫天纷扬扬。
喜欢我的人儿呀，携手同归奔他乡。
欲逃且勿慢悠悠，形势急迫莫慌张。

天下狐狸一般赤，天下乌鸦一般黑。
喜欢我的人儿呀，携手逃奔无需归。
欲逃且勿慢悠悠，形势危急头莫回。

注释

❶其凉：凉凉。雨雪：下雪。“雨”用为动词，降落之意。其雱（pāng）：犹“雱雱”，雪盛多的样子。

❷惠而：犹“惠然”，喜爱的样子。好：喜欢。

❸其虚其邪：从容徐缓的样子。既：已经。亟：急。只且：语助词。

❹喈：寒冷。霏：此指雪花纷扬的样子。

❺匪：通“彼”，那。此两句意谓“天下乌鸦一般黑”，卫国没有好君臣，大家都不要存有幻想，应当急速离开卫国。

静女

解题

这是一首描写男女幽会的情歌。全诗三章，描写了姑娘的美丽及小伙子与姑娘幽会的经过和感情的变化，再现了天真活泼、聪慧美丽、向往爱情的古代少女形象和憨厚淳朴的痴情郎的形象。本诗率真自然，语言简洁清新，毫无造作之笔，令人叹为观止。

【原文】

静女其姝，俟我于城隅。①
爱而不见，搔首踟蹰。②

静女其娈，贻我彤管。③
彤管有炜，说怿女美。④

自牧归荑，洵美且异。⑤
匪女之为美，美人之贻。⑥

【译文】

文静姑娘真艳丽，久立城角等我来。
姑娘隐身不露面，心急挠头我徘徊。

文静姑娘真娇美，赠我彤管表深情。
彤管美丽有光彩，爱它颜色真鲜艳。

郊外归来赠白茅，白茅美丽讨人爱。
不是白茅它美丽，因是美人赠我怀。

注释

❶ 静女：文静的姑娘。姝：美丽。俟：等待。城隅：城角。
❷ 爱：通“薆”，隐藏的意思。搔首：以手挠头。踟蹰：徘徊。
❸ 娈：容貌娇美。贻：赠送。彤管：红色的茅草芽。

❹ 有炜：犹“炜炜”，红而有光泽的样子。说：通“悦”，喜欢。怿（yì）：喜悦。女：你。此指彤管。

❺ 自牧：从郊外归来。归：通“馈”，赠送。荑：白茅草的嫩芽。洵：实在。异：奇异。

❻ 匪：通“非”，不是。美人：指静女。

新台

解 题

本诗是“刺卫宣公”之作。全诗三章。一章与二章的前两句写女子所见的黄河与新台景物，后两句反复表达所嫁非所愿的怨恨之情。末章前两句以癞蛤蟆强钻鱼网为喻，揭露了卫宣公强占儿媳的丑行，这是对荒淫堕落、乱伦背理的卫宣公之流的辛辣嘲讽和无情鞭笞。本诗比喻贴切形象，轻松幽默，富有喜剧色彩。

【原 文】

新台有泚，河水弥弥。①
燕婉之求，籧篨不鲜。②

新台有洒，河水浼浼。③
燕婉之求，籧篨不殄。④

鱼网之设，鸿则离之。⑤
燕婉之求，得此戚施。⑥

【译 文】

新台明丽又辉煌，河水满溢波荡漾。
想嫁和顺美男子，鸡胸驼背成新郎。

新台高大又壮丽，黄河之上水茫茫。
想嫁和顺美男子，鸡胸驼背成新郎。

撒下鱼网欲捕鱼，蛤蟆苦心钻进网。
本想嫁个美男子，驼背病人成新郎。

注释

❶ 新台：卫宣公在黄河岸边所建的建筑物。有泚：鲜明的样子。河：黄河。弥弥：水盛貌。

❷ 燕婉：娴静和顺的样子。籧篨（qúchú）：腰不能俯弯的鸡胸病人。此指卫宣公。不鲜：不漂亮。

❸ 浼浼（měi）：水盛貌。

❹ 殄：美。

❺ 设：设置。鸿：本义是大雁。此指癞蛤蟆。离：同“罹”，本义是遇到、遭遇。这里指落网。

❻ 戚施：驼背病人。此指卫宣公。一说“戚施”即“癞蛤蟆”。

二子乘舟

解题

本诗是送别友人之作。全诗二章。每章前两句写友人乘船远去，诗人站在岸边凝望孤帆远影，不禁暗自伤神。首章后两句直言思念之切；二章后两句不单言其思念之切，也遥祝友人无“害”，表达了对朋友的深挚怀念之情。本诗写景抒情，确为好诗。

【原文】	【译文】
二子乘舟，泛泛其景。①	这个朋友乘小船，漂漂荡荡向远方。
愿言思子，中心养养。②	深深怀恋把他想，心中不安甚忧伤。
二子乘舟，泛泛其逝。③	这个朋友乘小舟，漂漂荡荡奔远方。

原文	译文
愿言思子，不瑕有害。[4]	深深怀恋把他想，不至遭遇那祸殃。

注释

❶ 二子：指诗人的两个朋友。泛泛：漂浮的样子。景：通“憬”，远行。

❷ 愿言：犹言“深深思念”。中心：心中。养养：忧思不安的样子。

❸ 逝：往。此指远去。

❹ 不瑕：不至于。

鄘风

柏舟

解题

这是一首少女违背"父母之命，媒妁之言"而自择佳偶的诗。全诗二章。每章前两句写情人泛舟；三、四句写情人的形象；五句写誓言；六、七句写少女的苦恼。少女的苦恼反映了当时的社会现象，但她直面现实，高喊出"之死矢靡它"的呼声，表现了她对爱情忠贞不渝的态度。本诗感情强烈而动人，使读者如见其人、如闻其声，读来异常亲切。

【原 文】

泛彼柏舟，在彼中河。①
髧彼两髦，实维我仪。②
之死矢靡它。③母也天只，
不谅人只。④

泛彼柏舟，在彼河侧。⑤
髧彼两髦，实维我特。⑥
之死矢靡慝。⑦母也天只，
不谅人只。

【译 文】

双手划动柏木船，河中自由任漂荡。
两髦下垂好儿郎，他是我的好对象。
死不别恋把他想。啊呀母亲和老天，
不肯体谅我衷肠。

双手划动柏木船，自由漂荡河那边。
两髦下垂真好看，是我未来新郎官。
死不变心把他恋。啊呀母亲和老天，
不肯体谅我衷肠。

注 释

❶ 泛：漂浮。柏舟：柏木船。中河：河中央。

❷ 髧（dàn）：头发下垂的样子。髦：齐眉的头发。维：是。仪：配偶。

❸ 之：往，到。矢：通“誓”，发誓。靡它：没有别的心愿。

❹ 母也：母亲啊。天只：天啊。按：“也”与“只”皆为语助词。谅：体谅。

❺ 侧：侧面。此指黄河岸边。

❻ 特：配偶。

❼ 慝（tè）：通“忒”，变更。

墙有茨

解 题

这是一首讽刺卫国统治者荒淫无耻的诗。卫宣公劫娶了儿子的聘妻宣姜，宣公死后，他的庶长子顽又与宣姜私通，生下了三男二女。本诗揭露了统治集团内部的腐朽和没落，表现了统治者道德的虚伪性。诗人极度鄙视这一丑陋的现实，于是写诗讽刺之。诗中运用复沓的章法，层层深入地叙事言情，语言幽默，颇具讽刺意味。

【原 文】

墙有茨，不可埽也。①
中冓之言，不可道也。②
所可道也，言之丑也。③

【译 文】

墙头上面生蒺藜，不能把它尽扫除。
宫廷里面私房话，不能把它尽说出。
倘若能够说出口，那话丑陋太粗俗。

原文	译文
墙有茨，不可襄也。[4]	墙头上面生蒺藜，不能将它全扫荡。
中冓之言，不可详也。[5]	宫廷里面私房话，不能详细来张扬。
所可详也，言之长也。	倘若能够详细说，那话一定要很长。
墙有茨，不可束也。[6]	墙头上面生蒺藜，不能捆起一扫光。
中冓之言，不可读也。[7]	宫廷里面私房话，不能反复来张扬。
所可读也，言之辱也。[8]	倘若能够反复说，定感羞辱令人伤。

注释

❶ 茨：蒺藜。埽：同“扫”，除去。
❷ 中冓：指宫廷内部。道：陈述，说出。
❸ 所：倘若。丑：污秽丑陋。
❹ 襄：除去。
❺ 详：详细。
❻ 束：捆束。这里有打扫干净的意思。
❼ 读：反复陈说。
❽ 辱：耻辱，羞耻。

君子偕老

解题

这是一首赞颂贵族妇女的诗。全诗三章，描写贵族妇女装饰之盛、容貌之美，颂美之情，溢于言表。清人姚际恒说它是“《神女》《感甄》之滥觞。山河天帝，广揽遐观，惊心动魄，传神写意，有非言辞可释之妙”（《诗经通论》）。其言甚是。

【原 文】	【译 文】
君子偕老，副笄六珈。[1] 委委佗佗，如山如河， 象服是宜。[2]子之不淑， 云如之何！[3]	她是文夫终生伴，头戴发髻金玉簪。 举止从容仪态美，庄重深沉似河山， 穿起礼服身份显。她的品行好端端， 还有何话可以言！
玼兮玼兮，其之翟也。[4] 鬒发如云，不屑髢也。[5] 玉之瑱也，象之揥也， 扬且之皙也。[6]胡然而天也？ 胡然而帝也？[7]	华丽鲜明真高贵，绣雉礼服身上穿。 头发有如乌云黑，假髻无需戴头间。 美玉充耳垂耳边，象牙搔头真好看， 眉宇宽阔白肤现。何以美丽天仙般？ 何似天神降人寰？
瑳兮瑳兮，其之展也。[8] 蒙彼绉絺，是绁袢也。[9] 子之清扬，扬且之颜也。[10] 展如之人兮，邦之媛也。[11]	华丽鲜亮真高贵，白纱礼服身上穿。 上罩薄薄细纱衣，贴身内衣在里边。 清秀美丽有神采，眉宇宽阔美容颜。 确实就像贵妇人，倾国美人多娇艳。

注 释

❶ 偕老：夫妇相爱，相偕到老。副：首饰名。编发作假髻，上缀以玉。笄(jī)：簪子，古代用来插住挽起的头发或弁冕。珈：首饰名，即笄上的饰玉。高贵妇人要用六珈装饰笄，故称六珈。

❷ 委委佗佗（tuó）：庄重而雍容自得貌。此处写贵妇举止从容大方，雍容自得。如山：形容贵妇态度大方，不动时则像山那样稳重。如河：形容贵妇行动时像河水那样蜿蜒流动。象服：袆衣。宜：适宜。

❸ 子之：此人，指贵妇。不淑：不善。

❹ 玼（cǐ）：玉色鲜明貌。此形容衣服美。其：指贵妇。之：的。翟：雉，即长尾野鸡。此指翟衣，即绘有野鸡纹饰的衣服。

❺ 鬒（zhěn）：黑头发。髢（dí）：假发做的髻。

❻ 瑱（tiàn）：古人冠冕上垂在两侧以塞耳的玉。象：象牙。揥（tì）：搔头的簪子。扬：指脸上眉以上的宽阔之处。且：语助词。皙：白。

❼ 胡：何。然：这样。而：如。帝：天帝。此二句极言贵妇之美丽高贵。

❽ 瑳（cuō）：与“玼”义同，玉色鲜明貌。展：展衣。

❾ 蒙：覆盖。绉絺：细葛布。绁袢（fán）：贴身内衣。

❿ 清扬：目光明亮。颜：容颜。

⓫ 展：诚，确实。之人：此人，指贵妇人。媛：美女。

桑中

解 题

这是一首杰出的民间情歌。全诗三章，描绘了男子同恋人密约幽会的爱情生活，真实再现了西周时代的卫国风情，表现了青年男女纯朴、真挚、热烈的爱恋之情，反映了他们对美好甜蜜爱情生活的向往和追求。同时，他们蔑视“父母之命，媒妁之言”，自由恋爱，这本身就具有反礼教的意义。本诗采用重章叠句的形式，反复咏唱，感情层层加深，增强了民歌的情调。

【原 文】

爰采唐矣？①沬之乡矣。②
云谁之思？③美孟姜矣。④
期我乎桑中，要我乎上宫，

【译 文】

采摘女萝到何方？就在沬邑那地方。
我的心中把谁想？姜家大姐真漂亮。
约我幽会桑林中，邀我相会在上宫，

送我乎淇之上矣。[5]	送我直到淇水上。
爰采麦矣？沬之北矣。[6] 云谁之思？美孟弋矣。 期我乎桑中，要我乎上宫， 送我乎淇之上矣。	收获麦子在何方？沬邑北边好地方。 我的心中把谁想？弋家大姐真漂亮。 约我幽会桑林中，邀我相会在上宫， 送我直到淇水上。
爰采葑矣？[7]沬之东矣。 云谁之思？美孟庸矣。 期我乎桑中，要我乎上宫， 送我乎淇之上矣。	采割蔓菁到何方？沬邑东边好地方。 我的心中把谁想？庸家大姐真漂亮。 约我幽会桑林中，邀我相会在上宫， 送我直到淇水上。

注释

❶ 爰：何。唐：女萝，蔓生植物。
❷ 沬（mèi）：卫国城邑名。乡：所，地方。
❸ 云：语首助词。
❹ 美：漂亮。
❺ 期：约会。桑中：桑林之中。要：邀请。上宫：楼名。淇：河名。
❻ 北：北边。
❼ 葑：蔓菁。

鹑之奔奔

解题

这是一首卫国人讽刺卫君乱伦无耻的诗。诗人看到鹌鹑和喜鹊都有自己的配偶，可以双飞、相随，自己却连这些禽鸟都不如，心中无比愤怒，责骂不善的统治者不配当一国之君。本诗以鸟儿之笃情反衬卫宣公之丑恶，诗意深婉。

【原文】

鹑之奔奔，鹊之彊彊。①
人之无良，我以为兄。②
鹊之彊彊，鹑之奔奔。
人之无良，我以为君。

【译文】

鹌鹑成双飞相随，喜鹊成对来飞翔。
这人品德实在坏，我得称他为兄长。
喜鹊成对来飞翔，鹌鹑成双飞相随。
这人品德真是坏，我得称他为君王。

注释

❶ 鹑：鹌鹑。奔奔：飞貌。鹊：喜鹊。彊彊（jiāng）：义同“奔奔”。
❷ 人：指卫宣公。之：而。无良：品行不好。

定之方中

解题

这是一首歌颂卫文公的诗。全诗三章，皆写卫文公之史事。据《左传》记载，卫懿公九年冬，狄人伐卫，杀卫懿公。卫国遗民在宋桓公的帮助下，渡河露居于漕邑，立宣姜子申，是为戴公。不久戴公死，卫人又立戴公弟燬，是为文公。齐桓公率诸侯兵替卫国筑城于楚丘。卫文公“大布之衣，大帛之冠，务材训农，通商惠工，敬教劝学，授方任能”，使卫国出现了新气象。本诗语言生动形象，具有古朴的特色。

【原文】

定之方中，作于楚宫。①
揆之以日，作于楚室。②
树之榛栗，椅桐梓漆，
爰伐琴瑟。③

升彼虚矣，以望楚矣。④
望楚与堂，景山与京。⑤
降观于桑，卜云其吉，
终然允臧。⑥

灵雨既零，命彼倌人。⑦

【译文】

营室星儿照正中，楚丘宗庙已动工。
细看日影定方位，修建楚丘新室宫。
种那榛树和栗树，椅桐梓漆也要种，
砍树来做琴瑟成。

登上漕邑那废墟，朝那楚丘放眼望。
望罢楚丘再望堂，要看大山和高冈。
下山考察那桑田，卜卦说是甚吉祥，
最终认定好地方。

好雨及时从天降，吩咐掌车那马官。

星言夙驾，说于桑田。[8]	天晴驾车早上路，休息就在那桑田。
匪直也人，秉心塞渊，	他是正直好君王，心诚虑远非一般，
騋牝三千。[9]	高大母马有三千。

注释

❶ 定：星名，即营室。方中：正中。古人于定星居于正中时始营建宫室，故名定星为营室。作于：营建。楚：地名，即楚丘。卫国的新都城。宫：指卫国宗庙。

❷ 揆：测量。室：指居住的房室。

❸ 树：种。榛栗：榛树与栗树。椅：树名，也称山桐子。桐：梧桐树。梓：树名，似梧桐而叶小。漆：树名，落叶乔木。以上四种树的木质都很好。爰：于是。伐：砍伐。此句说椅、桐、梓、漆四种树长成后，皆能用来做琴瑟。

❹ 虚：荒废之地。此当指漕邑。楚：楚丘。

❺ 堂：地名，与楚邻近。景山：大山。景，大。京：高冈，高丘。

❻ 降：从高山、高丘走下来。观：视察。桑：桑林，桑田。卜：卜卦。古人做事先卜卦而定行动。云：说。允：确实。臧：善。

❼ 灵雨：好雨。既：已。零：雨徐徐而降。倌：驾车的小官。

❽ 夙驾：早起驾车。说：休息。

❾ 匪：彼，指文公。直：正直。此言文公是正直之人。秉心：居心，用心。塞：诚实。渊：深沉。騋（lái）：高大的马。牝：母马。

蝃蝀

解 题

这是一首女子斥责丈夫变心的诗。全诗三章。前二章首二句写景，以虹和雨起兴；后二句写女子结婚，远离父母兄弟。第三章斥责丈夫“大无信”“不知命”，表达了内心的痛苦与愤怒，反映了古代妇女的不幸命运。本诗善用比兴，或委婉抒情，或直抒胸臆，很好地表现了主人公心理变化的过程。

【原 文】

蝃蝀在东，莫之敢指。[1]
女子有行，远父母兄弟。[2]

朝隮于西，崇朝其雨。[3]
女子有行，远兄弟父母。

乃如之人也，怀昏姻也。[4]
大无信也，不知命也。[5]

【译 文】

暮虹出现在东方，没谁敢用手来指。
女子出嫁到夫家，远离父母和兄弟。

朝虹出现在西方，整个早晨将下雨。
女子出嫁到夫家，远离兄弟和父母。

就像你这负心汉，破坏你我好家庭。
完全不知守信用，不知遵从父母命。

注 释

❶ 蝃蝀：虹。古人认为婚姻错乱则会出现彩虹。莫：无主代词，没有谁。之：语中助词。指：用手指着。古人认为虹乃淫邪之气，用手指它，则烂手指。

❷ 有行：出嫁。

❸ 朝：早晨。隮（jī）：虹。崇朝：整个早晨。其雨：将要下雨。
❹ 乃：即，就。如：像。之人：这样的人。怀：毁坏。
❺ 信：诚信。命：父母之命。

相鼠

解题

这是一首讽刺卫国统治者的诗。全诗三章。每章前两句皆把人与鼠相提并论，实际上就是把统治者与寄生善窃的老鼠相比，表现了人们对统治者荒淫乱伦、榨取无度丑行的清醒认识。每章后两句皆以嘲讽口吻望“人”早死，表现了人们对道貌岸然、灵魂肮脏的统治者的诅咒。本诗以鼠喻人，形象深刻地揭示了事物的本质，突出了事物的特征，抒情效果甚佳。

【原文】

相鼠有皮，人而无仪。①
人而无仪，不死何为？②

相鼠有齿，人而无止。③
人而无止，不死何俟？④

相鼠有体，人而无礼。⑤
人而无礼，胡不遄死？⑥

【译文】

看那老鼠尚有皮，你是活人无道义。
你是活人无道义，为何不死没道理？

看那老鼠尚有齿，你是活人无廉耻。
你是活人无廉耻，不死心中何所期？

看那老鼠尚有体，你是活人无礼仪。
你是活人无礼仪，何不快死离人世？

注释

❶ 相：看。人：指统治者。仪：威仪。

❷ 何为：为何。

❸ 止：节制，用礼仪来约束自己的行为。

❹ 俟：等待。

❺ 体：身体。礼：礼仪。

❻ 胡：何。遄（chuán）：迅速。

干旄

解题

这是一首赞美卫文公招贤纳士的诗。全诗三章，反复吟唱文公备旄旗、素丝、良马等物并亲至郊外的招贤之举，颂美之情溢于言表。诗中真实地表现了人们对美好政治的向往，以及对热心治国的君王的钦佩之情。本诗采用复沓章法，构思精巧，情意深远，韵味悠长，颇具艺术趣味。

【原文】

孑孑干旄，在浚之郊。①
素丝纰之，良马四之。②
彼姝者子，何以畀之？③

孑孑干旟，在浚之都。④

【译文】

旄旗高举随风飘，来到浚邑那城郊。
白丝线儿缝彩旗，四匹好马齐奔跑。
那位美好大贤才，赠送何物是最好？

鹰隼大旗高高飘，来到浚邑那近郊。

原文	译文
素丝组之，良马五之。⑤	白丝线儿缝彩旗，五匹好马齐奔跑。
彼姝者子，何以予之？⑥	那位美好大贤才，赠送何物方是好？
孑孑干旌，在浚之城。⑦	旌旗高举随风飘，来到浚邑都城里。
素丝祝之，良马六之。⑧	白丝线儿缝彩旗，六匹良马跑得齐。
彼姝者子，何以告之？⑨	那位美好大贤才，应用什么报答你？

注释

❶ 孑孑：旗帜高举的样子。旄：杆头饰有牛尾的旗子。浚：卫国城邑名。郊：城外。

❷ 素丝：白丝，即不染色的丝线。纰（pí）：在旗帜上镶边。

❸ 姝：美。子：古代对人的敬称。这里指贤士。畀：给。

❹ 旟（yú）：绘有鹰隼的旗。此指招贤之旗。都：近郊。

❺ 组：束丝之法。

❻ 予：给。

❼ 旌：杆头饰有五彩羽毛的旗子。城：城市，都城。

❽ 祝：厚积之状。

❾ 告：报答。

载驰

解题

相传此诗为许穆夫人所作。许穆夫人是卫戴公、卫文公的妹妹。卫国被狄人消灭后，由于宋国的帮助，遗民在漕邑安顿下来。许穆夫人听到卫国的情况，立即奔赴漕邑慰问，并提出联齐抗狄的主张，受到许国大夫的反对。此诗即讲述了这件事，表达了诗人强烈的爱国思想、坚强不屈的性格，以及非凡的卓识远见。全诗采用直抒其情的手法，情思缠绵缭绕，吐词如泣如诉，亲切感人。

【原文】

载驰载驱，归唁卫侯。①
驱马悠悠，言至于漕。②
大夫跋涉，我心则忧。③

既不我嘉，不能旋反。④
视尔不臧，我思不远。⑤
既不我嘉，不能旋济。⑥
视尔不臧，我思不閟。⑦

陟彼阿丘，言采其蝱。⑧
女子善怀，亦各有行。⑨

【译文】

驱马疾驰回卫国，慰问哥哥失故国。
打马前进路悠悠，来到漕邑心难过。
许国大夫远跋涉，阻我回卫忧虑多。

救卫主张遭阻挠，不能立即把卫返。
比起你们坏主张，我的考虑眼光远。
救卫主张遭反对，不能立即渡河川。
比起你们坏主张，我的谋划更深远。

登上阿丘高山坡，我把贝母来采摘。
女子喜欢多思索，皆有道理益处多。

许人尤之，众稚且狂。⑩	许国大夫怪罪我，既骄又愚乱斥责。
我行其野，芃芃其麦。⑪	走在郊外大路上，麦苗茂盛长得旺。
控于大邦，谁因谁极。⑫	我向大国去求援，求谁谁就来相帮。
大夫君子，无我有尤。⑬	许国大夫和君子，莫要认定我罪状。
百尔所思，不如我所之。⑭	上百主意你们出，全都不如我所想。

注释

❶ 载：犹“乃”，发语词。驰、驱：快马加鞭。唁：慰问有丧事或亡国者。卫侯：指卫文公。

❷ 悠悠：远行的样子。或释为路远貌。言：于是。漕：卫国城邑名。

❸ 大夫：指前来阻挠许穆夫人赶往漕邑的许国官吏。跋涉：跋山涉水。

❹ 既：皆，全。旋反：立即回卫国。

❺ 视：比较。尔：你们。此指许国朝臣。不臧：不好。此指许国不积极救卫的做法。不远：切实可行。

❻ 济：渡河。此指渡过黄河。

❼ 不閟：深邃。

❽ 陟：登上。彼：那。阿丘：偏高的山丘。言：我。蝱（méng）：药草名，即浙贝母。

❾ 善怀：多忧思。行：道路，引申为“道理”之意。

❿ 许：国名。众：通“终”，既。稚：幼稚。

⓫ 野：郊外。芃芃（péng）：茂盛的样子。

⓬ 控：赴告，走告。于：向。大邦：大国。极：至，到。

⓭ 尤：罪过。

⓮ 百：非指实数，泛言多。所之：所想，所往。

卫风

淇奥

解 题

这是一首赞美卫武公的诗。全诗三章，极力赞美武公之品格高尚，颂美之情溢于言表。首章赞武公自修美德；二章言武公威仪之盛；三章言武公德业大成。本诗每章以淇奥绿竹起兴，使人领略到武公内美之充实，语言精美，生动形象，颇见艺术功力。

【原 文】

瞻彼淇奥，绿竹猗猗。①
有匪君子，如切如磋，
如琢如磨。②瑟兮僩兮，
赫兮咺兮。③有匪君子，
终不可谖兮。④

瞻彼淇奥，绿竹青青。⑤
有匪君子，充耳琇莹，
会弁如星。⑥瑟兮僩兮，
赫兮咺兮。有匪君子，
终不可谖兮。

【译 文】

眺望弯弯淇河边，绿竹青翠叶婆娑。
文采奕奕那君子，如同细切细磋过，
似已精琢又细磨。心胸开阔多勇武，
德行显赫美名播。文采奕奕那君子，
永不忘却记心窝。

眺望弯弯淇河边，绿竹青翠枝叶繁。
文采奕奕那君子，美玉充耳光闪烁，
帽缝镶玉如星火。光彩照人多勇武，
德行显赫美名播。文采奕奕那君子，
永不忘却记心窝。

瞻彼淇奥，绿竹如箦。⑦ 有匪君子，如金如锡， 如圭如璧。⑧宽兮绰兮， 猗重较兮。⑨善戏谑兮， 不为虐兮。⑩	眺望弯弯淇河边，绿竹有如栅栏密。 文采奕奕那君子，德行精纯如金锡， 高贵如同圭和璧。心胸宏阔多美好， 登车凭倚貌从容。善于诙谐来谈笑， 却不刻薄把人欺。

注释

❶ 瞻：看。淇：卫国河名。奥（yù）：河岸深曲处。绿竹：绿色的竹子。猗猗：美盛的样子。

❷ 有匪：犹“匪匪”，有文采的样子。君子：对有德者的称呼。此指卫武公。如：像。切：用刀割断。磋：用锉锉平。琢：雕刻。磨：用物磨光。

❸ 僩（xiàn）：胸襟开阔的样子。赫：光明的样子。咺（xuān）：有威仪的样子。

❹ 终：永远。谖：忘记。

❺ 青青：草木茂盛的样子。

❻ 充耳：瑱。琇（xiù）：美石之名。莹：玉色光润。会：把玉石装饰到冠缝里。弁：皮帽。

❼ 箦（zé）：同“积”，丛积之貌，形容茂盛。

❽ 金、锡、圭、璧：比喻武公道德才识已修养到极成熟的地步。金、锡皆纯而有光泽；圭和璧皆为玉饰，圭上尖下方，璧为圆形，中有圆孔。

❾ 宽：指心胸宽阔，能容人。绰：和缓，柔和。猗：通“倚”，斜靠。重较：车旁边人所倚靠的横木。

❿ 戏谑：开玩笑。

考槃

解 题

这是一首描写隐居生活的诗。作者可能是个没落贵族，或者是失意官吏、文士等。全诗三章，逐章描写他在山涧、山阿、陆上击乐器而歌的情景，表现出他对隐居生活的喜爱。这是后世隐逸诗的滥觞。本诗意境清幽淡雅，颇富怡然自得之乐，语言也较精练，很有艺术感。

【原 文】

考槃在涧，硕人之宽。①
独寐寤言，永矢弗谖。②

考槃在阿，硕人之薖。③
独寐寤歌，永矢弗过。④

考槃在陆，硕人之轴。⑤
独寐寤宿，永矢弗告。⑥

【译 文】

敲盘歌唱谷溪旁，高大人儿心地广。
独睡独醒独自说，誓记此乐永不忘。

敲盘歌唱在山坡，高大人儿居乐窝。
独睡独醒独歌唱，誓记此乐永不忘。

敲盘唱歌高原上，高大人儿不能行。
独睡独醒独呼啸，誓记此乐独自享。

注 释

❶ 考：敲打。槃：器名，一种木制之盘。涧：山谷间的水流。硕人：高大的人。宽：宽阔。

❷ 寐：睡。寤：醒。言：说。矢：发誓。弗：不。谖：忘记。

❸ 阿：山坡。薖（kē）：同“窝”。
❹ 过：过去。“弗过”犹言“不过去”，亦即“不忘”之意。
❺ 轴：病不能行。
❻ 宿：通“啸”，呼啸。弗告：不以此乐告人。

硕人

解题

这是一首歌颂卫庄公之妻庄姜的诗。全诗四章，写庄姜初嫁至卫的情景。一章写其出身高贵；二章写其容貌体态之美；三章写其成婚之礼；四章写其媵从之盛。此诗立意在于讴歌庄姜的高贵和美丽，并祝贺其婚姻美满。作者很可能是贺婚的卫国大夫。诗人用大量贴切而形象的比喻，塑造了一位千古美人的形象；又多描写有特征的景物，用以渲染气氛、烘托人物特征。另外，诗人善于运用叠字，增强了诗的韵律之美。

【原文】

硕人其颀，衣锦褧衣。①
齐侯之子，卫侯之妻，
东宫之妹，邢侯之姨，
谭公维私。②

手如柔荑，肤如凝脂，
领如蝤蛴，齿如瓠犀，
螓首蛾眉。③巧笑倩兮，

【译文】

个儿高大卫庄姜，身披斗篷新嫁娘。
父是齐国之国君，丈夫就是卫君王，
东宫得臣是兄长，她是邢侯的小姨，
谭公是她亲妹婿。

手像柔荑嫩而白，肤如凝固柔脂膏，
脖似蝤蛴白又长，齿如葫子齐而好，
额如螓首蛾须眉。两腮酒窝因俏笑，

美目盼兮。[④]	美目流盼情态姣。
硕人敖敖，说于农郊。[⑤] 四牡有骄，朱幩镳镳， 翟茀以朝。[⑥]大夫夙退， 无使君劳。[⑦]	身材高高卫庄姜，停车郊外修整忙。 四匹公马多肥壮，马衔红绸随风扬， 她坐翟车见君王。大夫尽早退朝堂， 莫使庄姜劳累伤。
河水洋洋，北流活活。[⑧] 施罛濊濊，鳣鲔发发， 葭菼揭揭。[⑨]庶姜孽孽， 庶士有朅。[⑩]	河水漂漂浩荡荡，流向北方哗哗响。 濊濊之声撒鱼网，鲤鲟摆尾畅游荡， 芦苇茂盛向高长。陪嫁齐女个儿高， 送嫁大夫多雄壮。

注释

❶ 硕人：高大的人。此指卫庄公的夫人庄姜。颀：高。衣：穿。锦：有文采的衣服。褧（jiǒng）衣：罩衫。古代女子出嫁时，途中要穿褧衣以避风尘。

❷ 齐侯：指齐庄公。子：女儿。卫侯：卫庄公。东宫：太子所居之宫。此指齐国太子得臣。邢侯：邢国君王。姨：妻之姊妹。谭公：谭国君王。维：是。私：女子称姊妹的丈夫为私。

❸ 柔荑：白嫩柔滑的茅草芽。凝脂：凝结的油脂，白而柔滑。领：脖子。蝤蛴（qiúqí）：天牛的幼虫，身长而白软。瓠犀（hùxī）：葫芦籽，形容牙齿白而整齐。螓（qín）首：宽广方正的前额。按：螓虫似蝉而小，其额方正宽大。蛾眉：细长弯曲的眉毛。

❹ 倩：人笑时两腮呈现的酒窝。盼：眼睛黑白分明的样子。

❺ 敖敖：身材高大的样子。说：停车休息。于：在。农郊：城郊。

❻ 四牡：指为庄姜驾车的四匹雄马。牡，雄性之马。有骄：犹言“骄骄”，马雄壮的样子。朱幩（fén）：马衔上的红绸饰物。镳镳：形容饰物随风飘荡的样子。翟茀（dífú）：用野鸡羽毛装饰的车子，为古代贵族妇女所乘之车。翟，长尾野鸡。

❼ 大夫：指卫国大臣们。夙退：早退。君：指庄姜。

❽ 河：黄河。洋洋：水大的样子。活活：水流声。

❾ 施：张，设。罛（gū）：鱼网。濊濊（huò）：撒网入水声。鳣：大鲤鱼。鲔（wěi）：鲟鱼。发发（bō）：鱼尾摆动的样子。葭：芦苇。菼（tǎn）：荻苇。揭揭：向高处扬起的样子。

❿ 庶姜：众多姜姓女子。按：周代诸侯之女出嫁，多以姊妹或宗室女子陪嫁。孽孽：高大的样子。庶士：指护送庄姜的齐国大夫们。朅（qiè）：英武强壮貌。

氓

解题

这是一首弃妇诗。全诗六章。首章写妇人与氓私定终身；二章写其思恋情人，并与之完婚；三章写其被抛弃的沉痛教训和清醒认识；四章写其斥责丈夫反复无常，始爱终弃；五章写其婚后的贫苦生活与遭受的虐待；六章写其对负心丈夫的决绝态度。诗中塑造了弃妇天真纯洁、善良诚恳、勤劳朴实、任劳任怨、对爱忠贞的品格；鞭挞了虚伪奸诈、贪婪自私的负心汉的丑恶行径，同时揭示了中国古代妇女的不幸命运。本诗将叙事写景与抒情融为一体，用衬托和对比的艺术手法，成功地塑造了弃妇和负心汉的形象。

【原文】

氓之蚩蚩，抱布贸丝。①
匪来贸丝，来即我谋。②

【译文】

氓既憨厚又老实，手持货币来买丝。
不是真想把丝买，前来同我议婚事。

送子涉淇，至于顿丘。[3]
匪我愆期，子无良媒。[4]
将子无怒，秋以为期。[5]

送你走过淇水河，直到顿丘把步止。
非我特意拖婚期，你无良媒把婚提。
希望你啊别发怒，秋天结婚好日期。

乘彼垝垣，以望复关。[6]
不见复关，泣涕涟涟。[7]
既见复关，载笑载言。[8]
尔卜尔筮，体无咎言。[9]
以尔车来，以我贿迁。[10]

登上倒塌旧城墙，遥望复关把他想。
复关没见他身影，眼泪涟涟好心伤。
我见情郎到复关，又说又笑心欢畅。
你在家中忙卜筮，卦言显兆皆吉祥。
迎亲礼车到我家，满载嫁妆上路忙。

桑之未落，其叶沃若。[11]
于嗟鸠兮，无食桑葚。[12]
于嗟女兮，无与士耽。[13]
士之耽兮，犹可说也。[14]
女之耽兮，不可说也。

桑树生机正勃勃，桑叶翠绿有光泽。
可叹那些斑鸠鸟，莫要多吃桑树果。
可叹年轻好姑娘，莫与男人太亲热。
男人女人太亲热，男人尚能得解脱。
女人男人太亲热，女人无法来摆脱。

桑之落矣，其黄而陨。[15]
自我徂尔，三岁食贫。[16]
淇水汤汤，渐车帷裳。[17]
女也不爽，士贰其行。[18]
士也罔极，二三其德。[19]

桑树生机已衰败，叶儿先黄而后落。
自从嫁到你们家，多年煎熬苦生活。
淇水满溢浩荡荡，水湿车幔心事多。
想来自身无过失，丈夫德行有大错。
他的思想无准则，朝三暮四变化多。

三岁为妇，靡室劳矣。[20]
夙兴夜寐，靡有朝矣。[21]
言既遂矣，至于暴矣。[22]

多年为妻患难多，从不逃避苦累活。
早起晚睡家常事，也不偷懒来取乐。
你的誓言全丢弃，异常暴怒对待我。

兄弟不知，咥其笑矣。[23]	兄弟不知我被弃，见我回家嘲笑我。
静言思之，躬自悼矣。[24]	静心思考这婚变，只能自悲又自责。
及尔偕老，老使我怨。[25]	白头到老心不变，老来使我心愤怨。
淇则有岸，隰则有泮。[26]	淇水虽深尚有岸，沼泽虽宽还有边。
总角之宴，言笑晏晏。[27]	少年相处多欢乐，说笑和乐心相安。
信誓旦旦，不思其反。[28]	诚恳发誓意志坚，不料你把诺言反。
反是不思，亦已焉哉！[29]	违背誓言你不改，与你分手意志坚！

注释

❶ 氓（méng）：古称农民为氓。此指诗中的负情男子。蚩蚩：老实憨厚的样子。抱布：拿着钱。布，货币。贸：买。

❷ 匪：通“非”，不是。即：就，靠近。谋：议事。此指议婚。

❸ 子：你。涉：徒步过河。淇：河名。至于：到达。顿丘：古地名。

❹ 愆：过期。良媒：好媒人。

❺ 将：愿，请。期：婚期。

❻ 乘：登上。垝垣（guǐyuán）：倒塌的墙。复关：地名。

❼ 泣涕：流泪。涟涟：泪流的样子。

❽ 既：已经。载笑载言：又说又笑。

❾ 尔：你。卜：占卦。此指用火烤灼龟甲，视其裂纹以判断吉凶。筮：占卦。此指排列蓍草来判断吉凶。体：卦体，即卜卦时龟甲或蓍草所显示的现象。咎言：不吉利的话。

❿ 以：把。贿：财物。此指嫁妆。迁：移动。此指把嫁妆搬到氓家。

⓫ 沃若：润泽的样子。

⓬ 于嗟：叹息声。鸠：斑鸠。桑葚：桑果。古人认为斑鸠过量吃桑葚就会醉。

⑬ 士：指未婚男子。耽：沉溺，迷恋。

⑭ 说：通“脱”，摆脱。

⑮ 陨：落下　。

⑯ 徂：往。尔：你。三岁：多年。此“三”为泛指，非实数。食贫：生活贫苦。

⑰ 汤汤（shāng）：水势盛大的样子。渐：浸湿。帷裳：车箱两侧的幔布。

⑱ 女：弃妇自指。爽：差错。士：指氓。贰：不专一。

⑲ 罔：无。极：标准，准则。德：德行。

⑳ 靡：无。室劳：家务劳动。

㉑ 夙兴：早起。夜寐：晚睡。

㉒ 言：话。此指氓以往的誓言。既：皆，全部。暴：暴虐。

㉓ 兄弟：指弃妇的兄弟们。咥（xì）：大笑的样子。

㉔ 静言：静静的样子。躬：自己。悼：伤心。

㉕ 及：与。尔：你。此指弃妇。偕老：白头到老。

㉖ 则：尚。隰：低湿的地。泮（pàn）：通“畔”，岸，水边。

㉗ 总角：束发。古时儿童把头发扎成髻。这里指童年。宴：欢乐。晏晏：温柔和悦的样子。

㉘ 信誓：发誓。旦旦：诚恳的样子。反：违背。

㉙ 已焉哉：犹言“算了吧”。已，止。

竹竿

解题

这是一首描写“卫女思归”的诗。全诗四章，描写了一位卫国女子远嫁他国，想归国看望父母，却无法实现，心中忧伤，勾起对往日生活的回忆：在淇水河边钓鱼，在淇水、泉源间游戏玩耍，笑语盈盈，欢乐异常。然而幸福的回忆之后，她更加忧愁，于是便驾车出游，借以消除忧闷之苦。本诗感情真挚，刻画细腻，是一首难得的佳作。

【原文】

籊籊竹竿，以钓于淇。①
岂不尔思？远莫致之。②

泉源在左，淇水在右。③
女子有行，远兄弟父母。④

淇水在右，泉源在左。
巧笑之瑳，佩玉之傩。⑤

淇水滺滺，桧楫松舟。⑥
驾言出游，以写我忧。⑦

【译文】

细细竹竿长又长，用它钓鱼淇水边。
难道不把你们想？回乡路远不能还。

泉源之水流左边，淇水奔流在右边。
姑娘出嫁到夫家，远离兄弟和爹娘。

淇水奔流在右边，泉源之水流左边。
露齿巧笑是当年，身姿飘逸玉铿锵。

淇水缓缓日夜流，桧木船桨松木舟。
驾起船儿去远游，借此宣泄满腹愁。

注释

❶ 籊籊（tì）：长而细的样子。淇：卫国河名。

❷ 莫：不能。致：到达。

❸ 泉源：卫国河名。

❹ 行：出嫁。远：远离。

❺ 巧笑：笑得好看。瑳（cuō）：本义是玉色洁白。此指笑露牙齿，其色洁白。傩（nuó）：卫女身体活动时，所佩之玉有节奏地摆动，腰身显得飘逸多姿。

❻ 滺滺：水流的样子。桧：树名。楫：桨。松舟：松木船。

❼ 驾言：驾船。言，语助词。写：同“泻”，宣泄。

芄兰

解题

周代统治阶级有早婚的习俗。这是一个等郎媳不满于这一不合理习俗而发出的呐喊。全诗二章，充分表达了等郎媳对小郎的嘲讽和内心的愤怒，反映了古代社会男尊女卑带给妇女的不幸命运。本诗采用重章叠句的形式，颇有韵味。

【原文】

芄兰之支，童子佩觿。①
虽则佩觿，能不我知。②
容兮遂兮，垂带悸兮。③

芄兰之叶，童子佩韘。④
虽则佩韘，能不我甲。⑤
容兮遂兮，垂带悸兮。

【译文】

芄兰长有尖尖荚，解结锥儿童子佩。
虽已佩带解结锥，却不和我相匹配。
容刀火镰带身上，左摆右摇衣带垂。

芄兰有叶向后弯，射箭扳指童子佩。
虽已佩带箭扳指，却不与我相亲昵。
容刀火镰带身上，左摆右摇衣带垂。

注释

❶ 芄（wán）兰：也称萝藦，一种蔓生野草，枝结尖形之荚，断而有白汁，可吃。之：有。童子：未成年的男子。此指少年。觿（xī）：用象骨制成的小锥，用来解开绳带之结。古代贵族成年男人所用的佩饰之物。芄兰荚头尖，似觿。

❷ 则：已。能：而。

❸ 容：容刀，一种刃钝不能割物的刀，童子结婚时所佩之物。遂：取火的火镰。悸：心动。这里形容带下垂、摇摆貌。

❹ 叶：芄兰的叶子，其形长而垂，向后弯着，似韘。韘（shè）：用兽骨或玉石制成的扳指，射箭时用它钩拉弦或弓。

❺ 能：而。甲：“狎”的假借字。

河广

解 题

这是一首侨居卫国的宋国人思念故乡的诗。全诗二章。每章两提宋国不远、黄河不宽，极易渡河回宋，然而无法返宋，委婉地透露出诗人返宋之愿无法实现的痛苦，表现了其对宋国的一片深挚之情。全诗运用夸张的手法，感情真实，形象生动，诘问的形式使感情表达得热烈而深沉。

【原 文】

谁谓河广？一苇杭之。①
谁谓宋远？跂予望之。②

谁谓河广？曾不容刀。③
谁谓宋远？曾不崇朝。④

【译 文】

谁说黄河水宽广？一片苇叶渡对岸。
谁说宋国路遥远？我抬脚跟望得见。

谁说黄河水宽广？难容小船来划桨。
谁说宋国路遥远？过河不用一早上。

注释

❶ 苇：芦苇。杭：渡过江河。之：指宋国。

❷ 跂：踮起脚跟。予：我。

❸ 曾：乃。刀：通“舠（dāo）”，小船。

❹ 崇朝：整个早晨。

伯兮

解题

这是一首征人之妻思念丈夫的诗。全诗四章，表达了妇人对丈夫深深的思念之情，表现了其善良纯洁、对爱忠贞的美德；同时控诉了兵役、徭役制度给人民带来的痛苦。在第一章中，先写“伯”的英武形象，为后三章思夫进行了铺垫。接着，按思夫感情变化发展的逻辑，写出了“首如飞蓬”“甘心首疾”“使我心痗”三句，思想感情步步深化。本诗结构严谨，想象奇特，令人回味无穷，有很强的艺术感染力。

【原文】	【译文】
伯兮朅兮，邦之桀兮。①	我的丈夫多勇健，卫国豪杰英名显。
伯也执殳，为王前驱。②	丈夫持殳去从军，卫王先锋走在前。
自伯之东，首如飞蓬。③	自从丈夫去东方，我头如蓬不打扮。
岂无膏沐，谁适为容？④	非无头油来洗发，讨谁喜欢给谁看？
其雨其雨，杲杲出日。⑤	希望天上能下雨，太阳出来光闪闪。

愿言思伯，甘心首疾。⑥	念念不忘思丈夫，想得头疼也心甘。
焉得谖草？⑦言树之背。⑧	哪里能得忘忧草？将它栽种北檐下。
愿言思伯，使我心痗。⑨	念念不忘思丈夫，想得有病也不怕。

注释

❶ 伯：周代妇女称丈夫为伯。朅（qiè）：强健英武的样子。邦：国家。此指卫国。桀：才能出众的人。

❷ 执：持。殳（shū）：古代竹或木制兵器，长一丈二尺，尖而无刃，略同于后代之矛。为：是。王：指周王。前驱：先头部队。

❸ 自：从。之：往。东：东方，指征战之地。首：头。此指头发。蓬：草名，其草似柳絮，聚而飘飞，纷乱无序。

❹ 岂：难道。沐：洗头发。为容：打扮容貌。

❺ 其雨：希望下雨。杲杲：日出而光明的样子。

❻ 愿言：念念不忘的样子。首疾：头疼。

❼ 焉：何处。谖（xuān）草：忘忧草。

❽ 言：乃。树：种。

❾ 痗（mèi）：病。

有狐

解题

这是一首女子思念久役于外的丈夫的诗。全诗三章。女子在淇水河边看到狐狸从容自得的样子，想起了久役在外的丈夫，联想到他无裳、无带、无衣的贫苦境况，忧愁和怀念之情袭来。本诗言浅意深，感情真实自然。

【原文】

有狐绥绥，在彼淇梁。①
心之忧矣，之子无裳。②

有狐绥绥，在彼淇厉。③
心之忧矣，之子无带。④

有狐绥绥，在彼淇侧。
心之忧矣，之子无服。⑤

【译文】

狐狸缓缓随意走，在那淇河桥梁上。
我的心中有忧愁，服役丈夫无下裳。

狐狸缓缓随意走，在那淇河沙滩边。
我的心中有忧愁，丈夫无带系腰间。

狐狸缓缓随意走，在那淇河岸上边。
我的心中有忧愁，服役丈夫无衣穿。

注释

❶ 狐：狐狸。绥绥：缓慢行走的样子。淇：淇水。梁：桥。
❷ 之子：这人，指丈夫。裳：下身的衣服。
❸ 厉：通“濑”，指水边浅滩。
❹ 带：衣带。
❺ 服：衣服。

木瓜

解题

这是一首男女互赠定情之物的情歌。全诗三章。首章前两句写姑娘把心爱的木瓜赠给小伙子，小伙子喜出望外，接受了她的爱情，并立即回赠美玉；后两句写小伙子向姑娘表白，表示永远相爱的愿望。后二章与首章相比，只换了几个字，展现了两人真挚的感情。本诗善用民歌惯用的重章叠句的形式，反复抒情，语言质朴生动，清新明快。

【原文】

投我以木瓜，报之以琼琚。①
匪报也，永以为好也。②

投我以木桃，报之以琼瑶。③
匪报也，永以为好也。

投我以木李，报之以琼玖。④
匪报也，永以为好也。

【译文】

她拿木瓜赠送我，我将琼琚回赠她。
不是回赠相报答，欲结深情永爱她。

她拿木桃赠送我，我将琼瑶回赠她。
不是回赠相报答，欲结深情永爱她。

她拿木李赠送我，我将琼玖回赠她。
不是回赠相报答，欲结深情永爱她。

注释

❶ 投：赠。木瓜：落叶灌木，果实形如梨，可食，其味清香。报：回赠。琼琚（jū）：玉名。

❷ 匪：不。

❸ 木桃：桃子。琼瑶：玉名。

❹ 木李：李子。琼玖：玉名。

王风

黍离

解题

此诗可能与周幽王被杀、平王东迁有关。据《史记·周本纪》记载：幽王宠幸褒姒，信任奸佞，荒淫无道，民怨沸腾，致使犬戎攻破镐京，“遂杀幽王骊山下，虏褒姒，尽取周赂而去”。幽王太子宜臼“东迁于雒邑，辟戎寇”。昔日豪华的镐京及宗庙宫室尽毁，诗人见此情景，抚今追昔，感慨万千，写成此诗。全诗三章，先写故宫黍离之变，这是眼前实景；接着写其亡国之恨和忧伤痛苦之情，进而表达其世无知己的感慨；最后，诗人的感情升华到最高点，大声斥问苍天：这残酷的现实究竟是谁造成的？实际上这是在控诉造成宗庙宫室被毁的罪魁祸首——幽王和褒姒。本诗采用叙事抒情和直抒其情的手法，有助于感情的抒发。

【原文】

彼黍离离，彼稷之苗。①
行迈靡靡，中心摇摇。②
知我者，谓我心忧。③
不知我者，谓我何求？④
悠悠苍天，此何人哉？⑤

彼黍离离，彼稷之穗。

【译文】

那边黍秧一行行，那边稷苗长得旺。
远行路上慢悠悠，心有隐忧暗悲怆。
了解我的人们呀，说我心中有忧伤。
不知我的人们呀，说我寻物为哪桩？
请问遥远上苍天，这是何人造灾殃？

那边黍秧一行行，高粱结穗长得旺。

行迈靡靡，中心如醉。	远行路上慢悠悠，心中如醉暗凄怆。
知我者，谓我心忧。	了解我的人们呀，说我心中有忧伤。
不知我者，谓我何求？	不知我的人们呀，说我寻物为哪桩？
悠悠苍天，此何人哉？	请问遥远上苍天，这是何人造灾殃？
彼黍离离，彼稷之实。	那边黍秧一行行，高粱结粒田地上。
行迈靡靡，中心如噎。⑥	远行路上慢悠悠，心如堵塞暗悲怆。
知我者，谓我心忧。	了解我的人们呀，说我心中有忧伤。
不知我者，谓我何求？	不知我的人们呀，说我寻物为哪桩？
悠悠苍天，此何人哉？	请问遥远上苍天，这是何人造灾殃？

注释

❶ 彼：那。黍：一种农作物，形似小米。离离：禾苗成行的样子。稷：高粱。

❷ 行迈：在路上不停地向前走。靡靡：缓慢而行。中心：心中。摇摇：心神不定的样子。

❸ 谓：说。

❹ 何求：寻求什么。

❺ 悠悠：遥远的样子。

❻ 噎：堵塞。

君子于役

解题

这是一首描写农妇怀念远行服役丈夫的诗。全诗二章。黄昏时分，农妇见“鸡栖于埘”、牛羊归来的情景，勾起了对久役于外的丈夫的怀念，深切地表达了她渴望与丈夫团聚的愿望，以及对制造兵役与徭役的社会制度和统治者的不满。本诗运用白描手法，把黄昏时的山村景象和生活画面描绘得真实自然，惟妙惟肖。这种景物描写与女主人公的孤独、忧虑和深沉的思夫之情融为一体，给读者以美的感受。

【原文】

君子于役，不知其期。①
曷至哉？鸡栖于埘。②
日之夕矣，羊牛下来。③
君子于役，如之何勿思？④

君子于役，不日不月。⑤
曷其有佸？⑥鸡栖于桀。⑦
日之夕矣，羊牛下括。⑧
君子于役，苟无饥渴。⑨

【译文】

丈夫前去服苦役，不知何时是归期。
什么时候回家乡？小鸡栖息土窝里。
太阳落山已黄昏，牛羊成群回圈里。
丈夫前去服苦役，怎能让我不惦记？

丈夫前去服苦役，不知归来是何日。
什么时候到家里？木桩上面鸡栖息。
太阳落山已黄昏，牛羊自外进圈里。
丈夫前去服苦役，盼他不渴也不饥。

注释

❶ 于役：去服役。于，往。役，苦役，包括兵役和徭役。期：指服役期限。
❷ 于：在。埘（shí）：在土墙上挖洞而成的鸡窝。
❸ 夕：日落西方。
❹ 如之何：怎能。勿：不。
❺ 不日不月：指无确定的日期。
❻ 有：能够。佸（huó）：相会。
❼ 桀：木桩。此指栖鸡的木架。
❽ 括：会合，到来。
❾ 苟：且，或许。

君子阳阳

解题

这是一首描写情人相约出游的诗。全诗二章。每章前三句写“君子”高兴异常，手持乐器，招情人出游；后一句写他们快乐的感受，表现出青年男女追求自由、寻求欢乐的愿望。全诗语言简练，形象生动，洋溢着乐而忘忧的激情。

【原 文】

君子阳阳，左执簧，
右招我由房。①其乐只且。②

君子陶陶，左执翿，
右招我由敖。③其乐只且。

【译 文】

情哥脸上喜洋洋，他的左手拿着簧，
右手招我跳由房。那种欢乐永难忘。

情哥脸上乐陶陶，他的左手拿着翿，
右手招我跳由敖。那种快乐无限好。

注释

❶ 阳阳：快乐自得的样子。左：左手。执：拿。簧：古乐器，竹制，似笙而大。右：右手。招：以手招呼。由房：演奏房中乐章所跳的舞蹈。

❷ 只且：语气助词。

❸ 陶陶：和畅欢乐的样子。翿（dào）：一种舞具，用鸟羽编成，像扇子或雨伞形。舞者持此覆于头上，装扮鸟的形象。由敖：舞名。

扬之水

解题

这是一首戍卒思归的怨歌。全诗三章。每章前两句皆写小水不能冲走一捆柴草，喻国势衰落，无力救助别国；三、四句写戍卒与妻子分离，长久不能回归；五、六句写戍卒思念亲人，盼望速归，而又不知其期。全诗表现了戍卒怀念亲人、怨恨远戍的心情，揭露了兵役制给人民带来的苦难。

【原文】

扬之水，不流束薪。①
彼其之子，不与我戍申。②
怀哉怀哉！曷月予还归哉？③

扬之水，不流束楚。
彼其之子，不与我戍甫。④

【译文】

小水沟啊水沟小，不能冲走一捆柴。
那个人啊是我妻，戍申不能带她来。
怀念她啊把她想！何时能见我的妻？

小水沟啊水沟小，一捆荆条冲不走。
那个人啊是我妻，不能与我戍甫地。

怀哉怀哉！曷月予还归哉？	怀念她啊把她想！何时能见我的妻？
扬之水，不流束蒲。	小水沟啊水沟小，一捆蒲草冲不走。
彼其之子，不与我戍许。⑤	那个人啊是我妻，不能与我戍许地。
怀哉怀哉！曷月予还归哉？	怀念她啊把她想！何时能见我的妻？

注释

❶ 扬：水缓流之貌。不流：冲不走。束薪：一捆柴草。

❷ 其：语助词。戍：戍守。申：国名。

❸ 曷：何。予：我。

❹ 甫：国名。

❺ 许：国名。

中谷有蓷

解题

这是一首弃妇自写不幸的诗。全诗三章。每章前两句皆以益母草干枯起兴，喻己面容憔悴，处境艰难；三、四句述其被弃的忧痛；五、六句斥责其夫无情无义，自叹身世。诗中表现了妇人被丈夫无故抛弃的孤独痛苦，客观上控诉了男尊女卑的不合理社会制度，有一定现实意义。本诗善用比兴手法，反复直抒其情，有很强的艺术感染力。

【原文】

中谷有蓷，暵其干矣。①
有女仳离，慨其叹矣。②
慨其叹矣，遇人之艰难矣。③

中谷有蓷，暵其脩矣。④
有女仳离，条其啸矣。⑤
条其啸矣，遇人之不淑矣。⑥

中谷有蓷，暵其湿矣。⑦
有女仳离，啜其泣矣。⑧
啜其泣矣，何嗟及矣。⑨

【译文】

山谷之中益母草，天旱早已全枯干。
被你遗弃永分离，忧愁慨叹伤心肝。
忧愁慨叹伤心肝，嫁人不淑境遇惨。

山谷之中益母草，天旱早已全枯萎。
被你遗弃永分离，大声悲啸我叹悔。
大声悲啸我叹悔，嫁人不淑面憔悴。

山谷之中益母草，天旱早已全枯干。
被你遗弃永分离，只能呜咽多悲叹。
只能呜咽多悲叹，后悔莫及徒遗憾。

注释

❶ 中谷：谷中。蓷（tuī）：益母草。暵（hàn）其：犹“暵然”，干枯的样子。此指蓷枯萎的样子。

❷ 有：与。仳离：分离，分别。此指妇人被丈夫抛弃。慨其：犹“慨然”，感叹的样子。叹：伤心。

❸ 遇人：嫁人。艰难：指丈夫对妻子无情无义。

❹ 脩：本义是肉干，引申为“干枯”之意。

❺ 条其：犹“条然”，长长的样子。此处形容啸声的悠长。啸：此指悲叹。

❻ 淑：善。

❼ 湿：晒干。

❽ 啜其：犹“啜然”，哭泣的样子。

❾ 何嗟及矣：后悔莫及。

兔爰

解题

本诗是普通百姓在兵役与徭役的重压下所发出的近乎绝望的痛苦呻吟。全诗三章。每章前两句以兔、雉为比，表现了社会的不平等和百姓的不自由；中间四句揭示了百姓的重重苦难；最后一句表现了诗人对黑暗现实的绝望态度，在消极的沉默中，隐隐跳动着愤怒的激情。这正是当时社会矛盾激化的必然反映。

【原文】

有兔爰爰，雉离于罗。①
我生之初，尚无为。②
我生之后，逢此百罹。③
尚寐无吪。④

有兔爰爰，雉离于罦。⑤
我生之初，尚无造。⑥
我生之后，逢此百忧。
尚寐无觉。⑦

有兔爰爰，雉离于罿。⑧
我生之初，尚无庸。⑨

【译文】

野兔悠闲又自在，野鸡暗中遭网罗。
多年之前我降生，天下无事尚欢乐。
自从降生到今天，遭逢患难实在多。
我愿长眠不活动。

野兔悠闲又自在，野鸡遭罦而丧生。
多年之前我降生，天下无事尚欢腾。
自从降生到今天，遭逢忧患数不清。
希望长眠永不醒。

野兔悠闲又自在，野鸡遭罿而丧生。
多年之前我降生，没有劳役尚轻松。

我生之后，逢此百凶。	自从降生到今日，遭逢祸患数不清。
尚寐无聪。⑩	希望长眠不想听。

注 释

❶ 爰爰：自由自在的样子。雉：野鸡。离：通“罹”，遭遇。罗：捕鸟兽之网。

❷ 尚：还。无为：无事。为，事。此指兵役和徭役。

❸ 罹：忧患。

❹ 尚：庶几，希望。寐：睡觉。无吪（é）：不动。

❺ 罦（fú）：一种有机关的捕鸟兽之网。

❻ 无造：犹“无为”。

❼ 觉：醒来。

❽ 罿（tóng）：捕鸟的网。

❾ 庸：劳役。

❿ 聪：听。

葛藟

解 题

这是一首描写流浪者乞讨而不得的怨诗。全诗三章。每章前两句以葛藤蔓延而不离根起兴，喻自己不如葛；后四句写其离家乞讨，就是以父母称呼别人也得不到关照，抒发了流浪者呼天地而不应的极度悲愤之情，揭示了社会动乱中人民走投无路的现实。本诗善用比兴，抒情缠绵而深沉，语言质朴自然，简洁生动。

【原 文】

绵绵葛藟，在河之浒。[1]
终远兄弟，谓他人父。[2]
谓他人父，亦莫我顾。[3]

绵绵葛藟，在河之涘。[4]
终远兄弟，谓他人母。
谓他人母，亦莫我有。[5]

绵绵葛藟，在河之漘。[6]
终远兄弟，谓他人昆。[7]
谓他人昆，亦莫我闻。[8]

【译 文】

葛藟藤蔓长绵绵，生长繁茂在河边。
既已远离亲兄弟，称人父亲乞人怜。
虽然称人亲父亲，人家不肯照看俺。

葛藟藤蔓长绵绵，生长繁茂在河岸。
既已远离亲兄弟，称人母亲乞人怜。
虽然称人亲母亲，人家不肯慈爱俺。

葛藟藤蔓长绵绵，生长繁茂在河畔。
既已远离亲兄弟，称人哥哥乞人怜。
虽然称人亲兄长，人家不肯恤问俺。

注释

❶ 绵绵：连绵不断的样子。浒（hǔ）：河边。

❷ 终：既。远：远离。

❸ 顾：照顾。

❹ 涘：河边。

❺ 有：相亲之意。

❻ 漘（chún）：水边。

❼ 昆：兄。

❽ 闻：通“问”，恤问。

采葛

解题

这是一首轻松明快的情歌。全诗三章，作者当是一位男青年。那位采葛、采萧、采艾姑娘的风姿给他留下了难以磨灭的印象，并激起他强烈的爱慕之情。因而当他们分别一日之后，他感到像三月、三秋、三年那样漫长，这正表现出他对姑娘真挚而深切的爱。本诗采用重章叠句的形式，用比喻和夸张的艺术手法，把男子眷恋姑娘的心理活动写得生动而形象。

【原 文】

彼采葛兮，一日不见，
如三月兮。①

彼采萧兮，一日不见，
如三秋兮。②

彼采艾兮，一日不见，
如三岁兮。③

【译 文】

那位采葛好姑娘，一日不能把她见，
如同三月未见面。

那位采萧好姑娘，一日不能把她见，
如同三秋未见面。

那位采艾好姑娘，一日不能把她见，
如同三年未见面。

注释

❶ 葛：藤本植物，其皮可制成纤维织布。三月：三个月。

❷ 萧：香蒿，古人祭祀时用。三秋：犹言“三季”，即九个月。
❸ 艾：菊科植物，叶子可供药用。三岁：三年。

大车

解题

这是一首女子所唱的情歌。全诗三章。前两章的一、二句写其情人的车驾与服饰；三、四句写其思念情人之感情。由于某种原因，她没能与情人结合，但她决不妥协，所以在第三章里，她向情人表白：誓死不嫁他人，愿与他“死则同穴”。对爱情的忠贞不渝及心地的纯洁善良，显示出这位平民女子的高贵品格。“穀则异室，死则同穴”也成为中国人熟知的爱情誓言。

【原文】

大车槛槛，毳衣如菼。①
岂不尔思？畏子不敢。②

大车哼哼，毳衣如璊。③
岂不尔思？畏子不奔。④

穀则异室，死则同穴。⑤
谓予不信，有如皦日。⑥

【译文】

大车走过声声响，他穿嫩绿毛衣裳。
岂能不把你来想？怕你相爱无胆量。

大车缓缓向前行，红色衣服身上穿。
岂能不把你思念？与你私奔你不敢。

活着无法相结合，死后同葬一墓穴。
以为这话不可信，就让太阳把证作。

注释

❶ 大车：贵族乘坐的车。槛槛：车轮滚滚转动的声音。毳（cuì）衣：用兽毛制成的衣服。菼（tǎn）：初生的荻苇。

❷ 畏：怕。

❸ 哼哼（tūn）：车行声，犹“槛槛”。璊（mén）：赤色玉。

❹ 奔：私奔，逃走。

❺ 穀：活着。异室：两室分居。此指不能成为夫妻，同居一室。同穴：同葬一个墓穴。

❻ 予：我。皦（jiǎo）：白，光明。

丘中有麻

解题

这是一首描绘情人“幽会合欢”的诗。全诗三章。前二章写女主人公在麻地里等候情人前来相会，但情人未能及时赶到，她殷切地等待着；后一章写情人终于来到，女主人公得到了他的定情礼物，极为高兴。本诗真实表现了女主人公对美好爱情的追求，体现了其纯真的天性和泼辣的性格，形象生动。

【原 文】

丘中有麻，彼留子嗟。[1]
彼留子嗟，将其来施施。[2]

丘中有麦，彼留子国。[3]

【译 文】

山地里边有麻田，我等子嗟来会面。
我等子嗟来会面，盼他到来相交欢。

山地里边有麦田，我等子国来会面。

原文	译文
彼留子国，将其来食。[4]	我等子国来会面，盼他到来相交欢。
丘中有李，彼留之子。[5]	山地里边有李树，我等这人寻欢乐。
彼留之子，贻我佩玖。[6]	我等这人寻欢乐，他把佩玉赠给我。

注释

❶ 丘：山地。麻：指麻田。留：等待。子嗟：人名。

❷ 将：希望，请求。其：指子嗟。施施：施与，帮助。此有恩惠之意。

❸ 子国：实即上文之“子嗟”。

❹ 食：犹“朝食”，男女性行为的隐语。

❺ 李：指李树林。

❻ 贻：赠送。佩玖：佩玉。

郑风

缁衣

解 题

这是一首描写家庭生活的诗。诗人的丈夫可能是一位小官吏，她见丈夫衣敝就为他改制新衣，又送丈夫去官府办公；每天丈夫回家，她就端上美餐，使他穿得体面、吃得舒心，自己也心安理得。在简单的记述中，一个贤妻良妇的形象跃然纸上，一个中国古人所追求的和睦幸福的家庭生活仿佛就展现在眼前。本诗采用复沓叠唱的章法，且句句用“兮”字收尾，情感表达含蓄深刻。

【原 文】

缁衣之宜兮，敝，
予又改为兮。①
适子之馆兮，还，
予授子之粲兮。②

缁衣之好兮，敝，
予又改造兮。③
适子之馆兮，还，
予授子之粲兮。

【译 文】

你穿黑衣很合体，衣旧，
我给你改成新装。
早晨你去那官府，归家，
我把美餐快献上。

你穿黑衣很美丽，衣旧，
我给你改成新装。
早晨你去那官府，归家，
我把美餐快献上。

缁衣之席兮，敝，	你穿黑衣很宽舒，衣旧，
予又改作兮。④	我为你改成新装。
适子之馆兮，还，	早晨你去那官府，归家，
予授子之粲兮。	我把美餐快献上。

注释

❶ 缁（zī）衣：黑颜色的衣服。这是古代的卿大夫和一般官吏在官府办公时穿的衣服。宜：合适。此指衣合身。敝：破旧。改为：把旧衣改做成新衣。

❷ 适：前往。馆：客舍，住所。还：归来。此指丈夫由馆返家。

❸ 好：美好，漂亮。

❹ 席：宽大，宽松。

将仲子

解题

这是一首杰出的民间情歌。全诗三章。每章前三句劝情人勿越里墙，看似拒绝情人，实则语含隐痛，苦衷难言，故四、五两句申说缘由：怕被父母、兄长、他人发现幽会的踪迹，招致责难。六、七、八句展现了她对“仲子”的爱恋深情；真情既露，又怕父母等知晓，心情极为矛盾。本诗边叙边议，把敢于“逾里”追求爱情的小伙子写得栩栩如生。诗人还善于描写少女的心理活动，把她追求爱情的强烈欲望和恐惧心理刻画得生动而形象。

【原文】

将仲子兮，无逾我里，
无折我树杞。[1]岂敢爱之？[2]
畏我父母。仲可怀也，
父母之言，亦可畏也！[3]

将仲子兮，无逾我墙，
无折我树桑。岂敢爱之？
畏我诸兄。仲可怀也，
诸兄之言，亦可畏也！

将仲子兮，无逾我园，
无折我树檀。[4]岂敢爱之？
畏人之多言。仲可怀也，
人之多言，亦可畏也！

【译文】

希望我的小二哥，莫越里墙进我里，
别折杞树来幽会。岂是爱惜杞树枝？
父母知晓真可畏。二哥真是可怀恋，
父母知道这件事，开口说话真可畏！

希望我的小二哥，莫要越墙进我里，
莫折桑树来幽会。岂是爱惜桑树枝？
兄长知晓太可畏。二哥真是可思念，
诸兄若要知此事，开口说话真可畏！

希望我的小二哥，莫过园墙到我家，
莫折檀树来幽会。岂是爱惜檀树枝？
人言纷纷甚可畏。二哥真是可怀念，
他人若是知此事，开口说话真可畏！

注释

❶将：请，希望。仲子：犹言“二哥”。古代兄弟或姊妹排行，大者称伯，小者依次称仲、叔、季。逾：越过。里：五家为邻，五邻为里，里外有墙。树杞：犹“杞树”。

❷爱：爱惜，吝啬。

❸怀：思念。畏：害怕。

❹园：园墙。檀：树名。

叔于田

解题

这是一首赞美猎人的诗。作者可能是一位女性，那猎人很可能是她的意中人，甚至也可能就是她的丈夫。全诗三章。每章一、二句皆点明“叔”打猎的事实；后三句赞美猎人美丽的外表及内在的品格与才能。全诗充分表达了诗人对猎人的赞美，在溢美之词中委婉透露出她的爱慕之意。本诗善用夸张之语，艺术效果甚佳。

【原 文】

叔于田，巷无居人。①
岂无居人？不如叔也，
洵美且仁。②

叔于狩，巷无饮酒。③
岂无饮酒？不如叔也，
洵美且好。

叔适野，巷无服马。④
岂无服马？不如叔也，
洵美且武。⑤

【译 文】

阿叔出门去打猎，里巷没人全外出。
难道里巷真没人？没谁能比那阿叔，
确实漂亮又仁爱。

阿叔冬天去打猎，里巷没人把酒喝。
真的没人来喝酒？没谁能比那阿叔，
确实漂亮心地好。

阿叔郊外去打猎，里巷没人驾车出。
真的没人把车驾？没谁能比那阿叔，
确实漂亮又勇武。

注释

❶ 叔：古代兄弟或姊妹排行，依次为孟、仲、叔、季。此处指猎人。于：往。田：打猎。巷：本为里中之道。此指人们居住的里巷。无居人：没有居住的人。

❷ 洵：确实。仁：温厚，慈爱。

❸ 狩：冬季打猎。饮酒：这里指燕饮。

❹ 野：郊外。服马：乘马。

❺ 武：英武。

大叔于田

解题

本诗是《叔于田》的“姊妹篇”。前诗赞美“叔”的品貌和才能，此诗则具体描绘“叔”的打猎过程及其勇敢无畏的雄姿，同时也表达了诗人对“叔”的关怀和体贴。全诗三章。或许此诗长于《叔于田》，故题目之上加一“大”字以区别，而诗旨则相同。本诗采用赋的手法，铺张扬厉，场面被渲染得极其生动。

【原文】

叔于田，乘乘马。①
执辔如组，两骖如舞。②
叔在薮，火烈具举。③
袒裼暴虎，献于公所。④
将叔无狃，戒其伤女。⑤

【译文】

阿叔出外去打猎，四马驾车已上路。
手执马缰如丝带，两匹骖马如跳舞。
阿叔身在草泽中，燃起烈火把兽阻。
赤手空拳打猛虎，打到猎物献公府。
我请阿叔别大意，谨防猛虎伤筋骨。

叔于田，乘乘黄。⑥	阿叔出外去打猎，四匹黄马套车上。
两服上襄，两骖雁行。⑦	两匹服马冲在前，两匹骖马像雁行。
叔在薮，火烈具扬。⑧	阿叔身在草泽中，烈火腾空把兽挡。
叔善射忌，又良御忌。⑨	阿叔善射箭飞扬，驾车他也很在行。
抑磬控忌，抑纵送忌。⑩	时而勒马停脚步，时而纵马奔前方。
叔于田，乘乘鸨。⑪	阿叔出外去打猎，杂毛四马拉车走。
两服齐首，两骖如手。⑫	两匹服马并头进，两匹骖马如双手。
叔在薮，火烈具阜。⑬	阿叔身在草泽中，烈火旺烧无尽头。
叔马慢忌，叔发罕忌。⑭	阿叔驱马慢悠悠，发箭渐稀少野兽。
抑释掤忌，抑鬯弓忌。⑮	打开箭筒装箭竿，打开弓袋把弓收。

注释

❶ 乘：前一“乘”字为动词，驾车；后一“乘（shèng）”字为名词，即一车四马。

❷ 执：持，拿。辔：马缰绳。组：丝带。此言猎人手持六条缰绳如一条丝带，非常整齐，显示驾车本领高超。骖：古代四马驾一车，中间驾车辕的两匹马称服马，靠外边的两匹马称骖马。

❸ 薮：生长着茂草的浅水湖泽。火烈：打猎时放火烧草，火焰炽烈。举：扬起。此指四周火起。

❹ 袒裼（xī）：脱衣露体。暴虎：赤手空拳打老虎。公所：公室。

❺ 将：希望。狃（niǔ）：熟悉，熟练。戒：警惕。

❻ 黄：黄色的马。

❼ 上襄：马头昂起。雁行：如大雁之行列，前后整齐有序。

❽ 扬：指火光飞扬而起，照亮天空。

❾ 忌：语末助词。良御：善于驾车。

⑩ 磬：石制乐器，其形弯曲。此借以形容御车者控马的身姿。控：拉辔以控制马的前进。纵送：纵辔放马快跑。

⑪ 鸨：黑白杂色之马。

⑫ 齐首：齐头并行。如手：骖马在两侧，如同人手左右各一，非常整齐。

⑬ 阜：火势旺盛。

⑭ 发：将箭射出。罕：少。

⑮ 释：打开。掤（bīng）：箭筒盖。鬯（chàng）弓：把弓放进弓袋里。鬯，弓袋。

清人

解题

旧注说这是讽刺郑文公与将军高克的诗。《诗序》说："《清人》，刺文公也。高克好利而不顾其君，文公恶而欲远之不能。使高克将兵而御狄于竟，陈其师旅，翱翔河上。久而不召，众散而归，高克奔陈。公子素恶高克进之不以礼，文公退之不以道，危国亡师之本，故作是诗也。"这里所说的事见于《左传·闵公二年》，故《诗序》所言较可信。全诗三章。每章前二句皆写清邑之军的威武，后二句写军队的闲散。究其原因，乃文公久弃其军、高克无心理军的结果。本诗用对比反衬之法，有利于表现主题。

【原文】

清人在彭，驷介旁旁。①
二矛重英，河上乎翱翔。②

清人在消，驷介麃麃。③

【译文】

清邑军队驻守彭，驷马披甲气势壮。
车上两矛系红缨，黄河岸边闲游荡。

清邑军队驻守消，驷马披甲多勇壮。

二矛重乔，河上乎逍遥。④	两矛系着野鸡毛，黄河岸上闲游逛。
清人在轴，驷介陶陶。⑤	清邑军队驻守轴，驷马披甲行走迟。
左旋右抽，中军作好。⑥	左转车驾右进击，军中无事做游戏。

注释

❶ 清：卫国邑名。彭：与下文“消”“轴”皆地名，都在黄河边上。介：铁甲。旁旁：同“彭彭”，形容马强壮有力的样子。

❷ 二矛：兵车上的两支矛。英：缨，兵器的装饰物。河：黄河。翱翔：鸟儿上下飞翔。此指郑军驾车闲游，无所事事。

❸ 麃麃（biāo）：勇武的样子。

❹ 乔：矛上装饰的野鸡羽毛。逍遥：闲散游荡。

❺ 陶陶：马缓行的样子。

❻ 左旋：战车向左转。此指御者练习转车的技巧。右抽：向右进车冲击。中军：军中。作好：戏玩。好，玩。

羔裘

解题

朱熹《诗集传》说这是“美其大夫之词”，至于大夫是谁，朱熹说“不知其所指”，可信。全诗三章。每章首句以大夫衣饰之美写起，借喻其德行之美；二句赞美其品格和才识。后二句点出大夫对朝廷之忠及为官之正，确为“邦之彦”。全诗表现了人们对“好官”的赞美和热爱，也委婉表达了人们对“好官”的渴望之情。本诗叙事采用分、合之法，末句皆用肯定语气，有助于感情的表达。

【原 文】

羔裘如濡，洵直且侯。[1]
彼其之子，舍命不渝。[2]

羔裘豹饰，孔武有力。[3]
彼其之子，邦之司直。[4]

羔裘晏兮，三英粲兮。[5]
彼其之子，邦之彦兮。[6]

【译 文】

羊羔皮袄有光泽，大夫正直而好看。
他是这样一个人，宁丢性命节不变。

羊皮袄袖豹皮镶，大夫英武有力量。
他是这样一个人，国家司直谏君王。

羊羔皮袄多光鲜，素丝装饰更灿烂。
他是这样一个人，国中英杰是模范。

注释

❶ 羔裘：羊羔皮袄，为当时大夫所穿之衣。濡：润泽有光亮。洵：确实。直：正直。侯：美。

❷ 舍：舍弃。渝：变。

❸ 豹饰：用豹皮作羔裘的边缘装饰。孔：甚，很。武：武艺，打仗的能力。

❹ 邦：国。司直：官名，负责纠正、劝谏君王过失。

❺ 晏：鲜艳。粲：鲜明。

❻ 彦：美士。此指贤能之士。

遵大路

解题

这是一首描写爱情悲剧的诗。一位与男子相恋并共同生活了多年的女子，在其失去青春风韵后，被男子抛弃了。在男子送她的路上，她拉着他的袖口，反复哀求他不要如此绝情。女子那哀求男子的可怜形象，令人目不忍睹，也令人同情。全诗语言自然流畅，弃妇的形象生动逼真。

【原文】

遵大路兮，掺执子之祛兮。①
无我恶兮，不寁故也。②

遵大路兮，掺执子之手兮。
无我魗兮，不寁好也。③

【译文】

沿着大路向前走，用手拉住你袖口。
不要如此讨厌我，莫断旧情莫成仇。

沿着大路往前走，用手拉住你的手。
不要如此嫌弃我，莫断友好莫成仇。

注释

❶ 遵：沿着。掺执：拉住。祛：袖口。
❷ 无我恶：不要讨厌我。寁（zǎn）：去，丢弃、忘记的意思。
❸ 魗（chóu）：嫌弃，讨厌。好：友好。

女曰鸡鸣

解 题

清人姚际恒说此诗“只是夫妇帏房之诗，然而见此士女之贤”（《诗经通论》）。全诗三章，采用对话的形式，描绘了一对夫妇的和乐生活。首章写夫妇黎明前的对答，妻子催促丈夫早起射猎；次章写妻答夫，她愿勤劳持家；末章写夫答妻，他感激贤妻，赠妻礼物。两人互敬互爱，亲密无间，表现了中国古代家庭生活的一个侧面。全诗用对话联成，结构新奇，栩栩如生，情趣盎然，真所谓“传神之笔”。

【原 文】

女曰：“鸡鸣。”
士曰：“昧旦。”①
“子兴视夜，明星有烂。”②
“将翱将翔，弋凫与雁。”③

“弋言加之，与子宜之。④
宜言饮酒，与子偕老。⑤
琴瑟在御，莫不静好。”⑥

“知子之来之，杂佩以赠之。⑦

【译 文】

妻说：“鸡叫天已亮。”
夫说：“将亮还未亮。”
“你快起床看天色，启明星光闪闪亮。”
“我将出外去打猎，射落凫雁喜洋洋。”

“用箭射落凫和雁，我为你烹好菜肴。
做好菜肴来饮酒，我们共同活到老。
琴瑟安放支架上，夫妻欢快心情好。”

“知你殷勤把我爱，我把杂佩赠给你。

知子之顺之，杂佩以问之。⑧	知你和顺把我待，我把杂佩赠送你。
知子之好之，杂佩以报之。”⑨	知你对我这般好，我用杂佩回报你。”

注释

❶ 昧旦：黎明时分。

❷ 子：你。兴：起。视夜：观看天色。明星：启明星。有烂：犹“烂烂”，明亮。

❸ 翱、翔：鸟儿上下飞翔。此指出外到处射猎。弋（yì）：把生丝系在箭上来射鸟。凫：野鸭。

❹ 加：射中。宜：肴。此处用为动词，把凫雁做成佳肴。

❺ 偕老：共同生活，白头到老。

❻ 琴瑟：古代的两种乐器。古人常以琴瑟和鸣象征夫妇亲密和谐。静好：安静美好。

❼ 子：指妻。来：殷勤，勤劳。之：语助词。杂佩：用多种珠玉做成的佩饰。之：指妻。

❽ 顺：温顺。问：赠送。

❾ 报：回赠。

有女同车

解题

这是一首优美的情歌。全诗二章。每章首句写男主人公与女子同行；二句写女子容颜美如花；三句写女子步履如鸟之飞翔，轻盈飘逸；四句写女子佩饰之美；五句点出女子之姓；六句复叹女子美容美德。全诗充分体现了男主人公对女子的赞美与热爱之情，表现了他对自由爱情的追求。本诗善用比喻，女子形象生动有趣，令人过目不忘。

【原文】

有女同车，颜如舜华。[1]
将翱将翔，佩玉琼琚。[2]
彼美孟姜，洵美且都。[3]

有女同行，颜如舜英。[4]
将翱将翔，佩玉将将。[5]
彼美孟姜，德音不忘。[6]

【译文】

姑娘与我同车行，容颜美丽如鲜花。
举步飘逸如鸟飞，各色佩玉身上挂。
那位漂亮姜大姐，确实美丽又文雅。

姑娘与我同路行，面如鲜花真漂亮。
举步飘逸如鸟飞，佩玉相撞声锵锵。
那位漂亮姜大姐，美好声誉不消亡。

注释

❶ 颜：容颜，容貌。舜华：木槿花，落叶灌木，夏秋开淡紫红或白色花朵，朝开暮落。

❷ 翱、翔：鸟儿上下飞翔。此处借喻女子行动时摇曳飘逸的美姿，有如鸟儿

展翅飞翔。琼琚：佩玉名。

❸ 孟姜：姜姓大女儿。洵：确实。都：文雅美丽。

❹ 行：路。英：花。

❺ 将将：玉相撞发出的声音。

❻ 德音：美好的声誉。忘：通“亡”。

山有扶苏

解题

这是一首明快幽默的情歌。全诗二章。每章前两句以茂盛的植物起兴；三、四句描写一位姑娘去见情人，没能如愿，却见到一位恶少。她大失所望，心中极不快乐，便作诗吐露真情。在嬉笑俏骂之间，表现了姑娘对情人的真挚感情。全诗语言简短，充溢着浓郁的艺术情趣。

【原 文】

山有扶苏，隰有荷华。①
不见子都，乃见狂且。②

山有乔松，隰有游龙。③
不见子充，乃见狡童。④

【译 文】

山上长着朴樕树，洼地荷花处处开。
没有见到子都面，却见狂人走过来。

高大松树遍山坡，洼地游龙处处开。
没有见到子充面，却见狂童走过来。

注释

❶ 扶苏：朴樕，小树名。荷华：荷花。

❷ 子都：我国古代美男子的通称。乃：却。狂且：举止轻狂的人。

❸ 乔松：高大的松树。乔，高。游龙：草名。

❹ 子充：我国古代美男子的通称。狡童：犹“狂童”，虚伪狡猾的恶少。

萚兮

解题

这是一首女子所唱的情歌。全诗二章。每章前两句描写秋风吹来、树叶飘零的景象。这自然景色调动了女子的情绪，于是第三、四句便描写女子的欢乐。女子呼唤一同劳动的小伙子们共同歌唱，讴歌劳动，欢唱爱情。全诗把秋风送爽的自然美景和歌声荡漾的欢快气氛融合成一个和谐的艺术整体，仿佛在生活的琴弦上弹出了一支爱情奏鸣曲，拨动着读者的心弦。

【原 文】

萚兮萚兮，风其吹女。①
叔兮伯兮，倡予和女。②

萚兮萚兮，风其漂女。③
叔兮伯兮，倡予要女。④

【译 文】

树落叶啊草落叶，大风将把你们吹。
小弟弟啊大哥哥，你们领唱我跟随。

树落叶啊草落叶，漫天飘舞任风吹。
小弟弟啊大哥哥，你们领唱我跟随。

注释

❶ 萚（tuò）：草木的脱皮或落叶。女：你，指落叶。

❷ 倡：同“唱”。和：伴唱，和唱。

❸ 漂：同“飘”，吹动。

❹ 要：相伴，相约。

狡童

解 题

这是一首失恋之歌。全诗二章，描写了一位女子同情人之间产生了矛盾，于是她寝食不安，反复申诉其怨恨之情。女子对情人爱恋不舍的心理活动呈现在读者面前，真实感人。本诗语言质朴自然，很有生活情趣。

【原 文】

彼狡童兮，不与我言兮。①
维子之故，使我不能餐兮。②

彼狡童兮，不与我食兮。
维子之故，使我不能息兮。③

【译 文】

那位漂亮小伙子，不肯同我把话谈。
因为你的缘故啊，使我无心来进餐。

那位漂亮小伙子，不肯同我来吃饭。
因为你的缘故啊，使我寝食都不安。

注 释

❶ 狡：通“姣”，美丽。
❷ 维：因为。
❸ 息：安。

褰裳

解题

这是一首优秀的民间情歌。全诗二章。每章前两句写姑娘向情人提出前来相会的要求，后三句写她向情人撒娇调笑，戏言相警：如果他不来幽会，定会有别的男人向她求爱。这不但表现了姑娘爽朗泼辣的个性，也反映了她对爱情的专一。全诗语言朴实直率，情趣盎然。

【原 文】

子惠思我，褰裳涉溱。①
子不我思，岂无他人？
狂童之狂也且！②

子惠思我，褰裳涉洧。③
子不我思，岂无他士？④
狂童之狂也且！

【译 文】

你若爱我把我想，提裳涉过溱河来。
你若不把我来想，岂无他人把我爱？
傻小子里你最呆！

你若爱我把我想，提裳涉过洧河来。
你若不把我来想，岂无他人把我爱？
傻小子里你最呆！

注 释

❶ 惠：爱。褰裳：提起。裳，裙衣。涉：徒步过河。溱：郑国河名。
❷ 狂童：犹言“傻小子”。狂，痴笨。且：语气词。
❸ 洧：郑国河名。
❹ 士：未婚男子。

丰

解题

这是一首描写女子该嫁而未嫁的悔恨之诗。全诗四章，描写了一个姑娘的未婚夫前来迎娶未婚妻，可是因为某种原因，这个姑娘突然改变了主意，没有嫁给他。但是，不久以后这个姑娘后悔了，并希望未婚夫再来娶她。至于为何会造成这种状况，恐怕是由于社会或家庭的原因；因为在未婚夫前来迎娶之时，女子是无权终止婚事的，有权终止的只有父母。本诗揭露了那个时代父母对儿女幸福婚姻的干涉，表达委婉含蓄，人物形象生动。

【原文】	【译文】
子之丰兮，俟我乎巷兮。[①] 悔予不送兮！[②]	你有丰满美容颜，亲自迎我门外边。 后悔没能随你还！
子之昌兮，俟我乎堂兮。[③] 悔予不将兮！[④]	你的身体多强健，亲自等我厅堂间。 后悔没能随你还！
衣锦褧衣，裳锦褧裳。[⑤] 叔兮伯兮，驾予与行。[⑥]	身穿锦衣罩外衫，穿上锦裙罩外裙。 我的阿哥与阿弟，驾车来迎再成婚。
裳锦褧裳，衣锦褧衣。 叔兮伯兮，驾予与归。[⑦]	穿上锦裙罩外裙，身穿锦衣罩外衫。 我的阿哥与阿弟，快驾车来随你还。

注释

❶ 丰：丰满，容貌美好。俟：等待。乎：于。巷：门外。

❷ 予：我。送：送行，即举行婚礼时，女方父母把女儿交给女婿。

❸ 昌：盛壮的样子。此指身体强壮。堂：厅堂，在巷之侧。

❹ 将：送，送行。

❺ 衣：穿。

❻ 叔、伯：犹言阿哥、阿弟，实指一人，即未婚夫。驾：驾车亲迎。与行：同行，指出嫁。

❼ 与归：同“与行”，出嫁。

东门之墠

解题

这是一首民间情歌。全诗二章。首章前两句写女子居住场所的自然环境。这本是易于幽会之处，然而她与情人却不能相见，因而激起了她的翩翩情思；三、四句正面点出她与情人无法相见的事实，隐约吐露出她的苦恼。二章前两句仍写其生活环境，后两句则明写其相思之情，且埋怨情人不主动前来，这是从另一角度表达她的深挚爱恋之情。诗中虽未直接揭示两人不能相见的原因，但无论是“其人甚远”，还是“子不我即”，都是当时礼教束缚和婚姻制度造成的，故此诗有一定的社会意义。

【原 文】	【译 文】
东门之墠，茹藘在坂。①	东门广场平坦坦，茜草生长土坡间。

其室则迩，其人甚远。②

他的住处离我近，他却仿佛离我远。

东门之栗，有践家室。③
岂不尔思，子不我即。④

东门附近有栗树，善良人家在树边。
岂能不把你来想，你却不到我身前。

注 释

❶ 之：有。墠（shàn）：平坦的广场。茹藘（lǘ）：茜草，其根是红色的，可作染料。坂：土坡。

❷ 迩：近。

❸ 栗：栗树。践：善。

❹ 即：就，接近。

风雨

解 题

这是一首描写夫妇久别重逢的诗。全诗三章。每章前二句写景，风雨凄凄，鸡鸣不已，衬托出女主人公思夫的凄凉心境；后二句写丈夫突然归来，女主人公无比喜悦。两相对照，表现出她对丈夫的挚爱真情。全诗写景抒情，人物形象生动。

【原 文】

风雨凄凄，鸡鸣喈喈。①
既见君子，云胡不夷。②

【译 文】

刮风下雨天气凉，鸡鸣喈喈天已亮。
看到丈夫回家来，心中怎能不欢畅。

风雨潇潇，鸡鸣胶胶。[3]	风雨交加声潇潇，鸡鸣胶胶天已晓。
既见君子，云胡不瘳。[4]	既见丈夫进家门，怎能不乐不欢笑。
风雨如晦，鸡鸣不已。[5]	急风骤雨天昏暗，鸡鸣喈喈不肯止。
既见君子，云胡不喜。	已见丈夫到身边，心中怎能不欢喜。

注释

❶ 凄凄：寒冷。喈喈：鸡叫的声音。

❷ 云：语首助词。胡：怎么。夷：喜悦。

❸ 潇潇：风雨交加的声音。胶胶：鸡叫的声音。

❹ 瘳（chōu）：病愈。这里引申为“快乐”。

❺ 晦：昏暗。已：止。

子衿

解题

这是一首女子所唱的民间情歌。全诗三章。前两章的前两句描绘了令女子难忘的男子的形象美，并写其对男子的绵长情思；后两句皆写其对情人不来的怨恨。第三章前两句写女子在城门高台等待情人的焦灼神态；后两句写她久等情人而不见，因而情思愈深，苦恼无法排遣。全诗表现了女子对幸福爱情的执著追求及对恋人的真诚怀恋。

【原 文】

青青子衿，悠悠我心。①
纵我不往，子宁不嗣音？②

青青子佩，悠悠我思。③
纵我不往，子宁不来？

挑兮达兮，在城阙兮。④
一日不见，如三月兮！

【译 文】

衣领青青好青年，悠悠绵长我的心。
纵然我不把你见，难道你竟无音信？

你的佩玉青又青，我的情思长又长。
纵然我不去见你，你竟不肯来探望？

走来走去心焦急，就在城阙那上边。
一天没能看到你，如同三月没见面！

注 释

❶ 衿（jīn）：衣领。悠悠：忧思绵长的样子。
❷ 纵：纵然。宁：难道。嗣：通“贻”，寄。音：音信。
❸ 佩：佩玉。
❹ 挑、达：来回走动的样子。城阙：城门楼。

扬之水

解 题

这首诗的主题颇难确解。有人认为是写夫妻离别之际，丈夫嘱咐妻子的诗。闻一多《风诗类钞》说：“将与妻别，临行慰勉之词也。”方玉润认为是兄弟二人相互劝勉的诗，《诗经原始》说：“此诗不过兄弟相疑，始因谗间，继乃悔悟，不觉愈加亲爱，遂相劝勉。”朱熹《诗集传》说：“淫者相谓。”即男女相戒不听信谗言。

【原 文】

扬之水，不流束楚。[1]
终鲜兄弟，维予与女。[2]
无信人之言，人实迋女。[3]

扬之水，不流束薪。[4]
终鲜兄弟，维予二人。
无信人之言，人实不信。

【译 文】

小河之水缓缓流，一束荆条冲不走。
我家本来兄弟少，总共只有我和你。
勿听外人来进言，他们说谎来诳你。

小河之水慢慢流，不能冲走一束柴。
我家本来兄弟少，只有你我相关怀。
勿听外人说闲话，他们实不可信赖。

注 释

❶ 扬：小水沟。不流：冲不走。束：一束，一捆。楚：荆条。
❷ 终：既。鲜：少。维：只有。予：我。
❸ 迋：通“诳”，欺骗。
❹ 薪：柴。

出其东门

解 题

本诗主旨为“兄弟相规”。兄弟二人中的一个人受别人的挑拨，与其兄（或弟）产生矛盾，其兄（或弟）反复劝诫弟弟（或哥哥）不要相信谗言，而要永远保持兄弟之间的亲密关系。全诗语言质朴，反映出主人公对兄（或弟）的关爱，委婉地抨击了谗言的制造者。

【原 文】

出其东门，有女如云。①
虽则如云，匪我思存。②
缟衣綦巾，聊乐我员。③

出其闉阇，有女如荼。④
虽则如荼，匪我思且。⑤
缟衣茹藘，聊可与娱。⑥

【译 文】

走出郑国东城门，姑娘多如天上云。
虽然多如天上云，非我日夜想的人。
白衣苍巾好姑娘，才能使我乐开心。

走出郑都城门外，姑娘好似白茅花。
虽然好似白茅花，非我日夜想的她。
白衣红巾好姑娘，才能与她共欢洽。

注释

❶ 其：那。如云：像云那样密集。

❷ 思存：思念。

❸ 缟：白色。綦（qí）：苍白色。巾：佩巾。聊：且。员：友，亲爱。一说为语助词。

❹ 闉阇（yīndū）：城门外的护门小城。荼（tú）：白茅花。这里比喻女子众多。

❺ 思且：思念。

❻ 茹藘（lǘ）：茜草，其根是红色的，可作染料。此指红佩巾。娱：欢乐。

野有蔓草

解题

这是一首优美的情诗。全诗二章。每章前两句描写生机勃勃的春天景象，点明两人相恋的时令和环境；三、四两句描绘姑娘的美丽多情；五、六两句写男子与姑娘不期而遇的喜悦。全诗洋溢着幸福欢快的气氛，显示了青年男女对美好事物的渴望与追求。

【原文】

野有蔓草，零露漙兮。[1]
有美一人，清扬婉兮。[2]
邂逅相遇，适我愿兮。[3]

野有蔓草，零露瀼瀼。[4]
有美一人，婉如清扬。
邂逅相遇，与子偕臧。[5]

【译文】

郊野蔓蔓春草青，露落草上水珠圆。
有个美人在草间，眉目清秀真好看。
不期相遇很有缘，感情投合遂我愿。

郊野青草连成片，露落草上水汪汪。
有个美人在草间，身姿飘逸眼明亮。
不期相遇很有缘，同他一起来躲藏。

注释

❶ 野：郊外。蔓：蔓延的草。零：降落。漙（tuán）：露水多的样子。
❷ 清扬：眉清目秀的样子。婉：体态轻盈美丽的样子。
❸ 邂逅：不期而遇。适：适合。
❹ 瀼瀼（ráng）：露水多的样子。
❺ 偕臧：一同藏起来。

溱洧

解题

这是一首著名的民间恋歌。相传郑国的风俗是每年上巳日（夏历三月上旬的巳日），人们到溱、洧河边举行活动，青年男女也在此时自由择偶，所谓“奔者不禁”。此诗正反映了这一风俗。全诗二章。每章前两句写溱、洧河边的景象：河水荡漾，春光融融，生机盎然，令人陶醉；三、四句写春游的男女手持兰花，往来于溱、洧之间，熙熙攘攘，盛况空前；五、六、七句描写青年男女相约结伴，同游溱、洧；八、九句写游人在广阔的洧河岸边的欢乐情景；最后三句写青年男女戏玩取乐，赠物定情。全诗情真意切，充分显示了民歌质朴浑厚的艺术风格，表现了民间诗人的审美情趣。

【原文】	【译文】
溱与洧，方涣涣兮。①	溱河与洧河，河水正漫漫。
士与女，方秉蕑兮。②	小伙与姑娘，双手正持兰。
女曰：“观乎？”	姑娘说：“咱们去看看？”
士曰：“既且。”③	小伙说：“我已经看完。”
“且往观乎？”洧之外，	“再去看看又何妨？”洧河水流两岸边，
洵訏且乐。④维士与女，	宽阔欢乐真好玩。小伙与姑娘，
伊其相谑，赠之以勺药。⑤	说笑戏逗两相恋，手持勺药赠情人。
溱与洧，浏其清矣。⑥	溱河与洧河，河水正清清。

士与女，殷其盈矣。⑦	小伙与姑娘，众人在河岸。
女曰："观乎？"	姑娘说："咱们去看看？"
士曰："既且。"	小伙说："我已经看完。"
"且往观乎？"洧之外，	"再去看看又何妨？"洧河水流两岸边，
洵訏且乐。维士与女，	宽阔欢乐真好玩。小伙与姑娘，
伊其将谑，赠之以勺药。⑧	说笑戏逗两相恋，手持勺药赠情人。

注释

❶ 溱、洧：郑国的两条河。涣涣：水盛貌。

❷ 士：指游春的男青年。女：指游春的女青年。秉：持。蕑（jiān）：一种香草。

❸ 既：已经。且：去，往。

❹ 洵訏：实在广大。洵，确实。訏，大。

❺ 伊：语助词。相谑：相互说笑取乐。勺药：香草名。此花三四月始开，香味浓厚。古代男女常以此相赠定情。

❻ 浏：水清貌。

❼ 殷：众多。盈：满。

❽ 将谑：相谑。

齐风

鸡鸣

解题

这是一首描写贵族夫妇床上私语之诗。全诗三章。首章写天色已明，妻子催促当官的丈夫赶快起床上朝，丈夫却留恋妻子而不肯起床；二章写妻子仍然催促丈夫，丈夫却以天未明来推脱；末章写妻子婉言再劝，让丈夫以名声为重。诗中充溢着浓郁的生活气息，从一个闺中的细节揭示了上流社会的生活画面。全诗采用对话体写成，构思奇巧，别具一格，对后世闺房诗的创作有较大影响。

【原文】

"鸡既鸣矣，朝既盈矣。"①
"匪鸡则鸣，苍蝇之声。"②

"东方明矣，朝既昌矣。"③
"匪东方则明，月出之光。"

"虫飞薨薨，甘与子同梦。"④
"会且归矣，无庶予子憎。"⑤

【译文】

"晨鸡已经在鸣叫，群臣早朝全都到。"
"不是晨鸡在鸣叫，乃是苍蝇嗡嗡叫。"

"东方天色已大明，群臣全都上朝廷。"
"不是东方天已明，乃是月光亮晶晶。"

"虫儿纷飞闹哄哄，甘愿与你在梦中。"
"暂且上朝及早归，你我莫招群臣憎。"

注释

❶ 既：已经。朝：朝廷。盈：满。

❷ 匪：同“非”，不是。

❸ 昌：盛。此指朝臣甚多。

❹ 薨薨：象声词，犹“嗡嗡”，虫的飞鸣声。甘：甘心。同梦：犹言“同睡”。

❺ 会：会面。且：将。庶：希望。憎：厌恶。

还

解题

这是一首猎人之歌。全诗三章。每章首句写猎人的敏捷和英俊；二句写两位猎人相遇于猱山之间；三句写两位猎人并肩射猎，大显身手；四句写他们彼此称赞，成为好友。狩猎是封建社会重要的生产活动，是人们获得生活物资的主要手段之一；因此，狩猎能手被视为英雄，歌颂猎手正反映了人们的这种认识。本诗采用重章叠句的章法，反复描绘狩猎的场面和气势，紧张热烈，虚实相间，生动异常。

【原 文】	【译 文】
子之还兮，遭我乎猱之间兮。[1]	你射猎物身矫健，我们相遇猱山间。
并驱从两肩兮，揖我谓我儇兮。[2]	并驾追逐两大兽，向我作揖夸我捷。
子之茂兮，遭我乎猱之道兮。[3]	你射猎物技完美，我们相遇猱山道。

并驱从两牡兮，揖我谓我好兮。④	并驾追赶两雄兽，向我作揖夸我好。
子之昌兮，遭我乎猺之阳兮。⑤	你射猎物很隆盛，我们相遇猺山冈。
并驱从两狼兮，揖我谓我臧兮。⑥	并驾追逐两野狼，向我作揖夸我壮。

注释

❶ 子：你，指猎人。还：敏捷。遭：遇。乎：于。猺（náo）：齐国的山名。

❷ 并驱：并驾齐驱。从：追逐。肩：通“豜（jiān）”，三岁大兽。揖：拱手作揖。儇（xuān）：敏捷。

❸ 茂：美。道：路。

❹ 牡：雄性之兽。好：指技艺好。

❺ 昌：隆盛。此形容狩猎场面壮观。阳：山南为阳。

❻ 臧：健壮。

著

解题

这是一首描写新郎亲迎新娘的诗。全诗三章。每章首句写新郎亲至新娘家中，在门、屏之间等候新娘；二、三句写新郎英俊潇洒。本诗采用重章叠句的章法，抒情强烈而真切，显示出独特的风格。

【原 文】

俟我于著乎而，充耳以素乎而，
尚之以琼华乎而。①

俟我于庭乎而，充耳以青乎而，
尚之以琼莹乎而。②

俟我于堂乎而，充耳以黄乎而，
尚之以琼英乎而。③

【译 文】

新郎等我门屏间，充耳用那白线悬，
美丽玉瑱光闪闪。

新郎等我在庭前，充耳用那青丝悬，
玉瑱晶莹真好看。

新郎等我在堂前，充耳用那黄线悬，
琼玉之瑱闪又闪。

注释

❶ 著：门与屏风之间的地方。乎而：语气词。充耳：古代男子的一种冠饰，即瑱。素：白色。尚：加。琼：美玉。华：光泽。

❷ 庭：中庭。青：青色的充耳。莹：晶莹。

❸ 黄：黄色的充耳。

东方之日

解题

这是一首写男女私情的诗。全诗二章。每章首句以日月起兴，借喻女子容貌之美艳；二、三句不仅称赞女子的美丽，而且点出幽会的事实。诗中的男女敢于冲破礼教，表现了人们对基本欲望的追求。

【原 文】

东方之日兮，彼姝者子，
在我室兮。①在我室兮，
履我即兮。②

东方之月兮，彼姝者子，
在我闼兮。③在我闼兮，
履我发兮。④

【译 文】

东方太阳已升起，那位姑娘真美丽，
来我室中在一起。来我室中在一起，
伸出脚来踩我膝。

月亮升起在东方，那位姑娘真漂亮，
来我内室一同住。来我内室一同住，
伸出脚来踩我足。

注 释

❶ 姝：美。子：女子。
❷ 履：踏。即：就。
❸ 闼：内室。或以为门内。
❹ 发：足。

东方未明

解 题

这是一首小官吏怨恨齐国君主政令无常的诗。全诗三章。前二章写天未明，君召而起，小官吏匆忙之间“颠倒衣裳”之事；第三章斥责司夜之官不能胜任，委婉地怨恨君王违背常规，政令无常。本诗善于描绘人物形象，读来朗朗上口，艺术效果极佳。

【原 文】

东方未明，颠倒衣裳。①
颠之倒之，自公召之。②

东方未晞，颠倒裳衣。③
倒之颠之，自公令之。④

折柳樊圃，狂夫瞿瞿。⑤
不能辰夜，不夙则莫。⑥

【译 文】

太阳尚未出东方，颠倒衣裳穿身上。
颠颠倒倒穿衣裳，只因齐君召唤忙。

太阳未出天没亮，颠倒裙衣穿身上。
倒倒颠颠穿衣裳，齐君命令我紧张。

折断柳枝做篱笆，狂夫瞪眼细监视。
司夜之人不胜任，齐君召令无定时。

注释

❶ 衣：上衣。裳：下裙。

❷ 自：从。公：指齐国君王。召：召唤。

❸ 晞（xī）：天明。

❹ 令：命令。

❺ 折：折断。柳：树名。樊：篱笆。此处作动词用。狂夫：愚钝之人。此指监工者。瞿瞿：瞪大双目而视的样子。

❻ 辰：时。这里指守候漏壶报告时间的人。夙：早。莫：同“暮”。

南山

解题

这是一首著名的讽刺诗。全诗四章。首章斥责齐襄公淫乱其妹；二章责备文姜悖礼返齐，与兄私通；三、四章痛斥鲁桓公的过错。本诗揭露了最高统治者的腐朽和丑恶，无情地鞭挞了他们男盗女娼、荒淫无耻的行为，表达了正义者的愤怒之情和嘲讽鄙夷的态度。

【原 文】

南山崔崔，雄狐绥绥。①
鲁道有荡，齐子由归。②
既曰归止，曷又怀止？③

葛屦五两，冠緌双止。④
鲁道有荡，齐子庸止。⑤
既曰庸止，曷又从止？⑥

艺麻如之何？衡从其亩。⑦
取妻如之何？必告父母。⑧
既曰告止，曷又鞠止？⑨

析薪如之何？匪斧不克。⑩

【译 文】

南山啊高高耸立，雄狐啊缓步摇晃。
去鲁大道坦荡荡，由此出嫁是文姜。
既已嫁给鲁桓公，襄公何又把她想？

鞋带交错成一对，帽带飘飘是一双。
去鲁大道坦荡荡，由此出嫁是文姜。
既已嫁给鲁桓公，襄公何又把她想？

种麻应当如何种？必须纵横耕田垄。
娶妻应该怎样做？必告父母且遵从。
桓公既已告父母，何又携妻见襄公？

劈柴应当怎样劈？没有斧子劈不成。

取妻如之何？匪媒不得。[11]	娶妻应该怎样做？没有媒人娶不成。
既曰得止，曷又极止？[12]	桓公既已娶文姜，何又携妻至齐城？

注释

❶ 南山：齐国的山名，即牛山。崔崔：山高峻的样子。绥绥：缓行的样子。

❷ 鲁道：通往鲁国的路。有荡：犹“荡荡”，道路平坦的样子。齐子：齐国姑娘。此指齐襄公的同父异母妹妹，即鲁桓公夫人文姜。由归：从这条路出嫁到鲁国。

❸ 归：出嫁。曷：何。怀：怀念。

❹ 葛屦：葛布鞋。五两：指并排摆列。冠緌（ruí）：帽子上的缨带。

❺ 庸：由，用。

❻ 从：跟从。

❼ 衡从：横纵。东西为横，南北为纵。亩：田垄。

❽ 必告父母：古人娶妻，定告父母。如父母双亡，则必到祖庙告知父母之灵。鲁桓公娶文姜时，其父母双亡，必于祖庙中告慰父母之灵。

❾ 鞠：穷，放任无束。

❿ 克：成功。

⓫ 得：成功。

⓬ 极：到。

甫田

解题

这是一首情歌。全诗三章。前两章描写女子与所爱的男子分别后，对他的深深思念之情；后一章写她与男子重新相见时的激动。本诗善用比喻，以无力种田则草必多比喻想远人而不得则必痛苦，形象生动，艺术效果甚佳。

【原 文】

无田甫田，维莠骄骄。①
无思远人，劳心忉忉。②

无田甫田，维莠桀桀。③
无思远人，劳心怛怛。④

婉兮娈兮，总角丱兮。⑤
未几见兮，突而弁兮。⑥

【译 文】

不要耕种大片田，满地野草长得高。
不要思念远方人，思而不得心烦恼。

不要耕种大片田，遍地野草高又高。
不要想念远方人，思而不得心忧劳。

他真年轻又美丽，一双总角分两边。
上次见他没多久，忽然长大戴弁冠。

注释

❶ 甫田：大块的田。莠：野草。骄骄：通“乔乔”，高高的样子。
❷ 劳心：忧伤之心。忉忉：忧伤的样子。
❸ 桀桀：高高挺立的样子。

❹ 怛怛（dá）：心中忧伤而不安的样子。

❺ 婉、娈：年轻而貌美的样子。总角：古时男子未成年时，头发扎成羊角状。丱（guàn）：总角貌。

❻ 未几：不久。突而：犹突然。弁：成年人的帽子。

卢令

解题

这是一首赞美猎人的诗。全诗三章。每章首句写猎狗，次句写猎人，重在赞美其“仁”德和勇武，显示出当时的人们对猎事的重视。本诗虽短小，却写得有声有色，语言清新质朴，形象生动鲜明。

【原文】

卢令令，其人美且仁。[①]

卢重环，其人美且鬈。[②]

卢重鋂，其人美且偲。[③]

【译文】

黑猎狗儿颈环响，猎人仁爱又漂亮。

黑猎狗儿戴双环，猎人长发飘又卷。

黑猎狗儿套双环，猎人健美又能干。

注释

❶ 卢：黑色大猎犬。令令：猎狗脖子上挂铃的响声。其人：猎人。仁：仁慈，友爱。

❷ 重环：两环相套，大环套在狗脖子上，小环连于大环之上。鬈（quán）：

形容头发卷曲的样子。

❸ 重鋂（méi）：一个大环上再连上两个小环。偲（cāi）：多才。

敝笱

解题

此诗“刺文姜”。鲁桓公娶齐襄公之妹文姜为妻，不能防范，致使她婚后继续与襄公私通。桓公死后，文姜更肆无忌惮地往来于齐鲁二国，与襄公私通，鲁人便写此诗加以嘲讽。全诗三章。每章前二句以敝笱不能捕捉大鱼为比，影射鲁桓公无法制止文姜的丑行；后二句写文姜归齐频繁，从者众多，委婉表达了人们的蔑视和嘲讽。

【原文】

敝笱在梁，其鱼鲂鳏。①
齐子归止，其从如云。②

敝笱在梁，其鱼鲂鱮。③
齐子归止，其从如雨。

敝笱在梁，其鱼唯唯。④
齐子归止，其从如水。

【译文】

鱼梁安放破鱼筐，鳊鱼鳡鱼任游荡。
文姜违礼回齐国，随从多如云飘翔。

鱼梁安放破鱼筐，鳊鱼鲢鱼任出入。
文姜违礼回齐国，随从多如雨倾注。

鱼梁安放破鱼筐，鱼儿来往自安详。
文姜违礼回齐国，随从多如水浩荡。

注释

❶ 敝：破，坏。笱（gǒu）：捕鱼的竹笼。梁：鱼梁，似水中之堤，中间留孔，安置笱以捕鱼。鲂（fáng）：鳊鱼。鳏（guān）：鳡鱼。

❷ 齐子：齐国的女儿，即文姜。归：回娘家。从：随从之人。如云：形容人多如密云。

❸ 鱮（xù）：鲢鱼。

❹ 唯唯：鱼儿自由游动的样子。

载驱

解题

这首诗与《南山》《敝笱》一样，也是讽刺文姜与齐襄公私通的诗。全诗四章，每章皆着眼于文姜驱车至齐，甚至众目之下也无顾忌，字里行间流露出人们对文姜兄妹的鄙视和嘲讽。本诗的叠字用得好，既增强了诗的韵律美，又使人物形象活灵活现，更好地表达了人们的蔑视之情。

【原文】

载驱薄薄，簟茀朱鞹。①
鲁道有荡，齐子发夕。②

四骊济济，垂辔濔濔。③
鲁道有荡，齐子岂弟。④

【译文】

马车奔驰隆隆响，竹席红皮围车箱。
通鲁大道平坦坦，文姜整日赶路忙。

四匹黑马排整齐，柔软马缰垂下边。
通鲁大道平坦坦，文姜和乐不羞惭。

汶水汤汤，行人彭彭。[5]	汶河之水浩荡荡，路上行人熙攘攘。
鲁道有荡，齐子翱翔。[6]	通鲁大道平坦坦，文姜肆意来游逛。
汶水滔滔，行人儦儦。[7]	汶河之水浪滔滔，路上行人来往往。
鲁道有荡，齐子游敖。[8]	通鲁大道平坦坦，文姜纵情闲游荡。

注释

❶ 载：语首助词。驱：策马。薄薄：车马行走发出的响声。簟（diàn）：竹席。朱鞹（kuò）：红色兽皮制的车盖。

❷ 鲁道：通往鲁国的大道。有荡：犹“荡荡”，平坦的样子。齐子：指文姜。发夕：早晨出发，晚上歇宿。

❸ 骊：黑马。济济：整齐的样子。辔：马缰绳。濔濔（nǐ）：柔软的样子。一说众多的样子。

❹ 岂弟：快乐而心不在焉貌。

❺ 汶：河名。汤汤：水大的样子。彭彭：人多的样子。

❻ 翱翔：鸟儿上下飞翔。此指游逛不止。

❼ 儦儦（biāo）：人众多的样子。

❽ 游敖：嬉戏，游乐。

猗嗟

解题

这是一首赞美鲁庄公并表示惋惜的诗。庄公是文姜和桓公的儿子，齐人看见他英俊而善射，但又忘却父仇，不能阻止母亲的丑行，便写下这首诗。全诗三章，每章具体描写鲁庄公的高大与美貌，特别是他的美目及射技的高超。诗中一片赞美之声，而以“以御乱兮”作结，微寓惋惜之意。本诗善于从不同角度描绘人物形象，虚实、动静结合，而尤以动态的描写最为生动。

【原文】

猗嗟昌兮，颀而长兮。①
抑若扬兮，美目扬兮。②
巧趋跄兮，射则臧兮。③

猗嗟名兮，美目清兮。④
仪既成兮，终日射侯。⑤
不出正兮，展我甥兮。⑥

猗嗟娈兮，清扬婉兮。⑦
舞则选兮，射则贯兮。⑧
四矢反兮，以御乱兮。⑨

【译文】

唉呀身体多强健，身材高大美儿郎。
器宇轩昂有风度，目明眼亮神飞扬。
快步走路多轻巧，射箭技艺特高强。

唉呀身体多强壮，一双眼睛亮又清。
宾射之礼全完毕，终日射箭无倦容。
箭箭不离靶中心，真是齐国好外甥。

唉呀少年真英俊，眉清目秀神采扬。
舞姿出众又美妙，发箭射穿侯中央。
四箭皆中同一处，可以御敌治家邦。

注释

❶ 猗嗟：赞叹词，犹“吁嗟”。昌：壮盛美好的样子。颀：身材高。

❷ 抑若：犹“懿然”，美好的样子。扬：精神昂扬。

❸ 巧：灵巧。趋：快步走。跄：步伐矫健。射：射箭。臧：善。

❹ 名：通“明”，昌盛。清：眼睛明亮有神。

❺ 仪：射仪。成：仪式完毕。侯：用兽皮做成的箭靶子。

❻ 正：箭靶的中心。展：诚，确实。甥：外甥。

❼ 娈：健壮而美好貌。清扬：眉清目秀。婉：美好。

❽ 舞：舞蹈，是射礼中的一项程序。选：与众不同。贯：射中。

❾ 反：反复。此指重复射中一个地方。御：抵抗。

魏风

葛屦

解题

这是一首女奴讽刺主人的诗。全诗二章。首章前四句写女奴冻馁之苦，点明女奴被剥削压迫，反映了她们对被奴役现实的不满；五、六句点出其劳动果实由贵妇人享用的事实，揭示了奴隶主无偿占有和不劳而获的本质。第二章前三句写贵妇人衣饰华贵、故作姿态的样子，字里行间含有蔑视之情；四、五句点明诗人作诗的原因，表达了讽刺的主旨。诗中采用诘问句式，笔锋犀利，更增强了诗的刺恶气势。

【原文】

纠纠葛屦，可以履霜？①
掺掺女手，可以缝裳？②
要之襋之，好人服之。③

好人提提，宛然左辟，
佩其象揥。④维是褊心，
是以为刺。⑤

【译文】

葛草鞋破用绳缠，双脚怎能来踩霜？
纤细瘦弱一双手，我又怎能来缝裳？
裙腰裙襟皆缝成，贵妇穿在她身上。

贵妇移步甚安详，扭转腰肢躲一方，
象牙簪子戴头上。因为贵妇心术歪，
写诗讽刺实应当。

注释

❶ 纠纠：纠缠交结的样子。葛屦（jù）：葛草编制的鞋。履：行。此指用脚踩霜地。

❷ 掺掺：纤细的样子。这里形容女子之手细瘦的样子。裳：古称下身的衣服。

❸ 要：衣裳的腰身。襋（jí）：衣领。此处用为动词，缝制衣服腰部和领子的部分。好人：贵美人。服：穿用。

❹ 提提：通“媞媞”，安逸、舒服的样子。宛然：身体回转的样子。左辟：向左回避闪开。佩：佩戴。象揥：象牙簪子。

❺ 维：因为。是：此。此指“好人”。褊心：狭窄的心胸。刺：讽刺。

汾沮洳

解题

这是一首女子赞美意中人的诗。全诗三章，描写了一个女子看到在汾河边采菜的男子，于是产生爱慕之情，反复赞美他，充分表达了对他的喜爱、敬仰之情，也委婉表达了对贵族统治者的轻蔑之意。本诗采用重章叠句的章法，读来有抑扬顿挫的音乐美，真实生动。

【原文】

彼汾沮洳，言采其莫。①
彼其之子，美无度。②
美无度，殊异乎公路。③

彼汾一方，言采其桑。④

【译文】

在那汾河低湿地，他正忙碌采酸模。
他这人儿真可爱，无法衡量他的美。
美得无法来衡量，公路与他无法比。

在那汾水河边上，他正起劲来采桑。

彼其之子，美如英。[5]
美如英，殊异乎公行。[6]

他这人儿令人想，容貌美丽花一样。
容颜漂亮似鲜花，公行之人比不上。

彼汾一曲，言采其藚。[7]
彼其之子，美如玉。
美如玉，殊异乎公族。[8]

在那汾水河湾旁，他正卖力采泽泻。
他这人儿令人爱，容貌美丽似玉石。
容颜漂亮似玉石，公族比他不可及。

注释

❶ 汾：河名。沮洳：水边低湿之地。言：乃。莫：一种有酸味的野菜名，即酸模。
❷ 其：语中助词。度：限度。
❸ 殊：甚。乎：于。公路：官名，负责管理君王车子，多以贵族子弟充任。
❹ 方：旁边。
❺ 英：花。
❻ 公行：官名，负责管理兵车，多以贵族子弟充任。
❼ 曲：水湾之处。藚（xù）：菜名，即泽泻，生浅水中，可入药，可食。
❽ 公族：官名，负责君王宗族事务，多以贵族子弟充任。

园有桃

解题

这是一首士大夫忧时伤己之诗。全诗二章。每章前四句写诗人以桃枣充饥的贫困处境；中间四句写其知音甚少，言行遭误解，被斥为骄狂之徒；后四句写心中忧愁。诗中表现了他对现实和不能识贤任能的统治者的不满，也表现了他对无法施展才华和国事日非的忧虑。本诗采用边叙边议的手法，反复抒情，感情真挚强烈，颇富艺术感染力。

【原 文】

园有桃，其实之肴。[1]
心之忧矣，我歌且谣。[2]
不知我者，谓我士也骄。[3]
“彼人是哉，子曰何其。”[4]
心之忧矣，其谁知之？
其谁知之？盖亦勿思！[5]

园有棘，其实之食。[6]
心之忧矣，聊以行国。[7]
不知我者，谓我士也罔极。[8]
“彼人是哉，子曰何其。”
心之忧矣，其谁知之？
其谁知之？盖亦勿思！

【译 文】

果园里边有桃树，桃子可吃味道好。
我的心中有忧愁，排遣忧愁用歌谣。
有些人们不知我，说我为人太骄傲。
“他们所说正确否，对错你把态度表。”
我的心里有忧愁，许多苦衷谁知晓？
几多苦衷谁知道？何须多想费思考！

果园里边有棘树，枣子当食可吃饱。
我的心中有忧愁，且游国内把忧消。
有些人们不知我，说我做事无准则。
“他们所说正确否，对错你把态度表。”
我的心中有忧愁，许多苦衷谁知晓？
几多苦衷谁知道？何须多想费思考！

注释

❶ 园：果树园。实：果实。此指桃子。之：是。肴：吃。

❷ 之：有。歌、谣：泛指歌唱。

❸ 谓：说。士：古代下层官吏或知识分子的通称。也：语中助词。骄：骄傲。

❹ 彼人：那人，指统治者、执政者。是：正确。子：你。何其：为什么。其，语助词。

❺ 盖：通“盍”，何不。亦：语助词。

❻ 棘：酸枣树。食：吃。
❼ 聊：且。行国：在国内周游。
❽ 罔极：无常。

陟岵

解题

这是一首被奴役者的怨歌。全诗三章。每章前两句皆写征人登高望乡，思念父母兄弟。下面是想象之词，写父母、哥哥对自己的怀念和嘱托；写其行役不止、不得安闲、劳苦万分的痛苦，并写亲人盼他保重身体，早日归家。这反映了兵役和徭役给百姓带来的巨大苦难，表现了被奴役者的忧虑与怨愤。全诗构思奇巧新颖，增强了感人的艺术效果。

【原 文】

陟彼岵兮，瞻望父兮。①
父曰："嗟！予子行役，
夙夜无已。②上慎旃哉，
犹来无止！"③

陟彼屺兮，瞻望母兮。④
母曰："嗟！予季行役，
夙夜无寐。⑤上慎旃哉，
犹来无弃！"⑥

【译 文】

登上草木茂盛山，瞻望家父在远方。
父亲开口长声叹："我儿服役在前方，
四处奔波日夜忙。望你万事要谨慎，
莫在外边应回乡！"

登上山头荒秃秃，眺望远方我老母。
母亲开口长声叹："小儿服役在前方，
从早到晚不能眠。望你万事要谨慎，
归家不应在外边！"

陟彼冈兮，瞻望兄兮。
兄曰："嗟！予弟行役，
夙夜必偕。[7]上慎旃哉，
犹来无死！"

登上那边高山冈，瞻望老兄在远方。
老兄开口长声叹："小弟服役在前方，
早晚伙伴来相伴。望你万事要谨慎，
归家不应在前方！"

注释

❶ 陟：登。彼：那。岵（hù）：有草木的山。瞻：望。

❷ 予：我。行役：在外服兵役或徭役。夙：早。已：止。

❸ 上：通"尚"，希望。慎：谨慎。旃（zhān）：助词，之。犹来：还是回来。犹，还。无止：不要留在外边。

❹ 屺（qǐ）：无草木的山。

❺ 季：指小儿子。寐：睡。

❻ 弃：丢掉。此指丢掉生命。

❼ 偕：在一起。

十亩之间

解题

这是一首采桑民歌。全诗二章。每章首句写广阔的劳动空间，次句写采桑姑娘们紧张劳动后轻松欢乐的情态，末句写她们呼唤同伴而归的和乐之情。全诗洋溢着劳动的欢快之情，具有浓厚的生活气息，给人以强烈的审美感受。

【原文】

十亩之间兮，桑者闲闲兮。①
行，与子还兮！②

十亩之外兮，桑者泄泄兮。③
行，与子逝兮！④

【译文】

十亩桑田多宽阔，采桑姑娘真自得。
走，我们同归真快乐！

十亩桑田多宽阔，采桑姑娘人真多。
走，我们同归真快乐！

注释

❶ 桑者：采桑的人。闲闲：轻松从容的样子。

❷ 行：走。这是采桑姑娘呼唤同伴同归之词。子：你。还：回家。

❸ 泄泄（yì）：人多的样子。

❹ 逝：返回。

伐檀

解题

这是一首伐木者所写的讽刺诗。全诗三章。首章前三句写工匠们在河边伐木造车的劳动；四、五句斥奴隶主不事农活却占有劳动果实；六、七句斥奴隶主“不狩不猎”却占有猎物；八、九句写出了伐木者的呼声。诗中通过具体典型事例的描述，真实揭露了奴隶主不劳而获的寄生本质，表现了被剥削者的强烈不满和对奴隶主的谴责。本诗采用诘问手法和重章叠句的结构形式，感情强烈而饱满，增强了诗的艺术效果。

【原 文】

坎坎伐檀兮，置之河之干兮，
河水清且涟猗。[1]不稼不穑，
胡取禾三百廛兮？[2]不狩不猎，
胡瞻尔庭有县貆兮？[3]彼君子兮，
不素餐兮。[4]

坎坎伐辐兮，置之河之侧兮，
河水清且直猗。[5]不稼不穑，
胡取禾三百亿兮？不狩不猎，
胡瞻尔庭有县特兮？[6]彼君子兮，
不素食兮。

坎坎伐轮兮，置之河之漘兮，
河水清且沦猗。[7]不稼不穑，
胡取禾三百囷兮？不狩不猎，
胡瞻尔庭有县鹑兮？[8]彼君子兮，
不素飧兮。[9]

【译 文】

砍伐檀树咚咚响，檀木放置河岸边，
河水清清泛波澜。你们不种也不收，
为何取禾三百廛？你们从来不打猎，
为何院中挂猪獾？那些大人先生们，
不要白白吃闲饭。

砍木做辐响叮当，车辐放置河岸旁，
河水清清波浪直。你们不种也不收，
为何取禾三百亿？你们从来不打猎，
为何大兽挂院里？那些大人先生们，
不要白白吃闲饭。

砍木叮叮做车轮，车轮放置在河边，
河水清清小波纹。你们不种也不收，
为何取禾三百囷？你们从来不打猎，
为何院中挂鹌鹑？那些大人先生们，
不要白白吃闲饭。

注 释

❶ 坎坎：伐木声。伐：砍。檀：树名，其质坚硬，可做车。置：放置。干：河岸边。涟：水的波纹。猗：通“兮”，啊。

❷ 稼：耕种。穑：收获庄稼。胡：何。禾：各种谷物的通称。三百廛（chán）：三百户农家所交的税。“三百”，表示多，不是确数。下章“三百亿”

“三百囷”与此相同。

❸ 瞻：看。尔：你。庭：院。县：同“悬”，挂。貆：兽名，猪獾。

❹ 素餐：白吃饭。

❺ 辐：辐条，车轮上的直木。

❻ 特：三岁的大兽。

❼ 漘（chún）：水边。沦：小水波。

❽ 鹑：鹌鹑。

❾ 飧：用水泡饭。这里指吃饭。

硕鼠

解题

这是一首平民反对剥削、向往乐土的诗。全诗三章。每章先以大田鼠比喻剥削者；再斥其不劳而获和忘恩负义的罪恶；最后四句表达了平民希望过上摆脱剥削、自由欢乐的生活。诗中揭示了奴隶社会剥削阶级与被剥削阶级之间的对立关系，反映了广大人民反抗剥削与压迫、向往欢乐幸福生活的强烈愿望，具有鲜明的时代感。本诗比喻贴切形象，重章叠句的形式也有助于深化感情、突出主题。

【原文】

硕鼠硕鼠，无食我黍。[1]
三岁贯女，莫我肯顾。[2]
逝将去女，适彼乐土。[3]
乐土乐土，爰得我所。[4]

【译文】

大田鼠啊大田鼠，莫要再吃我的黍。
多年我把你供养，你却不把我照顾。
发誓将要离开你，前往幸福好乐土。
乐土乐土真是好，那是我们好去处。

原文	译文
硕鼠硕鼠，无食我麦。	大田鼠啊大田鼠，不要再吃我的粮。
三岁贯女，莫我肯德。⑤	多年把你来供养，得你感激是妄想。
逝将去女，适彼乐国。	发誓将要离开你，前往乐国好地方。
乐国乐国，爰得我直。⑥	乐国乐国真是好，劳动所得自己享。
硕鼠硕鼠，无食我苗。	大田鼠啊大田鼠，不要再吃我禾苗。
三岁贯女，莫我肯劳。⑦	多年把你来供养，你却不把我慰劳。
逝将去女，适彼乐郊。⑧	发誓将要离开你，我们立即去乐郊。
乐郊乐郊，谁之永号？⑨	乐郊乐郊真是好，谁还长声去哀号？

注释

❶ 硕鼠：大田鼠。诗人以此不劳而获的田鼠比喻剥削者不劳而获。黍：糜子。

❷ 三岁：非实数，表示多年。贯：养，供养。女：你。顾：顾及，照顾。

❸ 逝：通“誓”，发誓。去：离开。适：前往。乐土：欢乐的国土。

❹ 爰：于是。所：处所。

❺ 德：感激。

❻ 直：报酬。

❼ 劳：慰劳。

❽ 郊：城外郊野之地。

❾ 谁之永号：谁还会长声哀号。永号，长叹。

唐风

蟋蟀

解 题

这是一首小官吏的抒怀之诗。岁末之时，这位小官吏回首往日之劳苦，想尽情享乐一番，但又觉得不应享乐过度，应自励自勉，展现了小官吏内心之矛盾。全诗三章。每章前四句写享乐之欲，后四句写以事业为怀，否定前者，突出“好乐无荒”的主题。本诗结构严谨，说理颇有逻辑性。

【原 文】

蟋蟀在堂，岁聿其莫。①
今我不乐，日月其除。②
无已大康，职思其居。③
好乐无荒，良士瞿瞿。④

蟋蟀在堂，岁聿其逝。⑤
今我不乐，日月其迈。⑥
无已大康，职思其外。⑦
好乐无荒，良士蹶蹶。⑧

【译 文】

天寒蟋蟀进堂屋，一年将尽又岁末。
现在我若不享乐，光阴如流身边过。
也别过分享安乐，还要想着做工作。
喜欢享乐业别废，贤良之士自警戒。

天寒蟋蟀进堂屋，一年时光将逝去。
现在我若不享乐，光阴似箭留不住。
也别过分享安乐，分外之事要思虑。
喜欢享乐业别废，贤良之士勤刻苦。

蟋蟀在堂，役车其休。[9]	天寒蟋蟀进堂屋，役车休息返故乡。
今我不乐，日月其慆。[10]	如今我若不享乐，光阴如箭不回还。
无已大康，职思其忧。[11]	也别过分享安乐，国家忧患还要想。
好乐无荒，良士休休。[12]	喜欢享乐业别废，贤良之士心安详。

注释

❶ 蟋蟀：促织。蟋蟀本生于野外，天气寒冷时则逐步移于室内。此言在堂，当是岁末之前。堂：堂屋。聿：语气助词。

❷ 日月：时光。除：去。

❸ 大康：过于安乐。职：还。居：所任的职位。

❹ 好：喜好。荒：荒废。良士：贤良之士。瞿瞿：惊顾的样子。这里有警惕之意。

❺ 逝：往，过去。

❻ 迈：逝去。

❼ 外：指本职之外的事情。

❽ 蹶蹶（guì）：勤奋的样子。

❾ 役车：服役之车。其：将。休：休息。

❿ 慆：逝去。

⓫ 忧：忧患。

⓬ 休休：休闲的样子。

山有枢

解 题

这是一首讽刺诗。作者可能是一位贵族，被讽刺者是个“阿巴贡”式的吝啬鬼。全诗三章。每章首二句起兴，三至六句写被讽刺者的衣食、房室、车马等应有尽有，用之不竭。这正是他剥削、压榨百姓的结果，说明他是个不劳而获的剥削者，渴望财富与日俱增。因此，作者冷嘲热讽，说他死后的财富定会被别人占有。本诗采用比兴、对比手法，运用重章叠句的形式，既生动地描绘了吝啬鬼的形象，又抒发了作者的嘲讽之情，具有浓厚的艺术情趣。

【原 文】

山有枢，隰有榆。①
子有衣裳，弗曳弗娄。②
子有车马，弗驰弗驱。③
宛其死矣，他人是愉。④

山有栲，隰有杻。⑤
子有廷内，弗洒弗扫。⑥
子有钟鼓，弗鼓弗考。⑦
宛其死矣，他人是保。⑧

【译 文】

高山之上长刺榆，低湿土地长白榆。
你有许多好衣裳，从来不穿也不取。
你有好车与好马，从不驾车去驰驱。
不知哪天命归西，别人进屋全窃取。

高山之上长栲树，低湿土地长檍树。
你有内室和庭堂，从不洒水来扫除。
你有钟来又有鼓，从不敲打寻欢娱。
不知哪天命归西，别人进屋全占去。

原文	译文
山有漆，隰有栗。⑨	高山之上长漆树，低湿土地长栗树。
子有酒食，何不日鼓瑟？⑩	你有酒来又有肉，何不天天把瑟弹？
且以喜乐，且以永日。⑪	且用奏乐来寻欢，且借弹瑟混时间。
宛其死矣，他人入室。	不知哪天命归西，别人进住你房间。

注释

❶ 枢：刺榆树。一说臭椿树。隰：低湿之地。榆：白榆树。

❷ 弗：不。曳：拖。娄：意同“曳”。“弗曳弗娄”实指把衣服放在衣柜中，不穿不用。

❸ 驰、驱：指打马快跑。

❹ 宛其：犹“宛然”，病重而死的样子。他人：别人。愉：通“偷”，窃取。

❺ 栲（kǎo）：树名，其皮厚数寸，木质坚硬，可做车辐等。杻（niǔ）：树名，即“檍（yì）”，其木质极好，可做车辋、弓干等。

❻ 廷内：院子和居室。

❼ 钟鼓：古代乐器。考：击打。

❽ 保：占有。

❾ 漆：漆树。栗：栗树。

❿ 日：天天。鼓瑟：弹奏瑟。

⓫ 且：姑且。以：用。永日：犹终日。此言终日享乐。

扬之水

解 题

宋代严粲《诗缉》说这是一首揭发阴谋而忠告晋君之诗。考之史实，此说有一定道理。据《左传·桓公二年》记载，鲁惠公二十四年（前745），即晋昭侯元年，“晋始乱”，昭侯封成师“于曲沃”，称为桓叔。桓叔发展私人势力，欲谋反，朝中潘父为内应。鲁惠公三十年，“潘父弑昭侯而纳桓叔，不克”。这首诗的作者当是随潘父投奔桓叔的知情者。全诗三章。每章首二句以小水无法冲毁巨石反而使其光亮为喻，说明昭侯势弱，无法制服桓叔。前二章三、四句写诗人随潘父投曲沃之桓叔，五、六句写诗人见到桓叔，心中高兴。三章的三、四句写诗人深知谋反内幕，又不敢陈说。诗中较形象地揭示了在政治舞台上心猿意马者的内心矛盾。

【原 文】

扬之水，白石凿凿。①
素衣朱襮，从子于沃。②
既见君子，云何不乐？③

扬之水，白石皓皓。④
素衣朱绣，从子于鹄。⑤
既见君子，云何其忧？⑥

扬之水，白石粼粼。⑦

【译 文】

小河之水缓缓流，洗得白石更光亮。
白色内衣红领边，随你来到这曲沃。
已经见到那桓叔，心中怎能不欢乐？

小河之水徐徐淌，洗得石头更白净。
白衣红领绣五彩，随你来到曲沃城。
已经见到那桓叔，心中怎会有忧情？

小河之水慢慢流，洗得白石亮晶晶。

我闻有命，不敢以告人。⑧ | 我听曲沃有政令，不敢随意说分明。

注释

❶ 扬：小水沟。凿凿：鲜明的样子。

❷ 素衣：白色内衣。朱：红。襮（bó）：衣领。从：随。子：指潘父。于：往。沃：曲沃，桓叔所封之地。

❸ 君子：指桓叔。云：语助词。

❹ 皓皓：洁白的样子。

❺ 朱绣：红色的刺绣。此指衣领上的绣纹。鹄：曲沃。

❻ 云、其：语助词。

❼ 粼粼：水清澈的样子。

❽ 命：命令。

椒聊

解题

这是一首盼人多子之诗。全诗二章。诗人见花椒多实而有感，乃赞“彼其之子”身体强健而高大，定能多子多孙，蕃衍无尽，表达了人们对生育后代、延续家族的渴望之情。本诗善用比喻，贴切形象，韵味无穷。

【原文】

椒聊之实，蕃衍盈升。①
彼其之子，硕大无朋。②

【译文】

花椒树上结果实，采子众多用升量。
你看那位好妇人，身材高大世无双。

椒聊且，远条且。[3]	串串花椒挂树上，芳香远播久飞扬。
椒聊之实，蕃衍盈匊。[4]	花椒树上结果实，采子众多用手捧。
彼其之子，硕大且笃。[5]	你看那位好妇人，身材高大又忠厚。
椒聊且，远条且。	串串花椒挂树上，芳香远播久飞扬。

注释

❶ 椒聊：花椒。花椒白花，结子成串，暗红色，味辛香，可入药，可做烹饪调料。实：果实。蕃衍：繁多。盈：满。升：量器名。

❷ 其：语中助词。硕大：高大。无朋：无比。

❸ 且：犹“哉”，语气助词。远条：长枝条。此指花椒的香气飘得远。

❹ 匊：通“掬”，两手合捧为一掬。

❺ 笃：忠厚。

绸缪

解题

这是一首新婚之夜夫妇喜不自胜的诗。全诗三章。首章写新娘的喜悦，次章写新郎、新娘共同的喜悦，末章写新郎的喜悦。古代由父母包办的婚姻，新婚夫妇在见面之前，都不知对方模样，心中不安。然而这对新人在新婚之夜相见，发现对方是那样动人，不禁疑虑消散，心花怒放，又不知如何享受这美好的爱情。诗人把这对新人的狂喜和不知所措的情态描绘得栩栩如生，如见其人，如闻其声，生动异常，语言诙谐幽默，带有喜剧色彩。

【原　文】

绸缪束薪，三星在天。[1]
今夕何夕，见此良人？[2]
子兮子兮，如此良人何？[3]

绸缪束刍，三星在隅。[4]
今夕何夕，见此邂逅？[5]
子兮子兮，如此邂逅何？

绸缪束楚，三星在户。[6]
今夕何夕，见此粲者？[7]
子兮子兮，如此粲者何？

【译　文】

用绳紧把薪柴缠，参星高悬在天边。
今晚究竟何夜晚，与这良人来相见？
哎呀你呀哎呀你，对这良人怎么办？

用绳紧把草料捆，参星已到天东南。
今晚究竟何夜晚，能和爱人见一面？
哎呀你呀哎呀你，对这爱人怎么办？

用绳紧把荆条缠，参星高照门上边。
今晚究竟何夜晚，得与美人来相见？
哎呀你呀哎呀你，对这美人怎么办？

注释

❶ 绸缪：紧密缠绕的样子。束：捆。薪：柴。古代婚礼于黄昏举行，故用火把照明。三星：星宿名，即参星。一说本诗“三星”分别指参宿三星、心宿三星、河鼓三星。

❷ 良人：好人，古代妻称夫为良人。

❸ 子兮：你啊。

❹ 刍：草料。隅：东南角。

❺ 邂逅：不期而遇。

❻ 束楚：捆束的荆条。

❼ 粲：美。

杕杜

解题

这是一首流浪者之歌。一个流浪者无兄无弟，无依无靠，独自浪迹异乡，遭遇困难，求助无门，横遭白眼。他内心极其痛苦，情不自禁地仰天斥问为何无人亲近？为何无人相助？这是他对冷酷世界的控诉。流浪者呼唤友爱与温暖，表达了所有被压迫者的共同心声。本诗结构颇有层次，多用问句，比平叙其事更生动，艺术效果更佳。

【原文】

有杕之杜，其叶湑湑。①
独行踽踽，岂无他人？②
不如我同父。③嗟行之人，
胡不比焉？④人无兄弟，
胡不佽焉？⑤

有杕之杜，其叶菁菁。⑥
独行睘睘，岂无他人？⑦
不如我同姓。⑧嗟行之人，
胡不比焉？人无兄弟，
胡不佽焉？

【译文】

孤独挺立棠梨树，叶儿生长多茂盛。
独自徘徊冷清清，难道无人一同行？
不如兄弟有真情。可叹路上那些人，
为何不与我亲近？我无兄弟独一人，
为何不肯相帮助？

棠梨孤独在生长，叶儿茂密青又青。
独自走路孤零零，难道无人一同行？
不如兄弟有亲情。可叹路上行人多，
为何不与我亲热？我无兄弟独一人，
为何不肯相帮助？

注释

❶ 杕（dì）：孤立独特的样子。杜：树名，即杜梨，或称棠梨，果实红色，小而涩。湑湑（xǔ）：树叶茂盛的样子。

❷ 踽踽（jǔ）：孤独的样子。

❸ 同父：指同父所生的兄弟。

❹ 行：路。胡：何。比：亲。

❺ 佽：帮助。

❻ 菁菁：茂盛的样子。

❼ 睘睘（qióng）：孤独无依的样子。

❽ 同姓：同母所生的兄弟。

羔裘

解题

《诗序》说此乃“刺时”之作，细读诗句，并无“刺时”之意，倒像男女情诗。大概这位女性曾与穿羔裘的男子相好，可是他也许因为发迹的原因，便对她傲慢无礼；她无法接受这种现实，便向他表白心迹。全诗反映了那个时代妇女维护独立人格、呼唤真诚友爱的心愿，也反映了她们的善良和真诚。本诗语言质朴，有较高的艺术性。

【原文】

羔裘豹袪，自我人居居。①
岂无他人？维子之故。②

【译文】

豹皮袖口羔皮袄，对我无礼傲气足。
难道没人把我爱？念你是我旧情夫。

羔裘豹褎，自我人究究。③ 豹皮袖口羔皮袄，对我骄傲无礼貌。
岂无他人？维子之好。④ 难道没人把我爱？念你是我旧相好。

注释

❶ 羔裘：羊羔皮袄。祛：袖。自：对于。居居：通“倨倨”，傲慢无礼貌。
❷ 维：只有。子：你。之：是。故：故人，老朋友。此指旧情人。
❸ 褎：同“袖”。究究：傲慢无礼貌。
❹ 好：友爱。此指友爱之人。

鸨羽

解题

这是一首怨恨徭役繁重的诗。全诗三章。首章前两句以鸨羽起兴，喻百姓服役之苦；三句怨王事无休无止；四、五两句写服役者无法从事农耕，使家中田园荒芜，父母生活无靠；六、七两句斥问苍天，实责其君。二、三两章同此。全诗揭露了当时兵役、徭役的繁重，表达了人们对兵役、徭役的不满及渴望和平生活的愿望。诗中采用比兴手法和重章叠句的章法，有力地表达了诗歌的主题。

【原文】 【译文】

肃肃鸨羽，集于苞栩。① 鸨雁振翅肃肃响，栖息丛生柞木上。
王事靡盬，不能蓺稷黍， 君王征役无尽时，不能耕种稷和黍，

父母何怙？[2]悠悠苍天，
曷其有所？[3]

父母依靠谁赡养？请问高远那苍天，
我们何时回故乡？

肃肃鸨翼，集于苞棘。[4]
王事靡盬，不能蓺黍稷，
父母何食？悠悠苍天，
曷其有极？[5]

鸨雁振翅肃肃响，栖息丛生枣树上。
君王征役无息时，不能耕种黍和稷，
父母活命吃何粮？请问高远那苍天，
何日终止服役忙？

肃肃鸨行，集于苞桑。[6]
王事靡盬，不能蓺稻粱，
父母何尝？[7]悠悠苍天，
曷其有常？[8]

鸨雁振翅肃肃响，栖息丛生桑树上。
君王征役无终时，不能种稻和高粱，
父母活命食何粮？请问高远那苍天，
何时生活能正常？

注释

❶ 肃肃：鸟儿扇动翅膀的响声。鸨：似雁而大的一种鸟，无后趾，栖于树上则必扇翅以保持平衡，故时有肃肃之声。羽：翅。集：栖息。苞：丛生。栩（xǔ）：柞树。

❷ 王事：君王之事。此指兵役和徭役。靡：无。盬（gǔ）：尽，止。蓺：种植。怙（hù）：依靠。

❸ 悠悠：高远的样子。曷：何时。所：处所，指安居乐业之处。

❹ 翼：翅。棘：酸枣树。

❺ 极：尽头。

❻ 行：原指“翅根”，引申为鸟翅。

❼ 粱：高粱。尝：吃。

❽ 常：正常，指正常生活。

无衣

解题

这大概是一首睹物思故人的诗。这位故人可能是诗人的妻妾，或是他的情人。诗人感觉自己的许多衣服都不如故人所制之衣，故人所制之衣穿起来是那样舒适温暖、吉祥如意。此诗短小，善用对比，感情强烈而深沉。

【原文】

岂曰无衣？七兮。①
不如子之衣，安且吉兮。②

岂曰无衣？六兮。
不如子之衣，安且燠兮。③

【译文】

谁说没有衣服穿？算来总共有七样。
虽多不如你的衣，穿上舒适又吉祥。

谁说没有衣服穿？算来总共有六件。
虽多不如你的衣，穿上舒适又温暖。

注释

❶ 七：七套衣服。非实数，表示多套。下章之“六”亦非实指。
❷ 子：你，指故人，即制衣的妻妾或情人。安：舒适。吉：吉祥。
❸ 燠（yù）：暖和。

有杕之杜

解题

这是一首暗恋之诗。女子看到一棵孤立的棠梨树，不禁产生了孤独冷寂之感，勾起了她对意中人的遐想，想立刻就与他相会；然而，她又不知道他是否喜欢自己，是否愿意来看她，这使她陷入痛苦之中。女子在思考过后，想到既然自己喜爱他，何不请他来喝酒进餐。本诗虽短小，却把这位女子复杂的心理活动描绘得惟妙惟肖，抒情真实自然，语言质朴清新。

【原 文】

有杕之杜，生于道左。①
彼君子兮，噬肯适我？②
中心好之，曷饮食之？③

有杕之杜，生于道周。④
彼君子兮，噬肯来游？⑤
中心好之，曷饮食之？

【译 文】

杜梨孤独冷清清，在那道左慢生长。
我那心中如意郎，肯否爱我诉衷肠？
反正心中把他爱，何不献酒请他尝？

杜梨孤独冷清清，在那道右慢生长。
我那心中如意郎，肯否看我来身旁？
反正心里把他爱，何不献酒请他尝？

注释

❶ 杕：树木独立貌。杜：棠梨树。道左：道路左边。

❷ 嗌：语助词。适：悦。
❸ 中心：心中。好：爱。曷：何不。之：指君子。
❹ 道周：道路右边。一说道路弯曲处。
❺ 游：看望。

葛生

解题

这是一首妻子悼念亡夫的诗。全诗五章。一、二两章的前两句以葛、蔹起兴，葛、蔹生有所托，自己夫亡无所依。前三章的后二句皆写丈夫离去，自己孤独无依，凄凉不堪。后二章的前两句写“夏日”“冬夜”时间漫长，自己更加思念亡夫；后二句发誓死后归于地下，与亡夫团聚。全诗洋溢着对丈夫的深深思念之情，真挚动人，为古代悼亡诗之佳作。

【原文】

葛生蒙楚，蔹蔓于野。①
予美亡此，谁与？②独处。

葛生蒙棘，蔹蔓于域。③
予美亡此，谁与？独息。④

角枕粲兮，锦衾烂兮。⑤

【译文】

葛藤爬上那荆条，蔹草蔓延遍荒郊。
我的丈夫离人世，无伴独居真难熬。

葛藤爬上酸枣树，蔹草蔓延遍墓地。
我的丈夫离人世，无伴独寝意凄凄。

看那角枕仍鲜丽，见那锦被还灿烂。

予美亡此，谁与？独旦。⑥	我的丈夫离人间，无伴独自夜到旦。
夏之日，冬之夜。⑦ 百岁之后，归于其居。⑧	夏季白天长又长，冬天夜晚更漫长。 一旦百年我死亡，地下伴夫夙愿偿。
冬之夜，夏之日。 百岁之后，归于其室。⑨	冬天夜晚长又长，夏季白天更漫长。 一旦百年我死亡，墓中伴夫夙愿偿。

注释

❶ 葛：葛藤，蔓生植物。蒙：覆盖。蔹（liǎn）：蔓生草名。蔓：蔓延。

❷ 予美：我的爱人。予，我，妻自称。亡：不在。此：指人世。与：共处。

❸ 棘：酸枣树。域：墓地。

❹ 息：寝息。

❺ 角枕：用牛角制成的枕头。粲：鲜明华美的样子。锦衾：锦缎制的被子。此与角枕皆敛死尸所用之物。烂：灿烂美丽的样子。

❻ 旦：天亮。

❼ 夏之日：夏季白天长。冬之夜：冬季夜晚长。长则易怀人。

❽ 百岁之后：借指死后。居：指坟墓。

❾ 室：墓室。

采苓

解题

这是一首诫谗诗。全诗三章。每章首二句以采苓、采苦、采葑于首阳山的虚假事实起兴，暗含谗言虚假之意；三、四句点明谗言虚伪不可信；五、六、七、八句告诉人们不要相信谗言。诗中反复申明谗言不可信，表现了诗人对谗言的深恶痛绝及对被诫者的关怀。诗人大概是一个深受谗言之害的人，所以对谗言的本质和害处才体会得如此深刻。

【原文】

采苓采苓，首阳之巅。①
人之为言，苟亦无信。②
舍旃舍旃，苟亦无然。③
人之为言，胡得焉？④

采苦采苦，首阳之下。⑤
人之为言，苟亦无与。⑥
舍旃舍旃，苟亦无然。
人之为言，胡得焉？

采葑采葑，首阳之东。⑦
人之为言，苟亦无从。⑧

【译文】

采甘草啊采甘草，在那首阳山顶上。
那人说的虚伪话，确实别信别上当。
劝你把它全抛弃，别信它对不提防。
那人说的是谎言，有何可取费思量？

采苦菜啊采苦菜，首阳山下采些来。
那人说的虚伪话，不要赞许别受害。
劝你把它全抛弃，莫信它对把事坏。
那人说的是谎言，有何可取记心怀？

采蔓菁啊采蔓菁，首阳山东采起来。
那人说的虚伪话，不要信从把事坏。

舍旃舍旃，苟亦无然。	劝你把它全抛弃，别信它对遭侵害。
人之为言，胡得焉？	那人说的是谎言，有何可取值得爱？

注释

❶ 苓：植物名，即甘草，可入药。首阳：山名，亦称雷首山。

❷ 为：通“伪”，人为的虚假之言之事。此指谗言。苟：确实。亦：语助词。

❸ 舍旃（zhān）：舍之，抛弃谎话。旃，之，代词。

❹ 胡：何。

❺ 苦：野菜名，即苦菜，可吃。

❻ 与：赞同。

❼ 葑：蔓菁。

❽ 从：信从。

秦风

车邻

解题

这是一首描写君臣暇时鼓瑟作乐的诗。作者是秦君的臣下。全诗三章。首章写襄公处理完事务归来，车马众多，臣下前往拜见，令侍者通报；二章写襄公暇时，君臣共同鼓瑟，且发出及时行乐的呼声；三章之意与二章同。本诗文风古朴，诗中既暗含奋发向上的精神，也揭露了统治者希望及时享乐的愿望。

【原文】

有车邻邻，有马白颠。①
未见君子，寺人之令。②

阪有漆，隰有栗。③
既见君子，并坐鼓瑟。④
今者不乐，逝者其耋。⑤

阪有桑，隰有杨。
既见君子，并坐鼓簧。⑥
今者不乐，逝者其亡。⑦

【译文】

车队前行声声响，马儿额头白毛长。
未见秦伯他的面，近侍前去报君王。

山坡之上种漆树，低湿之地种栗树。
已经见到秦王面，并肩而坐把瑟鼓。
如今若是不享乐，将来年老欢乐无。

山坡之上种桑树，低湿地上长白杨。
已经见到秦王面，并肩而坐演奏簧。
如今若不享欢乐，将来想乐人已亡。

注释

❶ 邻邻：车行发出的响声。白颠：马额头有白毛。颠，额。

❷ 君子：指秦君，即秦襄公。寺人：秦襄公的近侍之臣。之：是。令：使。

❸ 阪（bǎn）：山坡。漆：树名。

❹ 并坐：并肩而坐。此指臣与君并坐。鼓：奏。瑟：古乐器。

❺ 逝者：往者，指将来。其：将。耋（dié）：老年。

❻ 簧：古乐器。

❼ 亡：死亡。

驷驖

解题

这是一首秦襄公时代的猎歌。全诗三章。首章写猎前之事，二章写射猎之时，三章写猎后之事，叙事层次井然，有声有色，重点在于展示猎事的隆重、场面的宏大及狩猎的欢乐，表现了秦人尚武的精神。全诗善于铺叙事物，语言古朴，结构紧凑。

【原文】

驷驖孔阜，六辔在手。①
公之媚子，从公于狩。②

奉时辰牡，辰牡孔硕。③
公曰左之，舍拔则获。④

【译文】

四匹黑马很高大，六条缰绳手中拿。
襄公宠爱那些人，跟随君王把猎打。

兽官轰出成年兽，成年公兽体肥大。
襄公下令向左转，放箭射杀收获大。

游于北园，四马既闲。[5]	猎罢畅游在北园，四马拉车真熟练。
辅车鸾镳，载猃歇骄。[6]	轻车马嚼鸾铃响，车载各种猎狗还。

注释

❶ 驷驖（tiě）：拉车的四匹黑马。驷，四匹马。驖，黑色之马。孔：甚。阜：大。六辔：六条缰绳。

❷ 公：指秦襄公。媚子：爱子，指襄公宠爱的人。从：跟随。于：往。狩：冬天打猎。此泛指打猎。

❸ 奉：献。这里指兽官驱赶出群兽以供秦君射猎。时：是，此。辰牡：五岁的公兽。这里指大的公兽。

❹ 左之：车向左转，追击野兽。舍：放出。拔：箭的末端。

❺ 北园：地名，即狩猎之地。闲：熟练。

❻ 辅（yóu）车：轻便之车。鸾：马镳上的铃。镳（biāo）：马嚼子。猃（xiǎn）：长嘴巴的狗。歇骄：短嘴巴的狗。

小戎

解题

这一首妻子怀念远征丈夫的诗。全诗三章。每章前六句皆极力赞扬秦军之车马兵戈之盛、军容军威之隆，后四句皆写妻子对从军丈夫的深切怀念，流露出既以丈夫从军为荣，又以丈夫远离而苦的矛盾心情。这正反映了秦襄公时代秦国的民族精神，即昂扬进取、奋发有为的尚武精神。本诗语言简练，前写军威，后写柔情，艺术效果极佳。

【原 文】

小戎俴收，五楘梁辀。①
游环胁驱，阴靷鋈续。②
文茵畅毂，驾我骐馵。③
言念君子，温其如玉。④
在其板屋，乱我心曲。⑤

四牡孔阜，六辔在手。⑥
骐駵是中，騧骊是骖。⑦
龙盾之合，鋈以觼軜。⑧
言念君子，温其在邑。⑨
方何为期，胡然我念之。⑩

俴驷孔群，厹矛鋈錞。⑪
蒙伐有苑，虎韔镂膺。⑫
交韔二弓，竹闭绲縢。⑬
言念君子，载寝载兴。⑭
厌厌良人，秩秩德音。⑮

【译 文】

小巧战车车箱浅，五个皮箍绕独辕。
铜环缰绳控骖马，拉车皮条铜环连。
虎皮坐垫车毂长，驾起骐馵奔向前。
心中想念我夫君，温和如同玉一般。
他伐西戎住木屋，使我心中不得安。

四匹公马很肥大，六条缰绳手中抓。
拉车服马是骐駵，骖是黄马和黑马。
画龙盾牌合一处，轼前铜环把辔挂。
心中想念我夫君，性温赴戎去讨伐。
将在何日凯旋归，为何如此想念他。

四马和谐不披甲，三刃长矛白铜錞。
大盾画羽图案美，虎皮弓袋雕花纹。
两弓交叉装弓袋，正弓竹闭用绳捆。
想念我那好夫君，晚睡早起抖精神。
安静平和我夫君，礼节名声天下闻。

注 释

❶ 小戎：小兵车。俴（jiàn）：浅。收：车后横木。楘（mù）：箍，以皮革或铜做成的环状物。梁：屋梁。辀（zhōu）：古代车子只有略弯的独辕，称辀。其辀似梁，故曰梁辀。

❷ 游环：收束马缰绳的能够活动的小皮环。胁驱：驾马具。服马外的绳索，一端系于车衡之上，一端系于轸上，防止骖马入辕中。阴：车轼之前的横板。

靷（yǐn）：引车前行的皮带或绳索。前端系于骖马之颈，后端系于车轴或阴板上。鋈（wù）续：靷端作环相接叫“续”，此环以白铜制成，称鋈续。鋈，白铜。

❸ 文茵：用虎皮做的车垫子，乘车者所坐。畅：长。毂（gǔ）：车轮中心的圆形之木，中空贯轴，外接车辐。骐：青黑色相间的马。馵（zhù）：左后足是白色的马。

❹ 言：语气助词。君子：周代女子对丈夫的称呼。此指作者之夫。温：温和。古人以玉比人，认为玉有五德。

❺ 板屋：木板筑的屋。住板屋是西戎之地的民俗。心曲：心窝，心灵深处。

❻ 孔阜：特别健壮。

❼ 駠（liú）：同“骝”，即红黑色的马。中：服马。騧（guā）：黑嘴黄马。骊：黑马。

❽ 龙盾：画有龙纹的盾。合：两块盾牌合在一处。觼（jué）：有舌的环。軜（nà）：骖马靠服马一边的缰绳。

❾ 邑：城邑，指家乡。

❿ 方：将。期：归期。胡：何。然：这样，如此。

⓫ 俴驷：身不披甲的四匹马。孔群：非常协调。厹（qiú）矛：兵器名，矛头有三棱锋刃。鋈錞（duì）：用白铜装饰的矛端。

⓬ 蒙：在盾上刻杂羽的花纹。伐：通“瞂（fá）”，盾。苑：花纹。韔（chàng）：弓袋。镂：雕刻。膺：胸。此指弓袋的正面。

⓭ 交韔二弓：把两张弓一正一倒交叉地放进弓袋里。绲（gǔn）：绳。縢（téng）：捆扎。

⓮ 载：语助词。寝：睡下。兴：起来。

⓯ 厌厌：安静的样子。良人：好人。妻称夫为良人。秩秩：有礼节的样子。德音：好的声誉。

蒹葭

解 题

这是一首情诗。全诗三章，描写了一个男青年对意中女子的思恋和追求。每章前两句写景，点明时间是深秋的清晨，地点是芦苇丛生的河边；三、四句点明他所思慕的姑娘就在水之一方；五、六句写他逆水寻觅而不得见；七、八句写他顺水找寻仍然无果，心急如焚。二、三两章反复陈说，把男青年思慕情人的纯真感情及失望之情表达得淋漓尽致。本诗情景相生，语言清新，是一首杰出的抒情诗。

【原 文】

蒹葭苍苍，白露为霜。[1]
所谓伊人，在水一方。[2]
溯洄从之，道阻且长。[3]
溯游从之，宛在水中央。[4]

蒹葭凄凄，白露未晞。[5]
所谓伊人，在水之湄。[6]
溯洄从之，道阻且跻。[7]
溯游从之，宛在水中坻。[8]

蒹葭采采，白露未已。[9]
所谓伊人，在水之涘。[10]

【译 文】

河岸芦苇碧苍苍，清晨秋露结成霜。
心中想念好姑娘，她在小河那一旁。
逆河而上去寻她，道路危险又漫长。
顺流而下把她寻，好像她在水中央。

河岸芦苇茂又密，清晨露水未晒干。
心中想念好姑娘，她在河水那一边。
逆河而上去寻她，道路渐高又危险。
顺流而下把她寻，好像她在水中滩。

河岸芦苇密麻麻，上午秋露未全干。
心中想念好姑娘，她在河水那一边。

溯洄从之，道阻且右。⑪	逆河而上去寻她，道路险阻要转弯。
溯游从之，宛在水中沚。⑫	顺流而下把她寻，好像她在水中滩。

注释

❶ 蒹葭（jiānjiā）：芦苇。苍苍：茂盛的样子。白露：露水因凝结成霜呈现白色。为霜：结霜。

❷ 所谓：所说的。伊人：这人。

❸ 溯（sù）：在河岸沿逆流方向前进。洄：逆流而上。从：追逐，接近。阻：险阻。

❹ 游：流，指直流的水道。宛：好像。

❺ 凄凄：通“萋萋”，茂盛的样子。晞（xī）：晒干。

❻ 湄：水边。

❼ 跻（jī）：地势渐高。

❽ 坻（chí）：水中小陆地。

❾ 采采：茂盛的样子。已：止。

❿ 涘（sì）：河水边。

⓫ 右：道路向右边弯曲。

⓬ 沚（zhǐ）：水中小沙滩。

终南

解题

这是秦人赞美秦君的诗。全诗二章。首章一、二句写终南物美，三、四句写秦君衣饰的美盛，五句写秦君容光焕发，六句赞秦君为真君王。二章末句祝秦君长寿，赞美之意尽显。本诗是秦国国势强盛、人民积极进取历史史实的反映，语言质朴，艺术效果极佳。

【原 文】

终南何有？有条有梅。①
君子至止，锦衣狐裘。②
颜如渥丹，其君也哉！③

终南何有？有纪有堂。④
君子至止，黻衣绣裳。⑤
佩玉将将，寿考不忘！⑥

【译 文】

终南山上有何物？有那山楸和楠树。
君王驾临名山中，狐裘锦衣一身素。
面色红润有光泽，真是秦国好君主！

终南山上有何物？有那杞树棠梨树。
秦王驾临大山中，青黑花纹五彩服。
身上佩玉锵锵响，祝君长寿位不除！

注 释

❶ 条：山楸。梅：楠木。或释为梅树。

❷ 君子：指秦君。至止：来到。锦衣：锦缎上衣。狐裘：狐狸皮袄。以白狐皮为裘，上罩素锦之衣，是当时诸侯的礼服。

❸ 颜：容颜。渥丹：涂饰红色，形容面部红润有光泽。其：是。

❹ 纪：“杞”的假借字，杞树。堂：“棠”的假借字，棠梨树。

❺ 黻（fú）衣：青黑色花纹相间的上衣。

❻ 将将：同“锵锵”，佩玉相撞击的响声。寿：长寿。考：老，长寿。

黄鸟

解题

这是秦人怨恨殉葬制度的哀歌。全诗三章。每章首二句以黄鸟悲鸣起兴，为诗歌笼罩上一层悲伤气氛；三至八句写子车氏三兄弟的才华及临穴的恐惧悲惨之状，表现出对生的眷恋；末四句写秦人愤怒问天，表达对“三良”的同情。诗中如实揭露了殉葬制的灭绝人性，表达了秦人对穆公以活人陪葬的无比愤怒与痛恨，表现了人们的觉醒和反抗。全诗善于营造气氛，能抓住典型事例进行艺术概括，使诗歌具有深刻的现实意义。

【原文】

交交黄鸟，止于棘。①
谁从穆公？子车奄息。②
维此奄息，百夫之特。③
临其穴，惴惴其慄。④
彼苍者天，歼我良人。⑤
如可赎兮，人百其身。⑥

交交黄鸟，止于桑。
谁从穆公？子车仲行。⑦
维此仲行，百夫之防。⑧
临其穴，惴惴其慄。

【译文】

黄雀交交在鸣叫，栖止在那枣树上。
谁随穆公去死亡？子车奄息去殉葬。
就是这位好奄息，百个男人比不上。
走近墓穴他惊望，全身发抖心恐慌。
高高苍天你在上，竟使好人被灭亡。
如果可以赎他命，愿用百人来抵偿。

黄雀交交在鸣叫，落在那棵桑树上。
谁随穆公去死亡？子车仲行去陪葬。
这位仲行才德强，百个男人难比量。
走近墓穴他惊望，全身发抖心惶惶。

彼苍者天，歼我良人。	高高苍天你在上，怎使好人遭灭亡。
如可赎兮，人百其身。	如果可以赎他命，愿用百人来抵偿。
交交黄鸟，止于楚。⑨	黄雀交交在鸣叫，停在那些荆条上。
谁从穆公？子车鍼虎。⑩	谁随穆公去死亡？子车鍼虎得殉葬。
维此鍼虎，百夫之御。⑪	这位鍼虎有才德，百个男人比不上。
临其穴，惴惴其慄。	走近墓穴他惊望，浑身发抖心慌张。
彼苍者天，歼我良人。	高高苍天你在上，竟让好人遭灭亡。
如可赎兮，人百其身。	如果可以赎他命，愿用百人来抵偿。

注释

❶ 交交：鸟鸣声。黄鸟：黄雀。止：栖止，栖息。棘：酸枣树。

❷ 从：跟随。此指殉葬。穆公：秦穆公嬴任好。子车奄息：人名，子车为姓。

❸ 维：语助词。百夫：犹“百人”。特：匹配。

❹ 临：由上往下看。其：那，指穴。惴惴：恐惧不安的样子。慄：发抖。

❺ 歼：灭。良人：好人。

❻ 人百其身：用一百人赎他一人。

❼ 仲行：奄息的兄弟。

❽ 防：相当，比并。

❾ 楚：荆条。

❿ 鍼（qián）虎：奄息的兄弟。

⓫ 御：当。

晨风

解题

这是一首女子思念丈夫又怕被其遗弃的诗。全诗三章。一章首二句以鸟飞翔起兴，喻丈夫出而当归；今未归，故三、四句写女子思夫之情；丈夫久未归，女子疑其变心，故五、六句责其忘己。二、三章的前两句变换景物，喻己与夫关系当好而未好。余皆与一章同。诗中表现了女子对丈夫的深挚思念，却又时时怀着恐惧之心，无可奈何地等待着。本诗层次分明，感情真实，语言质直。

【原文】

鴥彼晨风，郁彼北林。①
未见君子，忧心钦钦。②
如何如何，忘我实多。③

山有苞栎，隰有六駮。④
未见君子，忧心靡乐。⑤
如何如何，忘我实多。

山有苞棣，隰有树檖。⑥
未见君子，忧心如醉。

【译文】

晨风展翅疾飞翔，北边树林郁苍苍。
没见丈夫他的面，心中忧伤把他想。
怎么办啊怎么办，心中早已把我忘。

丛生栎树遍山坡，低湿地里赤李多。
没见丈夫他的面，心中忧伤无欢乐。
怎么办啊怎么办，心中忘我实在多。

丛生棠棣遍山间，低湿地里山梨多。
没见丈夫他的面，心忧如醉没有乐。

如何如何，忘我实多。 | 怎么办啊怎么办，心中早已没有我。

注释

❶ 鴥（yù）：鸟疾飞的样子。晨风：鸟名，一种猛禽。郁：茂盛貌。

❷ 君子：周代女子对丈夫之称。钦钦：忧而不忘的样子。

❸ 如何：犹言“奈何”。

❹ 苞：丛生的样子。栎（lì）：树名。六：表示多数，非确指。駮（bó）：树名，又叫赤李。

❺ 靡：无。

❻ 棣：树名，即棠棣。檖（suì）：树名，即山梨。

无衣

解题

这是一首宣扬爱国主义的军歌。秦自襄公以来，多承王命伐戎，有尚武传统的秦民愿保卫周室，这就是本诗产生的背景。全诗三章，每章皆以从军战士的口吻，喊出“与子同袍”“与子同仇”的呼声，表达了对敌人的仇恨及对王室兴师的强烈支持，表现了战士反抗侵扰的浩然正气和同仇敌忾的英雄气概。本诗采用重章叠句的章法和设问的修辞手法，有一唱三叹之美。

【原 文】 【译 文】

岂曰无衣？与子同袍。[1] | 谁说没有军衣穿？与你同穿一战袍。

王于兴师，修我戈矛。[2]	君王御敌要出师，快来修整戈和矛。
与子同仇！[3]	共同对敌逞英豪。
岂曰无衣？与子同泽。[4]	谁说没有军衣穿？与你同穿那内衣。
王于兴师，修我矛戟。[5]	君王御敌要出师，快来修整矛和戟。
与子偕作。[6]	共同奋进去讨敌。
岂曰无衣？与子同裳。[7]	谁说没有军衣穿？与你同穿那军裤。
王于兴师，修我甲兵。[8]	君王御敌要出师，快来修整甲和刀。
与子偕行。[9]	我们一同奔战场。

注释

❶ 子：你。此指战友。袍：长的外衣。

❷ 王：周王。一说指秦君。于：语助词。兴师：出兵打仗。修：修理，制造。戈矛：古代长柄兵器。

❸ 同仇：有共同的敌人。

❹ 泽：通“襗（zé）”，贴身内衣。

❺ 戟：古代长柄兵器。

❻ 偕：同。作：起。

❼ 裳：古称下身的衣服。此指军裤。

❽ 甲：铠甲。兵：武器。

❾ 行：前进。

渭阳

解 题

朱熹《诗集传》说此诗是秦康公送其舅父重耳之诗，其说可信。重耳在外流亡十余年，穆公助其归国为君（晋文公）。当重耳离秦时，正做太子的嬴罃前往送行，故写下这首诗。全诗二章，叙述二人送别赠物之事，表达了嬴罃对舅父的惜别与祝福之情。本诗语言清新质朴，叙事简洁，感情真挚动人。

【原 文】

我送舅氏，曰至渭阳。①
何以赠之？路车乘黄。②

我送舅氏，悠悠我思。③
何以赠之？琼瑰玉佩。④

【译 文】

我送舅父回晋国，渭水北岸来告别。
我拿什么赠亲人？四匹黄马和路车。

我送舅父回晋国，思念深情悠悠长。
我拿什么赠亲人？美玉佩饰表衷肠。

注 释

❶ 曰：语助词。至：到。渭：渭水。阳：河的北面。

❷ 路车：诸侯所乘之车。乘（shèng）黄：四匹黄马。

❸ 悠悠：绵绵不尽的样子。

❹ 琼瑰：美玉。

权舆

解题

这是一首描写没落贵族的哀歌。诗人从前是一个大贵族，由于某种原因失去了往日的权势和财富，也失去了往日的荣耀，因此发出今不如昔的哀叹，透露出无可奈何的绝望之情。全诗两章，通过往日与今日的对比，展现了贵族生存状况的巨变。

【原文】

於我乎！[1]夏屋渠渠，
今也每食无余。[2]于嗟乎！[3]
不承权舆。[4]

於我乎！每食四簋，
今也每食不饱。[5]于嗟乎！
不承权舆。

【译文】

我呀我呀想当初！大房高耸食物足，
如今每餐无剩余。哎呀哎呀真可叹！
早年富贵无法续。

我呀我呀想当初！每餐四簋饭菜足，
如今吃饭不饱肚。哎呀哎呀真可叹！
早年富贵无法续。

注释

❶ 於：叹词。我乎：犹言“我呀”。
❷ 夏屋：大屋。渠渠：屋子高大宽敞貌。今：现在。每食：每顿饭。
❸ 于嗟：感叹词。
❹ 承：继承。权舆：开始，当初。
❺ 簋（guǐ）：古代食器。

陈风

宛丘

解 题

这是一首情歌。全诗三章。作者是一个男子，他经常观看一位女巫跳舞，对她产生了深深的爱慕之情。二、三章写他从狂热的相思中醒来，冷静地去观察和描写她的舞姿，表达了对女巫真挚的爱慕之情、赞美之意。本诗善于刻画人物形象，抒情既直率又委婉，真情流露，令人动容。

【原 文】

子之汤兮，宛丘之上兮。①
洵有情兮，而无望兮。②

坎其击鼓，宛丘之下。③
无冬无夏，值其鹭羽。④

坎其击缶，宛丘之道。⑤
无冬无夏，值其鹭翿。⑥

【译 文】

你的身姿飘荡荡，尽情跳舞宛丘上。
我真爱你情义长，心中明知没希望。

伴舞击鼓咚咚响，宛丘之下跳舞忙。
没有冬来没有夏，手持鹭羽似飞翔。

伴舞击缶咚咚响，起舞宛丘道中央。
没有冬来没有夏，手持鹭翿盖头上。

注释

❶ 子：你。此指跳舞的女巫。汤：通“荡”，摇摆着身躯跳舞。宛丘：陈国地名。

❷ 洵：真，确实。有情：有感情。这是指男子对女巫有情。望：希望。

❸ 坎其：犹“坎坎”，击鼓声。

❹ 无冬无夏：没冬没夏，言终年皆舞。值：持或戴。鹭羽：用鹭鸶鸟的羽毛制成的舞具。

❺ 缶：瓦质的打击乐器。

❻ 翿（dào）：用鸟羽编成的舞具，形似扇或伞，舞时盖在头上。

东门之枌

解题

朱熹《诗集传》说：“此男女聚会歌舞，而赋其事以相乐也。”此说可信。全诗三章。首章写这位青年在宛丘的树林中发现子仲家的姑娘正在翩翩起舞，令其爱慕；二章写青年邀请姑娘选择吉日去南方出游，姑娘高兴应邀，起舞于市集之上；三章写他们一同出游，相互赠物定情。全诗表现了青年男女真诚相恋及对幸福和自由爱情的追求。

【原 文】	【译 文】
东门之枌，宛丘之栩。[1] 子仲之子，婆娑其下。[2]	东城门外有白榆，宛丘之上长栎树。 子仲家里好女儿，树下欢乐翩翩舞。
穀旦于差，南方之原。[3]	请你选择好日子，同去南方平原上。

不绩其麻，市也婆娑。[4]	不纺手中那些麻，闹市起舞心欢畅。
穀旦于逝，越以鬷迈。[5]	趁此吉日一同往，屡次幽会去远方。
视尔如荍，贻我握椒。[6]	我看你像锦葵花，赠我花椒一大把。

注释

❶ 东门：陈国都城的东门。之：有。枌（fén）：树名，即白榆树。之：有。栩（xǔ）：栎树。一说即柞树。

❷ 子仲：姓。婆娑：跳舞时旋转摇摆的样子。其：指树。

❸ 穀旦：吉日。于：语助词。差：选择。原：高平的土地。

❹ 绩：纺。市：市集，市场。

❺ 逝：往。越以：发语词。鬷（zōng）：众。迈：远行。

❻ 视：看。尔：你，指女子。荍（qiáo）：草名，即锦葵，花为淡紫色或白色。贻：赠送。握椒：成把的花椒。

衡门

解题

朱熹《诗集传》说这是一首写“隐居自乐而无求者”的诗，其说可信，但诗人并不一定是隐者。那时的人们往往追求好生活，也希望娶名门之女为妻，但也许要为此付出惨重的代价。诗人可能面临严酷的现实，也可能是在追求名门之女失败后自甘平庸，反而去寻求一种清贫寡欲的生活，于是就写下这首诗。全诗三章。首章写简陋的住房和泉水即可维持生活；二、三章写诗人甘于吃一般的鱼、娶非名门之女为妻，表现了他的生活情趣。本诗叙事简洁生动，颇有层次。

【原 文】

衡门之下，可以栖迟。[1]
泌之洋洋，可以乐饥。[2]

岂其食鱼，必河之鲂？[3]
岂其取妻，必齐之姜？[4]

岂其食鱼，必河之鲤？
岂其取妻，必宋之子？[5]

【译 文】

横木当门虽简陋，足以徘徊和休息。
泌泉涌水多而盛，清凉泉水可充饥。

难道我们要吃鱼，必吃黄河那鲂鱼？
难道我们要娶妻，必娶齐国姜家女？

难道我们要吃鱼，必吃黄河那鲤鱼？
难道我们要娶妻，必娶宋国子家女？

注 释

❶ 衡门：横木为门。此极言房屋简陋。栖迟：休息。
❷ 泌：水名。洋洋：水盛的样子。乐饥：充饥。
❸ 岂其：难道。河：黄河。鲂：鱼名，即鳊鱼。黄河之鲂为当时名鱼。
❹ 齐：齐国。姜：姓。齐君姓姜。姜姓女子指贵族女儿。
❺ 宋：宋国。子：姓。宋君姓子。

东门之池

解 题

这是一首情歌。一个小伙子对在护城河里沤麻的美丽姑娘产生了爱慕之情，希望与她“晤歌”“晤语”“晤言”，并向她表白爱意。全诗三章，反复表达赞美和爱慕之情，感情真挚缠绵。

【原 文】

东门之池，可以沤麻。①
彼美淑姬，可与晤歌。②

东门之池，可以沤纻。③
彼美淑姬，可与晤语。④

东门之池，可以沤菅。⑤
彼美淑姬，可与晤言。⑥

【译 文】

东城门外护城河，可以泡麻做衣裳。
美丽善良姬家女，可以和她来对唱。

东城门外护城河，可以浸纻做衣衫。
美丽善良姬家女，可以同她把话谈。

东城门外护城河，可以浸菅来搓绳。
美丽善良姬家女，可以向她诉衷情。

注 释

❶ 池：护城河。沤：浸泡。
❷ 淑：善。姬：姓，周王姓姬。晤歌：对歌。
❸ 纻（zhù）：麻的一种。
❹ 晤语：对话。
❺ 菅（jiān）：草名，沤泡后可编席、筐等。
❻ 晤言：对谈。

东门之杨

解 题

这是一首写约会情人而情人不至的诗。全诗二章。每章前二句写约会的地点；后二句写约会的时间是黄昏，并点明失约不至的事实，透露出主人公焦急而埋怨的情绪。可以看出，主人公对情人一片痴心，愿与其白头偕老。本诗描写景物生动传神，有很好的艺术效果。

【原 文】

东门之杨，其叶牂牂。①
昏以为期，明星煌煌。②

东门之杨，其叶肺肺。③
昏以为期，明星晢晢。④

【译 文】

东门之外有白杨，树叶茂盛长得旺。
相约黄昏来幽会，如今已是明星亮。

东门之外有白杨，树叶茂密有荫凉。
相约黄昏来幽会，等到启明星光亮。

注释

❶ 之：有。牂牂（zāng）：枝叶茂盛的样子。
❷ 昏：黄昏。期：幽会。明星：启明星。煌煌：明亮的样子。
❸ 肺肺（pèi）：草木茂盛的样子。
❹ 晢晢（zhé）：明亮的样子。

墓门

解题

这是一首讽刺统治者的诗。据《左传·桓公五年》记载，陈国公子陈佗有丑行，他趁桓公生病，将太子免杀死，并在桓公去世后，自立为君，于是陈国大乱。后来蔡国出兵杀死陈佗，大乱始平定。这首诗大概就是讽刺陈佗的。全诗二章。每章前二句以劣木恶鸟起兴，三、四句点明“夫”之不良的事实，五、六两句斥“夫”秉性难改，生动形象。

【原 文】

墓门有棘，斧以斯之。[1]
夫也不良，国人知之。[2]
知而不已，谁昔然矣。[3]

墓门有梅，有鸮萃止。[4]
夫也不良，歌以讯之。[5]
讯予不顾，颠倒思予。[6]

【译 文】

墓道门外有棘树，用斧把它来砍掉。
那人行为太不好，城中之人都知道。
人人皆知仍不改，一向如此不可教。

墓道门外有梅树，猫头鹰来栖树上。
那人行为太不好，编个歌儿警告他。
我的告诫他不理，待到遭祸把我想。

注释

❶ 墓门：墓道之门。棘：酸枣树。斯：劈。

❷ 夫：彼，指陈佗。国人：城里的人。

❸ 已：止。谁昔：昔日。然：如此。

❹ 鸮：鸱鸮，即猫头鹰。古人认为其是极不祥之鸟。萃：集，栖息。止：语尾助词。

❺ 讯：亦作“谇”，告诫，劝谏。

❻ 顾：顾及。颠倒：指国家出现混乱。思予：想起我的告诫之言。

防有鹊巢

解 题

高亨《诗经今注》说："此诗作者是个男子，因为他丢失爱妻，寻找不着，心情十分忧惧。"高说虽可信，但男子丢失的不一定是"爱妻"，也许是"情人"。全诗二章，每章前二句皆以景物起兴；后二句指出情人被隐藏，自己心中非常忧伤，表达了对情人的挂念之情。

【原 文】

防有鹊巢，邛有旨苕。①
谁侜予美？心焉忉忉。②

中唐有甓，邛有旨鹝。③
谁侜予美？心焉惕惕。④

【译 文】

枋树筑起喜鹊窝，土丘之上长苕草。
谁藏我那美情妹？我心忧愁似火烧。

庭院甬道铺砖瓦，土丘之上长绶草。
谁藏我那美情妹？我心忧惧又烦躁。

注 释

❶ 防：枋树。或释为"堤"，水坝。鹊：喜鹊。邛（qióng）：山丘。旨：味美。苕：草名。

❷ 侜（zhōu）：隐藏，欺骗。予：我。心焉：心中。忉忉（dāo）：忧伤的样子。

❸ 中唐：古代堂前或门内的甬道。甓（pì）：砖瓦。鹝（yì）：草名，即绶草，开杂色之花。

❹ 惕惕：忧惧的样子。

月出

解题

朱熹《诗集传》说"此亦男女相悦而相念之辞"，可信，这确实是我国最早的月下怀人诗。全诗三章，每章首句皆写美丽的月色，二句写姑娘的容颜，三句写姑娘的娴雅举止和妩媚的姿态，末句写男子因爱慕姑娘而产生的烦忧不宁的心情。全诗描写了皓月当空、清辉普照的月夜景色，呈现出一种朦胧缥缈意境美，令人神往。诗中对少女具体情态的描绘，栩栩如生，且句句押韵，增强了诗的音乐美。

【原文】

月出皎兮，佼人僚兮。①
舒窈纠兮，劳心悄兮。②

月出皓兮，佼人懰兮。③
舒忧受兮，劳心慅兮。④

月出照兮，佼人燎兮。⑤
舒夭绍兮，劳心惨兮。⑥

【译文】

明月皎皎出天空，姑娘容貌真美丽。
体态轻盈缓步行，时时想她心忧伤。

明月皓皓挂天空，姑娘月下更娇艳。
缓步轻盈身姿美，时时想她心不安。

明月高悬照四方，姑娘月下面姣好。
身姿轻盈飘飘然，日夜想她心烦躁。

注释

❶ 皎：月光清澈明亮的样子。佼（jiǎo）：美好。僚（liǎo）：漂亮。

❷ 舒：徐缓，形容女子端庄文静。窈纠（yǎojiǎo）：形容女子体态轻盈柔美。劳心：忧伤之心。悄：深忧的样子。

❸ 皓：洁白。此指月光清澈明亮的样子。懰（liǔ）：美好。

❹ 慅（cǎo）：忧愁不安的样子。

❺ 照：明。燎：美丽。

❻ 惨：忧愁不安的样子。

株林

解题

这是讽刺陈灵公通淫夏姬的诗。夏姬是郑穆公之女，嫁给陈大夫夏御叔。生子夏徵舒，字子南。据《左传》记载，夏姬很漂亮，陈灵公和他的大臣孔宁、仪行父都与之私通，而且肆无忌惮。有一次，君臣三人在夏姬家饮酒，灵公被夏姬的儿子夏徵舒杀死。孔宁、仪行父逃亡国外。诗之所咏，就是陈灵公朝夕来往于夏氏株邑，并在夏氏邑中修建台阁之事。诗中说在株林筑台是为了找夏南，不明说找夏姬，运用的是婉讽的方法。全诗反复陈说陈灵公通淫夏姬之事，无情揭露和鞭挞了陈灵公荒淫无耻的行为及其丑恶灵魂，表达了人们的蔑视与嘲笑。

【原文】	【译文】
胡为乎株林？①从夏南。②	灵公为何去株林？追随夏南去游玩。
匪适株林，从夏南。③	原来灵公到株林，不是真去找夏南。
驾我乘马，说于株野。④	驾起我那四匹马，到达株郊就歇息。
乘我乘驹，朝食于株。⑤	驾起我那四匹驹，株邑清晨找夏姬。

注释

❶ 胡：何。为：前往。乎：于。株：陈国邑名。林：远郊。

❷ 从：追随，追逐。夏南：夏子南。

❸ 匪：通“彼”，指陈灵公。适：往。

❹ 我：陈灵公自称。乘马：四匹拉车之马。说：通“税”，停车休息。株野：株邑郊外。

❺ 乘：驾车。乘驹：四匹小马。朝食：吃早饭。这是隐语，指陈灵公与夏姬通奸。

泽陂

解题

这是一首描写男子单相思的诗。一个男子在泽边看到了一个貌美如花的姑娘，但是无缘相近，只能独自默默思念，越思念越苦恼，竟“寤寐无为，涕泗滂沱”“辗转伏枕”。全诗三章，反复陈说上述情景，充分表达了男子对姑娘真挚而强烈的爱恋之情。

【原文】

彼泽之陂，有蒲与荷。①
有美一人，伤如之何？②
寤寐无为，涕泗滂沱。③

彼泽之陂，有蒲与蕑。④

【译文】

那个池塘有堤岸，蒲草荷花塘里长。
有个姑娘世无双，我心爱她当怎样？
无心做事把她想，眼泪鼻涕哗哗淌。

那个池塘有堤岸，蒲草莲花池中长。

有美一人，硕大且卷。[5]	有个姑娘世无双，个儿高大脸漂亮。
寤寐无为，中心悁悁。[6]	无心做事把她想，心中忧愁仍难忘。
彼泽之陂，有蒲菡萏。[7]	那个池塘有堤岸，蒲草荷花一同长。
有美一人，硕大且俨。[8]	有个美女世无双，身材高大真漂亮。
寤寐无为，辗转伏枕。[9]	无心做事把她想，翻来覆去伏枕上。

注释

❶ 泽：池塘。之：有。陂（bēi）：池塘岸边。蒲：草名，生于水中。

❷ 伤：因思念而忧伤。

❸ 寤：醒来。寐：睡着。无为：无所作为，即无心做事之意。涕：眼泪。泗：鼻涕。滂沱（pāngtuó）：雨下得大。此处形容涕泗俱下的样子。

❹ 蕳（jiān）：《鲁诗》作“莲”。莲蓬即荷花之实。此指荷花。

❺ 硕大：高大。卷：漂亮的样子。

❻ 中心：心中。悁悁（yuān）：心中忧愁之貌。

❼ 菡萏（hàndàn）：泛指荷花。

❽ 俨：端庄矜持的样子。

❾ 辗转：翻来覆去。

桧风

羔裘

解 题

这是一首怀人的情诗。一个姑娘爱上了一个贵族男子，不知由于什么原因，她未能和男子厮守，但她始终思念他，以至于忧伤不已。全诗三章。每章一、二句写那位男子的服饰和地位，三、四句写她思念他的真情。二、三章与一章同。本诗采用重章叠句的形式，简短的几句诗体现了姑娘思慕情人的纯真感情，很有艺术特色。

【原 文】

羔裘逍遥，狐裘以朝。[1]
岂不尔思？劳心忉忉。[2]

羔裘翱翔，狐裘在堂。[3]
岂不尔思？我心忧伤。

羔裘如膏，日出有曜。[4]
岂不尔思？中心是悼。[5]

【译 文】

你穿羔裘任逍遥，穿好狐裘去上朝。
难道我不把你想？心有忧愁苦难消。

你穿羔裘任你逛，穿好狐裘上朝堂。
难道我不把你想？我的心中多忧伤。

你穿羔裘有光泽，太阳一出闪闪亮。
难道我不把你想？心中忧惧好慌张。

注释

❶ 羔裘：羊羔皮袄。逍遥：悠闲游荡貌。狐裘：狐狸皮袄。朝：上朝。

❷ 劳心：忧愁之心。劳，忧。忉忉：忧惧发愁的样子。

❸ 翱翔：遨游。堂：朝堂。

❹ 膏：油脂。这里形容羔裘洁白柔软而有光泽。曜：光亮的样子。

❺ 悼：哀伤，悲痛。

素冠

解题

这是一首女子悼念亡夫的“悼亡”诗。全诗三章。每章首句分别写亡夫头戴白帽，身穿白衣、白蔽膝，二、三句写妻子心忧不安，并表示愿与丈夫同死。本诗把殓尸时死者的容貌、服饰写得非常逼真，把妻子此时的心情描绘得细致入微，表达了她对丈夫强烈而深切的怀念之情，悲悲切切，真实感人。

【原 文】

庶见素冠兮，棘人栾栾兮。①
劳心慱慱兮。②

庶见素衣兮，我心伤悲兮。
聊与子同归兮。③

庶见素韠兮，我心蕴结兮。④

【译 文】

看见丈夫戴白帽，面容消瘦真可怜。
我心忧伤很不安。

看见丈夫穿白衣，我心伤悲无法除。
愿意与你同死去。

看见夫系白蔽膝，心忧郁结难排遣。

聊与子如一兮。[5]

我愿同你去阴间。

注释

❶ 庶：幸。素冠：白帽。棘：瘦。栾栾：瘦瘠貌。

❷ 劳心：忧心。慱慱（tuán）：忧伤不安的样子。

❸ 聊：愿，乐。子：指丈夫。同归：一同去死。

❹ 韠（bì）：蔽膝，似今之围裙。蕴结：郁结。

❺ 如一：同你一样，即同死之意。

隰有苌楚

解题

这是一首无力承受生活重压者的哀歌。全诗三章。每章前两句写羊桃树茂盛；三句写其粗壮而有光泽；四句表达对其无知无觉的羡慕。在古代社会，剥削和压迫严重，这常常使人觉得富有血性和感情的人，倒不如无知无觉的草木；它们不知忧愁，总能按自己的本性和自然规律自由生长发育，开花结果。这首诗正是人们这种认识的反映。诗人借物兴怀，联想奇特，表现出独特的审美情趣。

【原文】

隰有苌楚，猗傩其枝。[1]
夭之沃沃，乐子之无知。[2]

【译文】

低湿之地长羊桃，枝儿柔美姿态好。
小树茂盛光泽美，羡你无知不烦恼。

隰有苌楚，猗傩其华。
夭之沃沃，乐子之无家。③

低湿之地长羊桃，花儿怒放风中摇。
小树茂盛光泽美，羡你无家乐陶陶。

隰有苌楚，猗傩其实。④
夭之沃沃，乐子之无室。

低湿之地长羊桃，果实累累挂满枝。
小树茂盛光泽美，羡你无妻乐滋滋。

注释

❶ 隰：低湿之地。苌（cháng）楚：羊桃，又称猕猴桃，开紫红花，果实可吃。猗傩（ēnuó）：形容草木茂盛柔美的样子。

❷ 夭：初生的草木。沃沃：形容枝叶茂盛有光泽的样子。乐：喜爱。子：此指苌楚。无知：没有知觉。

❸ 无家：没有家室。

❹ 实：果实。

匪风

解题

这是一首流落他乡的人怀念故乡的诗。作者可能是外乡之人，他来到栖身之地已久，无法回乡。当他看到大路上川流不息的车马行人时，不禁油然而生思乡之情，希望有人能替他向亲人捎个平安家信，以慰思乡之情。全诗三章，表达了诗人的思乡之情。本诗善于写景，画面感极强。

【原 文】

匪风发兮，匪车偈兮。①
顾瞻周道，中心怛兮。②

匪风飘兮，匪车嘌兮。③
顾瞻周道，中心吊兮。④

谁能亨鱼？溉之釜鬵。⑤
谁将西归？怀之好音。⑥

【译 文】

那风刮得呼呼响，那车快速奔驰忙。
西去大道我回望，心中思乡甚忧伤。

那风回旋天地转，那车疾速奔前方。
西去大道我回望，心中忧伤思故乡。

谁能烹制那条鱼？我来刷锅又洗碗。
谁要西归回故乡？请他捎信报平安。

注 释

❶ 匪：通“彼”，那。发：疾风之声。偈（jié）：车疾驰的样子。

❷ 顾：回头看。瞻：望。周道：大道。中心：心中。怛（dá）：忧伤。

❸ 飘：飘风，旋风。嘌（piāo）：疾速貌。

❹ 吊：悲伤。

❺ 溉：洗涤。釜：锅。鬵：大锅。

❻ 怀：遗，带给。好音：好话，好消息。

曹风

蜉蝣

解题

此诗主旨历来说法不一，或主“刺奢”（《诗序》），或主刺“玩细娱而忘远虑者”（朱熹《诗集传》），或主叹人生短暂等。综观全诗，似情诗说更合诗旨。一位坦率大胆的女性爱上了一位身穿华美衣服的男子，这使她陷入苦恼之中；然而她却不肯放弃对他的爱，向他表达了希望共处的愿望。全诗三章，反复表达同一要求，足见其爱之真诚和坚定。

【原文】

蜉蝣之羽，衣裳楚楚。①
心之忧矣，于我归处。②

蜉蝣之翼，采采衣服。③
心之忧矣，于我归息。④

蜉蝣掘阅，麻衣如雪。⑤
心之忧矣，于我归说。⑥

【译文】

蜉蝣翅白又透明，漂亮衣裳五彩绘。
心有忧愁无欢乐，与我同住把家归。

蜉蝣展翅白又亮，华美衣服多高贵。
心有忧愁不舒畅，与我同宿把家回。

蜉蝣出土白而亮，麻布衣裳如白雪。
心有忧痛不欢畅，与我回家同床歇。

注释

❶ 蜉蝣（fúyóu）：一种朝生暮死的小昆虫，翅为半透明，能飞。羽：翅。楚楚：鲜明整洁的样子。

❷ 之：有。于：与。归处：归家同居。

❸ 翼：翅。采采：华丽鲜明的样子。

❹ 归息：犹“归处”。息，止。

❺ 掘：挖，穿。阅：通“穴”。麻衣：麻布衣服。

❻ 说：通“税”，歇息。

候人

解题

这是一首讽刺君王亲小人而远贤者的诗。被讽刺的对象可能是曹共公。据《左传·僖公二十八年》记载，晋公子重耳流亡曹国时，曾批评曹共公不用贤者僖负羁，却重用三百个乘轩者。《毛诗序》所谓“《候人》，刺近小人也。共公远君子而好近小人焉”。全诗四章。首章写贤者位卑，不贤者位高；二、三章以鹈鹕在梁而不湿翼、咮为喻，斥责小人尸位素餐，暗责君近小人；末章再以季女忍饥喻贤者被疏，深化主旨，表现了诗人对君王的不满和对小人的嘲讽。本诗善用对比和反衬手法，景物描写较为生动。

【原文】	【译文】
彼候人兮，何戈与祋。①	那个候人官很小，肩上扛着戈与祋。
彼其之子，三百赤芾。②	再看那些人们啊，三百大夫穿赤芾。

维鹈在梁，不濡其翼。③ 鹈鹕站在鱼梁上，不曾沾水湿翅膀。
彼其之子，不称其服。④ 再看那些人们啊，不配穿那大夫装。

维鹈在梁，不濡其咮。⑤ 鹈鹕站在鱼梁上，长嘴未湿身不动。
彼其之子，不遂其媾。⑥ 再看那些人们啊，不配君王施恩宠。

荟兮蔚兮，南山朝隮。⑦ 云霞漫漫浮蓝天，朝虹升起南山巅。
婉兮娈兮，季女斯饥。⑧ 年轻美丽令人羡，少女贫苦受饥寒。

注释

❶ 候人：负责接送宾客的小官吏。何：通“荷”，扛。戈、祋（duì）：古兵器。

❷ 赤芾：皮革做的红色蔽膝。

❸ 维：发语词。鹈：鹈鹕鸟，一种长嘴食鱼的大水鸟。濡：沾湿。翼：翅。

❹ 服：官服。

❺ 咮（zhòu）：鸟嘴。

❻ 遂：称心。媾：宠爱。

❼ 荟、蔚：云雾弥漫的样子。隮：虹。

❽ 婉、娈：年少美丽的样子。季女：少女。斯：语助词。饥：饥饿。

鸤鸠

解题

这是一首赞美君子的诗。鸤鸠之子逐渐长大，分布于广阔的田野，自食其力，象征着君子的影响逐渐扩大。全诗四章，反复强调“其仪一兮”“心如结兮”“其仪不忒，正是四国”，主旨非常明确。本诗以鸟起兴，形象鲜明；又善用复沓的修辞手法，艺术效果颇佳。

【原文】

鸤鸠在桑，其子七兮。①
淑人君子，其仪一兮。②
其仪一兮，心如结兮。③

鸤鸠在桑，其子在梅。④
淑人君子，其带伊丝。⑤
其带伊丝，其弁伊骐。⑥

鸤鸠在桑，其子在棘。⑦
淑人君子，其仪不忒。⑧
其仪不忒，正是四国。⑨

鸤鸠在桑，其子在榛。⑩
淑人君子，正是国人。⑪

【译文】

布谷筑巢桑树上，多个雏鸟同喂养。
那位善人好君子，言行态度总一样。
言行态度总一样，用心专一意志强。

布谷筑巢桑树上，雏鸟飞落梅树间。
那位善人好君子，腰间大带系素丝。
腰间大带系素丝，青黑皮帽戴头上。

布谷筑巢桑树上，雏鸟飞落棘树间。
那位善人好君子，言行态度不改变。
言行态度不改变，天下四方好模范。

布谷筑巢桑树上，雏鸟飞落榛树间。
那位善人好君子，国人视他为模范。

正是国人，胡不万年。⑫	国人视他为模范，何不祝他活万年。

注释

❶ 鸤（shī）鸠：布谷鸟。七：非确指，言其多。

❷ 淑：善。君子：指有德有望的人。仪：风度，仪容。

❸ 结：固结，言专一不二。

❹ 梅：梅树。

❺ 带：衣带。伊：是。

❻ 弁（biàn）：帽子，以布或皮革制成。伊：是。骐：青黑色的马。此指弁的颜色为青黑色。

❼ 棘：酸枣树。

❽ 忒（tè）：差错。

❾ 正：榜样。四国：犹言“四方”“各国”。

❿ 榛：树名。

⓫ 国人：全国之人。

⓬ 胡：何。万年：指长寿。

下泉

解题

这可能是一首曹国人赞美晋大夫荀跞的诗。据《左传》《史记》等记载，荀跞曾率晋军入周，占领王城，迎周敬王入城，平定了持续三年的王子朝之乱。在这一过程中，曹人始终参与其事，故写诗赞美荀伯这位勤王有功的将军。全诗四章。首章前两句写寒泉伤草，喻诗人处境艰难；三、四句写诗人怀念王室，表现了对周朝内乱的关注和忧虑。诗的二章与三章重复了首章的意思，四章转入对辅佐周敬王巩固王位的荀伯的直接赞美。本诗善于用比喻描绘现实生活，颇有艺术真实感。

【原 文】

洌彼下泉，浸彼苞稂。[1]
忾我寤叹，念彼周京。[2]

洌彼下泉，浸彼苞萧。[3]
忾我寤叹，念彼京周。

洌彼下泉，浸彼苞蓍。[4]
忾我寤叹，念彼京师。

芃芃黍苗，阴雨膏之。[5]
四国有王，郇伯劳之。[6]

【译 文】

寒冷泉水地下淌，浸泡莠草难生长。
醒来一声我长叹，怀念成周心悲伤。

冰冷泉水地下流，浸泡艾蒿生长难。
醒来一声我长叹，怀念京城伤心肝。

寒冷泉水地底流，浸泡蓍草难生长。
醒来一声我长叹，怀念京都心意凉。

黍苗青青多茂盛，阴雨浇灌助它长。
天下各国有天子，荀伯劳苦来勤王。

注 释

❶ 洌：寒冷。下泉：从地底下流出的泉水。苞：植物丛生貌。稂（láng）：草名，即狗尾草，也称莠草，水泡则易死。

❷ 忾：叹息。寤：睡醒。周京：国都镐京。下章“京周”“京师”均指镐京。

❸ 萧：艾蒿。

❹ 蓍（shī）：草名。

❺ 芃芃（péng）：茂盛的样子。膏：润泽，滋润。

❻ 四国：四方之国，即各诸侯国。王：天子。郇伯：荀伯，指晋国大夫荀跞。

豳风

七月

解题

这是一首著名的农事诗，也是记录西周农奴悲惨生活的叙事诗。全诗八章，是《国风》中最长的诗。首章描述农奴衣食之苦和由冬至春的劳动；二章写春日景象，以及女奴采桑养蚕和惧怕被恶少打扰的心理活动；三章写农奴为主人制衣的过程；四章写农奴为主人打猎的情景；五章写农奴居住条件之苦；六章写农奴饮食生活的艰难；七章写农奴完成收获任务后，仍要到主人家服杂役的劳苦；八章写农奴为主人储冰和年终聚会的情景。诗中通过对农奴终年不停劳动和衣食住等方面的描写，深刻揭露了奴隶主阶级榨取农奴血汗和劳动成果的寄生本质。本诗采用现实主义创作手法和月令式的叙事方法，结构严谨，语言古朴，具有高超的艺术成就。

【原文】

七月流火，九月授衣。①
一之日觱发，二之日栗烈。②
无衣无褐，何以卒岁？③
三之日于耜，四之日举趾。④
同我妇子，馌彼南亩。⑤
田畯至喜。⑥

【译文】

七月心宿偏西沉，九月制衣把令传。
十一月来北风吹，十二月来天气寒。
粗麻衣服没一件，我拿什么度年关？
正月忙着修农具，二月抬脚来犁田。
老婆孩子都劳动，向阳田里来送饭。
田官赶来好喜欢。

七月流火，九月授衣。
春日载阳，有鸣仓庚。[7]
女执懿筐，遵彼微行，
爰求柔桑。[8]春日迟迟，
采蘩祁祁。[9]女心伤悲，
殆及公子同归。[10]

七月心宿偏西沉，九月制衣把令传。
三月里来天暖和，黄莺鸣叫声婉转。
女奴手提那深筐，沿着小路缓向前，
采摘嫩桑在田间。春天白昼长又长，
采蘩人多不得闲。姑娘心中怀悲伤，
怕被公子来糟践。

七月流火，八月萑苇。[11]
蚕月条桑，取彼斧斨。[12]
以伐远扬，猗彼女桑。[13]
七月鸣鵙，八月载绩。[14]
载玄载黄，我朱孔阳，
为公子裳。[15]

七月心宿偏西沉，八月割取芦苇忙。
三月修整桑树枝，拿来那些斧和斨。
砍下长长桑树枝，手拉枝条采嫩桑。
七月伯劳声声唱，八月开始把麻纺。
又染黑色又染黄，染成红色更鲜亮，
我给公子做衣裳。

四月秀葽，五月鸣蜩。[16]
八月其获，十月陨萚。[17]
一之日于貉，取彼狐狸，
为公子裘。[18]二之日其同，
载缵武功。[19]言私其豵，
献豣于公。[20]

四月远志把子结，五月蝉儿声声叫。
八月开始收庄稼，十月树木叶儿掉。
十一月来去打貉，猎取狐狸把皮挑，
我给公子缝皮袄。十二月来要集中，
练武打猎仍操劳。猎取小兽归自己，
大兽要往公府交。

五月斯螽动股，六月莎鸡振羽。[21]
七月在野，八月在宇，
九月在户，十月蟋蟀入我床下。[22]
穹窒熏鼠，塞向墐户。[23]
嗟我妇子，曰为改岁，

五月蚱蜢唧唧叫，六月莎鸡振翅膀。
蟋蟀七月在郊野，八月回到房檐下，
九月来到大门旁，十月进屋床下藏。
堵塞孔隙熏老鼠，泥抹门来封北窗。
唉呀我妻和儿女，新年马上到身旁，

入此室处。[24]

住进此屋心莫凉。

六月食郁及薁，七月亨葵及菽。[25]
八月剥枣，十月获稻。[26]
为此春酒，以介眉寿。[27]
七月食瓜，八月断壶，
九月叔苴。[28]采荼薪樗，
食我农夫。[29]

郁李葡萄六月吃，葵菜豆儿七月尝。
八月枣熟打下来，十月割稻收获忙。
用稻酿成好春酒，喝了延年又寿长。
七月吃瓜多采摘，八月葫芦摘下秧，
九月都来拾麻子。臭椿当柴荼当粮，
以此活命我心伤。

九月筑场圃，十月纳禾稼。[30]
黍稷重穋，禾麻菽麦。[31]
嗟我农夫，我稼既同，
上入执宫功。[32]昼尔于茅，
宵尔索绹。[33]亟其乘屋，
其始播百谷。[34]

九月筑成打谷场，十月五谷都进仓。
小米高粱和杂粮，粟麻豆麦皆收藏。
可叹我们众农夫，各种谷物全装仓，
还去公家修住房。白天得去打茅草，
晚上搓绳长又长。急忙登屋修好房，
又将开始春播忙。

二之日凿冰冲冲，
三之日纳于凌阴。[35]
四之日其蚤，献羔祭韭。[36]
九月肃霜，十月涤场。[37]
朋酒斯飨，曰杀羔羊。[38]
跻彼公堂，称彼兕觥，
万寿无疆。[39]

十二月来凿冰响，
一月里来冰窖藏。
二月里来要早祭，摆上韭菜献羔羊。
九月天高又气爽，十月万物尽凋零。
两壶美酒都捧上，宰杀一只小羔羊。
走进学校议事堂，兕牛角杯高高举，
“万寿无疆”喊得响。

注释

❶七月：指夏历七月。流：向下降。火：星宿名，即大火，也称心宿。每年五月的黄昏时分，火星出现于南方天空高处，六月时处于正中最高处，七月便向西偏降，这就是所谓“流”。九月：夏历九月。授衣：把裁制冬衣的工作交给妇女去完成。

❷一之日：夏历的十一月。觱发（bìbō）：寒风触物声。二之日：夏历的十二月。栗烈：凛冽，寒气袭人。

❸褐：粗麻布短衣。何以：以何，拿什么。卒：终。

❹三之日：夏历的正月。于耜（sì）：修理农具。耜，似犁的翻土农具，即犁头。四之日：夏历的二月。举趾：抬脚。

❺同：会合。妇子：妻子与孩子。馌（yè）：送饭给人吃。南亩：向阳的田地。

❻田畯（jùn）：农官。至：到来。喜：高兴。

❼春日：春天。此指夏历的三月。载：开始。阳：温暖。有鸣：犹“鸣鸣”。仓庚：鸟名，即黄鹂鸟。

❽懿：深。遵：沿着。微行（háng）：小路。爰：于是。求：采摘。柔桑：嫩桑叶。

❾迟迟：缓慢。这里是天长的意思。蘩：草名，即白蒿。祁祁：众多的样子。

❿殆：恐怕，害怕。及：与。

⓫萑（huán）苇：荻和苇。这里是割荻、苇之意。

⓬蚕月：养蚕的月份，即三月。条：修剪。斧斨（qiāng）：装柄的孔为圆孔的叫斧，方孔的叫斨。

⓭伐：砍。远扬：指高而向上的枝条。猗：拉。女桑：嫩桑叶。

⓮鵙（jú）：鸟名，也称伯劳。载：开始。绩：纺织。

⓯孔：甚，很。阳：鲜艳明亮。裳：古称下身的衣服。

⓰秀：长穗或结子。葽（yāo）：远志，一种中草药。蜩（tiáo）：蝉。

⓱其：开始。陨萚（tuò）：草木落叶。

⑱ 于：取。貉（hé）：似狐狸的兽。裘：皮袄。

⑲ 其：始。同：会合。载：开始。缵（zuǎn）：继续。武功：练武之事。此指打猎。

⑳ 言：语首助词。豵（zōng）：一岁的小猪。此泛指小的动物。豜（jiān）：三岁的大猪。此泛指大的动物。

㉑ 斯螽：蝗虫类的昆虫。动股：犹言“鸣叫”。古人认为斯螽摩擦大腿而发声。股，大腿。莎鸡：纺织娘，小虫名。振羽：振动翅膀发出鸣声。

㉒ 野：郊外。宇：屋檐。户：门。

㉓ 穹：空隙。窒：堵塞。向：朝北的窗子。墐（jìn）：用泥涂抹。

㉔ 嗟：叹息声。改岁：过新年。处：居住。

㉕ 郁：郁李，其实似李子。薁（yù）：山葡萄。亨：煮。葵：菜名。菽：豆类植物的总称。

㉖ 剥：扑打。

㉗ 为：制造。介：祈求。眉寿：长寿。

㉘ 断：割取。壶：葫芦。叔：拾取。苴：麻子。

㉙ 荼：苦菜。薪：柴。樗（chū）：一种粗劣的树木，即臭椿树。

㉚ 筑场圃：把菜园改建成打谷场。场，打谷场。圃，菜园。禾稼：一切谷物的总称。

㉛ 黍：小米。稷：高粱。重（tóng）：穜，早种晚熟的作物。穋（lù）：晚种早熟的作物。

㉜ 既：全部。同：集中。此指把谷物装进粮仓里。上：通“尚”，还。执：从事，操持。宫功：修理房屋之事。功，事。

㉝ 尔：语助词。于茅：打茅草。索：搓。绹（táo）：绳。

㉞ 亟：急。乘：登上。

㉟ 冲冲：凿冰的声音。凌：冰。阴：地窖。

㊱ 其：将。蚤：通“早”，古代的祭祖仪式。羔：羔羊。

㊲ 肃霜：天高气爽。涤场：大自然万物凋零殆尽。

㊳ 朋酒：两壶酒。飨：乡人们在一起饮酒。

㊴ 跻：登上。公堂：古代集会或举行仪式的场所。称：举杯敬酒。兕觥：古代用犀牛角制成的酒杯。

鸱鸮

解题

这是一首禽言诗。全诗四章，诗人以小鸟的口吻诉说猫头鹰取我子、毁我室的残暴，并反复陈述自己的不幸遭遇和尽心抚育子女、反抗外侮的勤苦。诗中把统治者比成猫头鹰，借以揭露与鞭挞统治者的残暴和狠毒，表达了人民痛恨暴虐者、坚决反抗压迫的决心。本诗以禽言为诗，构思新颖，寓意深刻。

【原 文】

鸱鸮鸱鸮，既取我子，
无毁我室。①恩斯勤斯，
鬻子之闵斯。②

迨天之未阴雨，彻彼桑土，
绸缪牖户。③今女下民，
或敢侮予。④

予手拮据，予所捋荼。⑤
予所蓄租，予口卒瘏，

【译 文】

猫头鹰啊猫头鹰，你已抓走我儿女，
不要再毁我的窝。爱子使我付辛劳，
抚养子女得病多。

趁着天还没下雨，取来桑根把皮剥，
缠缚门窗加牢固。如今你们树下人，
谁敢把我再欺侮。

我的双手已累麻，还要拾取茅草花。
我还多积干茅草，我的嘴巴满是伤，

曰予未有室家。[6]	因为我无安全巢。
予羽谯谯，予尾翛翛。[7] 予室翘翘，风雨所漂摇， 予维音哓哓。[8]	我的羽毛稀落落，我的尾巴已枯焦。 我的窝高危险多，风吹雨打任飘摇， 提心吊胆喳喳叫。

注 释

❶ 鸱鸮（chīxiāo）：鸟名，即猫头鹰。取：抢走，抓去。室：指鸟巢。

❷ 恩：爱。斯：语助词。勤：辛劳。鬻：通“育”，养育。闵：忧苦。

❸ 迨：趁。彻：取。桑土：桑杜，桑树根，其皮可做巢。绸缪（chóumóu）：缠绑，捆缚。牖（yǒu）：窗。户：门。

❹ 下民：树下的人。或：谁。侮：欺侮。予：我。

❺ 拮据：爪子因劳累伸展不灵活。所：尚。捋：用手自上而下勒取。荼：苦菜。

❻ 蓄：积。租：指鸟食。瘏（tú）：病。曰：语助词。室家：此指鸟巢。

❼ 谯谯（qiáo）：羽毛残敝的样子。翛翛（xiāo）：羽毛枯焦无光泽的样子。

❽ 翘翘：高而危险的样子。漂摇：晃动摇摆。哓哓（xiāo）：恐惧而哀叫。

东山

解 题

这是一首征人思乡的诗。据《史记·周本纪》等记载，武王死后，成王年幼，周公姬旦摄政，引起管叔、霍叔、蔡叔与武庚叛乱。周公出兵东征，三年才平定这场战乱。此诗的作者当是平叛归来的士兵。全诗四章。首章写凯旋归来，诗人悲喜交加之情；二章写诗人想象中的家乡残破之状；三章设想妻子思己之情；四章回忆新婚之喜，设想久别重逢之乐。诗中揭露了战争的破坏性和残酷性，表现了人民对和平生活的向往之情。本诗采用“诗从对面飞来”的写法，构思奇巧，结构完整，想象丰富而真实，是一首杰出的抒情诗。

【原 文】

我徂东山，慆慆不归。①
我来自东，零雨其蒙。②
我东曰归，我心西悲。③
制彼裳衣，勿士行枚。④
蜎蜎者蠋，烝在桑野。⑤
敦彼独宿，亦在车下。⑥

我徂东山，慆慆不归。
我来自东，零雨其蒙。
果臝之实，亦施于宇。⑦

【译 文】

我往东山去平叛，久久不能把家还。
今天我从东方来，蒙蒙细雨不间断。
返乡消息刚听到，西望家乡心不安。
身穿新制平民装，不再衔枚战阵间。
蚕虫蠕动爬得慢，久在桑林身孤单。
躯体蜷缩成一团，战车底下不成眠。

我往东山去平叛，久久未能回故乡。
今天我从东方来，蒙蒙细雨心惆怅。
家里瓜蒌已结实，蔓爬房檐伸得长。

伊威在室，蟏蛸在户。[8]
町畽鹿场，熠耀宵行。[9]
不可畏也，伊可怀也。[10]

室内潮虫满地爬，门上喜蛛结了网。
房前屋后鹿出没，萤火虫儿闪闪光。
家园荒凉真可怕，毕竟是家令人想。

我徂东山，慆慆不归。
我来自东，零雨其蒙。
鹳鸣于垤，妇叹于室。[11]
洒扫穹窒，我征聿至。[12]
有敦瓜苦，烝在栗薪。[13]
自我不见，于今三年。[14]

我往东山去平叛，长久不能回故乡。
今天我从东方来，蒙蒙细雨心凄凉。
蚂蚁土堆鹳鸣叫，妻子叹息在新房。
洒扫房室堵窟窿，我的丈夫要回乡。
那个圆圆大葫芦，长久放在柴堆上。
自从没见丈夫面，至今三年时间长。

我徂东山，慆慆不归。
我来自东，零雨其蒙。
仓庚于飞，熠耀其羽。[15]
之子于归，皇驳其马。[16]
亲结其缡，九十其仪。[17]
其新孔嘉，其旧如之何？[18]

我往东山去平叛，久久没能回家乡。
今天我从东方来，蒙蒙细雨心忧伤。
那天黄莺在飞翔，太阳底下羽闪光。
这个姑娘做新娘，迎亲马儿黄白色。
母为女儿挂佩巾，种种仪式求吉祥。
新婚之时很恩爱，久未见面会怎样？

注释

❶ 徂（cú）：前往。东山：诗中出征者服役的地方。慆慆（tāo）：长久。

❷ 自东：从东方归来。零雨：细雨。

❸ 我东：我在东方时。曰归：听说要回家。此指军队传令凯旋。西悲：心中想起西方的家乡而悲伤。

❹ 制：裁制衣服。裳衣：指平时穿的上衣下衣，与军服不同。勿：不。士：从事。行枚：古代军人行军时口衔一根短木棍以防出声。

❺ 蜎蜎（yuān）：蚕虫蠕动的样子。蠋（shǔ）：桑虫，形似蚕而色青。烝：久。桑野：桑田。

❻ 敦彼：身体缩成一团。亦：乃。车下：兵车下边。

❼ 果蠃（luǒ）：一种蔓生攀援植物，也称瓜蒌。之：已经。亦：皆。施（yì）：蔓延。宇：屋檐。

❽ 伊威：也称地虱。蟏蛸（xiāoshāo）：长脚蜘蛛，即喜蛛。户：门。

❾ 町畽（tīngtuǎn）：禽兽践踏的田舍旁的空地。鹿场：鹿出没的场所。熠耀：光亮闪闪的样子。宵行：虫名，即萤火虫。

❿ 伊：指示代词，指荒芜了的家园。

⓫ 鹳：水鸟名，似鹤，食鱼。垤（dié）：小土堆。妇：指诗人之妻。

⓬ 穹窒：堵塞墙上的窟窿。征：征人。

⓭ 有敦：犹“敦敦”，圆圆的样子。瓜苦：葫芦。烝：久。

⓮ 自：从。

⓯ 仓庚：黄莺。

⓰ 之子：这个姑娘。这里指诗人之妻。于归：出嫁。皇：黄白色的马。驳：马毛色不纯。

⓱ 亲：指母亲。结：拴。缡（lí）：古代女子出嫁时系的佩巾。九十：此为虚数，非实指，极言其多。仪：仪式。

⓲ 新：指新婚。孔：很，甚。嘉：美好。旧：久。

破斧

解题

这是一首描写凯旋战士复杂感情的抒情诗。作者是随周公东征的战士。周公东征虽有积极意义，但是战争也给社会生产和平民的家庭生活带来破坏，许多人血洒疆场，命丧黄泉。所以，当战士凯旋归来时自然浮想联翩，那喜悦自豪、庆幸生还等种种感受便从脑海中油然而生。全诗三章，采用典型的重章叠句的形式，陈说上述情思；叙事有条理，感情真实而强烈，生动感人。

【原 文】

既破我斧，又缺我斨。[1]
周公东征，四国是皇。[2]
哀我人斯，亦孔之将。[3]

既破我斧，又缺我锜。[4]
周公东征，四国是吪。[5]
哀我人斯，亦孔之嘉。[6]

既破我斧，又缺我銶。[7]
周公东征，四国是遒。[8]
哀我人斯，亦孔之休。[9]

【译 文】

我的战斧已砍坏，斨上也已有缺口。
周公率兵去东征，四国叛者皆震惊。
可怜我们这些人，活着回来是万幸。

我的战斧已砍坏，锜上缺口深又大。
周公率兵去东征，四国叛逆都感化。
可怜我们这些人，活着凯旋运气佳。

我的战斧已砍坏，銶上缺口有多处。
周公率兵去东征，四国叛军皆顺服。
可怜我们这些人，活着凯旋是大福。

注释

❶ 斧：装柄的孔为圆孔的叫斧。斨：装柄的孔为方孔的叫斨。

❷ 周公：周武王之弟姬旦。四国：指商、管、蔡、霍。此指主要叛乱者。皇：恐惧。

❸ 我人：指东征的战士们。斯：语气助词。孔：很。将：美好。

❹ 锜（qí）：一种凿木工具，似锹，长柄。

❺ 吪（é）：感化，变化。此指四国被征服，不再反对王朝政府。

❻ 嘉：美好，幸运。

❼ 銶（qiú）：凿子之类。一说斧属。

❽ 遒：顺服。

❾ 休：美。

伐柯

解 题

这是一首写婚俗的诗。全诗二章，强调娶妻必须要通过媒人介绍，就如同做斧柄要用斧头砍木一样，这就是当时所谓的“父母之命，媒妁之言”。

【原 文】

伐柯如何？[1]匪斧不克。[2]
取妻如何？[3]匪媒不得。

伐柯伐柯，其则不远。[4]
我觏之子，笾豆有践。[5]

【译 文】

如何做成那斧柄？没有斧子做不成。
娶妻应当怎么办？没有媒人就不行。

做斧柄啊做斧柄，标准就在手中定。
我和这人结夫妇，摆好菜肴来相庆。

注 释

❶ 伐：砍。柯：斧柄。

❷ 克：能。

❸ 取：娶。

❹ 则：法则。

❺ 觏：碰见。之子：这个人，指妻。笾豆：古代盛食品的器具。有践：犹“践践”，排列整齐的样子。

九罭

解题

这是一首挽留高贵客人的诗。全诗四章，以鳟、鲂、鸿雁比客人，以衮衣绣裳喻其高贵，后来藏其衣使其留，充分表现了主客之间的亲密关系，显示出主人的纯朴本性，也反衬出客人品格的高尚。本诗善用比兴，多细节描写，很好地揭示了主人的心理活动。

【原文】

九罭之鱼鳟鲂，我觏之子，
衮衣绣裳。①

鸿飞遵渚，公归无所，
于女信处。②

鸿飞遵陆，公归不复，
于女信宿。③

是以有衮衣兮，无以我公归兮，
无使我心悲兮。④

【译文】

密网捕到鳟与鲂，我所见的这个人，
身穿龙纹锦绣裳。

雁循沙滩缓飞翔，公若归去无住所，
与我再住两晚上。

雁循陆地缓飞翔，公若归去不再来，
与我再宿两晚上。

因此藏起你衣裳，莫使公归离我去，
不要让我心悲伤。

注释

❶ 九罭（yù）：网眼细密的渔网。鳟鲂：皆指大鱼。之子：这人，指客人。衮衣：绣有龙纹的衣服，高贵者所穿。绣裳：彩色下服。这里指官服。

❷ 鸿：大雁。遵：循，沿着。渚：水中小陆地。无所：没有住所。于：与。信：再住一夜。两宿为信。处：居。

❸ 陆：高平之地。复：返回。

❹ 是以：以是，因此。有：藏。无以：无使。

狼跋

解题

这是一首讽刺贵族的诗。全诗二章。每章前二句描绘老狼进退维谷、行动艰难的处境，后二句写公孙贵族的体态及声誉不佳。这就把一个大腹便便、无才无德贵族的丑态刻画得活灵活现，表现了诗人对他的鄙视和嘲弄。本诗比喻新奇而形象，描写公孙贵族形象也颇生动，具有漫画的特点，风趣幽默。

【原 文】

狼跋其胡，载疐其尾。①
公孙硕肤，赤舄几几。②

狼疐其尾，载跋其胡。
公孙硕肤，德音不瑕。③

【译 文】

老狼前进踩下巴，后退就踩长尾毛。
公孙挺着大肚子，脚穿红鞋尖上翘。

老狼后退踩尾毛，前进又踩肥下巴。
公孙挺着大肚子，品德声誉美无瑕。

注释

❶ 跋：踩。胡：老狼颈下垂着的肉。载：且。疐（zhì）：脚踩。

❷ 公孙：国君的子孙。硕：大。肤：美。赤舄（xì）：红鞋，贵族穿的鞋。几几：弯曲的样子。古人的鞋前头向上翘起。

❸ 德音：好名声。不瑕：无瑕疵，无过错。这里运用“反语”的修辞方法，含有否定、讽刺的含义。

雅

小雅

鹿鸣

解题

这是一首周王宴饮群臣宾客的诗。全诗三章。每章前两句以鹿鸣起兴，以显示和乐的气氛。一章的三至六句描写主人热烈欢迎贵宾的到来，并向客人赠送礼物；七、八两句写宾客向主人陈说治国之道，以为报答。二章的三至六句写宾客的高尚品德；七、八两句写主人以酒相敬。三章的三至八句写主人欢宴宾客的情景。本诗布局巧妙，层次井然有序，颇有艺术情趣。

【原文】

呦呦鹿鸣，食野之苹。①
我有嘉宾，鼓瑟吹笙。②
吹笙鼓簧，承筐是将。③
人之好我，示我周行。④

呦呦鹿鸣，食野之蒿。⑤
我有嘉宾，德音孔昭。⑥
视民不恌，君子是则是效。⑦
我有旨酒，嘉宾式燕以敖。⑧

【译文】

群鹿呦呦在鸣叫，尽情吃苹甚安宁。
我有嘉宾来相会，奏瑟吹笙表欢迎。
吹起笙来迎贵客，捧上礼物满竹筐。
贵客心中喜欢我，治国大道向我呈。

群鹿呦呦在鸣叫，吃那青蒿野地上。
我有嘉宾来相会，他们德高美名彰。
做民表率不轻薄，君子效法好榜样。
我有甜酒勤奉献，嘉宾宴饮心欢畅。

呦呦鹿鸣，食野之芩。[⑨]	群鹿呦呦在鸣叫，野外食芩乐融融。
我有嘉宾，鼓瑟鼓琴。	我有嘉宾来相会，奏瑟弹琴热烈迎。
鼓瑟鼓琴，和乐且湛。[⑩]	奏瑟弹琴来助兴，和平安乐情意浓。
我有旨酒，以燕乐嘉宾之心。[⑪]	我有甜酒勤奉献，嘉宾畅饮心欢腾。

注释

❶ 呦呦：鹿鸣声。野：郊外。苹：一说即牛尾蒿。

❷ 嘉宾：贵客。鼓：奏。瑟：古乐器。笙：簧管乐器。

❸ 簧：笙管中的簧片。鼓簧即吹笙之意。承：捧。将：送。

❹ 人：指宾客。好我：喜爱我。示：告。周行：大道。此指治国的大道理。

❺ 蒿：草名，指青蒿。

❻ 德音：好品德，好名声。孔：很。昭：明。

❼ 视民：示民，即给百姓做示范之意。不恌（tiāo）：不轻佻，不轻薄。君子：有德之人。是则：以此为法则。是，此，指宾客的好品德。效：效法。

❽ 旨酒：甜酒。式：语助词。燕：宴饮。敖：欢畅，快乐。

❾ 芩（qín）：蒿类植物名，一说即蔓苇。

❿ 湛（dān）："媅"的借字，非常快乐。

⓫ 燕乐：安乐。燕，安。

四牡

解 题

这是一首为国君服役者的怨歌。作者可能是个小官吏。他为完成君命，长期在外奔波，不但自遭辛劳，而且不能奉养父母，于是便写下此诗。全诗五章，反复陈述公私不能两尽的矛盾心情，揭露了当时役事繁重的现实，表达了下层官吏对君王的不满及对父母的关切之情。本诗叙事抒情颇有条理，章法严谨，感情真实而自然。

【原 文】	【译 文】
四牡骓骓，周道倭迟。[①] 岂不怀归？王事靡盬， 我心伤悲。[②]	四匹雄马足不停，跑在曲折大道上。 难道不想把家回？国王之事无终了， 使我心中常悲伤。
四牡骓骓，啴啴骆马。[③] 岂不怀归？王事靡盬， 不遑启处。[④]	四匹雄马足不停，骆马劳累皆喘息。 难道不想把家回？国王之事无终了， 没有闲时来歇息。
翩翩者雏，载飞载下， 集于苞栩。[⑤]王事靡盬， 不遑将父。[⑥]	鸽子展翅飞蓝天，忽上忽下不得闲， 停落丛生栎树间。国王之事无终了， 供养父亲没时间。
翩翩者雏，载飞载止，	鸽子展翅飞蓝天，时飞时落尽情玩，

集于苞杞。[7]王事靡盬， 不遑将母。	栖息丛生杞树间。国王之事无终了， 供养老母没时间。
驾彼四骆，载骤骎骎。[8] 岂不怀归？是用作歌， 将母来谂。[9]	四马驾车马儿壮，快速奔跑冲向前。 难道不想把家回？因此写了这首诗， 将我母亲来想念。

注释

❶牡：雄兽。此指公马。騑騑（fēi）：马行不止的样子。周道：大道。倭迟：道路迂回遥远的样子。

❷靡：无。盬（gǔ）：停息。

❸啴啴（tān）：马喘息的样子。骆：尾、鬣皆黑而体白的马。

❹不遑：无暇，没有闲时间。启处：安居休息。

❺翩翩：鸟展翅飞翔的样子。鵻（zhuī）：鸟名，一说即鸽。载：又。此言鸽又上又下。集：落。苞：丛生。栩（xǔ）：栎树。一说即柞树。

❻将：供养。

❼止：停止，停落。杞：树名。

❽骤：疾驰貌。骎骎（qīn）：马快跑的样子。

❾是用：是以，因此。谂（shěn）：念。

皇皇者华

解题

这是一首描写朝廷派遣使者外出访察民情的诗。作者就是这位使者。全诗五章，描写了诗人驱马出访，所去之地甚广，所访之人甚多，然而尚怕访察有遗漏，充分表现了他尽职尽责的态度，塑造了一个忠于君王的使臣形象。本诗采用复沓的形式，反复吟唱，格调明快，韵律和谐，颇有艺术感染力。

【原 文】	【译 文】
皇皇者华，于彼原隰。①	花朵灿烂多鲜艳，开在平原低湿地。
駪駪征夫，每怀靡及。②	使者众多奉君命，常怕访察有遗漏。
我马维驹，六辔如濡。③	为我拉车四匹驹，六条缰绳软而光。
载驰载驱，周爰咨诹。④	驱马疾行奔向前，遍访贤才把事商。
我马维骐，六辔如丝。⑤	拉车四马青又黑，六条缰绳软如丝。
载驰载驱，周爰咨谋。⑥	驱马向前奔四方，访贤谋划军国事。
我马维骆，六辔沃若。⑦	四匹骆马驾车行，六条缰绳韧又滑。
载驰载驱，周爰咨度。⑧	驱马奔驰往四方，遍访民众细斟酌。
我马维骃，六辔既均。⑨	四匹骃马把车驾，六条缰绳多匀称。

载驰载驱，周爰咨询。[10] | 驱马向前到处跑，遍访贤能多询问。

注释

❶ 皇皇：光辉灿烂的样子。原：高平的土地。隰：低湿之地。

❷ 駪駪（shēn）：众多貌。征夫：征人。此指使者。每：每每，经常。怀：想，思。靡及：不及，不到。

❸ 驹：小马。一说“驹”当为“骄”，高六尺的马。六辔：六条缰绳。濡：润湿而有光泽的样子。

❹ 周：周遍，普遍。爰：于。咨：访问，询问。诹（zōu）：了解情况。

❺ 骐：青黑色相间的马。丝：指辔的柔软。

❻ 谋：计划。

❼ 骆：尾、鬣皆黑而体白的马。沃若：犹“沃然”，柔润的样子。

❽ 度：斟酌，掂量。

❾ 骃（yīn）：毛色黑白相间的马。均：调和。

❿ 询：问。

常棣

解题

这是一首宣扬兄弟友爱的诗。全诗八章。首章点明“凡今之人，莫如兄弟”的诗旨；二至五章正面描绘危难之中，兄弟最相亲爱，紧扣诗旨；六、七、八章写兄弟宴饮奏乐，其乐融融，回应首章诗旨。本诗主旨鲜明，构思缜密，结构完整，是一首不可多得的好诗。

【原 文】	【译 文】
常棣之华，鄂不韡韡。①	棠棣花啊棠棣花，花朵鲜艳多美丽。
凡今之人，莫如兄弟。②	如今世上所有人，完全不如亲兄弟。
死丧之威，兄弟孔怀。③	遇到死丧可怕事，只有兄弟挂在心。
原隰裒矣，兄弟求矣。④	聚土成坟在荒原，只有兄弟遍地寻。
脊令在原，兄弟急难。⑤	脊令鸟儿在平原，只有兄弟救危难。
每有良朋，况也永叹。⑥	虽有良朋在身边，只能为你长声叹。
兄弟阋于墙，外御其务。⑦	兄弟在家有争吵，遇到外侮共抵挡。
每有良朋，烝也无戎。⑧	虽有良朋在身边，终究不能帮大忙。
丧乱既平，既安且宁。	待到丧乱全平息，生活安宁不相依。
虽有兄弟，不如友生。⑨	此时虽有亲兄弟，不如朋友情意密。
傧尔笾豆，饮酒之饫。⑩	摆列你的笾和豆，家宴之上畅饮酒。
兄弟既具，和乐且孺。⑪	兄弟全都在一处，和乐愉快人人有。
妻子好合，如鼓瑟琴。⑫	妻子儿女情意合，如同奏乐声和谐。
兄弟既翕，和乐且湛。⑬	兄弟全都聚一处，和乐尽欢多亲热。
宜尔室家，乐尔妻帑。⑭	家庭和睦多兴旺，妻子儿女都欢喜。
是究是图，亶其然乎。⑮	精打细算多商量，确实如此当牢记。

注释

❶ 常棣：棠梨树。鄂不：花蒂。韡韡（wěi）：鲜明的样子。

❷ 凡：一切。莫：没有。

❸ 威：通“畏”，畏惧，可怕。

❹ 裒（póu）：聚集。求：寻觅。

❺ 脊令：鸟名，即鹡鸰。急难：急忙来救难。

❻ 每：虽然。况：给予。永：长。

❼ 阋（xì）：吵架，打闹。墙：墙内，家庭之内。御：抵抗。务：通“侮”，欺侮。

❽ 烝：终究。戎：助。

❾ 友生：朋友。

❿ 傧（bīn）：陈列。尔：你。笾：盛水果、干肉等的竹制器具。豆：盛肉的木制器具。饫（yù）：酒足饭饱。

⓫ 既：全。具：同“俱”，合。孺：相亲。

⓬ 好合：亲密配合。

⓭ 既：全。翕：合，集合。湛：尽情欢乐。

⓮ 宜：善。室家：此指全家人。妻帑：妻子儿女。孥，子女。

⓯ 究：深究道理。图：考虑。亶（dǎn）：确实。然：如此。

伐木

解题

这是一首描写主人公与朋友宴饮享乐的诗。作者可能是一位贵族，被宴请者也是一位贵族。全诗三章。首章以伐木鸟鸣起兴，点明人当求友的主旨；二章具体描绘求友的表现，即盛宴招待亲朋故旧；三章描写宴请兄弟，欢乐歌舞。本诗结构完整缜密，形象鲜明，有较高的艺术性。

【原 文】

伐木丁丁，鸟鸣嘤嘤。①
出自幽谷，迁于乔木。②
嘤其鸣矣，求其友声。③
相彼鸟矣，犹求友声。④
矧伊人矣，不求友生？⑤
神之听之，终和且平。⑥

伐木许许，酾酒有藇。⑦
既有肥羜，以速诸父。⑧
宁适不来，微我弗顾。⑨
於粲洒扫，陈馈八簋。⑩
既有肥牡，以速诸舅。⑪
宁适不来，微我有咎。⑫

伐木于阪，酾酒有衍。⑬
笾豆有践，兄弟无远。⑭
民之失德，干糇以愆。⑮
有酒湑我，无酒酤我。⑯
坎坎鼓我，蹲蹲舞我。⑰
迨我暇矣，饮此湑矣。⑱

【译 文】

砍伐树木丁丁响，鸟儿嘤嘤在鸣唱。
它从深谷飞出来，如今飞落大树上。
嘤嘤连声唱不停，寻找同伴来相帮。
请看那些小飞鸟，尚知求友来帮忙。
何况我们是人类，能不求友相依傍？
神灵察知人求友，定让你把和平享。

砍伐树木丁丁响，滤过美酒散芳香。
已经宰杀小肥羊，敬请父辈来品尝。
宁可有事他不来，非我不把他看望。
内外洒扫多鲜亮，八盘食品都陈放。
已经宰杀肥公羊，快请舅辈都品尝。
宁可有事他不来，非我有错任人讲。

砍伐树木在山坡，滤过美酒都斟满。
食器件件摆整齐，亲兄亲弟莫疏远。
人们有时会争吵，多因招待不周详。
有酒我要先过滤，无酒去买我拿钱。
我来敲鼓咚咚响，我们大家舞翩翩。
趁我现在有空闲，畅饮清酒尽欢颜。

注释

❶ 伐：砍。木：树。丁丁（zhēng）：砍树的声音。嘤嘤：鸟叫声。

❷ 幽：深。迁：升。乔：高。

❸ 嘤其：犹“嘤嘤”。友声：朋友的声音，即响应之声。

❹ 相：看。犹：还。

❺ 矧（shěn）：况且，何况。伊：是。

❻ 听：察知。终：既。

❼ 许许（hǔ）：砍树声。酾（shī）：滤。有藇（xù）：犹“藇藇”，美好的样子。此指酒味美。

❽ 羜（zhù）：小羊。速：召，延请。诸父：同姓长辈。

❾ 宁：宁愿。适：往。微：非。弗：不。顾：看。

❿ 於：发语词。粲：鲜明的样子。陈：陈列。馈：食物。簋（guǐ）：古代盛食物的器具。

⓫ 肥牡：指肥公羊。

⓬ 咎：过错。

⓭ 阪：山坡。有衍：犹“衍衍”，多而满溢的样子。

⓮ 有践：犹“践践”，整齐有序的样子。无远：不要疏远。

⓯ 干糇（hóu）：干粮。愆：过失。

⓰ 湑：把酒滤清。酤：买酒。

⓱ 坎坎：敲鼓声。蹲蹲（cún）：跳舞的样子。

⓲ 迨：趁。

天保

解题

这是一首大臣祝颂周天子的诗，《诗序》“臣能归美以报其上”的说法是可信的。全诗六章，极力陈说上天保佑周朝江山稳固、周王长寿安乐，极尽称颂之能事，表现了周代统治者敬天保民的思想。诗中采用博喻的修辞方法，既成功地表达了祝颂之情，又显示了诗人想象力的丰富。

【原文】

天保定尔，亦孔之固。①
俾尔单厚，何福不除。②
俾尔多益，以莫不庶。③

天保定尔，俾尔戬穀。④
罄无不宜，受天百禄。⑤
降尔遐福，维日不足。⑥

天保定尔，以莫不兴。⑦
如山如阜，如冈如陵。⑧
如川之方至，以莫不增。⑨

吉蠲为饎，是用孝享。⑩
禴祠烝尝，于公先王。⑪
君曰卜尔，万寿无疆。⑫

神之吊矣，诒尔多福。⑬
民之质矣，日用饮食。⑭
群黎百姓，遍为尔德。⑮

如月之恒，如日之升。⑯
如南山之寿，不骞不崩。⑰
如松柏之茂，无不尔或承。⑱

【译文】

上天保佑你安定，王位牢固国昌盛。
使你国势甚雄厚，一切幸福都赐予。
赏赐财物多又多，使你周朝极富裕。

上天保佑你安定，赏赐给你福和禄。
所有事情都适宜，承受上天各种福。
降你幸福长久远，唯恐时间有不足。

上天保佑你安定，使你一切都兴盛。
财物多如山和阜，又像山冈和丘陵。
如同河水滚滚来，使你万物逐日增。

选择吉日备酒食，用它献祭祖庙中。
春夏秋冬都祭祀，奉献先王和先公。
先祖传话祝福你，万寿无疆永无终。

天神已经到身边，赐你幸福多又多。
百姓人人都质朴，只求饮食不求它。
一切民众和贵族，受你恩德都感化。

周朝如同上弦月，如同朝日升蓝天。
如同南山寿无边，不损不崩稳而坚。
如同松柏永茂盛，拥戴周王人人愿。

注释

❶ 保定：使安定。尔：你，指周王。亦：又。之：语中助词。固：牢固。此指王位牢固。

❷ 俾：使。单厚：指国势雄厚。除：赐给。

❸ 益：增益。以：则。庶：众多。

❹ 戬（jiǎn）：福。穀：禄。

❺ 罄：尽，指所有一切。宜：适宜。

❻ 遐福：长远之福。维日不足：言天赐福太多，日日享福也享受不完。

❼ 以：使。兴：兴盛。

❽ 阜：土山。陵：丘陵。

❾ 川之方至：指水涨之时。此言物资如大河之水滚滚而来。

❿ 吉：善。蠲（juān）：洁净。饎（chì）：酒食。孝享：祭祀。

⓫ 禴（yuè）祠烝尝：宗庙祭祀的名称。公：先公。

⓬ 卜：付，给予。

⓭ 吊：至。诒：赠送。

⓮ 质：质朴。

⓯ 群黎：百姓。百姓：百官，贵族。为：感化。此言百姓与百官都被周王的美德感化。

⓰ 恒：月上弦之貌。

⓱ 骞：亏损。崩：崩溃。

⓲ 承：继承，承受。

采薇

解题

这是一首描写兵役的诗，当产生于周宣王时代。周人一直受到北方尚处于游牧时代的玁狁的侵扰；直到周宣王时，周朝才开始对玁狁发动有效的防御战争，并取得重大胜利。本诗作者可能就是参加征伐玁狁的士卒之一。全诗六章。首章写诗人出征玁狁，不得安居；二章写其征讨生活的艰难和无法慰问家人的痛苦；三章写其久戍不归而战事不息；四、五章写战事紧急，以及周军将士英勇杀敌的无畏精神；六章写归途中的悲凉痛苦之情。诗中揭示了敌人侵扰和掠夺的现实，赞美了士兵英勇抗敌的爱国精神。

【原文】

采薇采薇，薇亦作止。①
曰归曰归，岁亦莫止。②
靡室靡家，玁狁之故。③
不遑启居，玁狁之故。④

采薇采薇，薇亦柔止。⑤
曰归曰归，心亦忧止。
忧心烈烈，载饥载渴。⑥
我戍未定，靡使归聘。⑦

【译文】

采薇菜啊采薇菜，菜苗刚露地平面。
说回家呀说回家，已到年终未回还。
虽有家庭似无有，只因玁狁频扰边。
没有时间来闲坐，只因玁狁国难安。

采薇菜啊采薇菜，薇菜鲜嫩山原间。
说回家呀说回家，心中忧虑家未还。
心急如焚真难受，又饿又渴饥肠转。
我的驻地总不定，没人归家问平安。

采薇采薇，薇亦刚止。[8]	采薇菜啊采薇菜，薇菜茎叶已硬老。
曰归曰归，岁亦阳止。[9]	说回家呀说回家，年终十月又来到。
王事靡盬，不遑启处。[10]	国家事情总没完，没有时间闲坐着。
忧心孔疚，我行不来。[11]	内心忧伤很痛苦，出征不见有慰劳。
彼尔维何？维常之华。[12]	那是何花在盛开？棠棣花儿在怒放。
彼路斯何？君子之车。[13]	那是何车大又高？将帅之车镇四方。
戎车既驾，四牡业业。[14]	兵车全部驾起来，四匹公马好雄壮。
岂敢定居，一月三捷。[15]	怎敢停下来休息，每月多次打胜仗。
驾彼四牡，四牡骙骙。[16]	公马四匹驾车忙，四匹公马多强壮。
君子所依，小人所腓。[17]	将帅坐在大车上，战士隐蔽也靠它。
四牡翼翼，象弭鱼服。[18]	四匹公马甚整齐，象弭鱼服在身旁。
岂不日戒，玁狁孔棘。[19]	怎敢一天不警戒，玁狁进犯很猖狂。
昔我往矣，杨柳依依。[20]	想起往日出征时，杨柳依依轻摇荡。
今我来思，雨雪霏霏。[21]	今天凯旋把家还，满天落雪纷纷扬。
行道迟迟，载渴载饥。[22]	道路遥远而漫长，没有饭水饿肚肠。
我心伤悲，莫知我哀。	我的内心很悲苦，无人知我哀与伤。

注释

❶ 薇：野豌豆，其嫩苗可吃。亦：已经。作：生长出来。止：语尾助词。

❷ 曰归：说回家。岁：年。亦：已。

❸ 靡：无。室、家：指家庭。战士久戍于外，有家等于无家。玁狁

（xiǎnyǔn）：古代北方的一个少数民族。故：缘故。

❹ 遑：闲暇。

❺ 柔：柔嫩。

❻ 烈烈：心忧如焚的样子。载：又。

❼ 戍：戍守。此指驻地。未定：没有固定之处。靡使：没有使者。归聘：回家探问父母妻子。

❽ 刚：坚劲有力。此指薇渐老，茎叶粗硬坚实。

❾ 阳：夏历十月。

❿ 王事：君王之事。此指兵役。靡盬（gǔ）：无休止。

⓫ 疚：痛苦。行：行军在外。来：慰问。

⓬ 彼：那些。尔：通“薾”，花盛开的样子。维：是。常：棠棣花。

⓭ 路：车高大的样子。君子：指将帅。

⓮ 戎车：兵车。既：全。牡：公马。业业：高大雄壮的样子。

⓯ 定居：暂停休息。捷：胜利。

⓰ 骙骙：马强壮的样子。

⓱ 依：乘坐。小人：指戍卒。腓（féi）：隐蔽，庇护。

⓲ 翼翼：整齐的样子。象弭（mǐ）：两端用象牙装饰的弓。鱼服：用鱼皮制成的箭袋。

⓳ 日戒：天天戒备。棘：急。

⓴ 往：离家出征。依依：杨柳随风飘拂的样子。

㉑ 来思：来归。思为语气词，犹“矣”。霏霏：雪盛的样子。

㉒ 行道：道路。迟迟：漫长又遥远。

出车

解题

这是一首描写周宣王时征战之事的诗。当是出征的军人所写。全诗六章。一章写王室多难，大将南仲受命出征；二章写出征大军的军容之盛；三章再写军容之盛及王命南仲筑城安边；四章写今昔风物之异和征战不已的感慨；五章写南仲征伐西戎；六章写春色妩媚及周军平定玁狁凯旋的盛况。全诗形象地描绘了正义之师的威势，歌颂了南仲抗击敌人的赫赫战功，这是“宣王中兴”时代精神的表现。本诗情景交融，颇有艺术感染力。

【原 文】

我出我车，于彼牧矣。①
自天子所，谓我来矣。②
召彼仆夫，谓之载矣。③
王事多难，维其棘矣。④

我出我车，于彼郊矣。⑤
设此旐矣，建彼旄矣。⑥
彼旟旐斯，胡不旆旆？⑦
忧心悄悄，仆夫况瘁。⑧

【译 文】

我把战车开出来，兵车来到远郊外。
天子那里把令下，命我出车塞北来。
忙把车夫来召集，兵士辎重多装载。
国家如今有危难，玁狁犯边急破坏。

我把战车开出来，兵车来到那城外。
陈列龟蛇旗飘摇，树起旄旗高又高。
鹰隼旗帜很壮观，微风吹拂能不飘？
心中忧伤情意苦，车夫憔悴累难熬。

王命南仲，往城于方。[9]	宣王命令那南仲，要到北方去筑城。
出车彭彭，旂旐央央。[10]	拉车马儿多雄壮，各种军旗皆鲜明。
天子命我，城彼朔方。[11]	天子给我下命令，进军朔方去筑城。
赫赫南仲，玁狁于襄。[12]	赫赫南仲有威名，定把玁狁除干净。
昔我往矣，黍稷方华。[13]	昔日从军我出发，那时黍稷正开花。
今我来思，雨雪载涂。[14]	今日凯旋我回家，雪落满路白花花。
王事多难，不遑启居。[15]	君王之事多危难，要想安坐无闲暇。
岂不怀归？畏此简书。[16]	难道不想回家乡？宣王命令真可怕。
喓喓草虫，趯趯阜螽。[17]	蝈蝈喓喓叫不停，蚱蜢跳跃草地上。
未见君子，忧心忡忡。[18]	不见南仲他的面，心中不安甚忧伤。
既见君子，我心则降。[19]	已见南仲在眼前，心中忧虑一扫光。
赫赫南仲，薄伐西戎。[20]	赫赫南仲威名扬，速伐西戎上战场。
春日迟迟，卉木萋萋。[21]	春天到来白日长，草木茂盛连成片。
仓庚喈喈，采蘩祁祁。[22]	黄莺欢乐在歌唱，众多姑娘采蘩忙。
执讯获丑，薄言还归。[23]	审问俘虏斩敌顽，周军急忙要凯旋。
赫赫南仲，玁狁于夷。[24]	赫赫南仲威名扬，平定玁狁保平安。

注释

❶ 我：诗人自称。于：往。牧：郊外。

❷ 自：从。所：住所。此指镐京。

❸ 仆夫：驾车人。谓：使。载：装载兵士和粮草辎重。

❹ 难：祸患。维：发语词。棘：急。

❺ 郊：近郊。

❻ 设：陈列。旐（zhào）：画有龟蛇图案的旗。旄：杆头饰有牦牛尾的旗。

❼ 旟（yú）：画有鹰隼的旗。斯：语气词。胡：何。旆旆（pèi）：旗帜飞扬的样子。

❽ 悄悄：忧伤的样子。况瘁（cuì）：憔悴的样子。

❾ 王：指周宣王。南仲：宣王的大臣，被宣王任命为北伐玁狁之师的主帅。城：筑城。方：朔方。

❿ 彭彭：盛多的样子。旂：画有龙形且杆头系有铜铃的旗。央央：鲜明的样子。

⓫ 天子：指周宣王。

⓬ 襄：除去。

⓭ 方：正。

⓮ 思：语助词。雨雪：下雪。载：满。涂：通“途”，道路。

⓯ 不遑：无暇。启：跪。居：安坐。

⓰ 简书：写在竹简上的命令。此指周宣王的命令。

⓱ 喓喓（yāo）：虫鸣声。草虫：蝈蝈。趯趯（tì）：虫跳跃的样子。阜螽：蚱蜢。

⓲ 君子：指南仲。

⓳ 降：放心。

⓴ 薄：语首助词。

㉑ 迟迟：天长的样子。卉：百草的统称。萋萋：茂盛的样子。

㉒ 仓庚：黄莺。喈喈：鸟鸣声。蘩：白蒿。祁祁：众多的样子。

㉓ 讯：审问。丑：敌人。薄言：急忙的样子。

㉔ 夷：平定。

杕杜

解题

这是一首描写兵役（或徭役）的诗，可视为《采薇》的姊妹篇。作者是服役者的妻子。全诗四章。每章前四句妻代夫言，是想象之词，陈述眼前景象，暗示季节的变迁；后三句写妻子思念丈夫，想象丈夫将归而实未归。全诗感情真挚而强烈，构思缜密，充分表现了兵役（或徭役）给人民带来的痛苦，表达了人们的怨恨之情。

【原 文】

有杕之杜，有睆其实。①
王事靡盬，继嗣我日。②
日月阳止，女心伤止，
征夫遑止。③

有杕之杜，其叶萋萋。④
王事靡盬，我心伤悲。
卉木萋止，女心悲止，
征夫归止。⑤

陟彼北山，言采其杞。⑥
王事靡盬，忧我父母。
檀车幝幝，四牡痯痯，

【译 文】

棠梨挺立在生长，圆圆果实挂枝上。
国王之事无休止，服役之期又延长。
时间已经到十月，妇人心中好悲伤，
征人该有闲时光。

棠梨挺立在生长，青青枝叶长得旺。
国王之事无休止，令我心中多感伤。
草木茂盛在生长，妇人心中真凄凉，
征人将要回故乡。

登上北边那山冈，多多把那枸杞采。
国王之事无休止，父母无靠我心伤。
檀木兵车已破败，四匹雄马已累坏，

征夫不远。⑦	征人也应快回来。
匪载匪来，忧心孔疚。⑧ 期逝不至，而多为恤。⑨ 卜筮偕止，会言近止， 征夫迩止。⑩	役期已满无人问，心愁成病好凄凉。 役期早过人未来，徒增忧虑心内伤。 龟甲蓍草俱卜卦，都说归期不太长， 征人已到家门旁。

注释

❶ 有杕（dì）：犹“杕杕”，孤独挺立的样子。杜：棠梨树。有睆（huǎn）：犹“睆睆”，果实圆圆的样子。实：果实。

❷ 王事：国王之事，指兵役或徭役。靡盬：无休止。继嗣：延续。日：服役日期。

❸ 日月：指时光。阳：指夏历十月。止：语气助词。女：妻自指。征夫：出征之人，指丈夫。遑：闲暇。

❹ 萋萋：茂盛的样子。

❺ 卉：草。

❻ 陟：登上。言：发语词。杞：小树名，即枸杞，果小而红，可食。

❼ 檀车：檀木做的车。幝幝（chǎn）：破败的样子。四牡：四匹公马。痯痯（guǎn）：疲劳不堪的样子。

❽ 匪：通“非”。载：慰问。孔疚：心情很痛苦。

❾ 期：服役之期。逝：往，过去。不至：未到来。此指替换服役期满者的新征夫尚未到来。多：适。恤：忧。

❿ 卜：用龟甲占卜。筮：用蓍草占卜。偕：俱。此指卜与筮两种卦法都用。会：合。近：相近。此指结合卜卦的结果，都说征夫已近。迩：近。

鱼丽

解题

这是一首描写贵族宴饮宾客的诗。全诗六章。前三章每章前两句写鱼的品种之多，后两句写酒的味道之美和数量之多。后三章皆二句一章，反复写物多且美。本诗章法别致，前三章皆四句，后三章皆二句，在整齐中富有变化，很有艺术感染力。

【原文】	【译文】
鱼丽于罶，鲿鲨。①	鱼儿闯进那鱼笼，黄颊鲨鱼都被捉。
君子有酒，旨且多。②	贵族老爷有酒喝，味道香甜品种多。
鱼丽于罶，鲂鳢。③	鱼儿钻进那鱼笼，鲂鱼黑鱼不一样。
君子有酒，多且旨。	贵族家里有酒尝，品种多来味道香。
鱼丽于罶，鰋鲤。④	鱼儿游进那鱼笼，鲇鱼鲤鱼不放过。
君子有酒，旨且有。⑤	贵族之家有酒喝，味道甜美品类多。
物其多矣，维其嘉矣。⑥	各种食物非常多，都是嘉品上等货。
物其旨矣，维其偕矣。⑦	每道饭菜都甜美，都是佳肴全齐备。
物其有矣，维其时矣。⑧	山珍海味品类多，全是适时新鲜货。

注释

❶ 丽：通“罹”，遭遇。罶（liǔ）：一种捕鱼的大口狭颈而腹大的竹笼，放到鱼梁的空口上，鱼可进而不能出。鲿（cháng）：一说即黄颊鱼。鲨：体圆而有小黑点的小鱼名，也称鮀鱼。

❷ 君子：指贵族。旨：甜美。

❸ 鲂（fáng）：鳊鱼。鳢（lǐ）：黑鱼。

❹ 鰋（yǎn）：鲇鱼。

❺ 有：充足。

❻ 物：指招待宾客的各种珍馐美酒。维：是。嘉：善，美。

❼ 偕：齐备。

❽ 时：时鲜。

南有嘉鱼

解题

这首诗与《鱼丽》相似，也是贵族宴饮宾客的诗。全诗四章。一、二两章的前两句以鱼的游动起兴，比喻宾客的欢乐；后两句写饮酒尽兴，欢乐无比。三章前二句以樛木、葫芦起兴，比喻宾主亲密无间。四章前两句以众鸟起兴，喻嘉宾之多。全诗表现了贵族以宴饮为乐的生活态度，这与百姓的艰难生活形成了鲜明对照。

【原 文】

南有嘉鱼，烝然罩罩。①
君子有酒，嘉宾式燕以乐。②

南有嘉鱼，烝然汕汕。③
君子有酒，嘉宾式燕以衎。④

南有樛木，甘瓠累之。⑤
君子有酒，嘉宾式燕绥之。⑥

翩翩者鵻，烝然来思。⑦
君子有酒，嘉宾式燕又思。⑧

【译 文】

南方江河有好鱼，逆波畅游尾巴摇。
贵族老爷有美酒，嘉宾宴饮乐陶陶。

南方江河有好鱼，随波畅游尾巴摆。
贵族老爷有美酒，嘉宾宴饮皆欢快。

南山有树枝干弯，葫芦秧蔓绕枝缠。
贵族老爷有美酒，嘉宾乐饮心意安。

鸽子展翅在蓝天，群飞到此来游玩。
贵族老爷有美酒，嘉宾畅饮把酒劝。

注释

❶ 南：南方，实指江、汉等河流。嘉鱼：好鱼。烝然：众多的样子。罩罩：众鱼在水中摇尾的样子。

❷ 君子：指贵族。式：以。

❸ 汕汕：意同“罩罩”。

❹ 衎（kàn）：快乐。

❺ 樛（jiū）木：向下弯曲的树木。瓠：葫芦。累：缠绕。

❻ 绥：安。

❼ 翩翩：鸟飞翔的样子。鵻（zhuī）：鸟名，一说即鸽。思：语气助词。

❽ 又：通“侑”，劝酒。

南山有台

解题

这是一首为贵族歌功颂德并祝其长寿的诗。全诗五章。每章前两句皆以南山和北山有草木覆盖起兴，喻统治者得贤才、民众而成就其高大形象；后四句皆赞贵族功德，并祝其长寿。全诗采用复沓的章法，韵律和谐，抒情效果甚佳。

【原文】

南山有台，北山有莱。①
乐只君子，邦家之基。②
乐只君子，万寿无期。③

南山有桑，北山有杨。
乐只君子，邦家之光。④
乐只君子，万寿无疆。

南山有杞，北山有李。⑤
乐只君子，民之父母。⑥
乐只君子，德音不已。⑦

南山有栲，北山有杻。⑧

【译文】

南山莎草长得旺，北山莱草盖山脊。
贵族老爷真快乐，他是国家好根基。
贵族老爷真快乐，祝你长寿永无期。

南山生长那桑树，北山处处长白杨。
贵族老爷真快乐，他为国家争荣光。
贵族老爷真快乐，祝福你万寿无疆。

南山生长那杞树，北山李树在生长。
贵族老爷真快乐，他是人民好爹娘。
贵族老爷真快乐，美名永久天下扬。

南山之上栲树长，北山檍树长得旺。

乐只君子，遐不眉寿？⑨	贵族老爷真快乐，能不长寿把福享？
乐只君子，德音是茂。⑩	贵族老爷真快乐，声誉美好永传扬。
南山有枸，北山有楰。⑪	南山生长那枸树，北山生长那山楸。
乐只君子，遐不黄耇？⑫	贵族老爷真快乐，能不长寿岁千秋？
乐只君子，保艾尔后。⑬	贵族老爷真快乐，保养子孙江山久。

注释

❶ 台：草名，即莎草。莱：草名，即藜。

❷ 乐：欢乐。只：语中助词。君子：指贵族。一说指周王。邦家：国家。基：基础，根本。

❸ 万寿：大寿。期：期限。

❹ 光：光荣。

❺ 杞：枸杞。

❻ 民之父母：诗人美化贵族的赞词，也表达了诗人对贵族的期望。

❼ 德音：美好的名望。已：止。

❽ 栲（kǎo）：树名，其皮厚数寸，木质坚硬，可做车辐等。杻（niǔ）：树名，即“檍（yì）”，其木质极好，可做车辋、弓干等。

❾ 眉寿：长寿。

❿ 茂：美。

⓫ 枸（jǔ）：木名，即枳椇。楰（yú）：木名，又名苦楸，今名女贞。

⓬ 黄耇（gǒu）：长寿。

⓭ 艾：养育。尔：你，指贵族。后：指后代子孙。

蓼萧

解题

这是一首歌颂贵族的诗，被歌颂者很可能就是周王，作者是受到恩宠的小贵族。全诗四章。每章前两句以露水沾湿艾蒿起兴，喻小贵族承受恩泽；下四句分别描写小贵族的高兴心情，祝颂“君子”有德长寿。诗中洋溢着欢快的气氛，表达了诗人对贵族统治者的赞美。本诗结构严谨，虚实相间，有较强的艺术感染力。

【原文】

蓼彼萧斯，零露湑兮。①
既见君子，我心写兮。②
燕笑语兮，是以有誉处兮。③

蓼彼萧斯，零露瀼瀼。④
既见君子，为龙为光。⑤
其德不爽，寿考不忘。⑥

蓼彼萧斯，零露泥泥。⑦
既见君子，孔燕岂弟。⑧
宜兄宜弟，令德寿岂。⑨

蓼彼萧斯，零露浓浓。⑩

【译文】

艾蒿长得高又大，落满露珠湿漉漉。
贵族老爷我见到，心中舒畅很欢乐。
饮酒说笑意相投，因此才有安乐处。

艾蒿长得高又大，落满露珠湿瀼瀼。
贵族老爷我见到，得到宠爱和荣光。
您有美德无偏差，祝您长寿永无疆。

艾蒿长得高又大，落满露珠湿漉漉。
贵族老爷我见到，安乐平易很和睦。
如兄如弟情意浓，有德长寿又幸福。

艾蒿长得高又大，枝叶湿润露水浓。

既见君子，鞗革冲冲。[11]	贵族老爷我见到，精致马勒向下垂。
和鸾雍雍，万福攸同。[12]	鸾铃声声很和谐，万种幸福你聚拢。

注释

❶ 蓼（lù）：又高又大的样子。萧：艾蒿。斯：语气词。零：落。湑：湿润的样子。

❷ 君子：指贵族。写：倾吐。

❸ 燕：通“宴”，宴饮。誉：安乐。处：居住之所。

❹ 瀼瀼（ráng）：露水盛多的样子。

❺ 为：有。龙、光：光荣。

❻ 爽：差错。寿考：长寿。

❼ 泥泥：被水沾湿的样子。

❽ 孔燕：很安乐。岂弟：平易和乐。

❾ 宜兄宜弟：形容关系和睦，犹如兄弟。令：美，善。

❿ 浓浓：露水盛多的样子。

⓫ 鞗（tiáo）：皮革所制的马缰绳。冲冲：下垂摇摆的样子。

⓬ 和：车轼上的小铃。鸾：马镳上的铃。雍雍：和谐的铃声。攸：所。同：聚集。

湛露

解题

这是一首描写贵族宴饮的诗。全诗四章。一章以湛露起兴，写贵族通宵饮酒之状；二章写其饮酒祭祀；三、四章盛赞宾客之美德。这首诗可能是西周全盛时期的作品，表现了政权在握的贵族对纵情饮乐的强烈追求。

【原文】

湛湛露斯，匪阳不晞。①
厌厌夜饮，不醉无归。②

湛湛露斯，在彼丰草。
厌厌夜饮，在宗载考。③

湛湛露斯，在彼杞棘。④
显允君子，莫不令德。⑤

其桐其椅，其实离离。⑥
岂弟君子，莫不令仪。⑦

【译文】

早晨露水很浓重，太阳不出晒不干。
夜晚饮酒多安乐，谁不喝醉不回返。

早晨露水很浓重，就在茂盛野草间。
夜晚饮酒多安乐，在那宗庙祭祖先。

早晨露水很浓重，沾湿枸杞酸枣树。
光明正大众宾客，个个都有好名声。

高大桐树和椅树，果实累累不可数。
和乐平易众宾客，仪容礼节皆超俗。

注释

❶ 湛湛：露水浓重的样子。斯：语助词。匪：通“非”，不。晞：晒干。
❷ 厌厌：安乐的样子。
❸ 宗：宗庙。载：则。考：祭祀祖先。
❹ 杞：枸杞。棘：酸枣树。
❺ 显：光明。允：诚信。君子：指宾客。令德：美德。
❻ 其：那。桐：梧桐树。椅：山桐子树。离离：果实累累下垂的样子。
❼ 令仪：美好的仪容。

彤弓

解题

这是一首描写周王赏赐功臣并设宴款待的诗。《左传·僖公二十八年》曰："晋侯及郑伯盟于衡雍。丁未，献楚俘于王……王命尹氏及王子虎、内史叔兴父策命晋侯为侯伯。赐之大辂之服，戎辂之服，彤弓一，彤矢百，玈弓矢千，秬鬯一卣，虎贲三百人。"这正是当时周天子赏赐功臣的真实史事。本诗语言生动形象，准确简洁，结构也颇完整紧凑。

【原文】

彤弓弨兮，受言藏之。①
我有嘉宾，中心贶之。②
钟鼓既设，一朝飨之。③

彤弓弨兮，受言载之。④
我有嘉宾，中心喜之。
钟鼓既设，一朝右之。⑤

彤弓弨兮，受言櫜之。⑥
我有嘉宾，中心好之。
钟鼓既设，一朝酬之。⑦

【译文】

朱红之弓弦松弛，接受过来把它藏。
我有嘉宾在朝堂，心中实在很舒畅。
钟和鼓来排列好，终朝尽情来宴飨。

朱红之弓弦松弛，接受过来载车上。
我有嘉宾在朝堂，心中喜悦多夸奖。
钟和鼓来排列好，终朝劝酒都欢畅。

朱红之弓弦松弛，把它收到囊中间。
我有嘉宾在朝堂，心中把他来喜欢。
钟和鼓来排列好，终朝酬酢把酒劝。

注释

❶ 彤弓：朱红色的弓。这是诸侯所用的弓。弨（chāo）：弓弦松弛。受：接受。此指有功者接受周王的赏赐。言：语中助词。藏之：指把彤弓藏于宗庙中。

❷ 中心：心中。贶（kuàng）：舒畅。

❸ 设：陈列。一朝：犹言“终朝”，整个早晨。飨：用酒食款待人。

❹ 载：装载。

❺ 右：通“侑”，劝人饮酒、进食。

❻ 櫜（gāo）：弓櫜。此处用为动词，把弓装进布袋中。

❼ 酬：劝酒。

菁菁者莪

解题

这首诗的作者可能是个被贵族赏识拔擢的贤才，其写这首诗来表达感激和喜悦之情。全诗四章。前三章首二句皆以莪草起兴，喻诗人受到栽培而得以发展；后二句写诗人见到贵族的喜悦之情。末章前二句以“杨舟”沉浮起兴，喻诗人从前的处境艰难，故后二句写受到重用而高兴。全诗感情强烈而真实，有较强的艺术性。

【原 文】

菁菁者莪，在彼中阿。①
既见君子，乐且有仪。②

菁菁者莪，在彼中沚。③

【译 文】

萝蒿长得多茂盛，大山陵中遍地生。
已经见到那个人，有了榜样又高兴。

萝蒿长得多茂盛，水中陆地处处生。

既见君子，我心则喜。	已经见到那个人，心中欢喜是真情。
菁菁者莪，在彼中陵。[4]	萝蒿长得多茂盛，土山之上遍地生。
既见君子，锡我百朋。[5]	已经见到那个人，赏赐给我一百朋。
泛泛杨舟，载沉载浮。[6]	杨木船儿漂荡荡，忽落忽浮水中央。
既见君子，我心则休。[7]	已经见到那个人，心中欢喜真舒畅。

注释

❶ 菁菁：茂盛的样子。莪（é）：萝蒿，茎可吃，味香美。中阿：阿中。阿，大的丘陵。

❷ 君子：指贵族统治者。仪：表率，榜样。

❸ 沚：水中高地。

❹ 陵：大土山。

❺ 锡：赐。朋：古人用贝壳充当货币，一说五贝为一串，两串为一朋。“百朋”言其多。

❻ 泛泛：漂浮的样子。杨舟：杨木做的船。载：又。

❼ 休：喜。

六月

解题

这是一首歌颂尹吉甫征伐玁狁胜利而归的诗。尹吉甫是宣王的大臣，受命追击玁狁，胜利归来后，在家中宴请宾客。诗人正是这些客人中的一员。全诗六章。前三章写周军车马旗服之盛及纪律之严明；四、五两章写玁狁气焰嚣张，周军坚决反击，一战而胜，军威大振；末章正面描写尹吉甫宴饮宾客的情景。全诗热情歌颂了正义之师的浩荡军威，洋溢着强烈的爱国之情。

【原文】

六月栖栖，戎车既饬。①
四牡骙骙，载是常服。②
玁狁孔炽，我是用急。③
王于出征，以匡王国。④

比物四骊，闲之维则。⑤
维此六月，既成我服。⑥
我服既成，于三十里。⑦
王于出征，以佐天子。⑧

四牡修广，其大有颙。⑨
薄伐玁狁，以奏肤公。⑩

【译文】

六月兴师往来忙，兵车修好上战场。
四匹雄马多强壮，常用军服车上装。
玁狁侵扰太猖狂，我们因此很紧张。
周王下令伐顽敌，救助国家保君王。

选好四匹黑色马，遵循规章驯马忙。
在此盛夏六月天，军服制成穿身上。
军服制成身上穿，每天只走三十里。
周王下令讨敌寇，辅佐天子保边疆。

四匹雄马多高大，又高又大精神好。
我们征伐那玁狁，建立显赫大功劳。

有严有翼，共武之服。[11]	又威严来又恭谨，认真打仗把敌讨。
共武之服，以定王国。[12]	认真打仗讨顽敌，国家安定君权保。
玁狁匪茹，整居焦获。[13]	玁狁势力并不弱，占据焦获那地方。
侵镐及方，至于泾阳。[14]	侵夺镐地与朔方，一直深入到泾阳。
织文鸟章，白旆央央。[15]	鹰隼图案画旗上，旗端飘带多鲜亮。
元戎十乘，以先启行。[16]	大的兵车有十辆，开路奔驰向前闯。
戎车既安，如轾如轩。[17]	兵车全都很安稳，上下高低无损伤。
四牡既佶，既佶且闲。[18]	四匹公马都雄壮，步伐整齐性驯良。
薄伐玁狁，至于大原。[19]	我们征讨那玁狁，追到太原那地方。
文武吉甫，万邦为宪。[20]	吉甫有文又有武，他是万国好榜样。
吉甫燕喜，既多受祉。[21]	宴请宾朋吉甫乐，终得许多福与祥。
来归自镐，我行永久。[22]	从那镐地凯旋归，在路跋涉时间长。
饮御诸友，炰鳖脍鲤。[23]	酒食献给众亲友，甲鱼鲤鱼尽情尝。
侯谁在矣？张仲孝友。[24]	席间宾朋还有谁？孝友张仲受赞扬。

注释

❶ 六月：夏历六月。栖栖：往来不停的样子。戎车：兵车。饬：修整，治理。

❷ 牡：雄兽。此指公马。骙骙：马强壮的样子。常服：作战时军队将领所穿的衣服。

❸ 炽：盛。是用：用以，因此。

❹ 王：周王，指周宣王。于：语助词。匡：救助。

❺ 比：齐同。这里有挑选之意。物：毛物，指马。骊：毛色纯黑的马。闲：

驯马。维：以。则：法则。

❻ 服：军服。

❼ 于：往。三十里：指军队一日行走三十里，以防疲劳。

❽ 佐：辅助。天子：指周宣王。

❾ 修广：高大。有颙（yóng）：犹“颙颙”，高大的样子。

❿ 薄：语助词。奏：为。肤公：大功。

⓫ 严：威严。翼：谨慎。共：通“恭”，恭行，恭谨。服：事。

⓬ 定：安定。

⓭ 茹：软弱。整：整顿。居：居住。焦获：泽名。

⓮ 镐：地名，非西周京城之镐京。方：地名，当指朔方。泾：河名。阳：河北岸为阳。

⓯ 织：旗帜。文：花纹。鸟章：旗帜上绘有鸟隼的图案。白：通“帛”。央央：鲜明的样子。

⓰ 元戎：大战车。启行：开路。

⓱ 既：皆。安：稳。如：乃。轾（zhì）：车顶前低后高的样子。轩：车顶前高后低的样子。

⓲ 佶（jí）：整齐的样子。闲：熟练。

⓳ 大原：地名。

⓴ 文武：有文有武，文武兼备。吉甫：尹吉甫，周宣王的大臣，征伐玁狁的大军统帅。万邦：所有诸侯国家。为：之。宪：榜样。

㉑ 燕：宴饮。既：终。祉（zhǐ）：福。

㉒ 来归：归来。自：从。行：指胜利回京。永久：指行程遥远，走的时间极长。

㉓ 御：进献。炰（páo）：烹煮。

㉔ 张仲：人名，尹吉甫的好友，可能也是宣王时的大臣。孝友：孝顺父母，友爱兄弟。

采芑

解题

这是一首赞美方叔率兵南征的诗。全诗四章。前三章皆写方叔率兵南行，着重描绘周军的车马、旗帜等；末章极力渲染周军军威气势之盛，如雷霆震响，荆人终于畏威而服。本诗善于描绘军威气势，构思奇巧，结构布局严密，前三章为末章做铺垫，末章切入正题，艺术效果极佳。

【原文】

薄言采芑，于彼新田，
于此菑亩。[①]方叔莅止，
其车三千，师干之试。[②]
方叔率止，乘其四骐，
四骐翼翼。[③]路车有奭，
簟笰鱼服，钩膺鞗革。[④]

薄言采芑，于彼新田，
于此中乡。[⑤]方叔莅止，
其车三千，旂旐央央。[⑥]
方叔率止，约軝错衡，
八鸾玱玱。[⑦]服其命服，
朱芾斯皇，有玱葱珩。[⑧]

【译文】

兵士都来采苦菜，在那新田采些来，
在那初垦田里采。卿士方叔已到来，
亲率兵车三千辆，训练兵士用盾牌。
方叔领兵是统帅，四骐驾车跑得快，
骐马四匹多齐整。大车红色好气派，
鱼纹箭袋和竹帘，还有钩膺和马勒。

兵士人人采苦菜，在那新田大地上，
在那乡中采摘忙。卿士方叔已到来，
亲率兵车三千辆，各种军旗多鲜亮。
方叔领兵是统帅，车毂车横饰花样，
八个鸾铃响叮当。穿上周王加封服，
朱红蔽膝多辉煌，葱绿佩玉玱玱响。

鴥彼飞隼，其飞戾天，
亦集爰止。[9]方叔莅止，
其车三千，师干之试。
方叔率止，钲人伐鼓，
陈师鞠旅。[10]显允方叔，
伐鼓渊渊，振旅阗阗。[11]

那只鹞鹰展翅飞，直飞蓝天在翱翔，
有时栖息大树上。卿士方叔已到来，
亲率兵车三千辆，兵士持盾训练忙。
方叔率兵上战场，敲钲击鼓把令传，
列队誓师把话讲。显赫方叔有诚信，
进军击鼓声声响，兵心振奋军容壮。

蠢尔蛮荆，大邦为雠。[12]
方叔元老，克壮其犹。[13]
方叔率止，执讯获丑。[14]
戎车啴啴，啴啴焞焞，
如霆如雷。[15]显允方叔，
征伐玁狁，蛮荆来威。[16]

你这荆蛮太愚蠢，竟与周王来结仇。
卿士方叔是元老，能够施展大计谋。
方叔率兵讨荆蛮，审问俘虏杀顽囚。
兵车众多隆隆响，军容盛大急奔走，
好像雷霆在怒吼。显赫方叔有诚信，
征伐玁狁威名扬，荆蛮畏惧忙降周。

注释

❶薄言：语助词。芑（qǐ）：野菜名，似苦菜，可生食。于：在。彼：那。新田：新开垦的田地。菑（zī）：初耕的田地。

❷方叔：周宣王的大臣，征荆蛮大军的统帅。莅：临。止：语气助词。师：士兵。干：盾，代指各种兵器。之：是。试：用。

❸率：统帅。骐：有青黑色花纹的马。翼翼：整齐的样子。

❹路车：大兵车，将帅所乘。有奭（shì）：赤貌。簟笰（diànfú）：遮蔽车的竹席。鱼服：鱼皮做的箭袋。钩膺：马胸前的一种革制宽带，上有青铜之钩，下有垂缨。

❺中乡：乡中。指农民所居之所。

❻央央：鲜亮的样子。

❼约：缠束。軝（qí）：车毂两端有皮革装饰的部分。错：涂上金色花纹。

衡：车辕前面的横木。鸾：鸾铃。一马系双铃，故一车四马有八个铃。玱玱（qiāng）：鸾铃声。

❽ 服：穿上。命服：周王命令穿的衣服。芾（fú）：蔽膝。斯：语中助词。皇：通“煌”，光辉貌。有玱：犹“玱玱”，佩玉的响声。葱珩（héng）：葱绿色的佩玉。葱，青绿色。珩，佩玉的一种。

❾ 鴥（yù）：快飞的样子。戾：至。爰：而。止：休息。

❿ 钲：古代乐器。古人习兵练武，摇钲则静，击鼓则动。伐：打击。陈：排列。鞠旅：誓师。鞠，告。

⓫ 显：显赫，高贵。允：诚信。渊渊：击鼓声。振旅：整顿训练军队。阗阗（tián）：鼓声洪大响亮。

⓬ 蠢：愚蠢。尔：你。大邦：大国，指周朝。

⓭ 元老：有功的老臣。克：能够。壮：壮大。犹：谋略。

⓮ 执：俘获。讯：审问。获丑：割死敌左耳以记功。

⓯ 啴啴（tān）：众多盛大貌。焞焞（tūn）：形容兵车声势之盛。

⓰ 来威：因畏惧周军之威而来降服。

车攻

解 题

《墨子·明鬼》说：“周宣王合诸侯而田于圃，田车数百乘，从数千，人满野。”本诗正是描写这一田猎之事的杰作。全诗八章。首章泛言宣王东行；二章写宣王已至圃田；三章写猎者猎于敖山；四章写四方诸侯相会；五、六两章写具体田猎活动；七章写猎后情景；八章以赞美作结。全诗极力描写宣王田猎、会诸侯的隆盛之状，从一个角度展现了“宣王中兴”的盛况。本诗构思精巧，语言简洁，特别是“萧萧马鸣”等描写栩栩如生，艺术感染力颇强。

【原 文】

我车既攻，我马既同。①
四牡庞庞，驾言徂东。②

田车既好，四牡孔阜。③
东有甫草，驾言行狩。④

之子于苗，选徒嚣嚣。⑤
建旐设旄，搏兽于敖。⑥

驾彼四牡，四牡奕奕。⑦
赤芾金舄，会同有绎。⑧

决拾既佽，弓矢既调。⑨
射夫既同，助我举柴。⑩

四黄既驾，两骖不猗。⑪
不失其驰，舍矢如破。⑫

萧萧马鸣，悠悠旆旌。⑬
徒御不惊，大庖不盈。⑭

之子于征，有闻无声。⑮
允矣君子，展也大成。⑯

【译 文】

我的猎车已修固，我的马匹步调齐。
四匹雄马大而壮，驾车向东去洛邑。

猎车已经准备好，四匹雄马多肥壮。
洛邑有那圃田草，驾车烧草围猎场。

宣王带领去打猎，选拔猎手声喧哗。
竖起龟蛇牛尾旗，敖山野兽我来打。

四匹雄马驾猎车，雄马四匹高又壮。
红色蔽膝金头鞋，诸侯络绎会宣王。

扳指护袖多便利，强弓利箭配得来。
对对射手配合好，帮我把那猎物抬。

四匹黄马来驾车，两匹骖马不外跑。
四马奔驰步协调，箭箭射出中目标。

马儿鸣叫声萧萧，旌旗众多随风飘。
车夫驾车很机警，厨房满堆鹿虎豹。

宣王猎罢把京还，只闻车声无喧哗。
确确实实是君子，真正把那大功建。

注释

❶ 既：皆。攻：坚固。同：整齐。

❷ 庞庞：高大强壮的样子。言：语中助词。徂：往。

❸ 田车：打猎之车。好：指准备妥当。孔：很。阜：指马肥壮。

❹ 甫草：甫田的草。行狩：行狩猎之事。

❺ 之子：这人，指周宣王。苗：夏天打猎。徒：步卒。嚣嚣：嘈杂喧闹之声。

❻ 建、设：树立。旐：画有龟蛇的旗。旄：杆头饰有牦牛尾的旗。搏兽：打兽。敖：地名。

❼ 奕奕：高大貌。

❽ 芾：蔽膝。金舄（xì）：古代用金装饰的复底鞋。会同：会合诸侯。有绎：犹“绎绎”，络绎不绝的样子，形容人多。

❾ 决：射箭钩拉弓弦的扳指，以象牙或兽骨制成。拾：射箭时套在左臂上的皮制护袖。佽（cì）：便利。调：调和。

❿ 射夫：指参加打猎的诸侯们。举：抬起。柴（zì）：通“胔”，指射毙的禽兽。

⓫ 四黄：四匹黄马。猗：通“倚”，偏。

⓬ 不失其驰：指驾车者按驾车之法赶马奔驰，使马步伐协调不乱。舍：放箭。矢：箭。破：指射中禽兽。

⓭ 萧萧：马叫的声音。悠悠：旗帜飘扬的样子。

⓮ 徒御：徒步拉车的车夫。惊：机警。大庖：指宣王的厨房。不：通“丕”，甚。

⓯ 之子：这人，指周宣王。于征：往行，指畋猎完毕而归。闻：听到，指听到车马行走之声。声：指人的喧哗之声。此极言肃静之情状。

⓰ 允：诚，确实。展：诚，确实。大成：巨大的成功。

吉日

解题

本诗主旨与《车攻》相同，也是一首描写周宣王田猎之事的诗。全诗四章。一、二两章写猎前准备等情况，三、四两章写打猎情况及猎后之事。本诗结构完整，层次清晰，读来朗朗上口。

【原文】

吉日维戊，既伯既祷。[①]
田车既好，四牡孔阜。[②]
升彼大阜，从其群丑。[③]

吉日庚午，既差我马。[④]
兽之所同，麀鹿麌麌。[⑤]
漆沮之从，天子之所。[⑥]

瞻彼中原，其祁孔有。[⑦]
儦儦俟俟，或群或友。[⑧]
悉率左右，以燕天子。[⑨]

既张我弓，既挟我矢。[⑩]

【译文】

戊辰之日甚吉祥，既祭马祖又祈祷。
猎车已经准备好，四匹公马多肥壮。
登上那边大土山，追逐群兽喜洋洋。

庚午也是吉祥日，最好猎马已选出。
找那群兽聚集地，母鹿成群真丰富。
追到漆沮河水边，正是天子射猎处。

瞻望高原草地广，大兽很多好猎场。
或疾驰来或缓行，三只两只成群闯。
全都赶到王左右，供王尽射心舒畅。

已经拉开我的弓，手挟箭杆定方向。

发彼小豝，殪此大兕。[11]	一箭射死小母猪，再射野牛倒草上。
以御宾客，且以酌醴。[12]	野味进献宾客尝，兕角作杯甜酒香。

注释

❶ 维：是。戊：此指戊辰日。古人认为戊日是“刚日”，适合外事活动。伯：马祖。祷：告祭求福。

❷ 田车：猎车。好：准备妥当。四牡：四匹公马。

❸ 阜：土山。从：追赶。群丑：指群兽。

❹差（chāi）：挑选。

❺ 同：聚。麀（yōu）鹿：母鹿。麌麌（yǔ）：鹿众多的样子。

❻ 漆沮：河水名。从：追逐。所：处所，指畋猎的好地方。

❼ 中原：原中，高原之中。祁：大。此指兽大。有：丰富。此指兽多。

❽ 儦儦（biāo）：奔跑极快的样子。俟俟（sì）：缓行的样子。群：三只兽在一起叫群。友：两只兽在一起叫友。

❾ 悉：全部。率：驱逐。燕：乐。

❿ 挟：把箭放到弓上，用手指挟持着。

⓫ 发：放箭。豝（bā）：母猪。殪（yì）：射死。兕（sì）：野牛。

⓬ 御：进献。酌：饮。醴：甜酒。

鸿雁

解题

《诗序》说："《鸿雁》，美宣王也。万民离散，不安其居，而能劳来还定安集之。至于矜寡，无不得其所焉。"此说大致可信。周宣王时，朝廷曾采取措施，把厉王统治时期因动乱和无法维持生计而四散逃亡的百姓迁返故地，使其安居为农，稳定社会。此诗的作者当是被宣王派来完成迁返工作的官员。全诗三章。每章前两句以鸿雁群飞哀鸣起兴，喻百姓流离失所。二章后四句写兴造房屋，使流民有"安宅"；末章后四句写人们对迁返之举的不同反应。诗中鸿雁形象生动，语言清新，意境深远。

【原文】	【译文】
鸿雁于飞，肃肃其羽。①	大雁蓝天群飞翔，奋击双翅肃肃响。
之子于征，劬劳于野。②	这些流民返故乡，野外辛劳奔波忙。
爰及矜人，哀此鳏寡。③	关照这些贫苦人，可怜鳏寡更心伤。
鸿雁于飞，集于中泽。④	大雁蓝天群飞翔，暂休降落泽中央。
之子于垣，百堵皆作。⑤	督导流民忙筑墙，许多屋墙立地上。
虽则劬劳，其究安宅。⑥	虽然大家都劳苦，终究将有安居房。
鸿雁于飞，哀鸣嗷嗷。⑦	大雁蓝天群飞翔，嗷嗷哀鸣真凄凉。

原文	译文
维此哲人，谓我劬劳。⑧	只有那些明理人，说我为民操劳忙。
维彼愚人，谓我宣骄。⑨	也有那些愚昧人，说我骄奢令民伤。

注释

❶ 鸿雁：大雁。于：语助词。

❷ 之子：这个人，指被派来救济难民的官员。征：行。劬劳：辛劳。

❸ 爰：发语词。及：到，给予。矜人：贫苦可怜之人。鳏（guān）：老而无妻者。寡：死去丈夫的妇女。

❹ 集：鸟停息树上。此泛言停歇。中泽：泽中。

❺ 垣：墙。堵：墙。作：修筑。

❻ 究：终究。安宅：安居，安定的住所。

❼ 嗷嗷：鸟的哀鸣之声。

❽ 哲人：明理之人。谓：说。

❾ 愚人：不通事理的人。宣骄：骄奢。

庭燎

解题

这是一首描写诸侯早晨拜见周天子的诗。《诗序》说是赞美周宣王的诗，似乎有一定的道理。全诗三章。每章前两句以疑问语气指明时间甚早，后三句写诸侯早已到来，正等待周王会见。全诗反映出君臣之间的和谐关系，体现了“宣王中兴”时的政治现实。

【原 文】

夜如何其？夜未央，
庭燎之光。①君子至止，
鸾声将将。②

夜如何其？夜未艾，
庭燎晣晣。③君子至止，
鸾声哕哕。④

夜如何其？夜乡晨，
庭燎有辉。⑤君子至止，
言观其旂。⑥

【译 文】

夜色已到啥时候？时间尚未到天明，
庭中火炬光焰浓。诸侯高官到朝廷，
鸾铃锵锵声声鸣。

夜色已到啥时候？夜色尚未全退却，
庭中火炬明又亮。诸侯高官到朝廷，
唯闻铃声叮当响。

夜色已到啥时候？时间已经快破晓，
庭中火炬仍明亮。诸侯高官到朝廷，
已见龙旗风中扬。

注 释

❶ 央：尽。庭燎：在庭院中燃起的火炬。

❷ 君子：指朝见周王的诸侯们。止：语气助词。鸾：鸾铃。将将：同“锵锵”，鸾铃声。

❸ 艾：尽。晣晣（zhé）：明亮的样子。

❹ 哕哕（huì）：鸾铃声。

❺ 乡晨：近晓。有辉：明亮的样子。

❻ 言：语气助词。

沔水

解题

《诗序》说这是一首规劝周宣王的诗，有一定道理。作者当是一个上层贵族，他忧乱畏谗，心系国家前途命运，便写了这首诗，叙述自己对动乱将至的忧思，规劝统治者应该密切注视时局的发展变化，以防不测。全诗三章。前两章先以水归大海起兴，喻万民当归心于周王，不得有越轨行为。前两章三、四句及末章前两句皆写猛禽翱翔，喻时局动荡不宁。本诗抒情直率真诚，有一唱三叹之妙。

【原文】

沔彼流水，朝宗于海。①
鴥彼飞隼，载飞载止。②
嗟我兄弟，邦人诸友。③
莫肯念乱，谁无父母？④

沔彼流水，其流汤汤。⑤
鴥彼飞隼，载飞载扬。⑥
念彼不迹，载起载行。⑦
心之忧矣，不可弭忘。⑧

鴥彼飞隼，率彼中陵。⑨
民之讹言，宁莫之惩？⑩

【译文】

盈盈河水向东流，归向大海不回头。
隼鸟奋翅向蓝天，或飞或止终不休。
可叹同姓诸兄弟，还有异姓众朋友。
动乱现实无人管，都有父母能无忧？

盈盈江水向东流，浩浩汤汤奔海洋。
隼鸟奋翅向蓝天，越飞越高任翱翔。
想起越轨不法人，此起彼伏作乱忙。
我的心中有忧伤，紧紧缠身不消亡。

隼鸟奋翅向蓝天，沿着山陵任飞翔。
百姓当中传谣言，为何不能止诽谤？

我友敬矣，谗言其兴。⑪	我的朋友要警惕，谗言将会传四方。

注 释

❶ 沔（miǎn）：水流涨满貌。朝宗：诸侯朝见天子，春天朝见曰朝，夏天朝见曰宗。此借以说明河水归流大海。

❷ 鴥（yù）：鸟疾速飞翔的样子。载：又。

❸ 嗟：感叹词。兄弟：指与周天子同姓的诸侯和大臣们。邦人：国人。

❹ 念：考虑，顾及。

❺ 流：水。汤汤（shāng）：水流盛大的样子。

❻ 扬：高高飞翔。

❼ 不迹：不循法度。

❽ 之：有。弭：止。

❾ 率：沿着。中陵：陵中，在山陵之中。

❿ 民：百姓。讹言：伪诈之言，即谣言。宁：何。惩：制止。

⓫ 敬：警惕，警戒。其：将。兴：产生。

鹤鸣

解 题

郑玄《毛诗传笺》认为此诗是作者“教宣王求贤人之未仕者”的佳作。当然这里不一定是“宣王”，而应泛指周王。全诗二章，用鹤、鱼、檀、石喻贤者，暗示执政者当招致贤才，使隐于山林的有识有德之人为国为民出力，表现了周代开明政治家“举贤荐能”“重贤敬德”的思想。本诗多用比兴手法，鹤、鱼、檀、石各有情致，有动有静，有声有色，确实是一首好诗。

【原 文】

鹤鸣于九皋，声闻于野。[1]
鱼潜在渊，或在于渚。[2]
乐彼之园，爰有树檀，
其下维萚。[3]它山之石，
可以为错。[4]

鹤鸣于九皋，声闻于天。
鱼在于渚，或潜在渊。
乐彼之园，爰有树檀，
其下维榖。[5]它山之石，
可以攻玉。[6]

【译 文】

仙鹤鸣叫沼泽间，鸣声郊外能听见。
鱼儿潜伏在深渊，有的游荡沙滩边。
我爱那些美林园，檀树生长上参天，
树下落叶随风飘。别的山上有美石，
可把玉石来琢磨。

仙鹤鸣叫沼泽间，鸣声天上听得见。
鱼儿游荡沙滩边，有的潜伏在深渊。
我爱那些美林园，檀树生长上参天，
树下楮树长成片。别的山上有美石，
可以用它来磨玉。

注释

❶ 鹤：仙鹤，喻贤者。九：非实数，表示多的意思。皋：沼泽。野：郊外。

❷ 鱼：喻隐居之贤人。潜：深藏。或：有的。渚：水中陆地。

❸ 乐：喜爱。爰：语首助词。树檀：犹“檀树”，其木质坚实，可制车。此喻贤者。萚（tuò）：草木脱落的叶。此喻小人。

❹ 它山之石：比喻异国之贤才。错：磨石。

❺ 榖：树名，即楮，树皮可造纸。此喻小人。

❻ 攻：雕刻，加工。

祈父

解题

《诗序》以为此诗“刺宣王也”，《毛传》进而指出：“宣王之末，司马职废，姜戎为败。”这种说法有一定道理，但从行文中看不到斥责宣王之意，只是一个军士在斥责司马失职，使他陷入流离失所的境地而无法奉养亲娘。这种情况，在战争频繁的年代是一种普遍的现象，这与《国风》中的《君子于役》《鸨羽》等诗所写的内容是相似的，因而有一定的积极意义。

【原文】

祈父！[①]予王之爪牙。[②]
胡转予于恤？[③]靡所止居。[④]

祈父！予王之爪士。[⑤]
胡转予于恤？靡所厎止。[⑥]

祈父！亶不聪。[⑦]
胡转予于恤？有母之尸饔。[⑧]

【译文】

卫边主管是司马！你是周王的爪牙。
为何陷我于忧患？使我无处来安家。

卫边主管是司马！你是国王的卫士。
为何陷我于忧患？使我无处来歇息。

卫边主管是司马！你真昏庸耳不聪。
为何陷我于忧患？让我父母无供奉。

注释

❶ 祈父：周代官名，即司马，负责保卫边境的长官。

❷ 爪牙：鸟兽之爪牙。此借为卫士之称。

❸ 胡：何。转：辗转，调动。此指频繁轮换调动。恤：忧患。

❹ 靡：无。所：处所。

❺ 爪士：同“爪牙”。

❻ 厎（zhǐ）止：定止，犹“止息”。

❼ 亶（dǎn）：诚，确实。

❽ 之：而。尸：陈列。饔（yōng）：熟食。

白驹

解题

这是一首“留客惜别”（余冠英《诗经选》）、思念贤者的诗。全诗四章。前三章描写诗人殷切挽留客人，末章写客去相思，表达了诗人珍重友情、思念贤者之情。本诗善用比兴，突出细节描写，形象鲜明生动。

【原文】	【译文】
皎皎白驹，食我场苗。①	洁白光亮小马驹，在我园里吃菜苗。
絷之维之，以永今朝。②	拴好缰绳绊住脚，就在我家过今朝。
所谓伊人，于焉逍遥。③	殷切思念我好友，这儿任你来逍遥。
皎皎白驹，食我场藿。④	洁白光亮小马驹，在我菜园把藿尝。

絷之维之，以永今夕。⑤	拴好缰绳绊住脚，延长相会好时光。
所谓伊人，于焉嘉客。⑥	殷切思念我好友，就在这里尽欢畅。
皎皎白驹，贲然来思。⑦	洁白光亮小马驹，友人驱马跑得疾。
尔公尔侯，逸豫无期。⑧	为公为侯多高贵，安闲愉快无限期。
慎尔优游，勉尔遁思。⑨	悠闲逸乐要谨慎，消除遁世那心思。
皎皎白驹，在彼空谷。⑩	洁白光亮小马驹，在那山谷幽深处。
生刍一束，其人如玉。⑪	青青牧草捆一束，我的友人似美玉。
毋金玉尔音，而有遐心。⑫	莫把音信当金玉，且莫存心远离去。

注释

❶ 皎皎：洁白光亮的样子。驹：小马。场：菜园。苗：豆或菜之苗。此句说贤德的客人已到来。

❷ 絷（zhí）：绊。维：系。永：长。今朝：今天。

❸ 伊人：此人，指客人。于焉：在此。逍遥：自由欢快的样子。

❹ 藿（huò）：豆苗。

❺ 今夕：犹“今朝”，指相聚之时。

❻ 嘉客：快乐的客人。

❼ 思：语助词。此句言客人驱马奔驰而来。

❽ 逸豫：安闲快乐。无期：没有期限。

❾ 慎：慎重，谨慎。勉：消除。遁思：离去的想法。此指逃避现实生活，不求仕进。

❿ 空谷：大山谷，深山谷。此指客人隐于山林。

⓫ 生刍（chú）：新鲜的喂马青草。

⓬ 毋：不要。音：音信。遐：远。

黄鸟

解 题

这是一首西周民歌。诗人是流亡异邦之人，希望前往好地方。然而，天下乌鸦一般黑，各国暴政皆相同，天下无乐土；而且他乡无亲人，还不如故国，所以诗人写诗表达苦情，希望返回故土。全诗三章，反复陈述思归之情。本诗语言质朴，感情真实，颇具民歌色彩。

【原 文】

黄鸟黄鸟，无集于穀，
无啄我粟。[①]此邦之人，
不我肯穀。[②]言旋言归，
复我邦族。[③]

黄鸟黄鸟，无集于桑，
无啄我粱。此邦之人，
不可与明。[④]言旋言归，
复我诸兄。[⑤]

黄鸟黄鸟，无集于栩，
无啄我黍。[⑥]此邦之人，
不可与处。[⑦]言旋言归，

【译 文】

黄雀黄雀听我说，莫要栖息楮树上，
不要啄食我的粮。这个国家统治者，
不肯把我来供养。回家去呀回家去，
快点返回我故乡。

黄雀黄雀听我讲，莫要栖止桑树上，
不要啄食我高粱。这个国家统治者，
信义对他没法讲。回家去呀回家去，
回到诸兄的身旁。

黄雀黄雀听我言，莫要栖止栎树上，
不要啄食我的黍。这个国家统治者，
不能与他来相处。回家去呀回家去，

复我诸父。⑧	投靠伯父和叔父。

注释

❶ 黄鸟：黄雀。集：鸟栖息于树。榖：树名，即褚树。啄：吃。粟：泛指粮食。

❷ 榖：养。

❸ 言：语首助词。复：返。邦族：邦国家族。

❹ 明："盟"之借字。这里有信用、结盟之意。

❺ 诸兄：宗族同辈之人。

❻ 栩：栎树。一说即柞树。

❼ 与处：共处。

❽ 诸父：叔父、伯父的总称。此泛指长辈。

我行其野

解题

这是一首被妻家驱逐的男子诉说其不幸婚姻的诗。这位男子大概因为穷困或别的原因而流落异国他乡，被招为婿。但是，那女子可能嫌他贫穷或是喜新厌旧，另择新夫，把他逐出家门。他走在野外，既无安身之处，也无食充饥，只好采菜维持生活，殷切地希望返回故乡。这是周代婚姻生活中的特例，反映了社会动乱中的婚变情景。诗中以恶木喻恶人，生动形象。

【原 文】

我行其野，蔽芾其樗。①
昏姻之故，言就尔居。②
尔不我畜，复我邦家。③

我行其野，言采其蓫。④
昏姻之故，言就尔宿。⑤
尔不我畜，言归斯复。⑥

我行其野，言采其葍。⑦
不思旧姻，求尔新特。⑧
成不以富，亦祇以异。⑨

【译 文】

我在郊外独自行，臭椿枝叶多茂盛。
因为和你有婚约，与你同居把婚成。
如今你不把我爱，返回故乡赶路程。

我在郊外独自行，采些羊蹄充饥肠。
因为和你有婚约，与你同宿配成双。
如今你不把我爱，返回家乡赶路忙。

我在郊外独自行，采些葍根聊果腹。
你心不念前夫情，追求新夫喜洋洋。
不是她家比我富，因你变心的缘故。

注释

❶ 蔽芾（fèi）：枝叶初生的样子。樗（chū）：一种恶木，即臭椿树。此处以遇恶木喻遇恶人。

❷ 故：缘故。言：发语词。就：从。居：同居，指结婚。

❸ 畜：供养。复：返回。邦家：故乡。

❹ 蓫（zhú）：羊蹄菜，可煮吃，但多吃则令人下痢，故被视为恶菜。

❺ 宿：同宿，指结婚。

❻ 斯：语助词。

❼ 葍（fú）：多年生的蔓草，茎可吃。

❽ 旧姻：原来的丈夫。姻，指丈夫。尔：指妻。新特：新丈夫。

❾ 成：确实。以：因为。富：财富多。祇：只是。异：异心。

斯干

解题

这是一首歌颂周王建筑宫室的诗。《诗序》以为是宣王时的诗，有一定道理，因为厉王被流于彘，宫室多毁坏，“宣王中兴”以后，修复并扩建镐京是理所当然的事。全诗九章。首章写宫室地势和环境之美，并祝兄弟和睦相处；二至五章写宫室雄伟形象等；六至九章写主人移入新居，生男育女，代代相传，极尽祝颂之意。本诗结构较宏大，叙写有层次，善用博喻，有较高的艺术性。

【原文】

秩秩斯干，幽幽南山。①
如竹苞矣，如松茂矣。②
兄及弟矣，式相好矣，
无相犹矣。③

【译文】

山涧之水缓流淌，隐隐幽深终南山。
看那竹子一片片，松树茂盛在山间。
周王兄弟来相处，和睦友好皆相安，
彼此从不相欺骗。

【原文】

似续妣祖，筑室百堵。④
西南其户，爰居爰处，
爰笑爰语。⑤

【译文】

继承先祖大事业，筑起宫室上百间。
西面南面修宫门，居住稳定又安全，
说说笑笑都喜欢。

【原文】

约之阁阁，椓之橐橐。⑥
风雨攸除，鸟鼠攸去，
君子攸芋。⑦

【译文】

捆绑筑板阁阁响，用力夯土声橐橐。
从此不怕风和雨，鸟害鼠患都消除，
周王一家有新居。

如跂斯翼，如矢斯棘。[8]
如鸟斯革，如翚斯飞，
君子攸跻。[9]

新宫如人踮脚站，墙角如箭棱分明。
屋宇如鸟张翅膀，如同野鸡展翅翔，
周王家族登新堂。

殖殖其庭，有觉其楹。[10]
哙哙其正，哕哕其冥，
君子攸宁。[11]

庭院平坦又宽阔，楹柱直立而高扬。
白天堂内多明亮，黑夜幽暗多深广，
周王安居心舒畅。

下莞上簟，乃安斯寝。[12]
乃寝乃兴，乃占我梦。[13]
吉梦维何？维熊维罴，
维虺维蛇。[14]

竹席铺在蒲席上，安然舒适地寝息。
睡下起来都欢畅，占卜梦兆定吉祥。
吉祥之梦是何物？是熊是罴多勇壮，
是虺是蛇也吉利。

大人占之：[15]维熊维罴，
男子之祥；[16]维虺维蛇，
女子之祥。

太卜详把梦兆讲：梦乡之中有熊罴，
预示生男有吉祥；梦乡之中有虺蛇，
预示生女有吉祥。

乃生男子，载寝之床。[17]
载衣之裳，载弄之璋。[18]
其泣喤喤，朱芾斯皇，
室家君王。[19]

若是夫人生男孩，让他睡在高床上。
给他穿上那下裳，让他玩弄那玉璋。
他的哭声很洪亮，系上红芾多辉煌，
长大定是周家王。

乃生女子，载寝之地。
载衣之裼，载弄之瓦。[20]
无非无仪，唯酒食是议，
无父母诒罹。[21]

若是夫人生女娃，让她睡在那地上。
包她要用那襁褓，摆弄纺锤莫遗忘。
慎言慎行无邪僻，只管做饭家务忙，
别给父母添忧伤。

注释

❶ 秩秩：水流动的样子。斯：此。幽幽：深远的样子。南山：终南山。

❷ 如：有。苞：植物丛生的样子。

❸ 式：语助词。犹：欺诈。

❹ 似：通“嗣”，继续，继承。妣：死去的母亲称妣。“妣祖”泛指先祖先妣。百堵：形容筑宫室之多。

❺ 户：门。爰：于是。

❻ 约：捆绑。阁阁：捆扎筑墙板发出的声音。橐橐（tuó）：打土墙的声音。

❼ 攸：于是。除：去。君子：指周王。芋：屋宇。引申为“居住”之意。

❽ 跂：踮起脚跟站立着。斯：语中助词。翼：端正的样子。棘：有棱有角的样子。

❾ 革：翅膀。翚（huī）：锦鸡。跻：登。

❿ 殖殖：平正的样子。庭：院落。有觉：高大直立的样子。楹：柱子。

⓫ 哙哙（kuài）：明亮的样子。正：指白天。哕哕（huì）：幽暗的样子。冥：指黑夜。宁：安宁。

⓬ 莞（guān）：蒲草，可编织席子，这里指蒲草席。簟（diàn）：竹席子。乃：于是。斯：犹“乃”。

⓭ 兴：起。此指早起。占：占卦。

⓮ 维：是。罴（pí）：哺乳动物，体大于熊。虺（huǐ）：一种大毒蛇。

⓯ 大人：占梦之官的尊称。

⓰ 祥：犹言吉兆。

⓱ 乃：若。载：则。

⓲ 之：代指小儿。裳：古称下身的衣服。弄：摆弄，玩耍。璋：古代的玉制礼器，朝聘、祭祀时所用。

⓳ 其：代指幼儿。喤喤：形容幼儿哭声洪亮。朱芾（fú）：朱红色的蔽膝。斯皇：光明灿烂的样子。室家：一家之内。

⓴ 裼（tì）：包裹婴儿的被。瓦：陶制纺锤。

㉑ 非：违背。无仪：不做邪僻之事。议：商议。诒：给予。罹：忧愁。

无羊

解 题

这是一首描写牧业生产的诗。全诗四章。首章以诘问起句，描写统治者的牛羊盛多之状；二章写牛羊自由活动和牧民放牧的情景；三章写牧民繁忙的劳动和放牧夕归；四章写牧民梦境之奇和大人占梦之喜。诗中比较真实地再现了西周牧业发展的兴旺情景；诗中的梦境，也表达了人们对美好未来的憧憬，妙趣横生，显示出浪漫主义的特点。

【原 文】

谁谓尔无羊？三百维群。①
谁谓尔无牛？九十其犉。②
尔羊来思，其角濈濈。③
尔牛来思，其耳湿湿。④

或降于阿，或饮于池，
或寝或讹。⑤尔牧来思，
何蓑何笠，或负其糇。⑥
三十维物，尔牲则具。⑦

尔牧来思，以薪以蒸，
以雌以雄。⑧尔羊来思，

【译 文】

谁说你家没有羊？一群足有三百只。
谁说你家没有牛？七尺大牛九十只。
你的群羊回家来，彼此聚集角相依。
你的群牛回家来，两耳摇动不停息。

有的牛羊走下山，有的饮水在池边，
或睡或醒尽情玩。你的牧人走回来，
披蓑戴笠不得闲，干粮口袋背在肩。
牛羊毛色种类多，祭祀用牲都齐全。

你的牧人收工回，粗柴细柴都割取，
兼猎雌雄禽兽多。你的群羊走回来，

矜矜兢兢，不骞不崩。⑨	争先恐后谨慎行，走得平稳不散落。
麾之以肱，毕来既升。⑩	牧人挥手来指引，群羊进栏多又多。
牧人乃梦，众维鱼矣，	牧人夜晚入梦乡，梦见蝗虫变成鱼，
旐维旟矣。⑪大人占之：	龟蛇旗变鹰隼旗。太卜占卦把梦解：
众维鱼矣，实维丰年；⑫	蝗虫忽然变成鱼，这是丰年必富裕；
旐维旟矣，室家溱溱。⑬	龟蛇旗变鹰隼旗，子孙众多相传续。

注释

❶ 谓：说。三百：泛言极多，非实数。维：是。

❷ 九十：泛言极多，非实数。犉（rún）：黄毛黑唇的牛。

❸ 思：语尾助词。濈濈（jí）：众多聚集的样子。

❹ 湿湿：牛反刍时耳朵活动的样子。

❺ 或：有的。阿：小山丘。讹：动。

❻ 牧：牧人。何：通“荷”，披，戴。蓑：蓑衣，草编的雨衣。笠：斗笠。负：背。糇（hóu）：干粮。

❼ 三十：泛言多，非实数。物：毛色。此言牛羊毛色很多种。牲：牺牲。此指供祭祀用的牛羊。具：齐全。

❽ 以：取。蒸：细柴。

❾ 矜矜：坚强貌。兢兢：小心慬慎的样子。骞（qiān）：亏损。崩：溃散。

❿ 麾：挥动。肱：手臂。毕：全部。既：皆。升：进圈。

⓫ 众：蝗类昆虫。旐（zhào）：画有龟蛇的旗。旟（yú）：画有鹰隼的旗。

⓬ 维：是。

⓭ 溱溱：旺盛的样子。此指人丁兴旺。

节南山

解题

这是一首著名的讽刺诗。全诗十章。一章写尹氏太师的威势，斥其尸位素餐；二章写其为政不平，致使天降大灾；三章斥其失职，使君民受害；四章写其不亲理政事，重用无才德之人；五章写天降大祸于周，提出为政公平的要求；六章写天下大乱，斥其使百姓劳苦不堪；七章写诗人无法施展才能；八章写其喜怒无常；九章写其致乱而不改其恶；十章点出作者"家父"写诗的原因。诗中描绘了尹氏的丑恶形象，表现了人民的不满和对清廉政治的要求，有深刻的社会意义。

【原文】【译文】

节彼南山，维石岩岩。①
看那高峻终南山，岩石累累堆山间。
赫赫师尹，民具尔瞻。②
威势赫赫尹太师，百姓张目把你观。
忧心如惔，不敢戏谈。③
人们心忧似火烧，不敢随意来笑谈。
国既卒斩，何用不监。④
国家将要灭亡了，为何还不睁眼看。

节彼南山，有实其猗。⑤
看那高峻终南山，它的山坡宽又宽。
赫赫师尹，不平谓何？⑥
威势赫赫尹太师，执政不公为哪般？
天方荐瘥，丧乱弘多。⑦
上天正在降灾难，人民死亡多动乱。
民言无嘉，憯莫惩嗟。⑧
百姓没人讲好话，你不警戒却心安。

尹氏大师，维周之氐。⑨
尹氏本是太师官，周家靠你来承担。

秉国之均，四方是维。[10]
天子是毗，俾民不迷。[11]
不吊昊天，不宜空我师。[12]

治国重任担在肩，靠你维护天下安。
天子需你来辅佐，民不迷惑你指点。
心不善良老天爷，不应使民受苦难。

弗躬弗亲，庶民弗信。[13]
弗问弗仕，勿罔君子。[14]
式夷式已，无小人殆。[15]
琐琐姻亚，则无膴仕。[16]

政事从不亲自抓，百姓不信太师官。
不过问来不察看，各级官吏受欺骗。
除不平啊罢奸官，莫使百姓遭祸患。
庸碌无能众亲戚，切莫让他当高官。

昊天不佣，降此鞠讻。[17]
昊天不惠，降此大戾。[18]
君子如届，俾民心阕。[19]
君子如夷，恶怒是违。[20]

老天爷呀太不公，降给百姓大祸乱。
老天爷呀太不仁，降给百姓大灾难。
太师喜欢乱杀人，民心叛离国不安。
太师处事能公平，百姓怨怒会消散。

不吊昊天，乱靡有定。[21]
式月斯生，俾民不宁。[22]
忧心如酲，谁秉国成？[23]
不自为政，卒劳百姓。[24]

心不善良老天爷，总使祸乱不消停。
竟然摧残众生灵，使那万民不安宁。
我心忧愁如醉酒，究竟是谁掌权柄？
君王不肯亲执政，百姓劳苦不安生。

驾彼四牡，四牡项领。[25]
我瞻四方，蹙蹙靡所骋。[26]

套车驾起四公马，马肥颈粗赶路程。
放眼四方我瞻望，甚感局促难驰骋。

方茂尔恶，相尔矛矣。[27]
既夷既怿，如相酬矣。[28]

对待仇人心憎恨，凝视利矛欲逞凶。
忽又面露和悦色，酒杯频传把礼行。

昊天不平，我王不宁。[29]

上天不肯降太平，使我周王不安宁。

不惩其心，覆怨其正。㉚	尹氏不改邪恶心，反怨正人多批评。
家父作诵，以究王讻。㉛ 式讹尔心，以畜万邦。㉜	家父我写这首诗，追究尹氏大罪行。 改变你的邪僻心，治理天下享太平。

注释

❶ 节彼：犹“节节”，高峻的样子。南山：终南山。岩岩：山石堆积的样子。

❷ 赫赫：显赫的样子。师尹：太师尹氏。瞻：看。

❸ 惔（tán）：火烧。戏谈：随便说笑。

❹ 国：国运，实指周朝的政权。既：将要。卒：最终。监：察看。

❺ 有实：犹“实实”，宽广的样子。猗：通“阿”，山坡。

❻ 不平：不公平。

❼ 方：正。荐：进，犹言“加重”。或释为“屡次”。瘥（cuó）：病。此指灾祸。弘：大。

❽ 民言：指百姓对尹氏的批评。憯（cǎn）：曾。惩：惩戒。嗟：表感叹的语助词。

❾ 维：是。氐（dǐ）：通“柢”，根本。

❿ 秉：持。均：通“钧”，制作陶器泥坯的转盘。这里代指国家政权。维：维系。

⓫ 毗（pí）：辅助。俾：使。

⓬ 吊：善。空：穷困。师：民众。

⓭ 弗：不。躬：亲自。信：信任。

⓮ 问：询问。仕：事。此指不任用人办事。勿：语助词。罔：欺。君子：指官吏。

⓯ 式：语助词。夷：平。已：止。殆：危险。

⓰ 琐琐：卑微的样子。膴（wǔ）仕：高官厚禄。

⓱ 佣：均，平。鞠讻：大祸。

⓲ 惠：仁爱。戾：灾祸。

⓳ 如：如果。届：诛。阕：乖离，叛离。

⑳ 夷：平。违：远离。

㉑ 靡：无。定：止。

㉒ 月：岁月。生：生命。

㉓ 酲（chéng）：酒醉不醒。秉：执掌。国成：国家的政治事务。

㉔ 卒：过度劳累。

㉕ 牡：公马。项：大。领：脖颈。

㉖ 蹙蹙（cù）：局促不安的样子。骋：奔跑。

㉗ 方：正。茂：盛。相：看。

㉘ 怿：喜悦。如：则。酬：劝酒。

㉙ 平：太平。

㉚ 其：代指尹氏。覆：反。正：劝谏之人。

㉛ 家父：诗人自称。诵：作诗。究：追究。王讻：王朝祸乱的根源。

㉜ 式：语助词。讹：改变。畜：养。万邦：天下。

正月

解题

这是一首忧国嫉俗之诗。西周末年，周朝内忧外患严重；面对这种情况，一位遭排斥的失意官吏写了这首诗。全诗十三章。一章写天时失常，自己孤独忧伤，这是全诗的总纲；二章写诗人生不逢时，遭群小诽谤；三章预言亡国惨象，写其忧惧之情；四章写小人在朝、万民危殆的现实，并寄希望于上天；五章写天道变异，谣言四起，统治者是非不辨；六章写乱世之民时时谨慎行事，惴惴不安；七章斥幽王不肯用贤，抒发诗人怀才不遇之情；八章指责时政暴虐；九章以大车载物喻治国当用贤人；十章再明前章之意；十一章以池鱼自比，抒发惧祸之感；十二章揭露当朝小人只顾享乐，朋比为奸，不顾国难将至；十三章揭示贫富对立、忠奸颠倒的社会现实，抒发孤寂深忧之感。本诗真实深刻地揭露了西周灭亡前夕的社会现实，抨击了幽王与褒姒的罪恶，抒发了诗人忧国忧民的情怀，颇具现实主义特色。

【原 文】

正月繁霜，我心忧伤。[①]
民之讹言，亦孔之将。[②]
念我独兮，忧心京京。[③]
哀我小心，癙忧以痒。[④]

父母生我，胡俾我瘉？[⑤]
不自我先，不自我后。[⑥]
好言自口，莠言自口。[⑦]
忧心愈愈，是以有侮。[⑧]

忧心惸惸，念我无禄。[⑨]
民之无辜，并其臣仆。[⑩]
哀我人斯，于何从禄？[⑪]
瞻乌爰止，于谁之屋？[⑫]

瞻彼中林，侯薪侯蒸。[⑬]
民今方殆，视天梦梦。[⑭]
既克有定，靡人弗胜。[⑮]
有皇上帝，伊谁云憎？[⑯]

谓山盖卑，为冈为陵。[⑰]
民之讹言，宁莫之惩。[⑱]

【译 文】

炎热四月降浓霜，天道反常我心伤。
百姓当中传谣言，沸沸扬扬极夸张。
想起自己很孤独，无数忧愁堆心上。
谨慎小心我悲哀，烦闷忧虑遭祸殃。

父母生我在人间，为何让我遭祸患？
生前灾难不曾有，死后灾难不出现。
好话出自人之口，坏话也由人口传。
心中忧伤日日深，反遭侮辱心不安。

心忧孤独很不安，想起自己无福禄。
百姓人人无罪过，一旦亡国变奴仆。
可怜我们众辅臣，将从哪里得幸福？
看那乌鸦飞何处，觅食降落谁家屋？

看那茫茫树林里，唯有柴草在其中。
百姓正在遭灾难，上天不明多昏庸。
上天终能止恶乱，无人能够违天命。
光明伟大上帝神，不知你把谁来憎？

有人说山低又平，实是高大岭和峰。
百姓当中生谣言，竟不制止任其传。

召彼故老，讯之占梦。[19]	故旧老臣全召见，询问占梦证灵验。
具曰予圣，谁知乌之雌雄？[20]	占梦之人都自夸，乌鸦雌雄谁分辨？
谓天盖高，不敢不局？[21]	苍天空阔何等高，敢不弯腰又低头？
谓地盖厚，不敢不蹐？[22]	茫茫大地何等厚，敢不轻轻小步走？
维号斯言，有伦有脊。[23]	他们呼喊这些话，合情合理有来由。
哀今之人，胡为虺蜴？[24]	可怜如今执政官，为何与蛇结成友？
瞻彼阪田，有菀其特。[25]	看那山坡坡上田，庄稼长得特茂盛。
天之抓我，如不我克。[26]	上天肆意摧残我，唯恐不能把我胜。
彼求我则，如不我得。[27]	君王求我心甚急，唯恐稍晚用不成。
执我仇仇，亦不我力。[28]	君王把我得到手，却又怠慢不重用。
心之忧矣，如或结之。[29]	我心忧伤难诉说，如同绳子打了结。
今兹之正，胡然厉矣。[30]	当今政坛大官们，为何如此心凶恶。
燎之方扬，宁或灭之。[31]	野火熊熊正旺盛，有人竟能来扑灭。
赫赫宗周，褒姒威之。[32]	兴隆显赫周王朝，褒姒竟能把它灭。
终其永怀，又窘阴雨。[33]	忧伤既已时间久，阴雨困扰增凄凉。
其车既载，乃弃尔辅。[34]	大车已经装货满，却把夹板丢一旁。
载输尔载，将伯助予。[35]	车载货物掉路上，才请大哥快相帮。
无弃尔辅，员于尔辐。[36]	不要丢弃车夹板，还要加固那车辐。
屡顾尔仆，不输尔载。[37]	常常照顾赶车夫，货物不致落大路。

终逾绝险，曾是不意。[38]	终能逾越绝险处，你却对此不在乎。
鱼在于沼，亦匪克乐。[39]	鱼儿游在浅池中，始终不能尽欢腾。
潜虽伏矣，亦孔之炤。[40]	鱼虽潜伏深水中，仍然能够看得清。
忧心惨惨，念国之为虐。[41]	心中忧伤很悲痛，想起国家施暴政。
彼有旨酒，又有嘉肴。[42]	达官贵人喝甜酒，美味佳肴享口福。
洽比其邻，昏姻孔云。[43]	与邻亲近很融洽，亲戚交往相称许。
念我独兮，忧心殷殷。[44]	想起只有我孤独，心中多少愁与苦。
佌佌彼有屋，蔌蔌方有谷。[45]	卑微小人有屋住，鄙陋小人有五谷。
民今之无禄，天夭是椓。[46]	当今百姓无幸福，上天降灾人民苦。
哿矣富人，哀此惸独。[47]	富人欢乐来安处，可怜我啊太孤独。

注释

1 正月：高亨《诗经今注》认为是“四月”的误写。夏之四月，乃周历六月，此时繁霜是反常现象。古人常把自然界的反常现象视为政治不好的预兆，故诗人忧之。繁：多。

2 之：有。讹言：谣言。将：大，指厉害。

3 京京：忧伤而无法排遣的样子。

4 小心：提心吊胆。癙（shǔ）：忧闷。痒（yáng）：病。

5 胡：何。俾：使。瘉（yù）：病患。此指遭受灾祸。

6 自：在。

7 莠言：坏话。

8 愈愈：忧惧貌。是以：因此。有侮：自取欺侮。

❾ 惸惸（qióng）：孤独不安的样子。无禄：无福。

❿ 辜：罪。并：皆。臣仆：罪人，奴隶。

⓫ 我人：我们这些人。此指周王的辅臣们。斯：语助词。于何：从哪里。从禄：获取爵禄。

⓬ 乌：乌鸦。爰：语助词，犹“之”。

⓭ 中林：林中。侯：维。薪：粗柴。蒸：细柴。

⓮ 方殆：正处于危险中。天：指周幽王。梦梦：昏暗不明貌。

⓯ 既克：终能。定：止。靡：无。弗：不。

⓰ 有皇：犹“皇皇”，光明的样子。伊：语助词。云：语助词。憎：憎恨。

⓱ 谓：那，其，指示代词。盖：何。卑：低。冈：山冈。陵：岭。

⓲ 宁：乃。惩：止。

⓳ 故老：旧臣，老臣。讯：问。占梦：官名，掌占梦之事。

⓴ 圣：聪智，精明。

㉑ 局：屈身伛偻的样子。

㉒ 蹐（jí）：小步轻行。

㉓ 维：其。号：呼喊。伦：道理。脊：通“迹”，理。

㉔ 胡：何。虺蜴：毒蛇和蜥蜴。

㉕ 阪田：山坡上的田地。菀：通“郁”，茂盛的样子。特：特生之苗。

㉖ 扤（wù）：摇动。克：胜。

㉗ 则：着急。

㉘ 执：掌握。仇仇：傲慢的样子。

㉙ 如或：好像。结：结绳，打结。极言心中忧痛。

㉚ 今兹：现在。正：政，政治。厉：暴虐。

㉛ 燎：野火。方：正。

㉜ 褒姒：周幽王的宠妃。烕：灭。

㉝ 终：既。永怀：深忧。

㉞ 载：装载货物。辅：大车载货所用的夹板。

㉟ 载：第一个“载”字为语助词，后一个“载”字指车上所载之物。输：坠落。将：请求。

㊱ 员：缠绕，旋转。辐：辐条。

㊲ 屡：屡次。顾：回头看。仆：赶车人。

㊳ 逾：越过。曾：乃。是：此。不意：不考虑。

㊴ 沼：池。克：能。

㊵ 潜：深藏。

㊶ 惨惨：心情忧伤痛苦的样子。为虐：实行暴虐之政。

㊷ 旨酒：甜酒。嘉肴：美味佳肴。

㊸ 洽：融洽。比：亲。

㊹ 殷殷：心中痛苦的样子。

㊺ 佌佌（cǐ）：卑微渺小的样子。蔌蔌（sù）：鄙陋的样子。谷：粮食。

㊻ 之：乃。无禄：无福。夭夭：自然灾害。椓：击。

㊼ 哿（gě）：欢乐。

十月之交

解题

这是一首描写时政的讽刺诗。作者是周幽王朝中的失意者。当时，周幽王宠幸褒姒，重用佞臣，昏暴异常，加之自然灾害严重，致使百姓生灵涂炭，怨声载道。诗人忧国忧民，写下此诗。全诗八章。一、二两章写日月之蚀，点出天下动荡的现实；三章写地震灾害，斥责统治者不肯总结教训；四章直斥皇父与褒姒等勾结，误国害民；五章抨击皇父迫害异己；六章揭露皇父贪鄙自私，妄自尊大，不忠于周王；七章写诗人忠君反被迫害，点明灾由人为而非来自上天；八章述其孤独忧伤之情。全诗构思奇巧，善于描绘具体形象，颇具艺术感染力。

【原文】

十月之交，朔月辛卯。[1]
日有食之，亦孔之丑。[2]
彼月而微，此日而微。[3]
今此下民，亦孔之哀。[4]

日月告凶，不用其行。[5]
四国无政，不用其良。[6]
彼月而食，则维其常。[7]
此日而食，于何不臧。[8]

烨烨震电，不宁不令。[9]
百川沸腾，山冢崒崩。[10]
高岸为谷，深谷为陵。[11]
哀今之人，胡憯莫惩。[12]

皇父卿士，番维司徒。[13]
家伯维宰，仲允膳夫。[14]
聚子内史，蹶维趣马。[15]
楀维师氏，艳妻煽方处。[16]

抑此皇父，岂曰不时。[17]
胡为我作，不即我谋。[18]
彻我墙屋，田卒污莱。[19]
曰予不戕，礼则然矣。[20]

【译文】

时间刚刚进十月，就在辛卯那一天。
这天日蚀又发生，极坏征兆太惊险。
不久之前有月蚀，如今日蚀又出现。
当今天下老百姓，心中忧伤不堪言。

太阳月亮显凶兆，因为运行不正常。
天下各国无善政，都因不用众贤良。
不久之前有月蚀，尚算正常的现象。
今天日蚀又出现，预示坏事要突降。

闪电耀眼雷轰鸣，政治恶劣民不安。
条条河流水沸腾，山顶崩裂刹那间。
一时高崖成河谷，深谷忽然变成山。
可怜当今执政官，为何不肯引为鉴。

皇父本是卿士官，番氏当了那司徒。
家伯担任那冢宰，仲允任职膳夫官。
聚子内史掌册命，趣马蹶氏把王辅。
楀氏担当师氏官，褒姒势盛搞阴谋。

哎呀这位皇父爷，恐怕不是好高官。
为何你把我来骗，不肯来把事商谈。
拆毁我家墙和屋，良地积水变荒田。
还说不是把你害，按理就该这样办。

皇父孔圣，作都于向。[21]	皇父真是太聪明，建筑都城就在向。
择三有事，亶侯多藏。[22]	亲自择选三有司，多藏财物饱私囊。
不慭遗一老，俾守我王。[23]	不肯留下一老臣，使他守卫我周王。
择有车马，以居徂向。[24]	挑选有车有马户，同往向邑奔驰忙。
黾勉从事，不敢告劳。[25]	尽心做事为周王，不敢诉说我辛劳。
无罪无辜，谗口嚣嚣。[26]	从政至今无罪过，谗言诬我气焰高。
下民之孽，匪降自天。[27]	百姓遭受众灾祸，非自天上向地落。
噂沓背憎，职竞由人。[28]	相聚谈笑背后骂，坏事全由人为造。
悠悠我里，亦孔之痗。[29]	我的心中忧思长，如同大病得一场。
四方有羡，我独居忧。[30]	四方之人皆欢喜，唯独我在把心伤。
民莫不逸，我独不敢休。[31]	人们生活都安乐，唯我劳碌终日忙。
天命不彻，我不敢效我友自逸。[32]	上天之意不可知，不敢学友把福享。

注释

❶ 十月：周历十月，即夏历八月。交：指晦朔相交之时。朔月：月朔，农历每月的初一日。

❷ 有：又。食：日蚀或月蚀。亦：此。丑：恶。

❸ 微：幽暗不明。

❹ 哀：悲哀。

❺ 告凶：显示凶兆。行：轨道。

❻ 四国：四方之国。良：有才德之官。

❼ 维：是。常：正常。

❽ 臧：善。

❾ 烨烨：电光闪闪的样子。震：雷电。宁：安。令：善。

⑩ 沸腾：形容地震时河水激荡的样子。山冢：山顶。崒：碎。

⑪ 岸：山崖。谷：河谷。陵：山岭。

⑫ 今之人：指当今执政者。胡憯（cǎn）：怎么。惩：警戒。

⑬ 皇父（fǔ）：人名。维：是。司徒：官名，主管土地、人口。

⑭ 家伯：人名。宰：冢宰，官名，掌管国家的典籍。仲允：人名。膳夫：官名，掌周王的饮食之事。

⑮ 内史：官名，掌起草政令等事。趣马：官名，掌周王之马匹。

⑯ 楀（jǔ）：姓氏。师氏：官名，主管教育，教导周王及其子弟。煽：炽盛。处：居。

⑰ 抑：噫，发语词。岂：可能，大概。

⑱ 我作：使我劳作。即：就，前来。谋：商议。

⑲ 彻：通“撤”，拆毁。污：积水。莱：生长杂草的荒芜之田。

⑳ 曰：说。戕：残害。

㉑ 孔圣：大圣人。皇父自认为是大圣人，这是讽刺之语。作都：建设都城。向：地名。

㉒ 择：选择。有事：有司。亶：确实。侯：维，是。藏：蓄。

㉓ 慭（yìn）：愿。遗：留下。俾：使。守：保卫。

㉔ 徂：往。

㉕ 黾勉：竭力。告劳：表示劳苦。

㉖ 辜：罪。嚣嚣：众口谗毁不绝的样子。

㉗ 孽：灾难。自：从。

㉘ 噂（zǔn）沓：聚在一处议论纷纷。背憎：背后相互憎恨。职：主要。竞：争夺。

㉙ 悠悠：忧思深长貌。里：通“悝”，忧。痗（mèi）：病。

㉚ 羡：欣喜。居忧：处于忧伤之中。

㉛ 逸：安乐。休：休息。

㉜ 天命：自然规律。不彻：不测，难以知道。效：仿效。

雨无正

解题

这是一首周幽王的近臣讽刺幽王及其身边群小误国的诗。全诗七章。首章写天降灾祸，周王为政不公；二章写群臣离叛幽王，避祸离京；三章斥责周王不听忠臣之言；四章写国难日甚，诗人独自忧虑；五章讽刺周王喜欢“巧言如流”者，厌恶拙言忠诚者；六章写为官陈言之难；七章劝离都之臣迁回京城。本诗真实揭示了西周末年政治黑暗的现实，表达了诗人忧国忧民又无可奈何的痛苦心情。

【原　文】

浩浩昊天，不骏其德。①
降丧饥馑，斩伐四国。②
旻天疾威，弗虑弗图。③
舍彼有罪，既伏其辜。④
若此无罪，沦胥以铺。⑤

周宗既灭，靡所止戾。⑥
正大夫离居，莫知我勚。⑦
三事大夫，莫肯夙夜。⑧
邦君诸侯，莫肯朝夕。⑨
庶曰式臧，覆出为恶。⑩

【译　文】

皇天浩大广无边，不肯经常施恩典。
死亡饥荒降人间，摧残天下民遭难。
皇天暴虐很凶残，是是非非全不管。
周王放过有罪人，他们暴行全隐瞒。
就像这些无罪人，相继受害遭祸患。

若是镐京将沦丧，没有地方可逃亡。
高官逃命全离京，无人知我为国忙。
司徒司马和司空，不肯日夜为君王。
四方诸侯也不少，不肯朝夕辅周邦。
希望周王用贤良，他却作恶更猖狂。

如何昊天，辟言不信。[11]	敢问皇天怎么办，法纪忠言王不听。
如彼行迈，则靡所臻。[12]	就像那个远行人，没有目的任驰骋。
凡百君子，各敬尔身。[13]	那些高官大夫们，明哲保身装正经。
胡不相畏，不畏于天？[14]	为何相互不敬畏，也不畏天修德行？
戎成不退，饥成不遂。[15]	犬戎作乱未撤退，饥荒连绵也未停。
曾我暬御，憯憯日瘁。[16]	只有我这侍卫臣，忧伤憔悴为美政。
凡百君子，莫肯用讯。[17]	那些高官大夫们，谁肯向王说真情。
听言则答，谮言则退。[18]	顺从之言王采纳，逆耳忠言王不听。
哀哉不能言，匪舌是出，	可哀有话不能讲，不是舌头有病伤，
维躬是瘁。[19]哿矣能言，	憔悴身体怕遭殃。能说会道心欢畅，
巧言如流，俾躬处休。[20]	乖巧美言滔滔讲，厚禄高官喜洋洋。
维曰于仕，孔棘且殆。[21]	虽说在朝我当官，甚感紧张且危险。
云不可使，得罪于天子。[22]	如说真话不顺从，得罪天子把罪担。
亦云可使，怨及朋友。[23]	如说假话顺周王，定遭朋友来埋怨。
谓尔迁于王都，曰予未有室家。[24]	我劝你们迁回都，都说京中无房住。
鼠思泣血，无言不疾。[25]	忧伤落泪带血丝，真话句句遭嫉恨。
昔尔出居，谁从作尔室？[26]	从前你们迁出京，谁随你们把房筑？

注释

❶ 浩浩：广大无边的样子。昊天：皇天。骏：长，经常。德：恩德。

❷ 丧：死亡。饥馑：饥荒。斩伐：摧残。四国：四方诸侯国。此泛言天下的人民。

❸ 旻：当为“昊”。疾威：暴虐。虑、图：考虑，谋划。

❹ 舍：放弃。既：皆。伏：隐藏。辜：罪。

❺ 若：像。无罪：无罪过的人。沦：沦陷，陷入。胥：相。铺：通“痡”，病。

❻ 周宗：宗周。灭：指犬戎攻陷镐京。靡：无。止戾：安居。

❼ 正大夫：六官之长。离居：指离开京城到外地避难。勩（yì）：劳苦。

❽ 三事：三公，指司徒、司空、司马。

❾ 邦君：诸侯。

❿ 庶：庶几，希望。臧：善。覆：反而。为恶：做坏事。

⓫ 如何：怎么。辟：法。不信：不被相信。

⓬ 行迈：远行。臻：至。

⓭ 敬：警惕，谨慎。

⓮ 胡：何。畏：敬畏。

⓯ 戎：战争。成：已成事实。此指犬戎侵扰镐京已成事实。不退：指犬戎尚未退走。饥成：出现饥荒。遂：终止。

⓰ 曾：则。暬（xiè）御：近侍之臣。憯憯（cǎn）：通“惨惨”，心中忧伤的样子。瘁：或作“悴”，憔悴。

⓱ 讯：当从《鲁诗》作“谇”，告。

⓲ 听言：顺从的话。答：《鲁诗》作“对”，进。谮言：谏言。

⓳ 匪：通“非”，不是。

⓴ 哿：乐。巧言：乖巧之言。如流：口齿流利，滔滔不绝，如同流水。俾：使。休：美。

㉑ 维：犹“虽”。曰：语中助词。棘：紧急，急迫。殆：危险。

㉒ 云：说，指臣向君说。不可使：不可听从。

㉓ 朋友：指忠诚正直的贤臣们。

㉔ 谓：劝说。王都：指西周京城镐京。予：我。室家：此指家庭财产。

㉕ 鼠：忧伤。疾：嫉恨。

㉖ 从：跟随。作：建造。

小旻

解题

这是一首明智之臣讽刺周幽王不能听谏的诗。全诗六章。前两章主要写幽王昏庸，不辨善恶是非，采纳邪僻之谋略而不用善策；三章写朝廷政策多而不定，无人负责；四章写为政者无深谋远虑，故致诸事不成；五章写国小也有才智之士，君当择善而用；六章写诗人忧国惧祸的痛苦心情。诗中善用比喻揭示事物本质，表达了诗人对现实的不满，以及对国运危殆的恐惧忧虑之情。

【原文】

旻天疾威，敷于下土。①
谋犹回遹，何日斯沮？②
谋臧不从，不臧覆用。③
我视谋犹，亦孔之邛。④

潝潝訿訿，亦孔之哀。⑤
谋之其臧，则具是违。⑥
谋之不臧，则具是依。⑦
我视谋犹，伊于胡厎。⑧

我龟既厌，不我告犹。⑨

【译文】

上天暴虐不慈祥，降灾人间民遭殃。
周王国策甚邪僻，何年何月能改样？
佳谋良策你不从，反而采用坏主张。
我看如今这政策，毛病严重太荒唐。

表面附和背后骂，这种做法令我哀。
出谋划策若真好，定遭反对都抛开。
出谋划策若不好，一一采纳不更改。
我看如今这政策，必使国家形势坏。

屡屡占卜龟厌烦，不把吉凶征兆显。

谋夫孔多，是用不集。[10]
发言盈庭，谁敢执其咎？[11]
如匪行迈谋，是用不得于道。[12]

出谋献策人很多，因此定论议不完。
朝廷群臣都发言，谁敢来把责任担？
就像远行把事商，要得正道难又难。

哀哉为犹，匪先民是程，
匪大犹是经。[13]维迩言是听，
维迩言是争。[14]如彼筑室于道谋，
是用不溃于成。[15]

周王定策真可叹，不肯效法那先贤，
不依大理作标杆。只听那些肤浅言，
还要为此争长短。如同建房问路人，
成房理想难实现。

国虽靡止，或圣或否。[16]
民虽靡膴，或哲或谋，
或肃或艾。[17]如彼泉流，
无沦胥以败。[18]

治国策略虽不同，也有圣人和愚顽。
国民虽然没定则，哲人谋士在其中，
严肃善治人干练。如同奔流那泉水，
不要相继都沦陷。

不敢暴虎，不敢冯河。[19]
人知其一，莫知其他。
战战兢兢，如临深渊，
如履薄冰。[20]

不敢空手打老虎，不敢徒步涉河川。
人们只知这一理，不知当官更危险。
战战兢兢很小心，好像来到深渊边，
如踩薄冰心不安。

注释

1. 旻天：皇天。疾威：暴虐。敷：布。下土：人间。
2. 谋犹：谋略。回遹（yù）：邪僻。斯：乃，才。沮：停止。
3. 臧：善。覆：反而。
4. 邛（qióng）：病。
5. 潝潝：低声附和的样子。訿訿（zǐ）：诋毁。

❻ 其：犹“若”。具：通“俱”，皆。违：违背，不顺从。

❼ 依：顺从。

❽ 伊：发语词。胡：何。底（zhǐ）：至。

❾ 龟：卜卦用的龟甲。厌：厌烦，厌弃。

❿ 谋夫：谋士。是用：因此。集：成就。

⓫ 发言：议论政策的话。盈：满。执：负责。咎：罪。

⓬ 行迈：远行。谋：商议。是用：因此。道：路。

⓭ 为：制定。先民：古人。程：效法。大犹：大道理。经：行。

⓮ 迩言：肤浅无远见的话。听：顺从，听取。争：争论。

⓯ 溃：通“遂”，达到。

⓰ 靡止：不止。这里指主张不一致。否：指不通达事理。

⓱ 靡膴：没有法则。肃：恭敬。艾：同“乂”，治理。

⓲ 沦胥：相率，相继。以：于，在。

⓳ 暴虎：徒手打虎。冯（píng）河：徒步渡河。

⓴ 战战兢兢：谨慎小心的样子。履：踩。

小宛

解题

朱熹《诗集传》曰：“此大夫遭时之乱，而兄弟相戒以免祸之诗。”可信。诗的作者当是被迫害的小官吏。全诗六章。首章写诗人怀念父母；二章感叹世风日下，寓诫王之意；三章强调教子的重要性；四章诫弟自修美德，勤于政事；五章写自卜之事，以求改变困境；六章写诗人惧祸之情，欲谨慎处世。本诗真实反映了西周末年社会动乱、人人自危、政治黑暗的现实。

【原　文】	【译　文】
宛彼鸣鸠，翰飞戾天。①	短尾鸠鸟在鸣叫，展翅高飞到蓝天。
我心忧伤，念昔先人。②	我的心中甚忧伤，怀念往昔老祖先。
明发不寐，有怀二人。③	醒来无法再入眠，思念父母在心间。
人之齐圣，饮酒温克。④	人若聪明通事理，醉能温和而克制。
彼昏不知，壹醉日富。⑤	那人昏庸无智慧，饮酒必醉日严重。
各敬尔仪，天命不又。⑥	你的威仪要保持，天命恩赐只一次。
中原有菽，庶民采之。⑦	田里大豆在生长，百姓采叶做羹汤。
螟蛉有子，蜾蠃负之。⑧	螟蛉小虫生幼子，蜾蠃背负把它伤。
教诲尔子，式穀似之。⑨	儿子一定要教育，好传家业日兴旺。
题彼脊令，载飞载鸣。⑩	你看那些鹡鸰鸟，边飞边鸣在天空。
我日斯迈，而月斯征。⑪	我呀天天在远行，你呀月月要出征。
夙兴夜寐，毋忝尔所生。⑫	早起晚睡要努力，莫辱父母那美名。
交交桑扈，率场啄粟。⑬	青雀鸟儿交交叫，沿着谷场把米啄。
哀我填寡，宜岸宜狱。⑭	可怜我们穷病人，将打官司把牢坐。
握粟出卜，自何能穀？⑮	抓把粮食去卜卦，怎得吉利把命活？
温温恭人，如集于木。⑯	要做温和谦恭人，如同鸟儿落树上。
惴惴小心，如临于谷。⑰	惴惴不安心慌张，如同走近深谷旁。
战战兢兢，如履薄冰。	战战兢兢身打颤，如同走在薄冰上。

注释

❶ 宛：鸟尾短小的样子。鸣鸠：鸟名，一说即斑鸠。翰飞：高飞。戾："厉"的假借字，附。

❷ 先人：祖先。

❸ 明发：二字同义，皆是醒的意思。二人：指父母。

❹ 齐：敏捷。圣：明智。温克：指喝醉酒尚能保持温和克制的态度。克，自我克制。

❺ 昏：愚昧。壹：语助词。

❻ 敬：通"儆"，警戒。仪：威仪。又：再。

❼ 中原：犹"原中"，田里。菽：豆类的总称。

❽ 螟蛉：稻螟蛉的幼虫，是一种有害于农作物的害虫。有：之。蜾蠃(guǒluǒ)：细腰蜂。负：背负，负持。

❾ 式：语助词。穀：善。似："嗣"之借字，接续，继承。

❿ 题：视，看。脊令：小鸟名，即鹡鸰。

⓫ 日：天天。斯：语助词。迈：远行。月：月月。征：行。

⓬ 夙：早。兴：起。忝：辱没。

⓭ 交交：鸟叫的声音。桑扈：小鸟名。率：沿着。场：打谷场。

⓮ 填："瘨"之假借，病。宜：殆，恐怕。岸：又作"犴"，牢狱。

⓯ 握粟：一把米。卜：占卜。自：从。

⓰ 温温：和柔貌。恭人：恭谨之人。集：鸟栖息于树上。

⓱ 惴惴：恐惧的样子。

小弁

解题

这是一首弃妇诗。全诗八章。首章言诗人无罪而被遗弃，心情极不快；二章言路途被阻，无处诉怨；三章言身世无着，命运可叹；四、五章进一步申说孤独无所依的忧苦心情；六章抱怨丈夫无情，诗人只能痛苦流泪；七章怨丈夫信谗，不察事实；八章总结教训，聊以自慰。诗中反映了古代妇女的不幸命运，揭露了一些男子冷酷无情、信谗弃妇的丑恶。本诗善用比喻，语言质朴，布局巧妙，抒情效果极佳。

【原文】	【译文】
弁彼鸒斯，归飞提提。[①]	看那小鸟多欢乐，成对成双飞回巢。
民莫不穀，我独于罹。[②]	人家生活都美满，唯独我遭大祸殃。
何辜于天？我罪伊何？[③]	怎么得罪老天爷？到底犯过哪一条？
心之忧矣，云如之何？[④]	心中忧伤实难熬，处境怎样才能好？
踧踧周道，鞫为茂草。[⑤]	平直大路是坦途，茂草堵路不通畅。
我心忧伤，惄焉如捣。[⑥]	我的内心真忧伤，如同心病得一场。
假寐永叹，维忧用老。[⑦]	穿衣而卧长叹息，因忧而老心凄凉。
心之忧矣，疢如疾首。[⑧]	心里忧伤无尽时，头疼来自心火旺。
维桑与梓，必恭敬止。[⑨]	看到桑树和梓树，毕恭毕敬甚景仰。

靡瞻匪父，靡依匪母。[10]	有谁不把父瞻望，有谁不把母依傍。
不属于毛，不罹于里。[11]	如今无法靠父亲，不能依靠慈母养。
天之生我，我辰安在？[12]	上天生我在人间，我的时运在何方？
菀彼柳斯，鸣蜩嘒嘒。[13]	那边茂盛柳枝上，时有蝉儿在鸣唱。
有漼者渊，萑苇淠淠。[14]	深深河水岸边上，荻苇茂盛在生长。
譬彼舟流，不知所届。[15]	我像水中一游船，不知漂浮到何方。
心之忧矣，不遑假寐。[16]	我的心中有忧伤，无暇安眠和衣躺。
鹿斯之奔，维足伎伎。[17]	鹿寻同伴奔跑忙，四蹄轻快飞一样。
雉之朝雊，尚求其雌。[18]	早晨野鸡频呼唤，尚知寻找其同伴。
譬彼坏木，疾用无枝。[19]	我像一棵小病树，因病无枝孤单单。
心之忧矣，宁莫之知。[20]	我的心中有忧伤，竟然无人来相见。
相彼投兔，尚或先之。[21]	看那被捕兔慌张，尚且有人把它放。
行有死人，尚或墐之。[22]	路上若是有死人，定会有人来埋葬。
君子秉心，维其忍之。[23]	我那丈夫何居心，为何残忍坏心肠。
心之忧矣，涕既陨之。[24]	我的心里多忧伤，泪水即刻纷纷淌。
君子信谗，如或酬之。[25]	丈夫好听那谗言，像喝敬酒心舒坦。
君子不惠，不舒究之。[26]	丈夫不肯施恩爱，也不缓慢查流言。
伐木掎矣，析薪扡矣。[27]	砍树用绳拉树梢，砍柴依纹劈两半。
舍彼有罪，予之佗矣。[28]	有罪犯人不查办，加罪于我心愤怨。
莫高匪山，莫浚匪泉。[29]	那山高过任何山，那泉深过任何泉。

君子无易由言，耳属于垣。[30]	聪明人不轻易讲，因有人耳贴墙边。
无逝我梁，无发我笱。[31]	莫去我那拦鱼坝，莫开我那捕鱼笼。
我躬不阅，遑恤我后。[32]	自身尚不被容纳，走后之事何必管。

注释

❶ 弁：快乐貌。鸒（yù）：鸟名，一说即寒鸦。斯：语助词。提提（shí）：鸟儿群飞的样子。

❷ 榖：善。罹：忧患。

❸ 伊：是。

❹ 云：语首助词。

❺ 踧踧（dí）：平坦的样子。周道：大道。鞫：阻塞，充塞。

❻ 惄（nì）：忧思貌。如捣：形容心中忐忑不安。

❼ 假寐：和衣而眠。永叹：长叹。维：因为。用：以。

❽ 疢（chèn）：疾病。疾首：头痛。

❾ 维：发语词。梓：树名，落叶乔木。

❿ 靡：无。依：依恋。

⓫ 属（zhǔ）：连属。毛：指身体外表的皮肤和毛发。此喻父亲。罹：附着。里：指身体内部的血肉。此喻母亲。

⓬ 辰：时运。

⓭ 菀彼：茂盛的样子。斯：语气词。蜩：蝉。嘒嘒（huì）：蝉鸣声。

⓮ 有漼（cuǐ）：犹“漼漼”，水深的样子。萑（huán）苇：荻苇。淠淠（pèi）：茂盛的样子。

⓯ 舟流：船在水中漂流。届：至。

⓰ 不遑：无暇。

⓱ 斯：语助词。奔：奔跑。维：其。伎伎（qí）：急速跑动的样子。

⓲ 雉：野鸡。雊（gòu）：野鸡的叫声。尚：还。

⓳ 坏：病。用：因而。

⑳ 宁：曾，却。知：交游，交往。

㉑ 相：看。投：逮捕。

㉒ 行（háng）：路。墐（jìn）：埋葬。

㉓ 君子：丈夫。秉心：居心，存心。忍：残忍。

㉔ 涕：泪。既：即。陨：落。

㉕ 信谗：听信谗言。酬：劝酒。

㉖ 惠：爱。舒：缓慢。究：追究，考察。

㉗ 伐：砍。掎（jǐ）：牵引。析薪：劈柴。扡（chǐ）：顺着木的纹理劈柴。

㉘ 舍：丢开。有罪：有罪之人。予：我。佗：加。

㉙ 浚：深。

㉚ 易：轻易。由：于。属：附着，连。垣：墙。此言有人贴耳于墙，偷听别人说话。

㉛ 逝：往。梁：鱼梁，即鱼塘的拦水坝，中有孔，水可通过，置筐笼于孔口以捕鱼。发：打开。笱：捕鱼的竹笼。

㉜ 躬：自身。阅：容纳。遑：暇。恤：顾念。

巧言

解题

这是一首斥责谗言祸国的诗。诗人可能是西周末年的失意官吏。全诗六章。前三章讽刺周王，后三章主要抨击进谗者。作者怀着激愤的心情，指出国家大乱的原因在于谗言横生，抨击进谗者无勇无德，惑乱君心；又进一步指出进谗者得势，是由于周王爱听谗言，不辨是非，从而突出了信谗足以致乱的主旨。本诗结构严谨，布局有层次，中心突出，形象生动而鲜明。

【原 文】

悠悠昊天，曰父母且。[1]
无罪无辜，乱如此幠。[2]
昊天已威，予慎无罪。[3]
昊天泰幠，予慎无辜。[4]

乱之初生，僭始既涵。[5]
乱之又生，君子信谗。[6]
君子如怒，乱庶遄沮。[7]
君子如祉，乱庶遄已。[8]

君子屡盟，乱是用长[9]
君子信盗，乱是用暴。[10]
盗言孔甘，乱是用餤。[11]
匪其止共，维王之邛。[12]

奕奕寝庙，君子作之。[13]
秩秩大猷，圣人莫之。[14]
他人有心，予忖度之。[15]
跃跃毚兔，遇犬获之。[16]

荏染柔木，君子树之。[17]
往来行言，心焉数之。[18]
蛇蛇硕言，出自口矣。[19]
巧言如簧，颜之厚矣。[20]

【译 文】

悠悠苍天听我诉，我们把你当父母。
我们百姓无罪过，降此大乱祸殃多。
上天对民太暴虐，我们确实无罪恶。
上天对民太傲慢，我们确实没有错。

祸乱初生那时候，进了谗言即接受。
祸患逐步又加重，君信谗言用奸谋。
君若怒斥进谗者，祸乱马上能消除。
君若用贤来治国，乱子很快能止住。

君王诸侯屡定盟，祸乱因此更增生。
国君信任谗邪臣，祸乱因此更逞凶。
谗人说话如蜜甜，祸乱因此更猛烈。
若把恭礼视为非，正好为王添大病。

宫室宗庙宽又高，武王周公建造它。
治国方略显智谋，周家祖先所谋划。
谗人内心怎么想，我能揣度准不差。
狡兔跳跃纵欢乐，猛犬相遇把它抓。

柔弱好树有多种，祖先栽培传今天。
流言四散不安定，取悦君王心盘算。
夸夸其谈善欺诈，谗臣之口说不完。
乖巧美言如吹簧，脸皮很厚色不变。

彼何人斯？居河之麋。[21]	谗臣到底是何人？居住河水那一边。
无拳无勇，职为乱阶。[22]	既无勇气又无力，只是周朝祸乱源。
既微且尰，尔勇伊何？[23]	小腿生疮脚浮肿，你的勇气是什么？
为犹将多，尔居徒几何？[24]	伪善欺诈坏事多，你拉同党有几何？

注释

❶ 悠悠：遥远的样子。曰：发语词。且：语气助词。

❷ 辜：罪。憮（hū）：大。

❸ 已：甚。威：暴虐。予：我。慎：确实。

❹ 泰：甚。

❺ 僭（jiàn）：同“谮”，谗言。涵：宽容，容纳。

❻ 君子：指周王。

❼ 如：如果。怒：发怒。遄（chuán）：快。沮：制止。

❽ 祉：喜。

❾ 君子：指周王。屡盟：屡次与诸侯订立盟约。长：增多。

❿ 盗：指谗佞小人。暴：猛烈。

⓫ 孔：很。甘：甜。餤（tán）：本义为进食，引申为“加剧”之意。

⓬ 止：达到。共：通“恭”，忠于职守。维：是。邛（qióng）：毛病，错误。

⓭ 奕奕：高大的样子。寝庙：宫室和宗庙。作：造。

⓮ 秩秩：宏伟的样子。猷：谋略。莫：通“谟”，谋划。

⓯ 予：我。忖度：推测，揣度。

⓰ 跃跃：跳跃的样子。毚（chán）：狡猾。获：擒。

⓱ 荏染：柔弱的样子。树：种植。

⓲ 往来：来往不定的样子。行（háng）：道路。心：指进谗者之心。数：考虑，算计。

⓳ 蛇蛇（yí）：浅薄而说大话的样子。硕：大。

⑳ 簧：笙管中的簧片。

㉑ 麋：“湄”的假借字，河边。

㉒ 拳：勇力。职：唯，只。乱阶：动乱的阶梯。

㉓ 微：小腿生疮。尰（zhǒng）：脚肿病。

㉔ 居：语助词。徒：党羽，党徒。几何：多少。

何人斯

解题

这是一首女子怨恨情人（或丈夫）的诗。全诗八章，描写一位女子（可能是贵族女子）曾与一位贵族男子偶然相遇，并热烈相爱。但是，后来这位男子却不敢再与她相会相亲，忘却旧情，反复无常；女子对情人却一往情深，强烈要求与他相见相亲。然而她失望了，于是转而怨恨他。本诗把爱情生活中极复杂的内心感受写得淋漓尽致，表现了女子对自由爱情的追求，抒情自然，有较高的艺术性。

【原文】

彼何人斯？其心孔艰。①
胡逝我梁，不入我门？②
伊谁云从？维暴之云。③

二人从行，谁为此祸？④
胡逝我梁，不入唁我？⑤
始者不如今，云不我可。⑥

【译文】

那人究竟是何人？其心很难来测度。
为何前往我鱼梁，不把我的家门入？
到底你把谁寻找？希望你把身影露。

当年你我一同行，是谁造成这灾祸？
为何前往我鱼梁，不进家门慰劳我？
开始对我很狂热，现在说我不称意。

彼何人斯？胡逝我陈？[7]	那人究竟是何人？为何到我门前停？
我闻其声，不见其身。[8]	我只听到他说话，却未见到他身影。
不愧于人？不畏于天？[9]	难道对人不惭愧？难道对天不敬畏？
彼何人斯？其为飘风。[10]	那人究竟是何人？他像暴风逞凶狂。
胡不自北？胡不自南？[11]	为何不在北方刮？何不盛怒在南方？
胡逝我梁？祇搅我心。[12]	为何前往我鱼梁？搅我心中乱一场。
尔之安行，亦不遑舍。[13]	平日你在徐徐行，尚无闲时来停留。
尔之亟行，遑脂尔车？[14]	如今你在急向前，能有闲时涂车油？
壹者之来，云何其盱？[15]	为何不来见一面，使我心中无限忧？
尔还而入，我心易也。[16]	待你返程进我家，我的心中定喜悦。
还而不入，否难知也。[17]	若是返回不见我，今后再难相亲热。
壹者之来，俾我祇也。[18]	为何不来见一面，让我得病无欢乐。
伯氏吹埙，仲氏吹篪。[19]	当年大哥把埙吹，当年二哥吹篪忙。
及尔如贯，谅不我知。[20]	与你已经是一体，竟然不知我心狂。
出此三物，以诅尔斯。[21]	真想祭上猪狗鸡，请神罚你不吉祥。
为鬼为蜮，则不可得。[22]	是鬼是蜮无形象，自然无法见容光。
有靦面目，视人罔极。[23]	你有清晰人模样，却显无常坏思想。
作此好歌，以极反侧。[24]	我写这首好诗篇，追究你那坏心肠。

注释

❶ 孔艰：很难测知。

❷ 胡：何。逝：往。梁：鱼梁，即拦鱼坝，中有孔，有竹篓置孔上，以捕捉过孔之鱼。

❸ 维：其，表示希望之词。暴之：显露出来，意谓出面相见，维持旧情。

❹ 二人：指女子和情人（或丈夫）。从行：相随而行。为：造成。祸：指两人发生亲密关系，遭人非议。

❺ 唁（yàn）：慰问不幸者。

❻ 始者：往日。可：嘉许。

❼ 陈：由堂下到院门的通道。

❽ 其：指情人（或丈夫）。

❾ 愧：惭愧。畏：畏惧。

❿ 飘风：暴风。

⓫ 自：存在。

⓬ 祇：适，正。搅：扰乱，搅乱。

⓭ 尔：指情人（或丈夫）。安：缓。亦：尚。舍：停下来休息。

⓮ 脂：油脂。此指为车涂油，意谓前来相会。

⓯ 壹者：犹言一次。云：语助词。何其：何等，多么。盱：忧伤。

⓰ 还：回来。易：通“怿”，快乐。

⓱ 否难知：犹“难知”。

⓲ 俾：使。祇：病。

⓳ 伯氏：大哥。埙（xūn）：古代陶制吹奏乐器。篪（chí）：古代吹奏乐器，形如笛，竹制。

⓴ 及：与。贯：言如绳之贯物，表示连属在一起。谅：竟然。

㉑ 三物：指猪、狗、鸡。古代盟誓或诅咒仪式用此三物祭神。诅：诅咒。斯：语助词。

㉒ 蜮（yù）：短狐，古人传说它能含沙射人影，使其得病。

㉓ 靦（tiǎn）：面目可见的样子。视：表示。罔极：没有准则。极，标准，准则。

㉔ 好歌：指此诗。极：追究。反侧：反复无常。

巷伯

解题

这是一首抨击谗邪之臣的讽刺诗。作者是西周末年的失意者，因遭谗毁而蒙受宫刑，对谗邪之臣有切肤之恨，故写此诗以抒怀。全诗七章。首章写谗邪者善罗织罪状，假言惑众，陷害好人；二章写谗人肆意说谎，且有同谋者；三章写谗人暗中密谋，流言害人；四章写谗人巧言骗取信任；五章写坏人得势而乐，好人遭殃而忧；六章斥责谗人与同谋者；七章点明作诗之旨，要求执政者引以为戒。诗中形象地揭示了谗邪之人的丑恶形象，也表现了诗人对谗人的蔑视与愤恨。

【原文】

萋兮斐兮，成是贝锦。①
彼谮人者，亦已大甚。②

哆兮侈兮，成是南箕。③
彼谮人者，谁适与谋？④

缉缉翩翩，谋欲谮人。⑤
慎尔言也，谓尔不信。⑥

捷捷幡幡，谋欲谮言。⑦

【译文】

花纹交错很鲜明，织成锦缎有贝纹。
善进谗言那些人，造谣生事太过分。

口儿张得宽又大，如同南方那箕星。
爱说谎话那些人，谁去与他谋事情？

附耳私语说坏话，害人主意共谋划。
你们讲话要谨慎，都说你们把谎撒。

花言巧语翻新样，编造谗言陷害人。

岂不尔受？既其女迁。[8]	哪能没人信谎言？终于你把高官任。
骄人好好，劳人草草。[9]	谗人得志心欢畅，被害忠良心忧伤。
苍天苍天，视彼骄人，	老天爷啊老天爷，细察骄人多罪状，
矜此劳人。[10]	怜悯劳人多凄凉。
彼谮人者，谁适与谋？	爱进谗言那些人，谁愿与他把事商？
取彼谮人，投畀豺虎。[11]	快把他们都捉住，一齐丢到豺虎旁。
豺虎不食，投畀有北。[12]	豺虎若是不屑吃，把他扔到大北方。
有北不受，投畀有昊。[13]	北方若是不接受，把他丢给那上苍。
杨园之道，猗于亩丘。[14]	宽敞大道通杨园，路倚山丘紧相连。
寺人孟子，作为此诗。[15]	我是寺人叫孟子，写下这诗刺黑暗。
凡百君子，敬而听之。[16]	希望所有执政官，都要警惕记心间。

注释

❶ 萋、斐：花纹交错的样子。贝锦：似贝壳花纹的锦缎。

❷ 谮人：说谎话害人的人。大：同“太”。

❸ 哆（chǐ）：张口的样子。南箕：箕星。

❹ 适：往。

❺ 缉缉：附耳私语。翩翩：花言巧语。

❻ 尔：指谗人。谓：认为。

❼ 捷捷（qiè）：巧言的样子。幡幡（fān）：反复翻动的样子。

❽ 女：通“汝”，你。迁：此指升官。

❾ 骄人：骄傲之人。此指得志的谗人。好好：得意欢喜的样子。劳人：失意忧劳之人。此指被谗害者。草草：忧愁的样子。

⑩ 视：察看。矜：哀怜。

⑪ 投：丢弃。畀（bì）：给予。

⑫ 有北：北方。

⑬ 有昊：昊天。

⑭ 杨园：园名。猗（yǐ）：通“倚”，依，靠着。亩丘：有田亩的山丘。

⑮ 寺人：宦官。孟子：寺人之名。作为：写作。

⑯ 凡百：所有的人。敬：通“儆”，戒备，警惕。

谷风

解题

这是一首弃妇诗，与《邶风·谷风》很相近。作者是被遗弃的女子。全诗三章。首章以山谷大风和风雨交加起兴，喻自己婚姻的突变；二章进一步深化首章的内容；三章以山高风大、草木萎死起兴，喻自己遭受丈夫的摧残，指出丈夫忘恩负义，表达了对丈夫的怨恨之情。本诗语言浅近质朴，善用比兴，颇有民歌风味。

【原文】

习习谷风，维风及雨。①
将恐将惧，维予与女。②
将安将乐，女转弃予。③

习习谷风，维风及颓。④
将恐将惧，置予于怀。⑤

【译文】

山谷大风响不停，风雨交加天气坏。
当年忧患不安定，唯独有我把你爱。
如今生活很安乐，你却把我远抛开。

山谷大风响不停，风雷激荡震寰宇。
当年忧患不安定，抱我在怀你欢愉。

将安将乐，弃予如遗。[6]	如今生活很安乐，弃我如同扔废物。
习习谷风，维山崔嵬。[7]	山谷大风响不停，吹遍高高那山冈。
无草不死，无木不萎。	一切青草全死亡，所有树木都枯黄。
忘我大德，思我小怨。[8]	我的大德你全忘，我的小错你总想。

注释

❶ 习习：大风持续不止的样子。谷风：来自山谷的风。

❷ 将：方，正当。恐、惧：指处于危难之时。维：只，独。

❸ 转：反而。弃：抛弃。

❹ 颓：龙卷风。此喻丈夫暴怒之状。

❺ 置：放置。

❻ 遗：遗弃之物。

❼ 崔嵬：山高大的样子。

❽ 大德：美德。小怨：小过错。

蓼莪

解题

《诗序》以为这是一首描写“民人劳苦，孝子不得终养”的诗，有一定道理。诗人是正在服役的人。全诗六章。首二章先言父母劬劳、劳瘁；三章写为人子不能终养父母；四章写父母生子、养子、爱子的深情；五、六两章以众衬己，表达自己的深深悲痛。诗中反复陈述了孤子思亲的悲伤之情。四章连用九个“我”字，具有强大的艺术感染力。

【原文】

蓼蓼者莪，匪莪伊蒿。①
哀哀父母，生我劬劳。②

蓼蓼者莪，匪莪伊蔚。③
哀哀父母，生我劳瘁。④

瓶之罄矣，维罍之耻。⑤
鲜民之生，不如死之久矣。⑥
无父何怙？无母何恃？⑦
出则衔恤，入则靡至。⑧

父兮生我，母兮鞠我。⑨
拊我畜我，长我育我。⑩
顾我复我，出入腹我。⑪
欲报之德，昊天罔极。⑫

南山烈烈，飘风发发。⑬
民莫不穀，我独何害？⑭

南山律律，飘风弗弗。⑮
民莫不穀，我独不卒？⑯

【译文】

高高大大抱娘蒿，不是莪蒿是艾蒿。
可怜我的父和母，生我养我太辛劳。

高高大大抱娘蒿，不是莪蒿是牡蒿。
可怜我的父和母，养我累病受苦劳。

瓶子里面已空空，这是坛子大耻辱。
我这孤儿活世上，不如早死见父母。
父亲已死我靠谁？没有母亲谁保护？
在外终日心含忧，回到家中亲人无。

我的父亲生养我，母亲细心养育我。
抚弄我呀爱惜我，喂养我呀教育我。
看护我呀庇护我，出出进进抱着我。
本想报答父母恩，上天不让父母活。

那座南山真高大，暴风刮起呼呼响。
别人全家生活好，为何我独遭祸殃？

那座南山真高峻，暴风狂怒呜呜响。
别人都能养爹娘，为何我却不终养？

注释

❶ 蓼蓼（lù）：高大的样子。莪：蒿类之一种，俗称“抱娘蒿”。伊：是。蒿：艾蒿。

❷ 劬劳：劳苦。

❸ 蔚：蒿的一种，也叫牡蒿。

❹ 劳瘁：劳累。

❺ 罄（qìng）：尽。维：是。罍：大肚小口的酒坛。

❻ 鲜民：孤独的人。

❼ 怙（hù）：与下句之“恃”同为“依靠”之意。

❽ 衔：含。恤：忧愁。

❾ 鞠：养育。

❿ 拊：抚爱。畜：爱。

⓫ 顾：照顾。复：庇护。腹：怀抱。

⓬ 昊天：上天。

⓭ 烈烈：山高峻的样子。飘风：暴风，疾风。发发：疾风之声。

⓮ 穀：善。何：同“荷”，蒙受。害：灾祸。

⓯ 律律：犹“烈烈”。弗弗：犹“发发”。

⓰ 卒：终。此指终养父母。

大东

解题

这是一首描写东方诸侯国的人民怨恨西周统治者的诗。作者可能是东方诸侯国中的没落贵族文人。全诗七章。首章写东人的耕种所得尽由周道输往西周镐京，东人愤然流泪；二章写东人的织物被周人掠夺一空，自己遭受寒冷之苦，心中异常忧伤；三章写东人劳役之苦；四章写东人与西人的不同社会地位；五章再写东人与西人的贫富不均；六章和七章以星象为喻，再斥周人不能保护东人，反而赋敛盘剥，刻意搜刮。诗中形象地再现了西周末年的社会现实，反映了西周统治者与东方被征服者之间的严重不平等，表现了东人的反抗精神。本诗虚实结合，前后照应，艺术效果极佳。

【原文】

有饛簋飧，有捄棘匕。①
周道如砥，其直如矢。②
君子所履，小人所视。③
睠言顾之，潸焉出涕。④

小东大东，杼柚其空。⑤
纠纠葛屦，可以履霜。⑥
佻佻公子，行彼周行。⑦

【译文】

大碗熟食满满装，枣木勺子弯又长。
大道平坦如磨石，笔直如矢伸前方。
贵族老爷路上行，平民百姓睁眼望。
回头看着那周道，心伤痛苦泪汪汪。

东方远近诸侯国，织成布帛已搜光。
葛草鞋子用绳缠，穿它怎能来踩霜。
西周贵族甚轻狂，走在那边大道上。

既往既来，使我心疚。[8]	西周官吏频来往，使我东人心忧伤。
有洌氿泉，无浸获薪。[9]	寒冷泉水从旁出，不要浸湿那柴薪。
契契寤叹，哀我惮人。[10]	忧伤叹息不能眠，可叹可怜疲病人。
薪是获薪，尚可载也。[11]	劈好已砍众柴草，还可用车把它运。
哀我惮人，亦可息也。[12]	可怜我们疲病人，也该休息解疲困。
东人之子，职劳不来。[13]	东方之人众子弟，从事累活无奖赏。
西人之子，粲粲衣服。[14]	周人子弟很高贵，身穿华丽好衣裳。
舟人之子，熊罴是裘。[15]	富人子弟真阔气，熊罴皮袄穿身上。
私人之子，百僚是试。[16]	富家子弟官运通，各种官职皆能当。
或以其酒，不以其浆。[17]	周人痛饮有美酒，东人薄酒难得尝。
鞙鞙佩璲，不以其长。[18]	周人佩戴美玉璲，东人长佩难带上。
维天有汉，监亦有光。[19]	高高蓝天有天河，河水如镜闪闪光。
跂彼织女，终日七襄。[20]	织女星座三个角，一天七次换地方。
虽则七襄，不成报章。[21]	织女虽然七换位，不能织成布纹样。
睆彼牵牛，不以服箱。[22]	牵牛星儿亮晶晶，不能用它驾车辆。
东有启明，西有长庚。[23]	启明早晨出东方，长庚晚上落西方。
有捄天毕，载施之行。[24]	天毕柄儿弯又长，斜挂云天成一行。
维南有箕，不可以簸扬。[25]	南天箕星似簸箕，不能用它把糠扬。
维北有斗，不可以挹酒浆。[26]	南斗好似舀酒斗，不能用它舀酒浆。
维南有箕，载翕其舌。[27]	南天有个簸箕星，缩舌相吸敛取忙。
维北有斗，西柄之揭。[28]	箕北有颗南斗星，柄儿向西举天上。

注释

❶ 有饛（méng）：食器装满食物的样子。簋（guǐ）：古代食器，圆口，有两耳，多为陶制或青铜所制。飧（sūn）：熟食。有捄（qiú）：犹“捄捄”，曲长的样子。棘匕：用酸枣木制的勺子。

❷ 周道：大道。此指通往西周京城的大道。砥：磨刀石。此指路平坦。矢：箭。

❸ 君子：指西周贵族。履：行走。小人：指东方诸侯国中的百姓。视：看。

❹ 睠（juàn）言：回头看的样子。潸（shān）焉：犹“潸然”，流泪的样子。涕：泪。

❺ 小东：指东方离西周京都较近的诸侯国。大东：指东方较远的诸侯国。杼：织布梭子。柚：织布机上卷经线的轴。其：已经。

❻ 纠纠：绳子缠绕的样子。葛屦：用葛草编成的鞋。履：踏，踩。

❼ 佻佻：轻佻的样子。公子：指西周统治者。周行：周道，大道。

❽ 既：又。疚：内心忧伤。

❾ 有洌：犹“洌洌”，清凉透澈的样子。氿（guǐ）泉：从侧面流出的泉水。获薪：已经砍伐的柴。

❿ 契契：忧苦的样子。寤叹：无法成眠而叹息。惮：劳苦。

⓫ 薪：第一个“薪”字是动词，劈柴。是：此。尚：还。载：装载。

⓬ 亦可：也该，表示希望之意。息：休息。

⓭ 职：主，从事。劳：劳苦之事。来：慰问。

⓮ 粲粲：华丽鲜明的样子。

⓯ 舟人：周人。罴：熊的一种，体大。裘：皮袄。

⓰ 私人：富人。试：任用。

⓱ 或：有的人。以：有。酒：指美酒。浆：指薄酒。

⓲ 鞙鞙：同“琄琄”，玉美的样子。璲（suì）：瑞玉。

⓳ 维：语助词。汉：银河。监：镜子。

⓴ 跂（qí）：不正。织女：星宿名，由三星组成。七襄：七次变更位置。

㉑ 报章：布帛。

㉒睆（huǎn）：星光明亮的样子。牵牛：星宿名。服：驾。箱：车箱。

㉓启明：星名，即金星。

㉔天毕：星宿名，也称毕。由八星组成，形似捕兔之毕网，故名毕。载：乃。

㉕维：语助词。箕：星宿名，由四星组成，形似簸箕。簸扬：簸米去糠。

㉖斗：星宿名，因其在箕星之北，故曰北斗。挹（yì）：舀取。

㉗翕（xī）：收缩，收敛。

㉘揭：举。

四月

解题

这是一首周朝大夫（或以为小官吏）怨恨行役无时、忧虑乱世的诗。全诗八章。诗人被派行役于外，自夏至秋，由秋到冬，久不得归；自己虽然忠于君王，却无人了解，又蒙受打击迫害，心中痛苦已极。本诗形象反映了周朝统治阶级内部矛盾的尖锐，也反映了失意官吏的不满。

【原文】	【译文】
四月维夏，六月徂暑。①	四月已经是初夏，六月盛夏酷暑天。
先祖匪人，胡宁忍予？②	祖宗不是别人家，忍心让我受苦难？
秋日凄凄，百卉具腓。③	秋天风雨甚凄凉，各种草木皆枯黄。
乱离瘼矣，爰其适归？④	遭受离乱心忧伤，身归何处是乐乡？
冬日烈烈，飘风发发。⑤	寒气凛凛刺人骨，暴风呼啸震天响。

民莫不穀，我独何害？[6]	别人都有好生活，为何我独遭祸殃？
山有嘉卉，侯栗侯梅。[7]	山上处处草木好，有那栗树还有梅。
废为残贼，莫知其尤。[8]	官吏肆意做残贼，竟然不知犯何罪。
相彼泉水，载清载浊。[9]	看那泉水潺潺流，有时清澈有时浊。
我日构祸，曷云能穀？[10]	天天我都遭祸患，何日能有好生活？
滔滔江汉，南国之纪。[11]	长江汉水滚滚流，制约江南众江河。
尽瘁以仕，宁莫我有。[12]	尽心苦做君王事，不肯友善来待我。
匪鹑匪鸢，翰飞戾天。[13]	看那大雕和鸢鸟，展翅高飞到蓝天。
匪鳣匪鲔，潜逃于渊。[14]	看那鲤鱼和鲟鱼，潜身逃进那深渊。
山有蕨薇，隰有杞桋。[15]	山上长出蕨和薇，湿地生长杞和桋。
君子作歌，维以告哀。[16]	君子之人作此诗，只是要把哀忧诉。

注释

❶ 四月、六月：指夏历的四月、六月。维：是。徂：往。暑：盛暑之时。

❷ 先祖：祖先，实指祖先的神灵。匪人：不是外人。

❸ 凄凄：风雨寒冷的样子。腓：病。此指草木枯萎变黄。

❹ 乱离：丧乱和离散。瘼（mò）：病。爰：于何处，在什么地方。其：语助词。适：往。

❺ 烈烈：通“冽冽”，寒冷的样子。飘风：暴风。发发：疾风之声。

❻ 穀：善。害：灾祸。

❼ 嘉卉：好草木。侯：维。

❽ 废：大。残贼：残害。尤：过错。

❾ 相：视。载：又。

❿ 日：天天。构祸：祸患。云：语中助词。

⓫ 滔滔：河水盛大的样子。江汉：长江和汉水。南国：南方各国，实指南方各条河流。纪：纲纪，引申为“控制”“制约”之意。

⓬ 尽瘁：犹言“憔悴”。仕：事，任职当官。宁：而。有：通“友”，亲善友好。

⓭ 匪：彼。鹑（tuán）：雕。鸢：鹰。翰：高。戾：至。

⓮ 鳣（zhān）：鲤鱼。鲔（wěi）：鲟鱼。

⓯ 蕨薇：野菜名。隰：低平之地。杞：杞柳。桋（yí）：赤楝。

⓰ 维：是。以：用。告哀：倾诉哀伤之情。

北山

解题

这是西周（可能是幽王时代）下层官吏抱怨劳逸不均的诗。周代等级制度森严，“王臣公，公臣大夫，大夫臣士”，各阶层享有不同的特权。作者虽是士阶层的官员，但也受周王和大夫的压迫。全诗六章。诗中连用十二个“或”字，增强了抒情气势，突出了主题，真实反映了统治阶级内部矛盾的复杂和尖锐。

【原文】	【译文】
陟彼北山，言采其杞。①	登上那边北山冈，我采枸杞来品尝。
偕偕士子，朝夕从事。②	身强力壮众士子，从早到晚劳作忙。
王事靡盬，忧我父母。③	国王之事没完了，担忧父母无人养。

溥天之下，莫非王土。④	普天之下地面广，块块土地属周王。
率土之滨，莫非王臣。⑤	四海之内人众多，无一不是周王臣。
大夫不均，我从事独贤。⑥	执政大夫不公正，让我出力尤其多。
四牡彭彭，王事傍傍。⑦	四匹公马跑不停，国王之事忙不完。
嘉我未老，鲜我方将。⑧	他们夸我还不老，赞我身体正强健。
旅力方刚，经营四方。⑨	说我年富力正强，四方劳作理当然。
或燕燕居息，或尽瘁事国。⑩	有人在家享安逸，有人累病为国忙。
或息偃在床，或不已于行。⑪	有人休息卧床上，有人路上不停航。
或不知叫号，或惨惨劬劳。⑫	有人不闻民间苦，有人劳苦多忧伤。
或栖迟偃仰，或王事鞅掌。⑬	有人游乐床上躺，有人忙碌为周王。
或湛乐饮酒，或惨惨畏咎。⑭	有人沉溺美酒乐，有人不安怕惹祸。
或出入风议，或靡事不为。⑮	有人内外空议论，有人万事都得做。

注释

❶ 陟：登。北山：山名。言：语首助词。杞：枸杞。

❷ 偕偕：强健的样子。从事：工作。

❸ 盬：尽。

❹ 溥：遍。

❺ 率：自。滨：边际。

❻ 贤：多。

❼ 牡：指公马。傍傍：忙于奔走不得休息的样子。

❽ 嘉：赞许。鲜：赞美。将：强壮。

❾ 旅：通“膂”，膂力，体力。刚：强。经营：劳作。

❿ 燕燕：安逸的样子。尽瘁：劳病。事国：为国家操劳。

⓫ 息偃：躺下休息。已：止。行：路。

⓬ 叫：呼喊。号：放声大哭。惨惨：忧虑的样子。劬劳：劳苦。

⓭ 栖迟：游乐而无所事事。偃仰：仰卧休息。鞅掌：谓事多不暇整容。

⓮ 湛（dān）乐：过度享乐。畏咎：怕犯错误。

⓯ 出入：内外。风议：夸夸其谈。

无将大车

解题

这是周幽王时的一个没落贵族感时伤乱的诗。全诗三章，反复陈述诗人的忧伤；诗人也懂得忧多无益的道理，告诉自己不要多思多忧。这恰恰从另一角度反映出他不得不多思多忧的内心痛苦。本诗采用复沓的章法，结构严谨，脉络清晰，是一首难得的好诗。

【原文】

无将大车，只自尘兮。①
无思百忧，只自疧兮。②

无将大车，维尘冥冥。③
无思百忧，不出于颎。④

【译文】

不要去推那牛车，若推只会沾灰尘。
不要多想忧心事，若想只会添病身。

不要去推那牛车，尘埃飞扬天昏蒙。
不要多想忧心事，越想前途越不明。

无将大车，维尘雍兮。⑤	不要去推那牛车，灰尘扬起遮天空。
无思百忧，只自重兮。⑥	不要多想忧心事，只会添病增悲伤。

注释

❶ 将：用手推车。大车：用牛拉的货车。

❷ 百忧：各种忧虑。百，言其多，非实数。疷（qí）：病痛。

❸ 冥冥：昏暗不明的样子。

❹ 颎（jiǒng）：光明。

❺ 雍：通“壅”，堵塞，遮蔽。

❻ 重：通“肿”，浮肿病。

小明

解题

这首诗的作者是一个被周幽王派遣到边远之境处理事务的官员，但长期不能归返。他勤于政事，辛苦良多，不禁思念家乡，怀念朋友，可是又不敢回乡，担心招致祸患，于是内心十分痛苦，便写下这首诗。诗人一方面牢骚满腹，表达思归念友之情；一方面又告诫统治者“靖共尔位，好是正直”，显示了对国事的关心和尽职。本诗语言质朴，情感真挚，具有强大的艺术感染力。

【原 文】

明明上天，照临下土。[①]
我征徂西，至于艽野。[②]
二月初吉，载离寒暑。[③]
心之忧矣，其毒大苦。[④]
念彼共人，涕零如雨。[⑤]
岂不怀归？畏此罪罟。[⑥]

昔我往矣，日月方除。[⑦]
曷云其还？岁聿云莫。[⑧]
念我独兮，我事孔庶。[⑨]
心之忧矣，惮我不暇。[⑩]
念彼共人，睠睠怀顾。[⑪]
岂不怀归？畏此谴怒。[⑫]

昔我往矣，日月方奥。[⑬]
曷云其还？政事愈蹙。[⑭]
岁聿云莫，采萧获菽。[⑮]
心之忧矣，自诒伊戚。[⑯]
念彼共人，兴言出宿。[⑰]
岂不怀归？畏此反覆。[⑱]

嗟尔君子，无恒安处。[⑲]
靖共尔位，正直是与。[⑳]
神之听之，式穀以女。[㉑]

【译 文】

上天光明甚辉煌，普照人间大地上。
周王派我到西方，来到茫茫这远荒。
二月初吉离家乡，经历寒暑时间长。
心中渐生无限忧，蒙受苦难太凄凉。
想起我的好朋友，两眼顿时泪汪汪。
岂能不想回故乡？害怕周王撒法网。

从前启程那一天，正是改岁过新年。
何时才能把家还？今年岁末快过完。
想起在此太孤单，公事很多忙得欢。
心中忧伤时烦恼，终日劳累不得闲。
想起我的好朋友，情意眷眷甚怀恋。
岂能不想回故乡？害怕周王怒翻脸。

从前动身那一天，正是春来日和暖。
何时才能把家还？政事急促日艰难。
今年又到岁暮时，割蒿摘豆忙不完。
心中忧伤时凄凉，自找烦恼多哀怨。
想起我的好朋友，无法入睡到外边。
岂能不想回故乡？害怕周王话不算。

唉呀我的同事们，不要安居常逸乐。
认真做好分内事，结交正人要选择。
神明察知你们好，赐你福禄没得说。

嗟尔君子，无恒安息。[22]	唉呀我的同事们，不要安息无事做。
靖共尔位，好是正直。[23]	对待职务要认真，喜欢正人常联络。
神之听之，介尔景福。[24]	神明察知你们好，定赐你们福禄多。

注释

❶ 明明：非常光明的样子。下土：指人世间。

❷ 征：指行役。徂：往。艽（qiú）野：荒远的地方。

❸ 二月：指周历二月，即夏历十二月。初吉：月初之吉日。载：则。离：通“罹”，经历。

❹ 毒：害，灾难。

❺ 共人：恭敬之人。此指诗人的朋友们。涕：眼泪。零：落下。

❻ 怀：思。罪罟（gǔ）：罗网。此指周王朝的法网。

❼ 日月方除：指夏历十二月大寒将去、新春即临之时。

❽ 聿：语助词。莫：古“暮”字。

❾ 孔庶：很多。

❿ 惮：通“瘅”，劳苦。暇：闲时。

⓫ 睠睠：思恋不舍的样子。怀顾：怀恋不舍地回头望。

⓬ 谴：谴责。怒：发怒。

⓭ 奥：通“燠”，暖。

⓮ 蹙：急促。

⓯ 萧：艾蒿。菽：豆类的总称。

⓰ 诒：留下。伊：是，此。戚：忧。

⓱ 兴：起。出宿：到外边歇宿。

⓲ 反覆：反复无常。此指统治者随便加罪于人。

⓳ 嗟：感叹词。安处：安乐而居。

⓴ 靖：庄敬严肃。共：恭敬。与：亲近。

㉑ 听：察。式：用。穀：善。以：给。

㉒ 安息：安乐休息。

㉓ 好：喜爱。

㉔ 介：给予。景：大。

鼓钟

解题

此诗主旨，旧说纷纭，然“伤今而思古”的主题是明确的。诗人赞美周乐之美，联想周初政治之清明，对比如今政治之黑暗，不禁忧思满怀，故写下此诗。本诗言语简短，对乐声、奏乐场面的描写非常生动。

【原文】

鼓钟将将，淮水汤汤，
忧心且伤。①淑人君子，
怀允不忘。②

鼓钟喈喈，淮水湝湝，
忧心且悲。③淑人君子，
其德不回。④

鼓钟伐鼛，淮有三洲，
忧心且妯。⑤淑人君子，
其德不犹。⑥

【译文】

敲起钟来锵锵响，淮水奔流浩荡荡，
我的心里有忧伤。周王先祖品德佳，
真是怀念不能忘。

敲起钟来声和谐，淮水奔流向前方，
我心忧愁多悲伤。周王先祖有声望，
品德纯正又坦荡。

敲起钟来打大鼓，淮河三岛奏乐舞，
心里忧伤又恐惧。周王先祖声望好，
品德极高无错误。

鼓钟钦钦，鼓瑟鼓琴，
笙磬同音。[7]以雅以南，
以籥不僭。[8]

敲起钟来声钦钦，演奏瑟来又弹琴，
吹笙击磬和谐音。配以雅乐和南乐，
吹籥和谐不紊乱。

注释

❶ 鼓：敲击。将将（qiāng）：锵锵，击钟声。淮：河名，即今之淮河。汤汤（shāng）：大水急流的样子。

❷ 淑人：有美德的人。怀：思念。允：诚，确实。

❸ 喈喈（jiē）：乐声和谐。湝湝（jiē）：水流动的样子。

❹ 回：邪。

❺ 伐：击打。鼛（gāo）：大鼓。三洲：指淮河中的三个小岛，是当时奏乐之处。妯（chōu）：忧思之甚。

❻ 犹：病。此指过错。

❼ 钦钦：象声词。瑟、琴：皆古乐器名。笙磬：皆古乐器名。同音：指乐声和谐。

❽ 以：用。雅：古乐器名。南：古乐器名。籥（yuè）：古乐器名。僭（jiàn）：差错，混乱。

楚茨

解题

这是一首周王秋冬祭祖的乐歌。诗中所写祭礼仪式和祭祀过程极详明，绝非衰世之音，只可能是所谓“盛世”（如康王、昭王）之歌。全诗六章。首章写祭前准备；二、三章写初祭，描写祭品之丰盛和祭者之恭谨；四章写祝神之语；五章写祭祀成功；六章写祭后情景，描写同姓私宴之欢。本诗结构宏大，布局严密，层次清晰，刻画人物生动传神，有很强的艺术感染力。

【原文】

楚楚者茨，言抽其棘。①
自昔何为？我蓺黍稷。②
我黍与与，我稷翼翼。③
我仓既盈，我庾维亿。④
以为酒食，以享以祀。⑤
以妥以侑，以介景福。⑥

济济跄跄，絜尔牛羊，
以往烝尝。⑦或剥或亨，
或肆或将。⑧祝祭于祊，
祀事孔明。⑨先祖是皇，
神保是飨。⑩孝孙有庆，

【译文】

从从蒺藜多繁盛，除去棘刺开田地。
自古开地有何意？就为种黍和植稷。
我的黍苗多茂盛，我的稷秧多整齐。
我的粮仓全装满，囤中粮米已上亿。
用粮酿成那美酒，用来敬祖把神祭。
请神安坐忙劝酒，请神快把大福赐。

恭敬端庄到祖庙，牵来你的牛和羊，
冬祭秋祭不寻常。宰割烹煎很繁忙，
或陈设来或献上。司仪站在庙门旁，
祭祀礼仪甚周详。先祖来到这祭场，
神尸把那酒肉尝。主祭周王有吉祥，

报以介福，万寿无疆。[11]

神灵已把大福降，万寿无疆属周王。

执爨踖踖，为俎孔硕，
或燔或炙。[12]君妇莫莫，
为豆孔庶。[13]为宾为客，
献酬交错。[14]礼仪卒度，
笑语卒获。[15]神保是格，
报以介福，万寿攸酢。[16]

厨师敏捷又恭敬，大肉很多放俎上，
有烧有烤味道香。主妇勤勉操作忙，
豆盛食物很多样。贵宾嘉客助祭来，
交互敬酒都谦让。各种礼仪合法度，
说说笑笑都恰当。神尸此时已到场，
要让祭主享大福，周王长寿得报偿。

我孔熯矣，式礼莫愆。[17]
工祝致告：徂赉孝孙。[18]
苾芬孝祀，神嗜饮食。[19]
卜尔百福，如几如式。[20]
既齐既稷，既匡既敕。[21]
永锡尔极，时万时亿。[22]

我们严肃敬先祖，一切礼仪不走样。
工祝代神告周王：先祖定把子孙赏。
祭品芬芳献神享，美味酒食神爱尝。
赐你福禄上百样，合乎法度和期望。
既恭敬来又严肃，既谨敕来又端庄。
永远赐你宏大福，福祥亿万永传扬。

礼仪既备，钟鼓既戒，
孝孙徂位。[23]工祝致告：
神具醉止。[24]皇尸载起，
鼓钟送尸，神保聿归。[25]
诸宰君妇，废彻不迟。[26]
诸父兄弟，备言燕私。[27]

各种礼仪已完美，钟鼓乐器皆齐备，
主祭周王到祭位。工祝代神把话讲：
神灵畅饮皆已醉。伟大神尸要退回，
敲钟打鼓送尸归，神尸礼毕开始退。
诸位厨师和主妇，撤除祭品不迟疑。
各位父辈和兄弟，私相聚首开宴会。

乐具入奏，以绥后禄。[28]
尔殽既将，莫怨具庆。[29]
既醉既饱，小大稽首。[30]
神嗜饮食，使君寿考。[31]
孔惠孔时，维其尽之。[32]

各种乐器同演奏，安享祭后那福禄。
你的菜肴全都好，没有怨恨皆庆祝。
全喝醉来都吃饱，小孩大人都叩首。
神灵爱吃那祭品，定会让你得长寿。
祭祀顺利又完满，真是尽善又尽美。

子子孙孙，勿替引之。[33]	周王有子子有孙，不废祖祭永保留。

注释

❶ 楚楚：植物丛生的样子。茨：蒺藜。言：语助词。抽：除掉。棘：棘刺。

❷ 蓺：种植。

❸ 与与：繁盛的样子。翼翼：整齐的样子。

❹ 庾：以席围成的露天粮食囤子。维：是。亿：满。

❺ 以：用。为：做。享：献祭。

❻ 妥：安坐。侑：劝酒。介：助。

❼ 济济：庄严恭敬的样子。跄跄：走路有节奏的样子。絜：通“挈”，持。烝：冬祭祖先。尝：秋祭祖先。

❽ 亨：通“烹”，烧煮食物。肆：陈设。

❾ 祝：太祝，在祠庙主持祭礼的人。祊（bēng）：宗庙门内设置祭坛的地方。明：完备。

❿ 皇：往。神保：神所依附的人，即尸（古人祭祖时，代死者受祭之人）。飨：享受祭者所献之祭食。

⓫ 孝孙：主祭之周王。庆：福祥。报：回报。介福：大福。

⓬ 爨（cuàn）：灶。踖踖（jí）：敏捷又恭敬的样子。俎：祭祀时用来盛肉的食器。硕：大。燔（fán）：烧。炙：烤。

⓭ 君妇：指天子、诸侯妻。莫莫：勤勉尽心的样子。豆：食器，似高足之盘，木制或陶制。

⓮ 献：主人向宾客敬酒。酬：主人先自饮再劝宾饮。

⓯ 卒度：完全合乎法度。

⓰ 格：至，来。攸：乃。酢（zuò）：报。

⓱ 熯（nǎn）：敬。式：发语词。愆：差错。

⓲ 徂：往。赉：赐。

⓳ 苾芬：芬芳。孝祀：享祀，指祖先享受祭祀。嗜：爱好。

⑳ 卜：赐。如：合。几：希望。式：法。

㉑ 齐：通“斋”，恭敬严肃的样子。稷：严肃。敕（chì）：谨敕。

㉒ 锡：通“赐”。极：至。时：此，指福祥。万、亿：皆为虚指，言其极多。

㉓ 备：完备。戒：戒备，指准备好。徂位：前往主祭之位。

㉔ 止：语助词。

㉕ 皇尸：对神尸的美称。尸为代死者受祭者，男子当以其孙或孙辈之人为尸。女子当以其孙辈之妇为尸，不可同姓为尸。载：则。聿：乃。

㉖ 宰：官名，即膳宰，或称宰夫，专管君王伙食之事。废彻：指把席上的祭品撤走。

㉗ 诸父：指同姓长辈之人。备：全。言：语助词。燕私：私宴。

㉘ 绥：安。后禄：今后的福禄。

㉙ 既：全。将：善。莫怨：没人抱怨。庆：庆贺。

㉚ 小大：小孩和大人。稽首：叩头。

㉛ 寿考：长寿。

㉜ 孔惠：很顺利。维：是。其：殆，差不多。尽之：尽头，顶点。

㉝ 勿：不。替：废除。引：延长。

信南山

解题

此诗与《楚茨》相似，也是周王祭祀先祖的乐歌。与《楚茨》不同的是，本诗写冬祭，而《楚茨》写秋祭和冬祭。全诗六章。先从农事说起，然后再写祭祀。首章写地利，二章写天时，三、四章写准备祭祀，五、六章正面写祭祀。诗中表现了周人对农业生产的高度重视，有重要历史价值。

【原 文】

信彼南山，维禹甸之。[1]
畇畇原隰，曾孙田之。[2]
我疆我理，南东其亩。[3]

上天同云，雨雪雰雰。[4]
益之以霢霂，既优既渥。[5]
既沾既足，生我百谷。[6]

疆埸翼翼，黍稷彧彧。[7]
曾孙之穑，以为酒食。[8]
畀我尸宾，寿考万年。[9]

中田有庐，疆埸有瓜。[10]
是剥是菹，献之皇祖。[11]
曾孙寿考，受天之祜。[12]

祭以清酒，从以骍牡，
享于祖考。[13]执其鸾刀，
以启其毛，取其血膋。[14]

是烝是享，苾苾芬芬。[15]
祀事孔明，先祖是皇。[16]
报以介福，万寿无疆。[17]

【译 文】

连绵不断终南山，大禹治水开新田。
高原低地都平坦，曾孙耕种把粮产。
划定田界和沟渠，田亩方正好分辨。

冬日密云飘蓝天，雪花纷纷落田园。
加上小雨淅沥沥，水多润泽好耕田。
土地湿润水分足，作物生长是丰年。

大小田界很整齐，谷子高粱连成片。
秋天曾孙来收割，酿酒做饭好喜欢。
献给神尸和宾客，神灵赐寿长万年。

田中生长大萝卜，瓜儿长在田界旁。
削皮腌菜味道香，把它献给先祖尝。
永保曾孙寿命长，上天会把幸福降。

我用清酒祭先祖，赤色公牛要献上，
请我祖宗来品尝。手持屠刀铃儿响，
分开牛毛把刀下，取那鲜血和脂肪。

冬祭忙把祭品献，烧起牛脂味芳香。
祭祀事事皆完美，祖先来把祭品尝。
大福赐你作回报，万寿无疆享吉祥。

注释

❶ 信：借为“伸”，形容山势连绵不断之貌。南山：终南山。维：是。禹：夏禹。甸：治理。

❷ 畇畇（yún）：田地平整的样子。原：高平的土地。隰：低湿的土地。曾孙：周人对祖先之神的自称。此指主祭的周王。田：治田，耕种。

❸ 疆：划定田地的界限。理：划定沟涂。南东：指南北向和东西向。亩：田垄。

❹ 上天：冬季的天空。同：会合，聚合。雰雰：犹“纷纷”，雪花飘落的样子。

❺ 益：加。霡霂（màimù）：小雨。既：已。优：借为“瀀（yōu）”，雨水多。渥：湿润。

❻ 沾：湿。足：借为“浞”，湿。

❼ 疆埸（yì）：田界。翼翼：整齐的样子。彧彧（yù）：同“郁郁”，茂盛的样子。

❽ 穑：收获庄稼。以：用。为：制造。

❾ 畀（bì）：给予。尸：神尸，代死者接受祭祀的人。宾：贵客。寿考：长寿。

❿ 中田：田中。庐：芦，即芦菔，今之萝卜。

⓫ 剥：削去萝卜和瓜的皮。菹（zū）：腌菜。皇祖：先祖之美称。

⓬ 祜：福。

⓭ 清酒：清澄的酒，祭祀所用之酒。从：随。以：用。骍牡：赤色的公牛。享：献祭。

⓮ 鸾刀：有铃的刀。启：割开。膋（liáo）：肠上的脂肪。

⓯ 烝：冬祭。苾苾芬芬：芳香浓郁。

⓰ 明：备。皇：往，归。

⓱ 介：大。

甫田

解 题

这是一首周王祭祀社神、农神和四方神的诗。全诗四章。首章写周王适田督种，祈求丰年；二章写祭祀土地神、四方神与农神的情景；三章写周王至田间督田，以求丰收；四章写粮谷大丰收之状。诗中表现了周朝统治者重视农业生产的思想，也反映了农民艰辛劳作却只能食陈粮的历史现实。本诗结构完整，中心突出。方玉润所谓“全篇章法一线，妥贴周密，神不外散”（《诗经原始》），正是称赞本诗谋篇布局的成就。

【原 文】

倬彼甫田，岁取十千。[①]
我取其陈，食我农人，
自古有年。[②]今适南亩，
或耘或耔，黍稷薿薿。[③]
攸介攸止，烝我髦士。[④]

以我齐明，与我牺羊，
以社以方。[⑤]我田既臧，
农夫之庆。[⑥]琴瑟击鼓，
以御田祖，以祈甘雨。[⑦]
以介我稷黍，以穀我士女。[⑧]

【译 文】

宽广大田远无边，一年收获千千万。
我把陈粮取些来，送给农夫度艰难，
自古以来多丰年。今天我去向阳田，
锄草培土忙操劳，谷子高粱长得欢。
周王停下来休息，招来俊才当田官。

米饭装得礼器满，还要摆设牛和羊，
祭罢土神祭四方。田地管好庄稼长，
我把农夫来奖赏。弹琴奏瑟打鼓响，
迎接神农把祭享，祈求好雨及时降。
保佑黍稷能丰产，养育百姓心欢畅。

曾孙来止，以其妇子，	周王亲自来督田，正遇农夫妻与子，
馌彼南亩，田畯至喜。⑨	送饭要去那田间，田官到来心喜欢。
攘其左右，尝其旨否。⑩	提袖露臂出双手，田官尝饭是否甜。
禾易长亩，终善且有。⑪	遍地禾苗长势好，枝叶茂密果实繁。
曾孙不怒，农夫克敏。⑫	周王不必来发怒，农夫干活都勤勉。
曾孙之稼，如茨如梁。⑬	王的庄稼遍地长，如同屋顶和桥梁。
曾孙之庾，如坻如京。⑭	周王粮囤在露天，如同山坡和高丘。
乃求千斯仓，乃求万斯箱。⑮	于是装粮寻千仓，祈求万车运粮忙。
黍稷稻粱，农夫之庆。⑯	有黍有稷有稻粱，农夫有功要奖赏。
报以介福，万寿无疆。⑰	神灵回报降大福，周王长寿永无疆。

注释

❶ 倬（zhuō）：广阔貌。甫田：大田。岁：一年。十千：言生产的粮食很多。

❷ 陈：陈粮。食：拿东西给人吃。有年：丰年。

❸ 适：前往。南亩：向阳的田地。耘：除田草。耔（zǐ）：用土培苗根，使其牢固。薿薿（nǐ）：植物茂盛的样子。

❹ 攸：乃。介：休息。止：止息。烝：进，即召集之意。髦士：俊才。此指田畯（田官）。

❺ 齐（zī）明：指祭器中盛着黍稷，用以祭祀。社：土地神。方：四方之神。

❻ 臧：善。庆：赏。

❼ 御：迎接。田祖：神农。祈：祈求。

❽ 介：助。穀：善。士女：男人和女人。此泛指平民百姓。

❾ 曾孙：指周王。以：有。妇子：指农夫的妻子与孩子。馌（yè）：送饭。至：来到。喜：高兴。

❿ 攘：捋袖伸臂。旨：甜美。

⑪ 易：禾苗茂盛的样子。长亩：满地。终：既。有：多。

⑫ 克：能。敏：敏捷。

⑬ 稼：庄稼。茨：草屋之顶盖。此处形容禾之密集。梁：桥。此处形容禾苗长得高，平视之，如高桥。

⑭ 庾：露天粮囤。坻：山坡。京：高丘。

⑮ 乃：于是。千斯：犹言“千千”，言其多。仓：粮仓。箱：车箱，用以运送谷物。

⑯ 之：有。庆：赏。此指把粮食赐给农夫，以为奖赏。

⑰ 报：答。介：大。

大田

解题

本诗与《楚茨》《信南山》和《甫田》一样，为周王祀神、祭祖的乐歌。诗中重点描述周王祀神、祭祖及农业生产的种种情况，包括祭祀田祖、选种播种、修理农具、铲除野草、消灭害虫、收获庄稼等，形象展示了周代农业生产的历史事实，有重要的史料价值。

【原文】

大田多稼，既种既戒，
既备乃事。[1]以我覃耜，
俶载南亩，播厥百谷。[2]
既庭且硕，曾孙是若。[3]

既方既皂，既坚既好，

【译文】

大田庄稼种类多，选罢种子修农具，
准备工作都结束。用那锋利好犁头，
向阳田里把土翻，及时播种那百谷。
苗儿挺拔又高大，周王心顺意满足。

庄稼抽穗结果实，籽粒饱满长得好，

不稂不莠。[4]去其螟螣， 及其蟊贼，无害我田稚。[5] 田祖有神，秉畀炎火。[6]	没有秃穗无莠草。螟虫螣虫全除掉， 蝼蛄也要都铲除，不要伤害小嫩苗。 神农爱农有神通，大火尽把害虫烧。
有渰萋萋，兴雨祈祈。[7] 雨我公田，遂及我私。[8] 彼有不获稚，此有不敛穧。[9] 彼有遗秉，此有滞穗， 伊寡妇之利。[10]	天上阴云忽然起，霎时天昏云漫漫。 好雨落到公田上，同时滋润我私田。 那边晚谷尚未割，这边谷捆没收完。 那边禾把遗漏多，这边谷穗漏田间， 寡妇捡粮谷物全。
曾孙来止，以其妇子。 馌彼南亩，田畯至喜。[11] 来方禋祀，以其骍黑， 与其黍稷。[12]以享以祀， 以介景福。[13]	周王亲自来视察，正遇农夫妻与子， 一同送饭到田间，田官赶到心欢喜。 周王野祭在谷田，摆上赤牛和黑猪， 还有黍稷好谷物。献给神灵来祭祀， 祈求神灵赐大福。

注释

❶ 多稼：有很多种类的庄稼。种：选种子。戒：同“械”，指修农具。备：完备。乃：此，指选种、备农具之事。

❷ 以：用。覃耜：锐利的犁头。俶：开始。载：翻草，翻地。

❸ 庭：通“挺”，挺直。硕：大。若：顺。

❹ 方：谷初生、籽粒外苞未合拢的状态。皂：谷初生、尚未坚实的状态。稂（láng）：不结实的禾穗。莠（yǒu）：狗尾草。

❺ 螟（míng）：吃禾心的害虫。螣（tè）：吃禾叶的害虫。蟊（máo）贼：此指蝼蛄。稚：嫩禾。

❻ 田祖：神农。秉：持。畀：给。炎火：大火。此言用火烧死害虫。

❼ 有渰（yǎn）：犹“渰渰”，云兴起的样子。萋萋：云密的样子。兴雨：当为“兴云”，云升起。祈祈：云盛多的样子。

❽ 公田：贵族的田地。遂：普遍。私：私田。

❾ 获：收割。敛：收起。穧（jì）：已割下而未收的谷物。

❿ 遗：遗失。秉：禾把。滞：滞留。伊：是。利：收获的粮食。

⓫ 以：有。其：代指农夫。妇子：农夫之妻子与孩子。馌：送饭。南亩：向阳的田地。田畯：替主人督促农夫干活的田官。

⓬ 来：到来。方：四方之神。禋（yīn）：一种野外祭祀活动，燃火烧牲，使其气味上达于天，致敬神灵。骍：赤色的牛。黑：黑色的猪。

⓭ 享：献祭。

瞻彼洛矣

解 题

这是一首赞美周王的诗。全诗三章，描写周王亲至洛水，穿起军装，大会诸侯，抗击敌人，保家卫国。这种尚武的精神恰与宣王时王师抗击北方玁狁侵扰的时代特点相一致。诗的作者大概是参加阅兵盛会的诸侯或朝臣。本诗气势磅礴，很有感染力。

【原 文】

瞻彼洛矣，维水泱泱。①
君子至止，福禄如茨。②
韎韐有奭，以作六师。③

【译 文】

瞻望那边洛水河，河水深广浩荡荡。
周王亲临到河旁，福如屋盖甚宽广。
身系蔽膝闪红光，发动六军保家乡。

瞻彼洛矣，维水泱泱。
君子至止，鞞琫有珌。④
君子万年，保其家室。⑤

瞻望那边洛水河，河水深广浩荡荡。
周王亲临到河旁，刀鞘玉饰闪亮光。
周王高寿万年长，永保周家国运旺。

瞻彼洛矣，维水泱泱。
君子至止，福禄既同。⑥
君子万年，保其家邦。

瞻望那边洛水河，河水深广浩荡荡。
周王亲临到河旁，福禄会聚他身上。
周王高寿万年长，永保江山安家邦。

注释

❶ 瞻：望。洛：河名。维：其。泱泱：犹“洋洋”，河水深广的样子。

❷ 君子：指周王。茨：草屋之顶，喻极多。

❸ 韎韐（mèigé）：赤黄色的皮蔽膝，天子用兵或祭祀时所用。有奭：犹“奭奭”，赤红的样子。师：古代军制，二千五百人为一师。天子有六师（也称六军）。

❹ 鞞（bǐng）：刀鞘。琫（běng）：刀鞘上部的装饰。有珌（bì）：犹“珌珌”，玉饰花纹美丽貌。此句是说刀鞘有玉为饰。

❺ 家室：此指国家。

❻ 既：皆，全。同：会聚。

裳裳者华

解题

朱熹《诗集传》认为这是“天子美诸侯之辞”，有一定道理。全诗四章。首章写周王见诸侯来朝见，心中高兴；二章赞美诸侯有仪容和才华；三章写诸侯驾车之状；四章写诸侯恪尽职守，君王得以永保其位。全诗反映了统治者希望得贤臣辅佐以长治久安的理想。

【原 文】

裳裳者华，其叶湑兮。①
我觏之子，我心写兮。②
我心写兮，是以有誉处兮。③

裳裳者华，芸其黄矣。④
我觏之子，维其有章矣。⑤
维其有章矣，是以有庆矣。⑥

裳裳者华，或黄或白。⑦
我觏之子，乘其四骆。⑧
乘其四骆，六辔沃若。⑨

左之左之，君子宜之。⑩
右之右之，君子有之。⑪
维其有之，是以似之。⑫

【译 文】

群花怒放色鲜艳，叶儿茂盛绿莹莹。
我已见到这个人，心中欢喜好轻松。
心中欢喜好轻松，从此就有安乐处。

群花怒放很美丽，朵朵花儿皆深黄。
我已见到这个人，他有才华能力强。
他有才华能力强，因此才能得奖赏。

群花怒放很漂亮，花儿有白也有黄。
我已见到这个人，四匹骆马套车上。
四匹骆马套车上，六条缰绳闪光亮。

佐君王啊佐君王，君王使他得安定。
佑君王啊佑君王，君王用他把官当。
因为用他把官当，继承祖业保荣光。

注 释

❶ 裳裳：“堂堂”之假借，花鲜明的样子。湑（xǔ）：叶茂盛的样子。

❷ 觏：见。之子：这个人。此指来朝见周王的诸侯。写：同“泻”。泻忧则心情愉快舒畅。

❸ 是以：以是，因此。誉：安乐。处：居所。

❹ 芸其：犹“芸芸”，深黄的样子。

❺ 维：是。章：文章。此指人的才华。

❻ 庆：赏。

❼ 或：有的。

❽ 骆：黑尾黑鬣的白马。

❾ 六辔：一车驾四马，共有六辔（缰绳）。沃若：有光泽的样子。此指缰绳有光泽。

❿ 左：佐。此指辅佐者。君子：古代的明君。此指周王。

⓫ 右：佑。此指辅佐者。有：取用。此指任用辅佐者。

⓬ 似："嗣"之假借，继承。

桑扈

解题

这是一首周王宴会诸侯并为诸侯颂德祝福的诗。全诗四章，赞美"君子"有才华，是诸侯的榜样，周王祝其福乐安康，体现出君臣之间的和谐关系。本诗善用比兴，以鸟羽的美丽比君子的才华，形象生动。

【原文】

交交桑扈，有莺其羽。①
君子乐胥，受天之祜。②

交交桑扈，有莺其领。③
君子乐胥，万邦之屏。④

之屏之翰，百辟为宪。⑤
不戢不难，受福不那。⑥

【译文】

交交鸣叫布谷鸟，羽毛鲜艳有文采。
各位诸侯心欢乐，上天赐福甚关怀。

交交鸣叫布谷鸟，颈上羽毛闪闪亮。
各位诸侯多欢快，都是周王好屏障。

是屏障啊是栋梁，诸侯百官当榜样。
他很谦和很严肃，因而福多任他享。

兕觥其觩，旨酒思柔。⑦	兕牛角杯弯又弯，美好之酒醇又甜。
彼交匪敖，万福来求。⑧	他不侮慢不骄傲，万种幸福都聚全。

注释

❶ 交交：鸟鸣声。桑扈：小鸟名，即布谷鸟。有莺：犹“莺莺”，羽毛有文彩的样子。

❷ 君子：此指来朝拜会周王的诸侯。乐胥：快乐。祜：福。

❸ 领：鸟颈。

❹ 屏：屏障。此比喻重臣。

❺ 之：是。辟：国君。为：取。宪：法式，典范。

❻ 戢：和。难：当读为“戁（nǎn）”，恭敬。那（nuó）：多。

❼ 兕觥（sìgōng）：古代酒器。其觩（qíu）：犹“觩觩”，弯曲的样子。旨酒：甜美的酒。柔：指酒味醇厚而不烈。

❽ 交：言语直而无礼貌。求：聚集。

鸳鸯

解题

这是一首祝贺君王新婚的乐歌。全诗四章。一、二章前两句以鸳鸯起兴，三、四章前两句以秣马起兴，暗含新婚之意。每章后两句皆祝新婚者长寿幸福。本诗充满欢乐祥和的气氛，艺术感染力极佳。

【原 文】

鸳鸯于飞，毕之罗之。[1]
君子万年，福禄宜之。[2]

鸳鸯在梁，戢其左翼。[3]
君子万年，宜其遐福。[4]

乘马在厩，摧之秣之。[5]
君子万年，福禄艾之。[6]

乘马在厩，秣之摧之。
君子万年，福禄绥之。[7]

【译 文】

成双成对鸳鸯飞，及时捕捉用鸟网。
周王寿命万年长，永享幸福心欢畅。

鸳鸯休息在坝上，嘴插左翅多安详。
周王寿命万年长，宜把幸福永久享。

四匹马儿在马房，既喂草料又喂粮。
周王寿命万年长，有福有禄得保养。

四匹马儿在马房，粮谷草料喂得全。
周王寿命万年长，福禄尽享永平安。

注释

❶ 于飞：飞翔。毕：有长柄的捕鸟小网。罗：罗网。

❷ 君子：指周王。宜：安。

❸ 梁：堵水的石坝。戢（jí）：插。

❹ 遐：长远。

❺ 乘（shèng）马：四匹马。厩（jiù）：马棚。摧（cuò）：铡草。秣（mò）：用粮喂马。

❻ 艾：养。

❼ 绥：安。

頍弁

解题

这大概是一首描写西周末周王宴请兄弟和亲戚的诗。作者是被宴请的兄弟或亲戚。全诗三章。前两章写被宴请者参加宴会的快乐；末章除陈说前两章之意，更写出被宴请者对时政的忧虑和希望及时行乐的思想。本诗真实揭示了西周末王室内部人心离散的状况，具有较浓的悲剧色彩，颇具艺术魅力。

【原文】

有頍者弁，实维伊何？①
尔酒既旨，尔殽既嘉。②
岂伊异人？兄弟匪他。③
茑与女萝，施于松柏。④
未见君子，忧心奕奕。⑤
既见君子，庶几说怿。⑥

有頍者弁，实维何期？⑦
尔酒既旨，尔殽既时。⑧
岂伊异人，兄弟具来。⑨
茑与女萝，施于松上。
未见君子，忧心怲怲。⑩
既见君子，庶几有臧。⑪

【译文】

有棱有角那皮帽，为何戴它头上边？
你的美酒很香甜，你的肉菜味道鲜。
难道我们是外人？本是兄弟根相连。
看那茑萝和女萝，攀缘依附松柏间。
未能见到周王面，心中忧虑很不安。
得见周王那尊容，心中高兴笑开颜。

有棱有角那皮帽，为何戴它头上边？
你的美酒很香甜，你的肉菜也很鲜。
难道我们是外人？本是兄弟来相见。
看那茑草和女萝，攀缘依附松树间。
未能见到周王面，心中忧伤恨绵绵。
得见周王那尊容，好运可望在眼前。

有頍者弁，实维在首。[12]	有棱有角那皮帽，为何戴它头上边？
尔酒既旨，尔殽既阜。[13]	你的美酒很香甜，你的肉菜也丰赡。
岂伊异人？兄弟甥舅。[14]	难道我们是外人？本是兄弟甥舅间。
如彼雨雪，先集维霰。[15]	如同大雪降落前，先下雪粒到人间。
死丧无日，无几相见。[16]	死丧末日没几天，再没几时可相见。
乐酒今夕，君子维宴。[17]	今晚纵情来饮酒，大家及时寻安乐。

注释

❶ 頍（kuǐ）：有棱角的样子。弁：皮弁，是当时贵族所戴的皮帽。维：是。伊：为。

❷ 尔：你。此指周王。旨：甜美。

❸ 匪：不。他：指别人。

❹ 茑（niǎo）：茑萝，属攀援植物。女萝：一名松萝，属攀援植物。施：蔓延。

❺ 君子：指周王。奕奕：心神不安的样子。

❻ 庶几：差不多。怿：喜悦。

❼ 期（jī）：语气词。

❽ 时：善。

❾ 具：通"俱"，都。

❿ 怲怲（bǐng）：特别忧伤的样子。

⓫ 臧：善。

⓬ 在首：戴在头上。

⓭ 阜：多。此指酒菜丰富。

⓮ 甥舅：此泛指亲戚。

⓯ 雨雪：下雪。集：落。维：是。霰：雪粒。

⓰ 死丧：此指周将有危亡之灾祸，人们也不知何时死亡。无几：没有多少时间。

⓱ 乐酒：纵情饮酒。维：只有。宴：安乐。

车辇

解 题

朱熹以为"此燕乐其新昏之诗",可信。全诗五章。作者是一个贵族男子,在去迎亲的路上写了这首诗。一、二章写其迎娶新娘;三章想象新娘宴会时载歌载舞;四、五章写其回归途中所见所思。全诗结构合理,布局巧妙,善用比兴,有较强的艺术感染力。

【原 文】

间关车之舝兮,思娈季女逝兮。①
匪饥匪渴,德音来括。②
虽无好友,式燕且喜。③

依彼平林,有集维鷮。④
辰彼硕女,令德来教。⑤
式燕且誉,好尔无射。⑥

虽无旨酒,式饮庶几。⑦
虽无嘉殽,式食庶几。⑧
虽无德与女,式歌且舞。⑨

陟彼高冈,析其柞薪。⑩
析其柞薪,其叶湑兮。⑪

【译 文】

车子行进格格响,美丽少女做新娘。
不再似饥又似渴,美德妻子在身旁。
岂无好友来相伴,高兴宴饮喜成双。

平原树林郁苍苍,长尾野鸡栖树上。
艳丽高大好姑娘,美德足以教新郎。
宴饮尽欢心舒畅,永远爱你不相忘。

岂能没有甜美酒,希望你来多品尝。
岂无美味的嘉肴,盼你吃饱食欲旺。
岂无美德把你配,且歌且舞心欢畅。

登上那边高山冈,砍下柞树作薪柴。
砍下柞树作薪柴,树叶茂盛绿油油。

鲜我觏尔，我心写兮。⑫	今天我们来结婚，心意舒畅尽开怀。
高山仰止，景行行止。⑬	仰望眼前那高山，举步走在大路间。
四牡骓骓，六辔如琴。⑭	四匹公马行不停，六条缰绳如琴弦。
觏尔新昏，以慰我心。⑮	我与新娘把婚成，早已满足我心愿。

注释

❶ 间关：象声词，指车轮转动发出的格格声。舝（xiá）：同“辖”，车轮轴头的金属键。思：发语词。娈：美丽的样子。季女：少女。逝：往。

❷ 德音：美誉。括：相会。此指结婚。

❸ 虽：岂，难道。式：发语词。燕：宴饮。

❹ 依彼：犹“依依”，茂盛的样子。平林：平原上的树林。集：鸟栖于树上休息。维：是。鷮（jiāo）：长尾的野鸡。

❺ 辰：美。硕女：身材高大的姑娘。令：美。教：教导。

❻ 誉：通“豫”，乐。射（yì）：厌弃。

❼ 虽：岂。庶几：表示希望之词。

❽ 嘉殽：美味的饭菜。

❾ 虽：岂。与：相与，匹配 。

❿ 陟：登。析：劈柴。柞：树名。

⓫ 湑（xǔ）：茂盛的样子。

⓬ 鲜：善，好。觏：结婚。写：同“泻”，思念之情得以宣泄。

⓭ 仰：仰望。止：之。景行：大道。

⓮ 牡：公马。骓骓：马行不停的样子。如琴：形容六辔如琴弦那样协调一致。

⓯ 新昏：新娘子。慰：安慰。

青蝇

解题

《诗序》说这是“大夫刺幽王”之诗。从诗的内容看，与周幽王听信褒姒之言废申后与太子宜臼而招致祸患有关。全诗三章。诗中以苍蝇的嗡嗡声比喻谗言，指出信谗的严重后果，警告幽王切勿相信谗言，表达了诗人对谗言制造者和听信者的不满。本诗从一件小事反映了西周末年政治腐败的现实，有较高的历史价值。

【原 文】

营营青蝇，止于樊。①
岂弟君子，无信谗言。②

营营青蝇，止于棘。③
谗人罔极，交乱四国。④

营营青蝇，止于榛。⑤
谗人罔极，构我二人。⑥

【译 文】

苍蝇往来嗡嗡叫，落到那边篱笆上。
平易和乐周幽王，莫信谗言坏主张。

苍蝇往来嗡嗡叫，落到酸枣小树间。
谗人无德又无行，挑拨各国交相乱。

苍蝇往来嗡嗡叫，落到那边榛树间。
谗人无德又无行，离间你我起祸端。

注释

❶ 营营：苍蝇往来飞动时的嗡嗡声。青蝇：苍蝇。此喻谗人。樊：篱笆。
❷ 岂弟：平易和乐。君子：指周幽王。

❸ 棘：酸枣树。

❹ 谗人：说别人坏话的人。此当指褒姒。罔极：指行为不轨。交乱：交相为乱。四国：四方诸侯之国，实指全国。

❺ 榛：树名，丛生灌木。

❻ 构：挑拨离间。

宾之初筵

解题

《诗序》说这是卫武公讽刺"幽王荒废，媟近小人，饮酒无度"的诗，但不一定是卫武公所作，也不一定是刺幽王，或许是小官吏讽刺统治者纵酒败德的丑恶。全诗五章。首章写酒肴陈设盛况；二章写祭饮时的乐舞之乐；三、四章写贵族宴饮享乐之态；最后一章写诗人欲改变丑恶现实的想法和具体建议。本诗真实而形象地再现了西周末年贵族道德沦丧、"礼崩乐坏"的现实，显示了周政权的腐朽和必然败亡的趋势。

【原文】

宾之初筵，左右秩秩。①
笾豆有楚，殽核维旅。②
酒既和旨，饮酒孔偕。③
钟鼓既设，举酬逸逸。④
大侯既抗，弓矢斯张。⑤
射夫既同，献尔发功。⑥
发彼有的，以祈尔爵。⑦

【译文】

宾客入座开了宴，宾主礼让井井然。
杯盘碗筷排成行，荤菜果品都摆全。
酒皆醇厚又香甜，大家痛饮都尽欢。
钟鼓乐器陈列完，敬酒有序不间断。
君侯早已高竖起，利箭也已上了弦。
射手会聚在一处，各献本领众人前。
发箭即能中箭靶，以求罚酒把你灌。

籥舞笙鼓，乐既和奏。[8]	执籥而舞笙鼓响，乐声和谐宾主欢。
烝衎烈祖，以洽百礼。[9]	进献乐舞娱先祖，符合礼仪众条款。
百礼既至，有壬有林。[10]	各种礼节皆齐全，规模宏大仪式繁。
锡尔纯嘏，子孙其湛。[11]	神灵赏赐大幸福，子子孙孙乐无边。
其湛曰乐，各奏尔能。[12]	大家尽兴寻欢乐，各献本领来射箭。
宾载手仇，室人入又。[13]	客人各自选对手，主人进场陪客玩。
酌彼康爵，以奏尔时。[14]	大酒杯中斟满酒，献给善射众好汉。
宾之初筵，温温其恭。[15]	客人入座开了宴，态度温顺又和谦。
其未醉止，威仪反反。[16]	宾客喝酒尚未醉，仪表庄重很好看。
曰既醉止，威仪幡幡。[17]	待到大家都喝醉，举止行为纷纷乱。
舍其坐迁，屡舞仙仙。[18]	离开座位乱走动，屡次起舞飘飘然。
其未醉止，威仪抑抑。[19]	宾主喝酒尚未醉，仪表严谨甚美观。
曰既醉止，威仪怭怭。[20]	一旦宾主全喝醉，举止轻佻令人烦。
是曰既醉，不知其秩。[21]	这是喝酒已大醉，不知已把过失犯。
宾既醉止，载号载呶。[22]	宾客全都喝醉酒，喧哗不止大声喊。
乱我笾豆，屡舞僛僛。[23]	杯盘碗筷全打翻，身子歪斜舞凌乱。
是曰既醉，不知其邮。[24]	这是喝酒已大醉，不知已把过错犯。
侧弁之俄，屡舞傞傞。[25]	歪戴皮帽身体斜，胡蹦乱跳舞得欢。
既醉而出，并受其福。[26]	既已喝醉肯出门，大家受福都不浅。
醉而不出，是谓伐德。[27]	若是已醉不肯出，这叫缺德讨人嫌。
饮酒孔嘉，维其令仪。[28]	喝酒虽然是好事，只是礼节要顾全。

凡此饮酒，或醉或否。㉙	凡是这些喝酒人，或是清醒或醉倒。
既立之监，或佐之史。㉚	既设司正来监视，又立史官来督导。
彼醉不臧，不醉反耻。㉛	醉者自觉很美好，醒者认为他可耻。
式勿从谓，无俾大怠。㉜	不要随人乱劝酒，别使醉者更胡闹。
匪言勿言，匪由勿语。㉝	不该询问莫要问，无理之言不称道。
由醉之言，俾出童羖。㉞	因醉而言不可靠，竟说公羊没有角。
三爵不识，矧敢多又。㉟	三杯下肚已不适，怎敢多劝夸酒好。

注释

❶ 宾：宾客。初筵：指宾客开始入座。筵，竹席。古人席地而坐，坐于席上。左右：指坐在席子左右（东西）之人。秩秩：肃敬而有秩序的样子。

❷ 笾豆：皆古代食器。有楚：犹"楚楚"，行列分明的样子。殽：菜肴。核：果品。维：语助词。旅：通"胪"，陈列。

❸ 既：全。和旨：指酒柔和甜美。偕：融洽。

❹ 酬：敬酒。逸逸：往来有秩序的样子。

❺ 侯：古人射箭用的皮或布的箭靶子，皮称皮侯，布称布侯。抗：举。斯：乃。张：张弓搭箭。

❻ 射夫：射手。既：全。同：会聚一处。献：表现。发：射箭。功：本领。

❼ 祈：求。尔爵：犹言"尔饮"。爵，酒杯。此代酒。

❽ 籥舞：执籥而舞。籥，古乐器。

❾ 烝：进。此指献乐。衎（kàn）：娱乐。烈祖：创业有丰功的先祖。洽：合。百礼：各种礼节。

❿ 至：完备。壬：大。林：多。

⓫ 锡：赐。纯嘏（gǔ）：大福。湛：乐。

⓬ 其、曰：皆语助词。乐：欢乐。奏：献。

⓭ 载：则。手：选择。仇：此指射箭对手。室人：主人。入：进入射场。

又：通“侑”。此指射伴。

⑭ 酌：斟酒。康爵：大爵。奏：进献。时：善，指善射者。

⑮ 温温：和顺的样子。

⑯ 止：语助词。反反：通“昄昄”，举止庄重美好貌。

⑰ 幡幡：轻率不庄重的样子。

⑱ 舍：离开。坐迁：指礼法规定的坐和移动的范围。坐，座位。迁，移动。仙仙：通“跹跹”，舞步轻盈的样子。

⑲ 抑抑：美丽的样子。

⑳ 怭怭（bì）：轻薄粗鄙的样子。

㉑ 是：此。秩：过失。

㉒ 既：全。载：又。号：大叫。呶（náo）：喧哗。

㉓ 僛僛（qī）：醉舞歪斜貌。

㉔ 邮：“尤”的借字，过失。

㉕ 侧弁：歪戴帽子。俄：倾斜。傞傞（suō）：醉舞不止貌。

㉖ 出：出去，指离开宴会。并：普遍。

㉗ 伐德：败德。

㉘ 维：只是。令仪：美好的威仪。

㉙ 凡此：所有这些。否：非。

㉚ 立：设立。监：司正，官名，在宴会上负责纠察之事。史：史官。

㉛ 不臧：不好。

㉜ 式：发语词。从：跟随。谓：劝说。俾：使。怠：轻慢无礼。

㉝ 匪言：错话。勿语：不说。

㉞ 俾：譬如。出：说出。童：秃。羖（gǔ）：黑公羊。

㉟ 三爵：犹言“三杯酒”。不识：指喝醉酒而神志不清。矧（shěn）：况且。又：通“侑”，劝酒。

鱼藻

解 题

这是一首周王大宴群臣时，群臣赞美周王的诗。全诗三章，描写了周王定都镐京后，与群臣饮酒享乐的历史史实。本诗短小，颇具民歌之风。

【原 文】

鱼在在藻，有颁其首。①
王在在镐，岂乐饮酒。②

鱼在在藻，有莘其尾。③
王在在镐，饮酒乐岂。④

鱼在在藻，依于其蒲。⑤
王在在镐，有那其居。⑥

【译 文】

鱼在何处在藻中，大大脑袋在游荡。
王在何处在镐京，欢乐喝酒心舒畅。

鱼在何处在藻中，长长尾巴在摆动。
王在何处在镐京，饮酒享乐深宫中。

鱼在何处在藻中，依靠蒲草歇其间。
王在何处在镐京，宫室宏大居处安。

注 释

❶ 藻：水草名。颁（fén）：鱼头大的样子。

❷ 王：周王。镐：西周京城。岂乐：欢乐。

❸ 莘（shēn）：鱼尾长的样子。

❹ 乐岂：欢乐。

❺ 依：依靠。蒲：水草名。

❻ 有那（nuó）：犹“那那”，多而盛大的样子。

采菽

解 题

这是一首描写西周前期诸侯朝见君王而受赏赐的诗。全诗五章。首章写周王赏赐诸侯车、马、礼服；二章写诸侯初至时的车马旌旗盛况；三章写诸侯的服饰、容貌及周王的赏赐；四章赞美诸侯的功劳；五章写周王盛意挽留诸侯。本诗层次分明，结构完整，有一定的史料价值。

【原 文】

采菽采菽，筐之筥之。[1]
君子来朝，何锡予之？[2]
虽无予之，路车乘马。[3]
又何予之？玄衮及黼。[4]

觱沸槛泉，言采其芹。[5]
君子来朝，言观其旂。[6]
其旂淠淠，鸾声嘒嘒。[7]
载骖载驷，君子所届。[8]

赤芾在股，邪幅在下。[9]
彼交匪纾，天子所予。[10]
乐只君子，天子命之。[11]
乐只君子，福禄申之。[12]

【译 文】

采豆叶啊采豆叶，方筐圆筐把它装。
诸侯前来朝天子，要拿什么把他赏？
虽然没有大赏赐，四马路车也风光。
再拿何物奖励他？黑色龙袍花纹装。

泉眼喷涌水清清，采摘芹菜劳作忙。
诸侯前来朝天子，看那旗子在飘扬。
众旗随风飘荡荡，鸾铃声声和谐响。
三马四马驾车来，诸侯已到京门旁。

赤红蔽膝盖大腿，绑腿缠绕膝下方。
不急躁来不怠慢，天子高兴将他赏。
和乐君子心欢畅，因为天子把他奖。
和乐君子心欢畅，福禄一再加身上。

维柞之枝，其叶蓬蓬。⑬
乐只君子，殿天子之邦。⑭
乐只君子，万福攸同。⑮
平平左右，亦是率从。⑯

看那柞树枝条多，叶子繁茂长势旺。
和乐君子心欢畅，辅佐天子定四方。
和乐君子心欢畅，各种幸福都齐全。
你的臣子多闲雅，随你为国把力献。

泛泛杨舟，绋纚维之。⑰
乐只君子，天子葵之。⑱
乐只君子，福禄膍之。⑲
优哉游哉，亦是戾矣。⑳

杨木船儿水中漂，要用大绳把它拴。
和乐君子心欢畅，天子衡量功德全。
和乐君子心欢畅，重赏福禄没有完。
悠闲从容很自得，如此生活心也安。

注释

❶ 菽：豆。此指豆叶。筐：方形竹器。筥（jǔ）：圆形竹器。

❷ 君子：指诸侯。锡：赐。

❸ 虽：也。路车：诸侯所乘之车。乘（shèng）马：四匹马。

❹ 玄衮：画有卷龙图案的黑色礼服。黼（fǔ）：绣有黑白相间花纹的礼服。

❺ 觱（bì）沸：泉水涌出的样子。槛泉：指泉眼众多，水盛涌出之泉。言：乃。芹：水芹菜。

❻ 旂：画有龙形且杆头系有铜铃的旗。

❼ 淠淠（pèi）：旗飘动的样子。嘒嘒（huì）：车铃声。

❽ 载：则。骖：一车驾三匹马。驷：一车驾四匹马。届：至。

❾ 赤芾（fú）：赤色蔽膝。股：大腿。邪幅：裹腿。

❿ 交：急躁。纾：缓，指无精神。予：赐。

⓫ 只：语中助词。命：策命。古代天子封赏诸侯，先将事情记在简册之上，然后在宗庙中举行策命之礼。

⓬ 申：重，加。

⓭ 维：彼。柞：树名。蓬蓬：茂盛的样子。

⓮ 殿：镇，安抚。

⑮ 攸：所。同：聚集。

⑯ 平平：闲雅的样子。左右：指诸侯左右之臣。亦：语助词。率从：顺从，遵从。

⑰ 泛泛：漂浮的样子。杨舟：杨木船。绋纚（fúlí）：麻制和竹制的大绳索。维：系，拴。

⑱ 葵："揆"之假借，训"揆度"，指天子度量诸侯之德。

⑲ 膍（pí）：厚。

⑳ 优：闲暇。亦：语助词。是：此。戾：安定。

角弓

解 题

这是一首劝告统治者不要疏远亲人、亲近小人的诗。作者当是与周王亲近的老臣或至亲。全诗八章。前四章写周王疏远兄弟，自然会招致兄弟的怨愤；后四章写周王亲近小人而不顾后果，必然使兄弟相互戕害。本诗结构严谨，布局巧妙，虚实相间，有一定的历史借鉴意义。

【原 文】

骍骍角弓，翩其反矣。①
兄弟昏姻，无胥远矣。②

尔之远矣，民胥然矣。③
尔之教矣，民胥效矣。④

此令兄弟，绰绰有裕。⑤

【译 文】

调好角弓绷紧弦，弦松竹弓反向弯。
对待兄弟众亲戚，不要关系太疏远。

你若远离亲兄弟，百姓也都会这样。
你爱兄弟做模范，百姓都学不走样。

这些兄弟相友好，关系和谐很放松。

不令兄弟，交相为瘉。[6]	兄弟相互不友好，定会彼此来相攻。
民之无良，相怨一方。[7]	人们如若不善良，必会互相去埋怨。
受爵不让，至于已斯亡。[8]	贪求爵位不相让，事关己利把理忘。
老马反为驹，不顾其后。[9]	老马反当小马用，后果怎样你不想。
如食宜饇，如酌孔取。[10]	如请吃饭多吃饱，如请饮酒多品尝。
毋教猱升木，如涂涂附。[11]	无须教那猴上树，用泥涂物定能牢。
君子有徽猷，小人与属。[12]	君子善政去引导，百姓定然跟着跑。
雨雪瀌瀌，见晛曰消。[13]	雪花纷纷满天飘，太阳出来都消融。
莫肯下遗，式居娄骄。[14]	不肯对下态度恭，小人往往多骄傲。
雨雪浮浮，见晛曰流。[15]	雪花纷纷满天飘，太阳一出都成水。
如蛮如髦，我是用忧。[16]	小人如同蛮和髦，因此忧虑我心焦。

注释

❶ 骍骍：弓调和貌。角弓：两头镶着牛角的弓。翩其：犹“翩然”，偏颇。指放松弓弦，则弓身向外伸展。

❷ 兄弟：指同姓亲属。昏姻：指异姓亲戚。胥：相。

❸ 远：疏远。

❹ 教：教导。效：仿效。

❺ 令：善。绰绰：宽裕的样子。

❻ 瘉（yù）：病。此指相互嫉恨。

❼ 民：人们。

❽ 爵：爵位。让：谦让。斯：乃。亡：忘。

❾ 老马：喻年迈之老臣。驹：小马，喻年轻之臣。

❿ 饇（yù）：饱。酌：饮酒。

⓫ 毋：不。猱（náo）：长臂猿。升木：上树。附：附着。

⓬ 君子：指周王及其群臣。徽：美好。猷：道。与：随从。属：连，随。

⓭ 雨雪：下雪。瀌瀌（biāo）：雪大的样子。晛（xiàn）：太阳初升的样子。消：融化。

⓮ 遗：顺从。式：语助词。居：通“倨”，傲慢。娄：屡次。

⓯ 浮浮：雪盛多的样子。流：指雪化成水。

⓰ 蛮：周人对南方部族之人的蔑称。髦：夷髦，西夷别称。是用：因此。

菀柳

解 题

这是一首周朝大臣表达愤怨之情的诗。作者曾受周王器重，与周王共谋国事，可是后来周王又抛弃了他，重治其罪；他极为不满，便写此诗抒发愤怨之情。本诗善用比兴，比喻贴切，有一定的艺术表现力。

【原 文】

有菀者柳，不尚息焉。①
上帝甚蹈，无自暱焉。②
俾予靖之，后予极焉。③

有菀者柳，不尚愒焉。④
上帝甚蹈，无自瘵焉。⑤
俾予靖之，后予迈焉。⑥

【译 文】

柳树枝叶已枯黄，不该树下来乘凉。
周王处事太无常，莫要亲近招祸殃。
让我谋划治家邦，后来竟把我流放。

柳树枝叶已枯黄，不该休息树干旁。
周王喜怒太无常，莫自找祸惹悲伤。
让我谋划治家邦，后来把我远流放。

有鸟高飞，亦傅于天。⑦	有只鸟儿高飞翔，一直飞到蓝天上。
彼人之心，于何其臻。⑧	周王想法难推测，不知思绪到何方。
曷予靖之，居以凶矜。⑨	为何让我治家邦，反让我来遭祸殃。

注释

❶ 有菀：犹“菀菀”，枯萎得病的样子。尚：庶几，应当。焉：于是，在此。

❷ 上帝：指周王。蹈：变动。昵：亲昵，亲近。

❸ 俾：使。予：我。靖：治事。之：指治国之事。极：“殛”的假借字。此指流放。

❹ 愒（qì）：休息。

❺ 瘵（zhài）：病。

❻ 迈：远行。此指流放。

❼ 傅：到，至。

❽ 彼：指周王。于：到。何：什么地步。其：指周王。臻：至。

❾ 居：处。以：于。凶矜：凶危之地。

都人士

解题

这是一首周平王东迁雒邑之初的诗。作者当是由镐京来到雒邑的贵族。他看到雒邑无法和旧京相比，特别是那西都士女的衣饰、仪容之美已不复见，一种兴亡盛衰之感油然而生，故写此诗以表叹惜之情。本诗善于描写人物形象，通过对典型事物的描写突出了主题。

【原 文】

彼都人士，狐裘黄黄。[①]
其容不改，出言有章。[②]
行归于周，万民所望。[③]

彼都人士，台笠缁撮。[④]
彼君子女，绸直如发。[⑤]
我不见兮，我心不说。[⑥]

彼都人士，充耳琇实。[⑦]
彼君子女，谓之尹吉。[⑧]
我不见兮，我心苑结。[⑨]

彼都人士，垂带而厉。[⑩]
彼君子女，卷发如虿。[⑪]
我不见兮，言从之迈。[⑫]

匪伊垂之，带则有余。[⑬]
匪伊卷之，发则有旟。[⑭]
我不见兮，云何盱矣。[⑮]

【译 文】

那些镐京男士们，狐皮黄衣亮有光。
仪容常态不改变，说话出口就成章。
即将返回镐京城，引得万民仰首望。

那些镐京男士们，草帽布巾戴头上。
那些贵族姑娘们，秀发浓密直而长。
如今我已看不到，心中有忧不舒畅。

那些镐京男士们，美石之瑱挂耳旁。
那些贵族姑娘们，称呼尹吉被敬仰。
如今我已看不到，内心郁结甚忧伤。

那些镐京男士们，长长佩带垂腰间。
那些贵族姑娘们，发如蝎尾向上卷。
如今我已看不到，见到定随他们还。

不是故意向下垂，佩带本来长又长。
不是故意向上卷，头发本来就有弯。
如今我已看不到，怎不忧叹愁绪添。

注释

❶ 彼：那。都：城市。此指镐京。人士：指贵族。黄黄：明亮有光的样子。

❷ 其：指镐京人士。容：仪态风度。章：言谈有文采。

❸ 行：将要。周：指镐京。望：仰望。

❹ 台笠：莎草编织的草帽。缁：黑布，黑绸。撮：以布（或绸）制成的束发小帽。

❺ 君子：指贵族。绸直：头发稠密而直。

❻ 说：通“悦”，高兴。

❼ 充耳：瑱，耳饰。琇（xiù）：美石。实：玉石坚实的样子。

❽ 尹吉：名叫尹吉的姑娘。

❾ 苑结：郁结，心中忧闷。

❿ 垂带：下垂的佩带。厉：通“裂”，即系腰的丝带垂下来。

⓫ 卷发：卷曲的头发。虿（chài）：蝎子。

⓬ 言：语助词。迈：行走。

⓭ 伊：是。余：佩带下垂的样子。

⓮ 旟（yú）：向上翘起的样子。

⓯ 云：语助词。盱：忧伤。

采绿

解题

这是一首妻子思念丈夫的诗。全诗四章。首章前二句以“终朝采绿，不盈一匊”暗示妻子思夫心情之切；三、四句写丈夫归期已到，妻子梳洗打扮，迎接亲人。二章写归期超过一天，妻子急不可待。三章与四章是妻子的想象之词，设想丈夫去渔猎，自己与丈夫相伴。诗中形象地表达了妻子对丈夫的深切思念和真挚感情。

【原 文】

终朝采绿，不盈一匊。[1]
予发曲局，薄言归沐。[2]

终朝采蓝，不盈一襜。[3]
五日为期，六日不詹。[4]

之子于狩，言韔其弓。[5]
之子于钓，言纶之绳。[6]

其钓维何？维鲂及鱮。[7]
维鲂及鱮，薄言观者。[8]

【译 文】

整个早晨采荩草，采了一捧还不到。
我的头发乱蓬蓬，赶紧回家梳理好。

整个早晨采蓝草，小小围裙没装满。
约定五天是归期，今已六日仍未见。

丈夫若是去打猎，我去给他把弓装。
丈夫若是去钓鱼，我缠钓绳在身旁。

丈夫钓得是何鱼？鳊鱼鲢鱼都齐全。
鳊鱼还有那鲢鱼，鱼儿多多心喜欢。

注释

❶ 终朝：整个早晨，言其时间之长。绿：草名，即荩草，汁可以染黄。盈：满。匊：一掬，一捧。

❷ 予：我。曲局：弯曲。此指头发蓬乱。薄言：语助词。归沐：回家洗头发。

❸ 蓝：草名，可以染青蓝之色。襜（chān）：系在衣服前面的围裙。

❹ 詹：到。

❺ 之子：这个人，指丈夫。狩：打猎。言：语助词。韔（chàng）：装弓的袋子。此用为动词，将弓装进弓袋。

❻ 钓：钓鱼。纶：钓鱼的绳。此用为动词，缠钓绳。

❼ 鲂：鳊鱼。鱮（xù）：鲢鱼。

❽ 观：多。

黍苗

解题

这是一首周宣王时赞美召穆公营建谢邑的诗。作者当是参加营建谢邑的徒役。全诗五章。首章写召伯慰劳南行之人；二、三章写建城兵士思归；四、五章写召伯营建谢邑及最后完成。诗中没有“刺幽王”之意，而是赞美召伯之功，描绘了“宣王中兴”时代的隆盛气象。

【原文】	【译文】
芃芃黍苗，阴雨膏之。①	黍苗生长很茂盛，阴雨滋润长得壮。
悠悠南行，召伯劳之。②	兵士南行路遥远，召伯慰劳暖心上。
我任我辇，我车我牛。③	或用肩背或拉车，或驾车来或牵牛。
我行既集，盖云归哉！④	远行任务已完成，何不归家开步走！
我徒我御，我师我旅。⑤	或徒步来或驾车，我们当兵远跋涉。
我行既集，盖云归处！⑥	远行任务已完成，何不归家去安歇！
肃肃谢功，召伯营之。⑦	赶忙修起那谢城，召伯亲自来经营。
烈烈征师，召伯成之。⑧	威武远征众兵士，都由召伯来统领。
原隰既平，泉流既清。⑨	高原低地都平整，泉水河流皆疏通。

召伯有成，王心则宁。⑩ | 召伯大功已告成，宣王心中得安宁。

注释

❶ 芃芃（péng）：草木茂盛的样子。膏：润湿。

❷ 悠悠：遥远的样子。召伯：召穆公，为召公奭之后人，历仕厉王、宣王和幽王三朝。劳：慰劳。

❸ 任：把东西背在肩上。辇：用人拉的车子。车：牛拉的大车。

❹ 行：南行之事。既集：全都完成。归：返家。

❺ 徒：徒步。御：驾车。师、旅：旧以五百人为旅，五旅为师。

❻ 归处：返家安居。

❼ 肃肃：疾速的样子。谢功：指营谢工程。营：营建。

❽ 烈烈：威武的样子。征师：远行的人。成：组成。

❾ 原：高平之地。隰：低湿之地。平：治，平整土地。清：指疏通河流。

❿ 王：指周宣王。宁：安。

隰桑

解题

这是一首贵族妇女写的情诗。全诗四章。前三章的首二句皆写桑树枝叶繁茂；后二句皆写想象中自己与丈夫相见的快乐。四章设想自己向丈夫表达挚爱深情。诗中体现了贵妇人对丈夫的深切思念之情，以及对幸福爱情生活的憧憬和追求。本诗即景生情，想象丰富，语言通俗易懂，颇有民歌之风。

【原文】

隰桑有阿，其叶有难。①
既见君子，其乐如何。②

隰桑有阿，其叶有沃。③
既见君子，云何不乐。④

隰桑有阿，其叶有幽。⑤
既见君子，德音孔胶。⑥

心乎爱矣，遐不谓矣？⑦
中心藏之，何日忘之。⑧

【译文】

低湿地里桑树美，桑叶茂密真好看。
既已见到丈夫面，我的心中多喜欢。

低湿地里桑树美，桑叶光润绿汪汪。
既已见到丈夫面，怎不欢喜心舒畅。

低湿地里桑树美，桑叶肥厚绿闪闪。
既已见到丈夫面，两情浓厚心意坚。

既然心里把你爱，何不当面向你讲？
思念之情藏心里，没有一日把你忘。

注释

❶ 隰：低湿之地，宜于植桑。有阿：犹“阿阿”，柔美繁盛的样子。有难（nuó）：犹“难难”，茂盛的样子。

❷ 君子：指丈夫。

❸ 有沃：犹“沃沃”，丰茂而有光泽的样子。

❹ 云：语助词。

❺ 有幽：犹“幽幽”，叶子肥厚的样子。

❻ 德音：好话。孔：很。胶：牢固。

❼ 遐不：何不。谓：说。

❽ 中心：心中。藏：隐藏。

白华

解 题

这是一首弃妇诗。作者是周幽王的原妻申后。全诗八章。每章前两句以景物起兴，暗寓自己被弃；后两句点明被弃事实，表达指责、思念丈夫的复杂心情。诗中把一位被抛弃贵妇人的纯洁善良、痴情笃爱、痛苦忧伤的形象写得栩栩如生，也把幽王的“二三其德”暴露无遗，反映了统治阶级家族内部矛盾的尖锐，揭示了贵族妇女的不幸命运。本诗章章用比，构思巧妙，有很强的艺术感染力。

【原 文】

白华菅兮，白茅束兮。①
之子之远，俾我独兮。②

英英白云，露彼菅茅。③
天步艰难，之子不犹。④

滮池北流，浸彼稻田。⑤
啸歌伤怀，念彼硕人。⑥

樵彼桑薪，卬烘于煁。⑦
维彼硕人，实劳我心。⑧

【译 文】

遍地菅草开白花，白茅束好紧相连。
这个人儿远离我，使我终日遭孤单。

轻柔明亮白云飘，露水湿润菅茅草。
我的命运太艰难，这个人儿很不好。

滮池之水向北流，浇灌那边水稻田。
哭喊歌唱心悲伤，我把硕人深怀念。

我砍桑木作薪柴，把它放进行灶烧。
想起那个硕人来，着实令我心烦恼。

鼓钟于宫，声闻于外。⑨	宫中敲打钟声响，宫外钟声正飞扬。
念子懆懆，视我迈迈。⑩	想念这人心不安，他却对我恨入肠。
有鹙在梁，有鹤在林。⑪	秃鹙走在鱼梁上，仙鹤却在林中藏。
维彼硕人，实劳我心。	想起那个硕人来，着实让我心忧伤。
鸳鸯在梁，戢其左翼。⑫	鸳鸯成双在鱼梁，嘴插左翼相依傍。
之子无良，二三其德。⑬	这人品格真不好，朝三暮四德无常。
有扁斯石，履之卑兮。⑭	这块石头扁又平，踩它也不会变高。
之子之远，俾我疧兮。⑮	这人远去离开我，使我忧病总不好。

注释

❶ 白华：白花。菅（jiān）：茅草，开白花。

❷ 之远：前往远方。之，往。俾：使。独：孤单无依。

❸ 英英：又作“泱泱”，轻盈洁白的样子。露：露水。此用为动词，滋润。

❹ 天步：犹言命运。不犹：不好。

❺ 滮（biāo）池：古河名。

❻ 啸歌：哭喊着唱歌。硕人：高大的人。

❼ 樵：砍柴。桑薪：以桑为柴。卬（áng）：我。烘：烧。煁：行灶，能够移动的小炉灶。

❽ 维：思。劳：忧愁。

❾ 鼓：敲。钟：乐器。闻：传布。

❿ 子：指丈夫。懆懆（cǎo）：忧愁不安的样子。迈迈：轻慢貌。

⓫ 鹙（qiū）：水鸟名。梁：鱼梁，拦鱼的水坝。

⑫ 戢（jí）：收藏。此指鸳鸯休息时把嘴插在左翅中。
⑬ 无良：不好。二三其德：三心二意。此指感情不专一。
⑭ 有扁：犹“扁扁”，扁平的样子。斯：此。履：踩。
⑮ 疷（qí）：病。

绵蛮

解 题

这是一首描写出差在外的小吏渴求别人帮助的诗。全诗三章。每章前四句写小吏常年在外奔波劳顿，苦不堪言；后四句写小吏遇到朝中大臣，诉其苦后，得到大臣的同情与教诲，其深受感动。本诗节奏舒缓轻快，准确传递出了小吏的愁苦心绪。

【原 文】

绵蛮黄鸟，止于丘阿。①
道之云远，我劳如何？②
饮之食之，教之诲之。③
命彼后车，谓之载之。④

绵蛮黄鸟，止于丘隅。⑤
岂敢惮行，畏不能趋。⑥
饮之食之，教之诲之。
命彼后车，谓之载之。

【译 文】

小小黄雀飞蓝天，停落弯弯那山腰。
行役道路太遥远，知我如何受辛劳？
水喝足来饭吃饱，我把你来多教导。
转告后车那个人，让你乘车免辛劳。

小小黄雀飞蓝天，停落山角得休闲。
岂敢害怕行路远，不能疾行把路赶。
水喝足来饭吃饱，我把你来多教导。
转告后车那个人，让你乘车免辛劳。

绵蛮黄鸟，止于丘侧。
岂敢惮行，畏不能极。[7]
饮之食之，教之诲之。
命彼后车，谓之载之。

小小黄雀飞蓝天，停落休息在山边。
岂敢害怕行路远，担心不能到终点。
水喝足来饭吃饱，我把你来多教导。
转告后车那个人，让你乘车免辛劳。

注释

❶ 绵蛮：鸟小的样子。黄鸟：黄雀。丘阿：山坡弯曲之处。
❷ 云：语助词。劳：辛劳，疲惫。
❸ 教、诲：教训，教导。
❹ 后车：后边随行之车。谓之载之：命副车的驾车者载行役者而行。
❺ 丘隅：山坡拐角处。
❻ 惮：怕。趋：快走。
❼ 极：至。

瓠叶

解题

这是一首描写贵族宴饮宾客的诗。作者是受邀宾客之一。全诗四章。首章写采瓠叶烹煮而饮酒；后三章写烧烤兔首，宾主尽情酬酢饮宴。本诗语言明白如话，反复咏唱，字里行间洋溢着写不尽的情意。

【原文】

幡幡瓠叶，采之亨之。[1]

【译文】

风吹瓠叶频翻转，采些瓠叶煮成汤。

君子有酒，酌言尝之。②	主人家中有美酒，酒杯斟满尽情尝。
有兔斯首，炮之燔之。③ 君子有酒，酌言献之。④	兔子肉儿嫩又鲜，有炮有烤味道香。 主人家中有美酒，酒杯斟满请客尝。
有兔斯首，燔之炙之。⑤ 君子有酒，酌言酢之。⑥	兔子肉儿嫩又鲜，有燔有烤味道香。 主人家中有美酒，客敬主人把酒尝。
有兔斯首，燔之炮之。 君子有酒，酌言酬之。⑦	兔子肉儿嫩又鲜，有烧有炮味道香。 主人家中有美酒，再次敬酒请客尝。

注释

❶ 幡幡：风吹瓠叶翻动貌。瓠：葫芦。亨：煮。

❷ 君子：指宴会的主人。酌：斟酒。言：语助词。

❸ 斯：语助词。首：头。炮：用泥裹毛肉，放置火上烤。燔：去其毛，放置火上烤。

❹ 献：主人向客人敬酒。

❺ 炙：用叉子叉着肉在火上烤。

❻ 酢：宾客饮下主人所敬之酒，再向主人回敬酒。

❼ 酬：劝酒。

渐渐之石

解题

这是一首东征士卒慨叹劳苦的诗。《诗序》曰：“《渐渐之石》，下国刺幽王也。戎狄叛之，荆舒不至，乃命将率东征，役久病于外，故作是诗也。”此说有一定道理，但不太可能是幽王时期的作品，似为宣王时期的作品。全诗三章。前两章写士卒在征途中无暇休息，辛苦异常；末章写猪涉水、人遭雨，东征士卒更加辛苦。本诗善用赋的手法描绘自然景象，颇生动形象。

【原文】

渐渐之石，维其高矣。①
山川悠远，维其劳矣。②
武人东征，不皇朝矣。③

渐渐之石，维其卒矣。④
山川悠远，曷其没矣。⑤
武人东征，不皇出矣。⑥

有豕白蹢，烝涉波矣。⑦
月离于毕，俾滂沱矣。⑧
武人东征，不皇他矣。

【译文】

高峻耸立那山石，那样宽阔高又高。
山川绵延很遥远，跋涉其间甚辛劳。
将帅士卒去东征，晨起无暇忙征讨。

高峻耸立那山石，那样险峻冲云天。
山川绵延很遥远，何时才能奔波完。
将帅士卒去东征，无暇顾及脱危险。

有只大猪生白蹄，涉水踏波走向前。
月亮出现毕星边，大雨滂沱下不完。
将帅士卒去东征，别的事情无暇办。

注释

❶ 渐渐：山石高峻貌。维：是。其：此，这样。

❷ 悠远：遥远。劳：辽远广阔貌。

❸ 武人：指东征的将帅。皇：遑，闲暇。朝：早晨。

❹ 卒：山峰高险貌。

❺ 曷其没：何时是尽头。

❻ 出：出险，脱离危险。

❼ 豕：猪。蹢（dí）：蹄子。烝：进。涉波：涉水，渡水。

❽ 月：月亮。离：近。毕：星宿名。古人认为月亮靠近毕星是下大雨的征兆。俾：则。滂沱：雨大貌。

苕之华

解题

这是一首自述荒年不幸的诗。西周末期，朝政日非，又遇荒年，百姓无法生活；诗人睹物伤怀，作此诗以抒其情。全诗三章。首章以苕花起兴，泛言其忧；二章写自己不如无知的草木，发出“不如无生”的绝望感慨；三章以“牂羊坟首，三星在罶”，揭示了荒年万物凋零、食物缺乏的现实。本诗运用比兴手法，感情步步深化，颇有艺术魅力。

【原文】

苕之华，芸其黄矣。①
心之忧矣，维其伤矣。②

【译文】

凌霄茂盛花开放，鲜艳美丽色深黄。
我的心中有忧虑，让我如此太悲伤。

苕之华，其叶青青。[3]	凌霄茂盛花开放，叶儿青青长得旺。
知我如此，不如无生。[4]	早知遭遇大荒年，不如莫生在世上。
牂羊坟首，三星在罶。[5]	雌性绵羊头肥大，三星空把鱼篓照。
人可以食，鲜可以饱。[6]	百姓吃啥把命活，少数富人吃得饱。

注释

❶ 苕（tiáo）：又名凌霄、紫葳，落叶木质藤本植物。芸：深黄色的样子。

❷ 之：有。维：是。其：此。

❸ 青青：茂盛的样子。

❹ 无生：不出生。

❺ 牂（zāng）羊：母羊。坟首：大头。三星：一说指参宿三星、心宿三星、河鼓三星。罶（liǔ）：鱼篓。

❻ 人：指百姓。鲜：少。

何草不黄

解题

这是一首描写从役兵士怨刺劳苦的诗。西周末年，王朝征战不息，给人民带来巨大灾难。全诗四章。前两章以荒野枯草起兴，喻从役者劳苦奔波，疲病憔悴，终将如草枯而死；三、四章以野兽出没旷野和幽草起兴，喻兵士之奔忙，并写役卒征戍不息的情景。本诗语言清新质朴，情景交融，颇有《国风》特色。

【原 文】	【译 文】
何草不黄？何日不行？①	什么草儿不枯黄？哪天不在奔走忙？
何人不将？经营四方。②	什么人儿不走路？往来劳作忙四方。
何草不玄？何人不矜？③	什么草儿不变黑？什么人儿不单身？
哀我征夫，独为匪民。④	可怜我们远征人，偏偏不被当人看。
匪兕匪虎，率彼旷野。⑤	那些犀牛和老虎，沿着旷野不停步。
哀我征夫，朝夕不暇。⑥	可怜我们远征人，从早到晚闲不住。
有芃者狐，率彼幽草。⑦	狐狸全身毛蓬松，沿着深草往前行。
有栈之车，行彼周道。⑧	我们坐在高车上，沿着大路行不停。

注释

❶ 行：奔走。

❷ 经营：劳作。

❸ 矜（guān）：通“鳏”，老而无妻。

❹ 哀：可怜。匪民：不是人。此指遭受非人之待遇。

❺ 兕（sì）：古代犀牛一类的兽名。率：循，沿着。

❻ 不暇：无暇。

❼ 有芃（péng）：犹“芃芃”，兽毛蓬松的样子。幽草：幽深的野草。

❽ 有栈：犹“栈栈”，役车高高的样子。周道：大路。

大雅

文王

解题

这是一首赞美周文王的颂歌。全诗七章。首章总言文王之德，突出祭文王之诗旨；二章写文王造福于子孙与大臣；三章写文王善于培养和任用人才；四章写文王能使殷商子孙甘心臣服于周；五章写殷商降臣助祭周王；六章提醒人们要以商为鉴，修德求福，永配天命，勿恃天命而骄；七章倡言效法文王，永葆天命。本诗主旨明确，前后照应，中心突出，有较高的艺术造诣。

【原文】	【译文】
文王在上，於昭于天。①	文王神灵在天上，神灵显赫闪光芒。
周虽旧邦，其命维新。②	周朝虽然建国早，接受天命是新邦。
有周不显，帝命不时。③	周朝功业甚显赫，上天意志不可挡。
文王陟降，在帝左右。④	文王神灵时升降，就在天帝近身旁。
亹亹文王，令闻不已。⑤	勤勉不息周文王，美誉至今传四方。
陈锡哉周，侯文王孙子。⑥	文王反复赐周福，子孙封侯把禄享。
文王孙子，本支百世。⑦	文王子孙代相传，本宗旁枝百代长。
凡周之士，不显亦世。⑧	凡是周朝众卿士，也都累世显荣光。
世之不显，厥犹翼翼。⑨	世代功臣显荣光，为王谋事多周详。

思皇多士，生此王国。⑩	众多卿士多美好，有幸出生在周邦。
王国克生，维周之桢。⑪	周朝能有这些人，都是周朝好骨干。
济济多士，文王以宁。⑫	人才济济聚一堂，文王因此得平安。
穆穆文王，於缉熙敬止。⑬	文王恭谨又和善，心地光明仪端庄。
假哉天命，有商孙子。⑭	上天之命真伟大，商王子孙都归降。
商之孙子，其丽不亿。⑮	商王子孙实在多，数量上亿难估量。
上帝既命，侯于周服。⑯	上帝已经把令下，只得称臣降周邦。
侯服于周，天命靡常。⑰	殷商臣服降周邦，可见天命本无常。
殷士肤敏，祼将于京。⑱	殷士壮美又敏捷，镐京献酒祭周王。
厥作祼将，常服黼冔。⑲	他们献酒助祭时，还穿殷时旧服装。
王之荩臣，无念尔祖。⑳	周王任用殷旧臣，莫想先祖殷商王。
无念尔祖，聿修厥德。㉑	莫想先祖殷商王，只把美德来修养。
永言配命，自求多福。㉒	言行永远合天命，很多幸福任你享。
殷之未丧师，克配上帝。㉓	殷朝尚得民心时，能合天命治家邦。
宜鉴于殷，骏命不易。㉔	当以殷商为镜子，天命难得非寻常。
命之不易，无遏尔躬。㉕	天命得来真不易，不要断送你手上。
宣昭义问，有虞殷自天。㉖	应当宣扬美名声，依据天命把事想。
上天之载，无声无臭。㉗	上天之事一桩桩，无声无味难知详。
仪刑文王，万邦作孚。㉘	只要效法周文王，天下万邦都敬仰。

注释

❶ 文王：周文王姬昌。於（wū）：赞美之声。昭：光明。

❷ 旧邦：旧国。命：天命。维：是。

❸ 有周：周朝。不：通“丕”，大。显：明。帝：天帝。

❹ 陟：升。降：下。

❺ 亹亹（wěi）：勤勉的样子。令闻：美好的声誉。令，善。

❻ 陈：反复。锡：赐。哉：此。侯：使之为侯。

❼ 本支：树木的根和枝，引申为本宗和支属旁系。百世：百代。

❽ 士：指周朝的百官群臣。亦世：同“奕世”，犹“累世”，代代相传。

❾ 厥：其，指群臣。犹：谋略。翼翼：思虑深远的样子。

❿ 思：语助词。皇：美好。王国：王者之国。此指周。

⓫ 克：能。维：是。桢：骨干。

⓬ 济济：众多而整齐的样子。宁：安宁。

⓭ 穆穆：仪表美好、庄严和善的样子。缉熙：光明正大，形容文王品格之美。敬：恭敬。止：语气词。

⓮ 假：大。有商：商朝。

⓯ 丽：数目。不亿：不止一亿。古时以十万为亿。

⓰ 侯：乃。服：臣服。

⓱ 靡常：无常。

⓲ 殷士：殷商后人。肤：壮美。敏：敏捷。祼（guàn）：古时一种仪式，即灌祭。将：举行。于：往。京：镐京。

⓳ 常：通“尚”，还。服：穿戴。黼（fǔ）：绣有黑白相间花纹的礼服。冔（xǔ）：殷贵族所戴的礼帽。

⓴ 王：指周王。荩（jìn）臣：忠臣，进用之臣。祖：指商王。

㉑ 修：修养。

㉒ 永：长。言：语助词。配命：与天命相合。

㉓ 师：众人。克：能。

㉔ 宜：应当。鉴：镜子。这里指借鉴。骏：大。不易：不容易得到。

㉕ 遏：断绝。

㉖ 宣昭：宣扬。昭，明。问：通“闻”，声誉。虞：考虑。

㉗ 载：事。臭：气味。

㉘ 仪刑：效法。作：则。孚：信。

大明

解 题

这是周部族的史诗之一，记叙了王季与太任、文王与太姒结婚及武王灭亡商朝的史事。全诗八章。首章先叙天命无常，唯辅有道君王，故周王灭商乃天命所为；二章写王季和太任“维德之行”，以生文王；三章写文王修德服众；四章写天帝为文王选配佳偶；五章写文王亲迎太姒；六章写太姒生武王，并受命伐商；七章写武王在牧野誓师；八章写牧野大战，灭亡商朝，天下太平。诗人热情歌颂了周部族的杰出领袖文王和武王，称赞了太师吕尚的才智和威武的雄姿，表现了周人战胜邪恶的喜悦和自豪之情。本诗结构宏大而严谨，布局巧妙，主旨鲜明，是《诗经》中的著名篇章。

【原 文】

明明在下，赫赫在上。①
天难忱斯，不易维王。②
天位殷適，使不挟四方。③

挚仲氏任，自彼殷商，
来嫁于周，曰嫔于京。④
乃及王季，维德之行。⑤

大任有身，生此文王。⑥
维此文王，小心翼翼。⑦

【译 文】

君王勤勉在人间，功绩显赫上达天。
天命确实难相信，王位不易永保全。
天帝立了殷纣王，却又使他丢政权。

挚国任家二女儿，从那殷国来周邦，
太任嫁到周国来，就在周京做新娘。
太任王季好夫妻，品德高尚美名扬。

太任终于怀身孕，生下这个周文王。
只有这位周文王，小心谨慎治家邦。

昭事上帝，聿怀多福。[8]	光明磊落侍上帝，得到幸福多多享。
厥德不回，以受方国。[9]	言行不违天帝心，因而得做大国王。
天监在下，有命既集。[10]	上天监视在人间，天命已降给文王。
文王初载，天作之合。[11]	文王即位之初年，上帝给他配新娘。
在洽之阳，在渭之涘。[12]	在那洽河水北岸，在那渭河水近旁。
文王嘉止，大邦有子。[13]	文王将行大婚礼，莘国姑娘嫁周邦。
大邦有子，伣天之妹。[14]	莘国有个好女儿，如同天帝少女郎。
文定厥祥，亲迎于渭。[15]	文王选定吉祥日，渭河之滨迎新娘。
造舟为梁，不显其光。[16]	船儿相连搭浮桥，迎亲仪式特辉煌。
有命自天，命此文王，	天命从天降人间，命令这位周文王，
于周于京。[17]缵女维莘，	就在周京建家邦。莘国美丽好姑娘，
长子维行，笃生武王。[18]	她是长女嫁周王，后来生下周武王。
保右命尔，燮伐大商。[19]	上帝保佑周武王，联合诸侯伐殷商。
殷商之旅，其会如林。[20]	殷商出兵来抵挡，军队排列密林样。
矢于牧野：维予侯兴，	武王牧野来誓师：我要出兵讨伐商，
上帝临女，无贰尔心！[21]	上帝在天望殷军，你们莫揣鬼心肠！
牧野洋洋，檀车煌煌，	牧野地面真宽广，檀木军车多辉煌，
驷騵彭彭。[22]维师尚父，	四马拉车甚雄壮。太师吕望指挥忙，
时维鹰扬。[23]凉彼武王，	周军如同鹰飞扬。辅助武王统三军，
肆伐大商，会朝清明。[24]	于是讨伐殷纣王，会战早晨灭殷商。

注释

❶ 明明：勤勉的样子。下：指人世间。赫赫：显赫的样子。上：指天上。

❷ 忱：相信。斯：语助词。维：是。

❸ 天：上帝。殷適（dí）：殷王的嫡子，指商纣王。挟：拥有。

❹ 挚：古国名。仲氏：次女。任：姓，挚国君王姓任。曰：语助词。嫔：嫁人为妇。京：周之京师。

❺ 乃：于是。及：与。王季：周太王的儿子，周文王的父亲。

❻ 大任：太任，即挚仲，文王之母。有身：怀孕。

❼ 翼翼：恭谨的样子。

❽ 昭：光明磊落。事：侍奉。聿：语助词。怀：招来。

❾ 厥：其，指文王。回：违背。以：因而。受：承受，享有。方国：四方各诸侯国。

❿ 监：视。在下：指人间。有命：天命。集：归。

⓫ 初载：初年。合：匹配。

⓬ 洽：古河名。阳：河水北岸。渭：渭水。涘（sì）：河岸。

⓭ 嘉止：嘉礼，指婚礼。大邦：大国，指莘国。有子：有个姑娘，指太姒。

⓮ 俔（qiàn）：好比，如同。妹：少女。

⓯ 文：周文王。祥：吉。

⓰ 梁：桥。不：通“丕”，大。

⓱ 于：在。

⓲ 缵（zuǎn）：好。莘（shēn）：古国名。长子：长女，指太姒。行：出嫁。笃：发语词。武王：周武王。

⓳ 保右：保佑。命：命令。燮：联合。

⓴ 旅：军队。

㉑ 维：发语词。侯：乃。兴：强盛。

㉒ 洋洋：广大的样子。檀车：檀木造的车。煌煌：光明的样子。騵（yuán）：赤毛白腹的马。彭彭：强健的样子。

㉓ 维：语助词。师：官名，即太师。尚父：对太公望吕尚的尊称。时：是，这。维：如。鹰扬：像雄鹰那样展翅飞翔。

㉔ 凉：亮，辅佐。肆：于是。会：适逢。

绵

解题

这是周部族的史诗之一，记叙了周太王和周文王的历史功绩。全诗九章。首章写太王由豳迁岐及初到岐地的艰难困境；二章写古公亶父与妻子太姜亲临岐下相地择居的活动；三章写太王决策英明，选择肥美的周原作定居之地；四章写太王率民筑室而居，开辟土地，发展农业；五章写太王设官分职，修造宗庙；六章写周民筑墙劳动的热烈场面；七章写太王筑城立社，完善统治体制；八章写文王继承祖业，逐昆夷；九章写文王任用贤才，发展和壮大周族势力。诗中热情歌颂了古公亶父与文王的谋略和胆识，肯定了他们的历史地位，表现了周民对他们的热爱崇敬之情。本诗叙事有条有理，若断若续，前后照应，有较强的艺术表现力。

【原文】

绵绵瓜瓞，民之初生，
自土沮漆。①古公亶父，
陶复陶穴，未有家室。②

古公亶父，来朝走马。③
率西水浒，至于岐下。④
爰及姜女，聿来胥宇。⑤

周原膴膴，堇荼如饴。⑥

【译文】

小瓜大瓜连成片，周民开始创基业，
从土迁到漆水旁。古公亶父有思想，
率领大家掏洞穴，当时没有现成房。

古公亶父创业忙，清早骑马奔他乡。
沿着渭水向西走，一直到达岐山旁。
他的妻子是太姜，一同选地建新房。

周原土地很肥美，苦菜也像麦芽糖。

爰始爰谋，爰契我龟。[7]
曰止曰时，筑室于兹。[8]

大家共同来谋划，刻灼龟甲卜吉祥。
神灵告知可留住，就在这里盖新房。

乃慰乃止，乃左乃右。[9]
乃疆乃理，乃宣乃亩。[10]
自西徂东，周爰执事。[11]

周人安心来居住，或住左边或右方。
划定田界来耕田，开通河道垄成行。
周原从西到东方，人人劳作日夜忙。

乃召司空，乃召司徒，
俾立室家。[12]其绳则直，
缩版以载，作庙翼翼。[13]

先召司空管工程，司徒再把力役掌，
令其率众造新房。拉紧绳墨吊直线，
夹板捆到立柱上，宗庙整齐新模样。

捄之陾陾，度之薨薨。[14]
筑之登登，削屡冯冯。[15]
百堵皆兴，鼛鼓弗胜。[16]

铲土噗噗装进筐，板间填土轰轰鸣。
捣土筑墙声登登，把墙铲平声冯冯。
百堵墙儿都建成，铲墙之声胜鼓声。

乃立皋门，皋门有伉。[17]
乃立应门，应门将将。[18]
乃立冢土，戎丑攸行。[19]

王城郭门已建成，皋门高高多雄壮。
正殿大门也修成，应门威严又辉煌。
建起大社祭神坛，成为大众活动场。

肆不殄厥愠，亦不陨厥问。[20]
柞棫拔矣，行道兑矣。[21]
混夷駾矣，维其喙矣。[22]

虽未消除狄人怨，周人声誉也未伤。
柞树棫树都拔除，道路无阻皆通畅。
昆夷受惊慌逃亡，困顿疲惫甚紧张。

虞芮质厥成，文王蹶厥生。[23]
予曰有疏附，予曰有先后，
予曰有奔奏，予曰有御侮。[24]

虞君芮君相和解，文王感化改其性。
我有贤臣来归附，我有良才辅国政，
我有良士在奔波，我有英雄来抗敌。

注释

❶ 绵绵：绵延不绝的样子。瓞（dié）：小瓜。民：指周民。初生：兴起之初。土：水名。沮："徂"的假借字，到。漆：水名。

❷ 古公亶（dǎn）父：周文王的祖父。陶："掏"的假借字。复：通"覆"，累土为室。穴：窟穴。家室：指房屋。

❸ 来朝：第二天早晨。走马：马奔驰。

❹ 率：循，沿着。浒：水边。此指渭水河边。岐下：岐山之下。

❺ 爰：于是。及：与。姜女：太姜，姜姓之女。聿：语助词。胥：相，视察。宇：居处。

❻ 周原：地名，在岐山之下。膴膴（wǔ）：肥美。堇、荼：野菜。饴（yí）：麦芽糖。

❼ 爰：于是。始：谋，计划。契：刻。龟：龟甲。此指用龟甲占卜吉凶。

❽ 曰：语助词。止：居住在这里。时：是，同"止"意。兹：此。

❾ 慰：安心。

❿ 疆：划定田地疆界。理：治理田地。宣：松土。亩：修田垄。

⓫ 周：遍，全部。执事：从事。

⓬ 召：招来。司空：周代掌管城邑建设之官。司徒：周代掌管土地、力役之官。俾：使。立：建立。

⓭ 绳：绳墨，准绳，以正地基。缩：束。版：筑墙时用来夹土的长板。载：筑墙所立的木柱。庙：宗庙。翼翼：整齐的样子。

⓮ 捄：聚土装筐。陾陾（réng）：铲土声。薨薨：填土声。

⓯ 筑：捣土使墙坚实。登登：捣土声。削屡：把土墙隆起处刮平。冯冯（píng）：削墙土之声音。

⓰ 兴：建成。鼛（gāo）鼓：一种大鼓。击此鼓以鼓舞精神。弗胜：不胜。此言鼓声没有众人削墙土的声音大。

⓱ 皋门：都城的外城门。有伉（kàng）：犹"伉伉"，高高的样子。

⓲ 应门：王宫正门。将将（qiāng）：庄严而堂皇的样子。

⑲ 冢土：大社，即祭神坛。戎：大。攸：所。行：往。

⑳ 肆：既。殄：消灭。厥：其，指狄人。愠（yùn）：怨怒。陨：落。此指消除。厥：其，指周文王。问：通“闻”，声誉。

㉑ 柞棫：皆树名。拔：拔除。兑：通达，通畅。

㉒ 混夷：古代西北部的少数民族，即昆夷。駾（tuì）：受惊而奔逃。维其：何其。喙（huì）：疲惫困顿。

㉓ 虞芮：皆古国名。质：评断。成：和解。蹶（guì）：动，感动。生：通“性”，天性，资质。

㉔ 予：我，周文王自称。曰：语助词。疏附：归附。先后：前后，指在君王前后左右为其谋划之臣。奔奏：指为王奔走效力的大臣。御侮：指抵御侵略的大臣。

棫朴

解 题

旧注多以为这是一首歌颂周文王之德的诗，可信。诗的作者是一位贵族。全诗五章。首章写文王与大臣备柴祭天；二章写祭天之举；三章写文王征伐；四章写文王重贤；五章写文王之才。本诗热情颂美周文王的德行，语言华美，叙事颇有层次。

【原 文】	【译 文】
芃芃棫朴，薪之槱之。①	枝繁叶茂棫和朴，砍作祭柴暂堆放。
济济辟王，左右趣之。②	恭谨庄重周文王，左右群臣紧跟上。
济济辟王，左右奉璋。③	恭谨庄重周文王，左右大臣捧玉璋。
奉璋峨峨，髦士攸宜。④	捧璋之人着盛装，俊才行礼皆适当。

原文	译文
淠彼泾舟，烝徒楫之。⑤ 周王于迈，六师及之。⑥	泾水船儿在漂荡，众多船夫竞划桨。 周王征伐向前行，六师紧随浩荡荡。
倬彼云汉，为章于天。⑦ 周王寿考，遐不作人。⑧	银河高高又宽广，群星灿烂蓝天上。 文王长寿把福享，培养人才眼光长。
追琢其章，金玉其相。⑨ 勉勉我王，纲纪四方。⑩	服饰美丽似雕琢，道德纯美金玉样。 勤勉不懈周文王，统管天下镇四方。

注释

❶芃芃：茂盛的样子。棫：树名。朴：树名。薪：薪柴。此处作动词，砍柴。槱（yǒu）：积木以燃烧。

❷济济：庄严恭敬貌。辟王：君王。左右：指在周文王左右的大臣。趣："趋"之借字，快步行进。

❸奉：捧。璋：玉器。

❹峨峨：庄严的样子。髦士：英俊之士。攸：所。宜：适宜。

❺淠（pì）彼：犹"淠淠"，船行水中的样子。泾：泾水。烝：众。徒：船夫。楫：船桨。此用为动词，划船。

❻周王：周文王。于：往。迈：行。六师：指天子的军队。及：随从。

❼倬（zhuō）彼：犹"倬倬"，宽广的样子。云汉：天河。章：文采。此指天河星光灿烂。

❽寿考：长寿。遐：远。不：语助词。作人：培养人才。

❾追琢：雕琢。章：外表，气度。相：品质，本质。此指文王之美德似金玉般纯正。

❿勉勉：勤勉努力的样子。纲纪：统领，治理。

旱麓

解题

这是一首歌颂周文王祭祀祖先而得福的诗。全诗六章。每章前两句多以景物起兴，即景生情；后两句皆为颂扬文王之辞，称赞他平易近人，有长远眼光，虔诚祭祀祖先，求福而得福。诗中的“鸢飞戾天，鱼跃于渊”写得生动形象。

【原文】

瞻彼旱麓，榛楛济济。①
岂弟君子，干禄岂弟。②

瑟彼玉瓒，黄流在中。③
岂弟君子，福禄攸降。④

鸢飞戾天，鱼跃于渊。⑤
岂弟君子，遐不作人。⑥

清酒既载，骍牡既备。⑦
以享以祀，以介景福。⑧

瑟彼柞棫，民所燎矣。⑨
岂弟君子，神所劳矣。⑩

【译文】

遥望旱山山脚下，榛树楛树遍地长。
和乐平易周文王，求得福禄心欢畅。

洁白鲜亮玉酒壶，盛有金黄醇美酒。
和乐平易周文王，天降福禄多关怀。

鸢鸟高飞到蓝天，鱼儿欢游在深渊。
和乐平易周文王，培养人才想得远。

清酒已经摆设完，红色公牛也备全。
真诚献祭众祖先，求取大福到身边。

柞树棫树长得密，人们砍烧来祭天。
和乐平易周文王，神灵赏赐多周全。

莫莫葛藟，施于条枚。[11]	葛藟长得很茂密，爬上树去缠枝干。
岂弟君子，求福不回。[12]	和乐平易周文王，求福从不违祖先。

注释

❶ 瞻：远望。旱：山名。麓：山脚。榛：树名。楛（hù）：树名。济济：众多的样子。

❷ 岂弟：和乐平易。君子：指周文王。干：求。禄：福。

❸ 瑟："璱"之借字，玉洁净鲜明貌。玉瓒（zàn）：古代礼器，即"圭瓒"，天子祭祀用的酒器。黄流：指瓒中的黄色之酒。

❹ 攸：所。降：指天降福给文王。

❺ 鸢：猛禽名，即鸱鹰。戾：到达。渊：深水潭。

❻ 遐：远。不：语助词。作人：培养人才。

❼ 载：陈设，设置。骍牡：赤色公牛。备：齐备。

❽ 以：用。享：献祭先祖。介：求。景：大。

❾ 瑟：众多的样子。燎：烧柴祭天神。

❿ 劳：慰劳。

⓫ 莫莫：茂盛的样子。施（yì）：蔓延。条：树枝。枚：树干。

⓬ 不回：不违背，指不违先祖之道。

思齐

解题

这是一首赞美周文王的诗。全诗五章。首章先写太姜、太任和太姒三贤母以衬托文王之德；二章写文王修身、齐家、治国之美德；三章写文王君临天下，民众得保；四章写文王善纳谏言，虚心听取意见；五章写文王敬贤爱士。诗中表现了诗人对文王的崇敬赞美之情。

【原文】

思齐大任，文王之母。①
思媚周姜，京室之妇。②
大姒嗣徽音，则百斯男。③

惠于宗公，神罔时怨，
神罔时恫。④刑于寡妻，
至于兄弟，以御于家邦。⑤

雍雍在宫，肃肃在庙。⑥
不显亦临，无射亦保。⑦

肆戎疾不殄，烈假不瑕。⑧
不闻亦式，不谏亦入。⑨

肆成人有德，小子有造。⑩
古之人无斁，誉髦斯士。⑪

【译文】

太任端庄又漂亮，文王之母美名扬。
德高貌美是太姜，姜家姑娘嫁大王。
太姒继承好声誉，生下上百好儿郎。

文王顺从众先祖，先祖神灵无怨容，
先祖神灵无伤痛。文王以礼待嫡妻，
友爱各位好兄弟，以身作则治家邦。

在那宫室多和睦，在那庙宇很严肃。
明处审察能自省，一心保民不满足。

所以瘟疫病患绝，一切灾害都远离。
听到善言便采纳，若有谏言记心里。

成年之人有美德，少年也都有造就。
文王爱才不厌倦，培养此辈成俊杰。

注释

❶ 思：语首助词。齐：端庄的样子。大任：太任。王季的妻子，文王的母亲。

❷ 媚：美好。周姜：太姜，文王之祖父古公亶父的妻子。京室：犹言“王室”。

❸ 大姒：太姒，周文王的妻子。嗣：继。徽音：美好的声誉。百：虚数，言

其多。斯：其。

❹ 惠：顺从。宗：指宗庙。公：先公，即周人之祖先。神：指先公之神灵。罔：无。时：所。恫（tōng）：伤痛。

❺ 刑：通“型”，典范。寡妻：对国君嫡妻的谦称。御：治理。家邦：国家。

❻ 雍雍：非常和睦的样子。宫：宫室。肃肃：恭敬严肃的样子。

❼ 不：大。或释为语助词。显：光明。亦：而。临：省察。射（yì）：厌倦。保：保民。

❽ 肆：故，所以。戎疾：凶恶之病。此指瘟疫、灾难。不：语助词。殄（tiǎn）：灭。烈假：恶疾。瑕：远去。

❾ 闻：听。式：用。谏：劝谏之言。入：采纳。

❿ 德：指美好的道德。小子：指未成年之人。造：造就。

⓫ 古之人：指文王。斁：厌倦。此指文王爱惜人才。誉：声誉。髦：俊。斯士：指上述成人和小子。

皇矣

解题

这是周部族的史诗之一，记述了太王、王季和文王开国兴周的史实。全诗八章。首章写上天助佑周王；二章写太王迁岐扩土；三章写王季受命为君，友爱兄弟；四章写王季聪明多才，能明辨是非善恶，赐福子孙；五章写文王受命，征密伐阮，扬名天下；六章写文王严阵以待，定居岐山之阳；七章赞文王之德，联合友邦，攻伐崇国；八章写攻崇成功，四方归服。本诗结构宏大，语言精练生动，有较强的艺术感染力。

【原 文】

皇矣上帝，临下有赫。[1]
监观四方，求民之莫。[2]
维此二国，其政不获。[3]
维彼四国，爰究爰度。[4]
上帝耆之，憎其式廓。[5]
乃眷西顾，此维与宅。[6]

作之屏之，其菑其翳。[7]
修之平之，其灌其栵。[8]
启之辟之，其柽其椐。[9]
攘之剔之，其檿其柘。[10]
帝迁明德，串夷载路。[11]
天立厥配，受命既固。[12]

帝省其山，柞棫斯拔，
松柏斯兑。[13]帝作邦作对，
自大伯王季。[14]维此王季，
因心则友。[15]则友其兄，
则笃其庆。[16]载锡之光，
受禄无丧，奄有四方。[17]

维此王季，帝度其心，
貊其德音。[18]其德克明，
克明克类，克长克君。[19]

【译 文】

英明上帝多伟大，洞察人间目明亮。
观察天下地四方，求得万民安无恙。
想起夏商统治者，治理国家民心丧。
想那四方诸侯国，效法何人当榜样。
上帝考察那商王，憎其奸恶黑心肠。
上帝回头望西方，同住周地保周王。

连砍带拔除杂草，各种枯木一扫光。
修剪乱枝和乱叶，灌木茂盛新枝长。
开辟道路除草木，柽椐尽除道路畅。
剪掉杂枝和密叶，山桑黄桑长得旺。
上帝助王势力强，犬戎失败慌逃亡。
上帝确立辅佐者，太王受命做周王。

上帝察看这岐山，柞树棫树全砍光，
松柏高直长得旺。上帝建周立明王，
太伯王季诚相让。这位王季心善良，
一片爱兄好心肠。顺从兄意敬兄长，
王季为善增吉祥。上帝恩赏显荣光，
接受福禄永不丧，终有天下保四方。

这位王季德高尚，上帝审度他思想，
传布美名扬四方。明辨是非他所长，
区分坏人和好人，能做师长和君王。

王此大邦，克顺克比。[20]
比于文王，其德靡悔。[21]
既受帝祉，施于孙子。[22]

王季称王于周邦，万民顺服心所向。
王位传至周文王，美德不改民向往。
既已接受天赐福，传给子孙万代长。

帝谓文王，无然畔援，
无然歆羡，诞先登于岸。[23]
密人不恭，敢距大邦，
侵阮徂共。[24]王赫斯怒，
爰整其旅，以按徂旅，
以笃于周祜，以对于天下。[25]

上帝告诉周文王，莫要跋扈太轻狂，
不要贪婪私欲强，先据高位制四方。
密须傲慢不恭顺，竟敢抗拒我周王，
侵阮掠共太猖狂。文王勃然怒满腔，
整顿军队除不祥，阻遏敌兵侵莒疆，
以此多增周民福，也使天下得安康。

依其在京，侵自阮疆。[26]
陟我高冈，无矢我陵，
我陵我阿。[27]无饮我泉，
我泉我池。[28]度其鲜原，
居岐之阳，在渭之将。[29]
万邦之方，下民之王。[30]

周京驻军势力强，援阮凯旋意气扬。
登上高冈远眺望，不许陈兵我山冈，
高山大陵属周王。不许喝我山泉水，
我的清泉我池塘。测量小山平原广，
定居岐山阳坡上，就在渭水河一旁。
万邦依附周天子，他是万民好君王。

帝谓文王，予怀明德，
不大声以色，不长夏以革。[31]
不识不知，顺帝之则。[32]
帝谓文王，询尔仇方，
同尔弟兄。[33]以尔钩援，
与尔临冲，以伐崇墉。[34]

上帝告诉周文王，你有美德我赞赏。
莫重声色把德伤，不靠兵革显威望。
莫显知识耍聪明，当顺天意治周邦。
上帝告诉周文王，要与友邦来商量，
联合同姓诸国王。你的钩梯要用上，
临车冲车上战场，攻打崇国那城墙。

临冲闲闲，崇墉言言。[35]

临车冲车奔向前，崇国城墙高又长。

执讯连连，攸馘安安。[36]
是类是祃，是致是附，
四方以无侮。[37]临冲茀茀，
崇墉仡仡。[38]是伐是肆，
是绝是忽，四方以无拂。[39]

捉获俘虏一长串，割取敌耳心安详。
祭天神呀祭军神，招抚崇人都投降，
各国莫敢犯周疆。临车冲车气势旺，
崇国城墙坚又高。进击崇国敌难挡，
崇国终于被灭亡，四方无人再对抗。

注释

❶ 皇：英明，伟大。临：监察。下：人间。有赫：犹“赫赫”，明亮貌。

❷ 莫：安定。

❸ 二国：指夏商二国。不获：不得。此指二国不得民心。

❹ 四国：其他四方之国。爰：何。究：谋，考虑。度：审度，辨识。

❺ 耆：考察。憎：憎恶。式廓：奸诈暴虐。

❻ 眷：回头看。与：同。宅：居。

❼ 屏（bǐng）：亦作“摒”，除。菑（zì）：直立而枯死的树木。翳：倒在地上的枯树。

❽ 修：修剪。平：治理。灌：灌木林。栵（lì）：“烈”的假借，砍而复生的树。

❾ 启：开发。辟：开辟。柽（chēng）：树名，又称河柳、柽柳。椐（jū）：树名，即灵寿木，木多肿节，可做手杖。

❿ 攘：排除。剔：剪除。檿（yǎn）：树名，即山桑，美材，可做弓。柘（zhè）：黄桑，叶可喂蚕。

⓫ 帝：指上帝。迁：升。明德：具有光明美德之人。串夷：犬戎。载：则。路：败。

⓬ 立：树立。厥：其。此指上帝。配：辅佐者。受命：接受天命。固：牢固。

⓭ 省：视察。山：岐山。柞：树名。棫：树名。斯：语助词。拔：剪除。兑：通达。此指树木挺直高大。

⑭ 作：建立。邦：国家。大伯：太伯，太王的长子。王季：太王的小儿子，即第三子季历。

⑮ 因心：顺从兄长之心。友：与兄弟友爱。

⑯ 笃：忠厚。庆：善。

⑰ 载：乃。锡：赐。光：光荣。丧：丧失。奄：包括。

⑱ 度（duó）：揣度，考虑。貊（mò）：流布。此指王季的美名得以传扬。

⑲ 德：德性。克明：能明辨是非。克类：能分辨善恶。克长：能做师长。克君：能做君王。

⑳ 大邦：大国。此指周。比：通“俾”，顺从。

㉑ 比：及，到。靡悔：不改。

㉒ 祉：福。施（yì）：延及。孙子：犹子孙。

㉓ 然：语助词。畔援：跋扈。一说“徘徊不进”之意。歆美：美慕。诞：发语词。先：初。岸：居高临下的高处之地。

㉔ 密：密须，古国名。距：通“拒”，抗拒。阮：古国名。徂：往。共：古国名。

㉕ 赫：勃然大怒的样子。斯：语助词。爰：于是。旅：第一个“旅”意为“军队”；第二个“旅”通“莒”，古国名，周属国。笃：巩固。祜（hù）：福。对：扬。

㉖ 依其：犹“依然”，盛多的样子。京：周京。侵：息兵。阮疆：阮国的疆界。

㉗ 陟：登上。矢：陈兵。陵：山丘。阿：大丘陵。

㉘ 池：水池。

㉙ 度：测量，度量。鲜原：小山下的平原。岐：岐山。阳：山南曰阳。将：旁边。

㉚ 方：依附。或释为“榜样”。

㉛ 怀：顾念。明德：有明德者，指文王。大：重视。以：与。长：依靠。夏：当作“戛”，戟。革：甲。

㉜ 识：记住。顺：遵循。则：法则。

㉝ 询：共同商量。仇方：友好的邻国。同：会合。弟兄：指同姓国家。

㉞ 以：用。钩援：钩梯，古代爬城的器具。与：同。临：临车，从上面攻城

的战车。冲：冲车，从旁边撞击城墙的战车。崇：古国名。

㉟ 闲闲：势盛的样子。言言：高大的样子。

㊱ 执讯：捉俘虏。攸：所。馘（guó）：古代战争以割取被杀敌人左耳的多少计功，称为馘。安安：从容不迫的样子。

㊲ 是：乃。类：出师前祭天的活动。祃（mà）：出师后祭天的活动。附：通"拊"，安抚。四方：指四方之国家。以：因而。无侮：不敢侵侮。

㊳ 茀茀（fú）：强盛的样子。仡仡（yì）：高耸的样子。

㊴ 肆：攻击。绝、忽：灭亡。拂：抗拒，违命。

灵台

解题

这是一首记述周文王修筑灵台和游乐的诗。全诗五章。首章追述文王建灵台的过程；二、三章写文王游赏灵囿、灵沼；四章写文王于辟廱赏乐；五章写文王享受钟鼓之乐。诗中极力歌颂文王与民同乐，表达了对文王的崇敬之情。本诗文字简练，风格清新，有较强的艺术感染力。

【原 文】	【译 文】
经始灵台，经之营之。[1] 庶民攻之，不日成之。[2]	文王开始修灵台，测量完毕干起来。 平民百姓来修建，不日修成干得快。
经始勿亟，庶民子来。[3] 王在灵囿，麀鹿攸伏。[4]	文王告民莫着急，平民如子把王爱。 文王来到灵囿中，母鹿伏地多悠闲。

麀鹿濯濯，白鸟翯翯。⑤	母鹿肥美有光泽，鸟羽洁白光闪闪。
王在灵沼，於牣鱼跃。⑥	文王站到灵沼岸，满池鱼儿跳跃欢。
虡业维枞，贲鼓维镛。⑦	钟磬鼓架都配齐，挂起大鼓和大钟。
於论鼓钟，於乐辟廱。⑧	钟鼓乐声多美妙，文王欢乐在离宫。
於论鼓钟，於乐辟廱。	钟鼓乐声多美妙，文王欢乐在离宫。
鼍鼓逢逢，蒙瞍奏公。⑨	鼍鼓逢逢响四方，乐师奏乐颂成功。

注释

❶ 始：开始。灵台：古台名。营：营造。

❷ 庶民：平民百姓。攻：治，犹言建造。不日：不久。

❸ 亟：急。

❹ 王：文王。灵囿：古园囿名。古代君王为游览取乐，多建有畜养禽兽的园林，名为囿。麀（yōu）：母鹿。攸：语助词。

❺ 濯濯：肥美的样子。翯翯（hè）：羽毛洁白而有光泽的样子。

❻ 沼：池塘。牣（rèn）：满。

❼ 虡（jù）：挂钟、磬的木架子。业：虡上的横木大版。维：与。枞（cōng）：又称“崇牙”，业上的一排锯齿。贲（fén）鼓：大鼓。镛：大钟。

❽ 论：通“伦”，次序。辟廱：周王离宫之名。

❾ 鼍（tuó）：扬子鳄，其皮坚厚，可制鼓面。逢逢（péng）：打鼓声。蒙瞍：盲人。古代乐师多以盲人充任。奏：演奏。公：通“功”，成功。

下武

解题

这是一首赞美周武王的诗。全诗六章。首章颂扬“三后”及武王继祖业；二章赞美武王能顺天命；三章颂扬武王为天下人的榜样；四章赞美武王孝顺，受人爱戴；五章颂扬武王能继祖业，国祚永昌；六章颂扬武王受天福禄，国运昌盛。本诗虽极力颂扬周武王，但内容较空泛。

【原文】

下武维周，世有哲王。①
三后在天，王配于京。②

王配于京，世德作求。③
永言配命，成王之孚。④

成王之孚，下土之式。⑤
永言孝思，孝思维则。⑥

媚兹一人，应侯顺德。⑦
永言孝思，昭哉嗣服。⑧

昭兹来许，绳其祖武。⑨

【译文】

能继祖业唯周邦，世代皆有贤圣王。
三位先君灵升天，武王镐京掌周邦。

武王镐京掌周邦，继承祖德又发扬。
永远顺从天旨意，成就王业增威望。

成就王业增威望，天下之人有榜样。
心中永存孝敬心，孝心就是法先王。

天下爱这周武王，发扬祖德治周疆。
心中永存孝敬心，明告后人切勿忘。

明告后人切勿忘，继承祖业增荣光。

於万斯年，受天之祜。[10]	周王朝啊国运长，接受天恩把福享。
受天之祜，四方来贺。[11]	接受天恩把福享，四方诸侯贺周王。
於万斯年，不遐有佐。[12]	周王朝啊国运长，远方夷人佐周邦。

注释

❶下武：继承先人事业。维：只有。世：世世代代。哲：明智。

❷三后：三位君王，指太王、王季、文王。配：辅佐。京：指西周都城镐京。

❸世德：继承祖德。求：通“逑”，匹配。

❹永：长久。言：语助词。配命：配合天命，顺应天命。成王：完成王者之事。成，成就，完成。孚：信。

❺下土：人间。式：法。

❻孝：孝心，孝道。思：语助词。则：法则。

❼媚：爱。兹：此。一人：指周武王。应：顺应。侯：语助词。顺德：孝顺之德。

❽昭：光明。嗣服：指周武王的继承者。

❾来许：指周武王的继承者。绳：继承，遵循。祖武：祖先的足迹。此指祖先的事业。

❿万斯年：犹言“万万年”。斯，语中助词。祜：福。

⓫四方：指天下各诸侯国。

⓬不：语首助词。遐：远，指远方之人。

文王有声

解题

《毛诗序》说："《文王有声》，继伐也。武王能广文王之声，卒其伐功也。"朱熹《诗集传》进一步指出："此诗言文王迁丰、武王迁镐之事。"可信。迁丰、迁镐确为周朝历史上的两件大事，也是文王和武王的历史功劳，诗中对此大加歌颂，表现了诗人的民族自豪感和对文王、武王的挚爱之情。本诗末句皆以叹美之词作结，有一定的艺术感染力。

【原文】	【译文】
文王有声，遹骏有声。①	文王本有好名声，巨大声望扬四方。
遹求厥宁，遹观厥成。②	力求政权得安宁，欲见事业成大功。
文王烝哉！③	英明伟大周文王！
文王受命，有此武功。④	文王接受天帝命，建立如此大武功。
既伐于崇，作邑于丰。⑤	举兵讨伐于和崇，建成新都是丰城。
文王烝哉！	英明伟大周文王！
筑城伊淢，作丰伊匹。⑥	修城又挖护城河，丰城规模正相当。
匪棘其欲，遹追来孝。⑦	不是急着满私欲，发扬孝道敬先王。
王后烝哉！⑧	天下称美周文王！
王公伊濯，维丰之垣。⑨	文王事业多辉煌，修筑丰都那城墙。

原文	译文
四方攸同，王后维翰。[10] 王后烝哉！	四方诸侯来朝会，文王就是国栋梁。 天下称美周文王！
丰水东注，维禹之绩。[11] 四方攸同，皇王维辟。[12] 皇王烝哉！	丰水奔流向东方，大禹功绩美名扬。 四方诸侯来朝会，光明君王是榜样。 武王伟大而辉煌！
镐京辟廱，自西自东， 自南自北，无思不服。[13] 皇王烝哉！	镐京修起那离宫，来自西方和东方， 来自南方和北方，无不归服我周王。 武王伟大而辉煌！
考卜维王，宅是镐京。[14] 维龟正之，武王成之。[15] 武王烝哉！	周王前来细问卜，定居镐京可吉祥。 龟甲卜定迁都事，武王成此功无量。 伟大辉煌周武王！
丰水有芑，武王岂不仕？[16] 诒厥孙谋，以燕翼子。[17] 武王烝哉！	丰水岸边芑谷长，武王岂能在闲逛？ 远大谋略留后人，如燕护子心慈祥。 伟大辉煌周武王！

注释

❶ 声：名声。遹（yù）：语助词。骏：大。

❷ 厥：其，指周政权。宁：安宁。成：成功。

❸ 烝：美。

❹ 受命：接受天命。武功：征伐之功。

❺ 于：古国名。崇：古国名。丰：古城邑名。

❻ 伊：为。淢（xù）：通“洫”，护城河。匹：匹配。

❼ 棘：急。欲：欲望。

❽ 王后：君王，指文王。

❾ 公：通“功”，王事。伊：是。濯：显著。垣：墙。

❿ 攸：乃。同：会合。此指朝会。维：是。翰：树干。

⓫ 注：流。绩：功绩。

⓬ 皇王：指周武王。辟：榜样。

⓭ 镐京：西周王朝的首都。周武王灭商后，将首都从丰迁至镐京。辟廱：离宫。自：从。思：语助词。服：服从。

⓮ 考卜：问卦。宅：定居。

⓯ 龟：用龟甲卜卦。正：定。成：完成。此指确定迁都之事。

⓰ 芑（qǐ）：野菜名，似苦菜，可生食。岂：难道。仕：事。

⓱ 诒：遗留。厥：其。孙谋：远大的谋略。以燕翼子：燕子翼护幼子。

生民

解 题

这是周部族的史诗之一，记述了周民始祖后稷的生平事迹。全诗八章。首章追述后稷之母姜嫄怀孕之怪异；二章写后稷降生之灵异；三章写后稷被弃而不死的奇异现象；四章写后稷幼而爱农，才能非凡；五章写后稷农艺本领超凡；六章写后稷教民种谷，成效显著；七章写后稷率民准备祭祀活动；八章写祭祀的具体情景。诗中形象地塑造了后稷神奇灵异、智慧超凡、农艺卓绝的艺术形象，表现了周人对他的尊敬和爱戴之情。本诗想象丰富，结构宏大，布局严密，很有艺术性。

【原文】

厥初生民？时维姜嫄。[1]
生民如何？克禋克祀，
以弗无子。[2]履帝武敏歆，
攸介攸止。[3]载震载夙，
载生载育，时维后稷。[4]

诞弥厥月，先生如达。[5]
不坼不副，无菑无害，
以赫厥灵。[6]上帝不宁，
不康禋祀，居然生子。[7]

诞置之隘巷，牛羊腓字之。[8]
诞置之平林，会伐平林。[9]
诞置之寒冰，鸟覆翼之。[10]
鸟乃去矣，后稷呱矣。[11]
实覃实訏，厥声载路。[12]

诞实匍匐，克岐克嶷，
以就口食。[13]蓺之荏菽，
荏菽旆旆。[14]禾役穟穟，
麻麦幪幪，瓜瓞唪唪。[15]

诞后稷之穑，有相之道。[16]
茀厥丰草，种之黄茂。[17]
实方实苞，实种实褎。[18]

【译文】

是谁最初生周民？这位先妣是姜嫄。
她是怎样生周民？她能虔诚祭上天，
祈求生子代代传。脚踩上帝脚趾迹，
停下休息心欢喜。怀胎生活行端庄，
十月生子来养育，后稷这样降人间。

姜嫄怀孕满十月，头胎生子很顺当。
产门完好不破裂，无灾无害无祸殃，
显示灵异大吉祥。上帝心中不安宁，
不能安享那祭祀，徒然生个小儿郎。

丢弃后稷在小巷，牛羊庇护来喂养。
丢弃后稷于森林，有人伐木正赶上。
丢弃后稷寒冰上，大鸟保护展翅膀。
大鸟不久飞离去，后稷呱呱哭声响。
哭声很大又很长，满路哭声远传扬。

不久后稷能爬行，慢慢站起立得正，
且能觅食以为生。种植庄稼播豆种，
大豆长得特茂盛。禾穗下垂沉甸甸，
麻麦繁茂覆垄间，果实累累数不清。

后稷用心种庄稼，助苗生长有方法。
除去田间丰茂草，播植黄茂品种好。
禾苗初生露嫩芽，长得肥壮向高拔。

实发实秀，实坚实好。[19]
实颖实栗，即有邰家室。[20]

庄稼茎高结成穗，颗粒坚实成色佳。
穗芒下垂头低下，后稷在邰安了家。

诞降嘉种，维秬维秠，
维穈维芑。[21]恒之秬秠，
是获是亩。[22]恒之穈芑，
是任是负，以归肇祀。[23]

上天恩赐好谷种，既有秬来又有秠，
还有穈来尚有芑。满地皆种秬和秠，
收获按亩把数计。满地遍种穈和芑，
大获丰收抱又背，回到家中把祖祭。

诞我祀如何？或舂或揄，
或簸或蹂。[24]释之叟叟，
烝之浮浮。[25]载谋载惟，
取萧祭脂。[26]取羝以軷，
载燔载烈，以兴嗣岁。[27]

周民怎样来祭祀？或舂米来或舀粮，
或搓米粒或簸糠。有人淘米声叟叟，
蒸饭热气浮天上。祭祀细节共商量，
取来香蒿和脂肪。取来公羊祭路神，
烧烤牺肉献神灵，保佑来年庄稼旺。

卬盛于豆，于豆于登。[28]
其香始升，上帝居歆。[29]
胡臭亶时，后稷肇祀。[30]
庶无罪悔，以迄于今。[31]

我把祭品装碗里，木碗瓦登全摆放。
香气开始升上天，上帝得把祭品享。
香味确实太美好，后稷开始祭上苍。
幸得神佑无罪过，自古到今永兴旺。

注释

❶ 时：此。维：是。姜嫄：人名，后稷的母亲。

❷ 克：能够。禋（yīn）：古代祭祀上帝的礼仪。弗：祛去灾难的祭祀。

❸ 履：踩。帝：上帝。武：脚印。敏：大脚趾。歆：欢喜。攸：乃。介：休息。止：停留。

❹ 载：则。震：怀孕。夙：严肃。生：降生。育：养育。后稷：弃，周人的始祖。

❺ 诞：语首助词。弥：满。先生：初生。

❻ 坼（chè）：裂开。此指产门裂开。副（pì）：破裂。菑：同“灾”。赫：显示。灵：灵异。

❼ 康：安。居然：徒然。

❽ 之：指后稷。隘巷：狭小之巷。腓：保护。字：喂奶。

❾ 平林：成林，即大树林。伐：砍。

❿ 覆：盖。翼：翅。

⓫ 去：离开。呱：小儿啼哭声。

⓬ 实：是，这样。覃（tán）：长。讦：大。载：满。

⓭ 实：是，于是。匍匐：伏地爬行。克：能。以：已经。就：求，寻找。口食：以口吃饭。此指食物。

⓮ 蓺：种植。荏菽：大豆。旆旆（pèi）：茂盛的样子。

⓯ 禾役：禾穗。穟穟（suì）：下垂貌。幪幪（měng）：植物茂盛覆地的样子。瓜：大瓜。瓞（dié）：小瓜。唪唪（běng）：果实累累的样子。

⓰ 穑：种植五谷。相：帮助。道：方法。

⓱ 茀（fú）：除草。丰草：茂盛的草。黄茂：好谷种。

⓲ 实：是。方：禾苗吐芽初生。苞：丛生。种：禾苗肥壮。褎（yòu）：禾苗渐高渐长。

⓳ 发：舒发，指茎叶发育长大。秀：结穗。

⓴ 颖：禾穗籽粒饱满下垂。栗：收获众多。即：就，前往。有邰（tái）：古代氏族。家室：此指安家定居。

㉑ 降：指上天赐予。维：有。秬（jù）：黑黍。秠（pī）：黍的一种，一壳中含有两粒黍米。穈（mén）：一种谷物。芑（qǐ）：白谷子。

㉒ 恒（gèng）：遍，满。是：于是。获：收割。亩：按亩计算谷的数量。

㉓ 任：抱在怀中。负：背着。肇：开始。

㉔ 舂（chōng）：舂米。揄（yóu）：把臼中捣好的米舀出来。簸：用簸箕扬米去糠。蹂：用双手搓米。

㉕ 释：淘米。叟叟（sōu）：淘米声。烝：蒸。浮浮：蒸饭时热气升腾的样子。

㉖谋：计划。惟：思考。萧：艾蒿。脂：指牛羊等的肠间脂肪。此言把牛羊的脂肪放到艾蒿上燃烧。

㉗羝（dī）：公羊。軷（bá）：祭祀路神。燔（fán）：烧。烈：烤。兴：兴旺。嗣岁：来年。

㉘卬（áng）：我。豆：古代盛肉的祭器。登：古代盛汤的瓦制祭器。

㉙居歆：安然享受。

㉚胡：大。臭（xiù）：气味。此指香气。亶：确实。时：好。

㉛庶：幸。罪悔：罪过。迄：至。

行苇

解 题

这是一首描写周王设宴款待亲族、宾客的诗。全诗四章。首章写款待兄弟之事，二章写酬酢之乐，三章写比射之事，四章写尊敬老者之事。诗中充满团结和乐的气氛，隐含着周王希望宗族和睦以维持统治的理想。本诗层次清晰，主题突出，有一定的艺术性。

【原 文】

敦彼行苇，牛羊勿践履。①
方苞方体，维叶泥泥。②
戚戚兄弟，莫远具尔。③
或肆之筵，或授之几。④

肆筵设席，授几有缉御。⑤

【译 文】

从从芦苇生道旁，别让牛羊来踩伤。
芦苇含苞茎儿长，叶子茂盛长得旺。
亲亲热热众兄弟，关系皆近莫疏远。
有的给他铺筵席，有的给他设几案。

摆好酒菜铺上席，几旁侍者服侍好。

或献或酢，洗爵奠斝。[6]	主人敬酒客回敬，洗涤酒爵置斝旁。
醓醢以荐，或燔或炙。[7]	肉汤肉酱都端上，烧肉烤肉多花样。
嘉殽脾臄，或歌或咢。[8]	牛肚牛舌有嘉肴，有人击鼓有人唱。
敦弓既坚，四鍭既钧。[9]	雕弓全都很坚劲，四人皆用相同箭。
舍矢既均，序宾以贤。[10]	每人射箭数相等，贤才名次排在前。
敦弓既句，既挟四鍭。[11]	雕弓已经拉满弦，四人手中各持箭。
四鍭如树，序宾以不侮。[12]	四箭皆中树靶间，未得名次不轻慢。
曾孙维主，酒醴维醹。[13]	曾孙自己是主人，甜酒醇美献席上。
酌以大斗，以祈黄耇。[14]	大斗舀酒斟满杯，敬献老人寿命长。
黄耇台背，以引以翼。[15]	老人背黑是长者，引路扶持把他帮。
寿考维祺，以介景福。[16]	长寿高年是吉祥，祝他大福终生享。

注释

❶ 敦（tuán）：苇草丛聚而生的样子。行（háng）：路。苇：芦苇。践履：践踏。

❷ 方：始。苞：芦苇初生时形如竹笋之含苞，故曰方苞。体：指芦苇之茎已初具形体。维：其，指苇。泥泥：叶嫩而茂盛的样子。

❸ 戚戚：亲热友爱的样子。远：疏远。尔：近。

❹ 肆：陈设。筵：筵席。几：席上摆设的矮脚小木桌，可做依靠身体用。

❺ 设席：在席上再加一层或几层席，以示尊重。缉：续。御：侍候。

❻ 献：主人向客人敬酒。酢：客人向主人回敬酒。洗：洗涤。爵：古代以青铜制成的饮酒器。奠：放置。斝（jiǎ）：古代以青铜制成的贮酒器。

❼ 醓（tǎn）：多汁的肉酱。醢（hǎi）：肉酱。以：用。荐：进献。燔：烧肉。炙：烤肉。

❽ 脾：牛百叶。臄（jué）：牛舌。歌：配合乐器歌唱。咢：只击鼓帮腔，不歌唱。

❾ 敦弓：雕弓。既：皆。坚：坚硬。鍭（hóu）：箭的一种。箭头是金属所制，箭尾镶有羽毛。钧：均匀。此言射箭时四人一组，皆用同样之箭。

❿ 舍矢：射箭。均：均等，指每人皆射一箭。序：排列次序。贤：才能。此指射箭的技能。

⓫ 句：“彀”的假借，张弓。挟：持。

⓬ 树：竖立，指箭已射中箭靶，直立其上。不侮：不轻慢未射中者。

⓭ 曾孙：贵族主人的称呼。酒醴：泛指酒。醹（rú）：酒味醇厚。

⓮ 酌：斟酒。斗：舀酒的器具。祈：求。黄耇（gǒu）：长寿。

⓯ 台背：对老年人的称呼。引：引导老人走路。翼：扶持老人走路。

⓰ 寿考：长寿。祺：吉祥。介：求。景：大。

既醉

解 题

这是一首嘏辞。所谓“嘏辞”就是古代祭祀时，执事人（祝）为受祭者（尸）致福之辞。全诗八章，反复祝福周王长寿多福、子孙相传、国祚绵长等，表现了周代统治者欲长久维持统治的愿望。本诗语言较平淡，民歌特征较明显。

【原 文】

既醉以酒，既饱以德。①
君子万年，介尔景福。②

【译 文】

痛饮美酒醉醺醺，您的恩德也感人。
周王长寿万万年，赐你更多的福分。

既醉以酒，尔殽既将。[3]	痛饮美酒醉醺醺，菜肴也将端进门。
君子万年，介尔昭明。[4]	周王长寿万万年，赐你光明无穷尽。
昭明有融，高朗令终。[5]	光明智慧永无穷，名誉声望善始终。
令终有俶，公尸嘉告。[6]	美好结果由善始，神主好话对你说。
其告维何？笾豆静嘉。[7]	神主好话是什么？祭祀礼物精而洁。
朋友攸摄，摄以威仪。[8]	同来群臣皆助祭，助祭一定有礼节。
威仪孔时，君子有孝子。[9]	礼节严肃很美好，周王又是大孝子。
孝子不匮，永锡尔类。[10]	孝子之心永不竭，赐你子孙永昌盛。
其类维何？室家之壸。[11]	孝子法则是什么？先要治家再治邦。
君子万年，永锡祚胤。[12]	周王长寿万万年，子孙幸福绵延长。
其胤维何？天被尔禄。[13]	子孙相承怎么样？上天为你降大福。
君子万年，景命有仆。[14]	周王长寿万万年，天命你有众奴仆。
其仆维何？厘尔女士。[15]	天赐奴仆怎么样？赐你男仆和女仆。
厘尔女士，从以孙子。[16]	赐你男仆和女仆，子孙相随代代传。

注释

❶ 既：已经。德：恩德，恩惠。

❷ 君子：指主祭的周王。万年：指长寿。介：求。景：大。

❸ 将：行。

❹ 昭明：光明。

❺ 有融：犹“融融”，连绵不断的样子。高朗：高明。此指好名声。令：善。

❻ 俶（chù）：善。公尸：祭祀时伴作先公先王的神尸。嘉告：善言。

❼ 笾豆：两种盛食物的食器。静嘉：洁净而美好。

❽ 朋友：指群臣。摄：辅佐。此指助祭。威仪：指举行祭祀时的典礼仪式。

❾ 有：又。

❿ 匮：亏缺。锡：赐。类：族类。

⓫ 壸（kǔn）：齐家，治理家室。

⓬ 祚：福。胤：指子孙后代。

⓭ 被：覆盖。禄：福。

⓮ 景命：大命，指天命。仆：奴仆。

⓯ 厘：通“赉”，赐予。女士：男女，当指男女奴仆。

⓰ 从：跟随。孙子：犹言“子孙”。

凫鹥

解题

这是一首“宾尸”时的乐歌。周代祭祀祖先时，要用一位少女代表祖先的神灵来承受祭祀，称为尸。祭祀的第二天，主人设宴款待尸，称“宾尸”。祭祀当天称“正祭”，第二天称“绎祭”。全诗五章，反复描述祭祀的场景，表现了周王及贵族们对福禄的渴望之情。

【原文】

凫鹥在泾，公尸来燕来宁。①
尔酒既清，尔殽既馨。②

【译文】

野鸭水鸥泾水游，公尸宴享甚安详。
主人美酒多清爽，你的菜肴味很香。

公尸燕饮，福禄来成。[3]	公尸前来赴宴会，大福大禄双双降。
凫鹥在沙，公尸来燕来宜。[4]	野鸭水鸥在沙滩，公尸宴享舒且安。
尔酒既多，尔殽既嘉。	主人美酒多多献，你的菜肴都新鲜。
公尸燕饮，福禄来为。[5]	公尸前来赴宴会，福禄双降到身边。
凫鹥在渚，公尸来燕来处。[6]	野鸭水鸥在沙滩，公尸宴享意甚欢。
尔酒既湑，尔殽伊脯。[7]	主人美酒很清澈，你的嘉肴有肉干。
公尸燕饮，福禄来下。[8]	公尸前来赴宴会，福禄双降你身边。
凫鹥在潨，公尸来燕来宗。[9]	野鸭水鸥在水湾，公尸宴享心喜欢。
既燕于宗，福禄攸降。[10]	宗庙之中来饮宴，福禄双降在此间。
公尸燕饮，福禄来崇。[11]	公尸前来赴宴会，福禄积聚你面前。
凫鹥在亹，公尸来止熏熏。[12]	野鸭水鸥在水边，公尸休息心意欢。
旨酒欣欣，燔炙芬芬。[13]	主人美酒很芳香，烧肉烤肉味香甜。
公尸燕饮，无有后艰。[14]	公尸前来赴宴会，主人从此无后患。

注释

❶ 凫鹥（fúyī）：野鸭子和水鸥。泾：河水名。公尸：祭祀时伴作先公先王的神尸。燕：通“宴”，宴饮。宁：安宁。

❷ 馨：香味。

❸ 成：成就，成全。

❹ 沙：沙滩。宜：适。

❺ 为：助。

❻ 渚：水中小陆地。处：乐。

❼ 湑（xǔ）：清。伊：是。脯：肉干。
❽ 下：降。
❾ 潨：众水交汇的地方。
❿ 宗：宗庙。
⓫ 崇：聚积，增多。
⓬ 亹（mén）：峡中两岸对峙如门的地方。来止：前来休息。熏熏：和悦的样子。
⓭ 芬芬：指肉味香浓。
⓮ 艰：艰难，灾难。

假乐

解 题

这是一首歌功颂德的诗。作者是周朝的一位大臣。全诗四章，表现了迫切希望振兴周朝的中兴大臣对一个年轻君主的深厚感情和殷切期望。

【原 文】

假乐君子，显显令德。①
宜民宜人，受禄于天。②
保右命之，自天申之。③

干禄百福，子孙千亿。④
穆穆皇皇，宜君宜王。⑤
不愆不忘，率由旧章。⑥

威仪抑抑，德音秩秩。⑦

【译 文】

赞美和乐好君王，声名显赫多辉煌。
安民任贤皆适宜，承受福泽来安享。
上天下命保周君，一再赐福兴周邦。

祈求福禄千百样，子孙千亿传久长。
恭恭敬敬心明亮，适合当君宜做王。
不犯过失不遗忘，遵循旧法治国忙。

仪表举止气度美，聪明多智有声望。

无怨无恶，率由群匹。[8]	举国上下无怨恨，遵循群臣好主张。
受福无疆，四方之纲。[9]	接受福禄无穷尽，你是四方好榜样。
之纲之纪，燕及朋友。[10]	你是天下好榜样，大宴群臣和亲朋。
百辟卿士，媚于天子。[11]	诸侯百官众群臣，都爱天子敬酒忙。
不解于位，民之攸塈。[12]	你对国政不懈怠，人民安定国运亨。

注释

❶ 假：通“嘉”，赞美。君子：指周王。显显：光明貌。令德：美德。

❷ 宜：相宜，适合。民：指平民百姓。人：指当官的贵族。禄：福。

❸ 保右：保佑。命：天命。之：指周王。申：重复。此指一再降福降禄。

❹ 干：祈求。千亿：言其子孙之多，非实数。

❺ 穆穆：肃敬的样子。皇皇：光明的样子。

❻ 愆：过失。忘：遗忘。率：循。由：从。

❼ 威仪：仪容举止。抑抑：通“懿懿”，庄重盛美的样子。德音：好的名声。秩秩：聪明的样子。

❽ 恶：厌恶。群匹：指群臣和亲朋。

❾ 纲：纲纪，法度。

❿ 燕：宴请。朋友：指群臣和亲朋。

⓫ 百辟：众诸侯。卿士：泛指周朝的高级官员。媚：爱戴。

⓬ 解：通“懈”，懈怠。攸：所。塈：休息。

公刘

解题

这是周部族的史诗之一，记述了公刘迁豳的史实。全诗六章。首章记公刘迁豳的准备情况；二章记公刘初到豳地，相土安民；三章记公刘率民建房，使民安乐；四章写公刘宴群臣；五章写公刘组织军民，开垦田地；六章记述公刘扩建房屋，修建城邑。诗中塑造了公刘的高大形象，赞扬了周民聪明勇敢、纯朴勤劳的品格。本诗记事简洁，层次分明，重点突出，语言典雅古朴。

【原文】	【译文】
笃公刘，匪居匪康。①	忠诚厚道好公刘，不敢安居度时光。
乃埸乃疆，乃积乃仓。②	划定田界来耕田，堆积粮食装满仓。
乃裹糇粮，于橐于囊。③	备好行路的干粮，各种口袋一齐装。
思辑用光，弓矢斯张。④	使民和睦有荣光，拉开弓来箭上弦。
干戈戚扬，爰方启行。⑤	盾牌戈斧持手中，开往豳地奔前方。
笃公刘，于胥斯原。⑥	忠诚厚道好公刘，视察原野日夜忙。
既庶既繁，既顺乃宣，	随来百姓日日多，百事和顺心舒畅，
而无永叹。⑦陟则在𪩘，	不再长叹把心伤。有时登上小山头，
复降在原。⑧何以舟之？	然后再回平原上。公刘佩带是何物？
维玉及瑶，鞞琫容刀。⑨	美玉宝石挂腰上，佩刀玉鞘闪光亮。

笃公刘，逝彼百泉，
瞻彼溥原。[10]乃陟南冈，
乃觏于京。[11]京师之野，
于时处处，于时庐旅。[12]
于时言言，于时语语。[13]

忠诚厚道好公刘，前往百泉去视察，
广阔平原放眼望。登上南边高山冈，
才见京地好地方。京师原野多宽广，
于是在此来安居，在此寄住造新房。
于是人人说笑忙，你言我语喜洋洋。

笃公刘，于京斯依。[14]
跄跄济济，俾筵俾几。[15]
既登乃依，乃造其曹。[16]
执豕于牢，酌之用匏。[17]
食之饮之，君之宗之。[18]

忠诚厚道好公刘，安心在京建新邦。
众人快速又整齐，来到犒赏宴会上。
宾客就座依桌旁，先行曹祭求吉祥。
圈中抓猪做嘉肴，斟酒用瓢操作忙。
请吃饭来请喝酒，公刘为君为宗长。

笃公刘，既溥既长，
既景乃冈。[19]相其阴阳，
观其流泉。[20]其军三单，
度其隰原，彻田为粮。[21]
度其夕阳，豳居允荒。[22]

忠诚厚道好公刘，开垦土地宽且长，
观测日影登山冈。察看山的南北方，
察明河流何处淌。组建三军相轮换，
湿地平原都测量，努力耕田多打粮。
西山坡上测量忙，豳地原野实在广。

笃公刘，于豳斯馆。[23]
涉渭为乱，取厉取锻。[24]
止基乃理，爰众爰有。[25]
夹其皇涧，溯其过涧。[26]
止旅乃密，芮鞫之即。[27]

忠诚厚道好公刘，豳地之上建官房。
率民横渡渭水河，取回砺石建房忙。
基地已定治田亩，民多物足心欢畅。
住在皇涧岸两旁，对面过涧很宽敞。
居民众多都平安，河湾内外人攘攘。

注释

❶ 笃：忠诚厚道。公刘：后稷的子孙，周部族的杰出首领。匪：通“非”，不。康：安宁。

❷ 埸（yì）：小的田界。疆：大的田界。积：露天积粮处，即庾。仓：粮仓。

❸ 糇（hóu）粮：干粮。橐（tuó）：无底的口袋，装物时将两头扎紧。囊：有底的口袋。

❹ 思：语助词。辑：团结和睦。用：以，而。光：光大。斯：乃。张：拉开。

❺ 干：大盾牌。戈：古兵器，长柄而有横刃。戚扬：斧钺。爰：于是。方：开始。启行：动身，出发。

❻ 于：语助词。胥：观察。斯：此。原：高平之地。此指豳地的原野。

❼ 既：已经。庶：众多。顺：和顺。宣：通畅。永叹：长叹。

❽ 陟：登上。𪩘（yǎn）：孤立的小山头。降：下山。

❾ 维：有。瑶：美玉。鞞（bǐng）：刀鞘。琫（běng）：刀鞘上的玉饰。容刀：佩刀。

❿ 逝：往。百泉：泉水众多之处。瞻：视，视察。溥原：大平原，广阔的原野。

⓫ 南冈：南边的山冈。觏：看见。京：南冈旁的地名。

⓬ 京师：京邑。于时：于是。处处：安居。庐旅：寄居。

⓭ 言言：欢喜说笑的样子。语语：同“言言”。

⓮ 于：在。京：京邑。斯：是。依：依附。

⓯ 跄跄（qiāng）：步趋有节的样子。济济：仪容端庄的样子。俾：使。筵：竹席。

⓰ 既：已经。登：入座。依：依靠几案。造：告祭。曹：祭猪神。

⓱ 执：抓。牢：猪圈。酌：斟酒。之：指宾客。匏：葫芦。

⓲ 君：君主。此指豳地之君。宗：宗族之长。

⓳ 溥：广阔。景：日影。冈：山冈。

⓴ 相：视察。阴：山北。阳：山南。流泉：流水与泉眼。此泛指水利。

㉑ 其军：公刘的军队。单：轮番更替。此指公刘建三军，只用一军服役，按

一定时间轮番替换，以便节省民力，保证生产。度：测量。隰：低湿的平地。原：高平之地。彻：治田，开垦田地。

㉒ 夕阳：山的西面，即西山坡。豳居：可居住的豳地。允：确实。荒：广阔。

㉓ 斯：是。馆：宫室。此用为动词，建造宫室。

㉔ 渭：渭水。为：而。乱：正面横渡过河。厉：通“砺”，磨刀石。锻：冶炼金属的材料。

㉕ 止：既。基：地基。理：治理。爰：于是。众：指人口众多。有：指财物丰富。

㉖ 夹：夹岸而住。皇涧：涧名。过涧：涧名。

㉗ 旅：寄居。芮（ruì）：水湾之内称芮。鞫（jū）：水湾之外称鞫。即：就。

泂酌

解题

这是一首歌颂周王爱民的诗。全诗三章，采用重章复沓的形式，表达了人们对周王的爱戴之情。本诗语言平实质朴，具有民歌的特色。

【原文】

洞酌彼行潦，挹彼注兹，
可以餴饎。[①]岂弟君子，
民之父母。[②]

洞酌彼行潦，挹彼注兹，

【译文】

远处沟中舀积水，可把水缸来装满，
可以用它来蒸饭。和乐平易周天子，
是民父母民喜欢。

远处沟中舀积水，可把水缸来装满，

可以濯罍。[3]岂弟君子， 民之攸归。[4]	可用它来洗酒坛。和乐平易周天子， 百姓归附心意安。
泂酌彼行潦，挹彼注兹， 可以濯溉。[5]岂弟君子， 民之攸塈。[6]	远处沟中舀积水，可把水缸来装满， 可用它来洗酒尊。和乐平易周天子， 百姓安居爱戴你。

注释

❶ 泂（jiǒng）："迥"的借字，远。行潦（lǎo）：路边小水沟中的积水。挹：舀取。彼：指行潦。注：灌进。兹：此，指盛水的器具。餴（fēn）：蒸。饎（chì）：酒食。

❷ 岂弟：平易和乐。君子：指周王。

❸ 濯：洗涤。罍：古代酒器。

❹ 攸：所。归：归附。

❺ 溉：通"概"，古代漆饰酒尊。

❻ 塈：休息。

卷阿

解题

这是一首描写周王与群臣游历卷阿，群臣称赞周王之诗。全诗十章，描写了君臣出游的盛况，赞美了周王礼贤下士、爱戴臣民的高贵品质。

【原 文】

有卷者阿，飘风自南。[1]
岂弟君子，来游来歌，
以矢其音。[2]

伴奂尔游矣，优游尔休矣。[3]
岂弟君子，俾尔弥尔性，
似先公遒矣。[4]

尔土宇昄章，亦孔之厚矣。[5]
岂弟君子，俾尔弥尔性，
百神尔主矣。[6]

尔受命长矣，茀禄尔康矣。[7]
岂弟君子，俾尔弥尔性，
纯嘏尔常矣。[8]

有冯有翼，有孝有德，
以引以翼。[9]岂弟君子，
四方为则。[10]

颙颙卬卬，如圭如璋，
令闻令望。[11]岂弟君子，
四方为纲。[12]

凤皇于飞，翙翙其羽，

【译 文】

曲曲折折大山丘，旋风吹来自南方。
平易和乐周君王，来此游玩把歌唱，
群臣献诗诉衷肠。

你可尽情来游赏，悠闲欢乐意气扬。
平易和乐周君王，你的生命得延长，
继承先祖业辉煌。

你的疆域版图大，确实辽阔又宽广。
平易和乐周君王，你的生命得延长，
主祭百神是周王。

受命为王时间长，福禄多多你安享。
平易和乐周君王，你的生命得延长，
大福任你尽情享。

有依靠来有辅佐，有孝子来有贤德，
共同引导和辅佐。平易和乐周君王，
四方视你为法则。

温和肃敬气轩昂，美德纯粹如圭璋，
名声美好有威望。平易和乐周君王，
天下视你为榜样。

凤凰空中高飞翔，振动双翅翙翙响，

亦集爰止。[13]蔼蔼王多吉士，	停飞落在大树上。周王贤才熙攘攘，
维君子使，媚于天子。[14]	任由君王来差遣，人人都爱周君王。
凤皇于飞，翙翙其羽，	凤凰空中高飞翔，振动双翅翙翙响，
亦傅于天。[15]蔼蔼王多吉人，	一直飞到蓝天上。周王贤才熙攘攘，
维君子命，媚于庶人。[16]	任由君王下命令，爱护百姓事事忙。
凤皇鸣矣，于彼高冈。	凤凰空中在鸣唱，停落那个高山冈。
梧桐生矣，于彼朝阳。[17]	梧桐树儿在生长，就在东面向朝阳。
菶菶萋萋，雍雍喈喈。[18]	枝叶茂密长得旺，凤凰鸣声甚悠扬。
君子之车，既庶且多。[19]	周王安排众车辆，车子既多又堂皇。
君子之马，既闲且驰。[20]	周王备马将车驾，熟练驾车奔驰忙。
矢诗不多，维以遂歌。[21]	群臣献诗真够多，随时谱曲给王唱。

注释

❶ 有卷：犹“卷卷”，弯曲的样子。阿：大丘陵。飘风：旋风。

❷ 岂弟：平易和乐。君子：指周王。矢：陈献。音：指诗歌。

❸ 伴奂：纵情，尽兴。尔：你，指周王。优游：闲适自乐的样子。休：休息。

❹ 俾：使。弥：久。或释为“终”。性：同“生”，生命。似：通“嗣”，继承。先公：先君，指周王的祖先。道：或作“猷”，谋略，政令。

❺ 土宇：疆域。昄章：版图。厚：广大辽阔。

❻ 百神：指天地山川等众神。主：祭主。

❼ 受命：承受天命为天子。茀：通“福”。康：安。

❽ 纯：大。嘏（gǔ）：福。

❾ 冯（píng）：依凭。翼：辅助。孝：美德。引：引导。

❿ 四方：指天下之人。则：法则，榜样。

⓫ 颙颙（yóng）：温和肃敬的样子。卬卬（áng）：气宇轩昂的样子。圭、璋：古代用美玉制成的礼器。令：美。闻：声誉。望：名望。

⓬ 纲：法。

⓭ 凤皇：凤凰。于飞：飞翔。翙翙（huì）：鸟飞翔发出的振翅之声。羽：翅膀。爰：于是。止：栖息。

⓮ 蔼蔼：众多的样子。吉士：指周王众大臣。维：只。君子：指周王。使：使用。媚：爱。

⓯ 傅：于，至。

⓰ 吉人：犹“吉士”。命：命令。

⓱ 梧桐：树名，凤凰所栖之树。

⓲ 菶菶萋萋：草木茂盛的样子。雝雝喈喈：形容凤鸣声和谐。

⓳ 庶：多。多：“侈”的假借字，指车的装饰异常华丽。

⓴ 闲：熟练。

㉑ 矢：陈。不：语助词。维：语助词。以：为。遂：于是。

民劳

解 题

《诗序》以为这是“召穆公刺厉王”之诗，可信。全诗五章。首章纵论天下形势，指出民之劳累疾苦的现实，劝厉王勿信奸邪之言；二章劝厉王关心百姓的苦难；三章劝厉王警惕奸邪，亲近贤者；四、五章再申前两章之意，并指出写诗的目的。诗中揭露了当时政治的黑暗与腐败，表达了对人民的同情和关怀。本诗结构完整，语言质实，描写生动形象。

【原 文】

民亦劳止，汔可小康。[1]
惠此中国，以绥四方。[2]
无纵诡随，以谨无良。[3]
式遏寇虐，憯不畏明。[4]
柔远能迩，以定我王。[5]

民亦劳止，汔可小休。
惠此中国，以为民逑。[6]
无纵诡随，以谨惽怓。[7]
式遏寇虐，无俾民忧。[8]
无弃尔劳，以为王休。[9]

民亦劳止，汔可小息。
惠此京师，以绥四国。[10]
无纵诡随，以谨罔极。[11]
式遏寇虐，无俾作慝。[12]
敬慎威仪，以近有德。[13]

民亦劳止，汔可小愒。[14]
惠此中国，俾民忧泄。[15]
无纵诡随，以谨丑厉。[16]
式遏寇虐，无俾正败。[17]
戎虽小子，而式弘大。[18]

民亦劳止，汔可小安。

【译 文】

百姓劳苦心凄凉，稍得安康是理想。
爱怜西周京师民，就可安定那四方。
莫信狡诈欺骗言，谨防恶人把权掌。
禁止抢掠与暴虐，他们竟然抗法网。
怀柔远人爱近人，周王内心才安稳。

百姓劳苦心凄凉，稍得休息是理想。
爱怜西周京师民，人民集居享安宁。
莫信狡诈欺骗言，谨防混乱坏朝纲。
禁止抢掠与暴虐，莫使百姓心忧伤。
不要放弃你功劳，成就我王好名望。

百姓劳苦心凄凉，稍得休息是理想。
爱怜西周京师民，各国平安得吉祥。
莫信狡诈欺骗言，警惕坏人乱官场。
禁止抢掠与暴虐，莫使邪恶来张狂。
严肃谨慎举止好，亲近贤才理应当。

百姓劳苦心凄凉，稍得休息是理想。
爱怜西周京师民，万民消除心内伤。
莫信狡诈欺骗言，谨防丑类把官当。
禁止抢掠与暴虐，莫使朝政遭沦丧。
你虽年轻把权掌，作用重大当思量。

百姓劳苦心凄凉，稍得安宁是理想。

惠此中国，国无有残。[19]	爱怜西周京师民，整个社会安无伤。
无纵诡随，以谨缱绻。[20]	莫信狡诈欺骗言，谨防内讧结私党。
式遏寇虐，无俾正反。[21]	禁止抢掠与暴虐，莫使朝政错方向。
王欲玉女，是用大谏。[22]	我王贪财又好色，因此深谏你周王。

注释

❶ 民：百姓。劳：劳苦。汔（qì）：乞求。小康：小安，稍安。

❷ 惠：爱。中国：指西周王朝直接统治的地区，与下句“四方”相对。绥：安抚。

❸ 纵：放纵。诡随：奸诈欺骗之人。谨：谨慎，防备。无良：行为恶劣的人。

❹ 式：语助词。遏：遏制。寇：掠夺。虐：暴虐。憯（cǎn）：曾，乃。明：光明。此指法度。

❺ 柔：怀柔，安抚。远：住在边远之地的人，指四方诸侯。能：亲善，友爱。定：安定。

❻ 逑：聚合。

❼ 惛怓（hūnnáo）：朝政昏乱。

❽ 忧：忧伤。

❾ 尔：在朝执政者。劳：功劳，政绩。为：成就。休：美。

❿ 京师：京城，指镐京。四国：四方诸侯国。

⓫ 罔极：无形，没有准则。

⓬ 慝（tè）：邪恶。

⓭ 威仪：容仪举止。近：接近，亲近。有德：有道德的人。

⓮ 愒（qì）：休息。

⓯ 泄：发泄。

⓰ 丑厉：丑恶的人。

⓱ 正败：政治败坏。

⓲ 戎：你，指周厉王。小子：年轻人。式：作用。弘：广大。

⑲ 残：伤害。

⑳ 缱绻（qiǎnquǎn）：固结不解之意。此指统治者间的斗争不止。

㉑ 正反：政事颠覆。

㉒ 欲：欲望。玉：美玉。此泛指财货。女：美女。

板

解题

《毛诗序》以为这是一首“凡伯刺厉王”的讽刺诗，有一定道理。全诗八章。首章指斥厉王背离圣道，使万民遭殃；二章指出社会的变乱，统治者不得民心；三、四章指斥同僚不听善言；五章正告同僚当以救民为务；六章指出教民之易；七章揭露厉王众叛亲离，处境危险；八章劝厉王敬天保民。诗人借劝诫同僚的口吻，揭露了周厉王时代政治的黑暗与腐败，表达了诗人的忧国忧民之情。

【原文】	【译文】
上帝板板，下民卒瘅。①	上帝旨意不正常，人间百姓遭祸殃。
出话不然，为犹不远。②	君王说话很不对，制定政令无眼光。
靡圣管管，不实于亶。③	处事无据自主张，不守信用甚放荡。
犹之未远，是用大谏。④	谋划国事无远见，因此深谏我君王。
天之方难，无然宪宪。⑤	上天正在降祸患，不要如此喜洋洋。
天之方蹶，无然泄泄。⑥	上天不安正动荡，莫要喋喋把话讲。
辞之辑矣，民之洽矣。⑦	政令和缓不苛刻，百姓心中皆舒畅。

辞之怿矣，民之莫矣。[8]	政令若是不合理，百姓受害遭祸殃。
我虽异事，及尔同寮。[9]	你我任职不一样，都是同僚事周王。
我即尔谋，听我嚣嚣。[10]	我去同你议国策，傲慢不肯听我讲。
我言维服，勿以为笑。[11]	我的主张很有用，莫当笑话丢一旁。
先民有言：询于刍荛。[12]	古人曾把名言留：请教樵夫把事商。
天之方虐，无然谑谑。[13]	上天正在施暴虐，不要如此嬉笑忙。
老夫灌灌，小子蹻蹻。[14]	老夫诚恳诉衷肠，小子高傲意气扬。
匪我言耄，尔用忧谑。[15]	不是我把昏话讲，你在调笑逞轻狂。
多将熇熇，不可救药。[16]	只助火势烧得旺，无法救治国沦丧。
天之方懠，无为夸毗。[17]	上天正在发怒气，别把媚言大话讲。
威仪卒迷，善人载尸。[18]	举止礼节全混乱，好人如尸口不张。
民之方殿屎，则莫我敢葵。[19]	百姓受难苦呻吟，王朝前途不敢想。
丧乱蔑资，曾莫惠我师。[20]	社会丧乱资财空，无人救民除灾殃。
天之牖民，如埙如篪，	上天诱导老百姓，如造埙篪用土竹，
如璋如圭，如取如携。[21]	如制圭璋用美玉，如同提携相帮助。
携无曰益，牖民孔易。[22]	提携不会遭阻拦，因材施教易保护。
民之多辟，无自立辟。[23]	如今百姓多邪僻，无从立法来惩处。
价人维藩，大师维垣。[24]	卫国军队是藩篱，民众就是那围墙。
大邦维屏，大宗维翰。[25]	大国如同那屏障，同宗大族是栋梁。
怀德维宁，宗子维城。[26]	人有美德才安宁，太子好比是城墙。
无俾城坏，无独斯畏。[27]	莫让城墙遭破坏，孤立无援最恐慌。
敬天之怒，无敢戏豫。[28]	敬畏上天发大怒，不敢戏笑娱乐忙。

敬天之渝，无敢驰驱。[29]	敬畏上天多变动，不敢放纵太骄狂。
昊天曰明，及尔出王。[30]	上天眼睛最明亮，你的举动看得详。
昊天曰旦，及尔游衍。[31]	上天双目最明朗，看你游逛去何方。

注释

❶ 上帝：暗指周厉王。板板：不正常的样子。卒瘅：劳累痛苦。

❷ 出话：指统治者说出的所谓好话。不然：不对。犹：谋。不远：无远见。

❸ 靡：无。圣：指圣人，有智慧的人。管管：无所依据，自以为是。不实：不实践。亶（dǎn）：诚信。

❹ 是用：因此。大谏：深谏。

❺ 方：正。难：灾难。无然：不要如此。宪宪：犹“欣欣”，喜悦的样子。

❻ 蹶：扰乱。泄（yì）泄：多嘴多言的样子。

❼ 辞：政令之辞。辑：和睦，和谐。洽：融洽。

❽ 怿：败坏。莫：通“瘼”，病。

❾ 异事：指担任的职务不相同。及：与。同寮：同朝为官。

❿ 谋：商议。嚣嚣（áo）：出言傲慢，不肯接受别人的意见。

⓫ 我言：我说的话。维：是。服：用。笑：取笑，嘲笑。

⓬ 先民：古人。询：问。刍荛（ráo）：此指割草与打柴的人。

⓭ 虐：暴虐。谑谑：嬉笑的样子。

⓮ 老夫：诗人自称。灌灌：犹“款款”，诚恳的样子。小子：指年轻的掌权者。此指周厉王。跷跷：骄傲的样子。

⓯ 耄：八九十岁的年纪。忧谑：戏谑，调笑。

⓰ 多：只。将：扶持。熇熇（hè）：火势炽盛的样子。药：治。

⓱ 懠（qí）：怒。夸毗：吹牛拍马以取媚于人。

⓲ 威仪：举止仪容。卒：皆。迷：乱。载：则。尸：神主。

⓳ 殿屎（xī）：痛苦呻吟声。葵：测度，猜测。

⓴ 蔑：无。资：财物。曾：乃。师：民众。

㉑ 牖：诱导。埙（xūn）：古代陶制的吹奏乐器，椭圆形。篪（chí）：古代一种竹制的管乐器。璋、圭：古代玉石制作的礼器。携：提。

㉒ 益：通“隘”，受阻。易：容易。

㉓ 辟：邪僻，指做坏事。无自：无从。立辟（bì）：立法。辟，法。

㉔ 价人：穿甲之人，泛指军队。维：是。藩：篱笆。大师：广大百姓。垣：墙。

㉕ 大邦：大国，指大的诸侯国。屏：屏障。大宗：天子同姓宗族。翰：栋梁。

㉖ 怀德：具有美德。宁：安宁。宗子：周王的太子。城：城墙。

㉗ 独：孤独，指众叛亲离。斯：此。畏：可怕。

㉘ 敬：敬畏。戏豫：嬉戏娱乐。

㉙ 渝：变，指灾害。驰驱：放纵自恣。

㉚ 昊天：上天，皇天。曰：犹“维”，语助词。

㉛ 旦：明。游衍：游逛。

荡

解题

《毛诗序》说这是一首“召穆公伤周室大坏”的诗，有一定道理。全诗八章。首章先言天命无常；二章借文王之口斥责商纣王贪婪暴虐；三章斥纣王听信谣言，重用奸佞；四章斥纣王德性不纯，远贤结怨；五章斥纣王纵酒享乐；六章责纣王内外结怨，却终不醒悟；七章指责纣王不用老臣，背离旧章；八章借民谣劝诫纣王改恶从善，点明刺周厉王之旨。本诗采用借古讽今的咏史手法，构思奇巧，生动形象。

【原 文】

荡荡上帝，下民之辟。[1]
疾威上帝，其命多辟。[2]
天生烝民，其命匪谌。[3]
靡不有初，鲜克有终。[4]

文王曰咨，咨女殷商！[5]
曾是强御，曾是掊克。[6]
曾是在位，曾是在服。[7]
天降滔德，女兴是力。[8]

文王曰咨，咨女殷商！
而秉义类，强御多怼。[9]
流言以对，寇攘式内。[10]
侯作侯祝，靡届靡究。[11]

文王曰咨，咨女殷商！
女炰烋于中国，敛怨以为德。[12]
不明尔德，时无背无侧。[13]
尔德不明，以无陪无卿。[14]

文王曰咨，咨女殷商！
天不湎尔以酒，不义从式。[15]
既愆尔止，靡明靡晦。[16]
式号式呼，俾昼作夜。[17]

【译 文】

上帝放纵无法度，他是下民之君王。
暴虐凶狂那上帝，政令偏转无定向。
上天生下众百姓，政令无信把民诳。
建国之初无不好，很少能有好收场。

文王开口长声叹，可叹殷朝商纣王！
竟然如此逞强暴，竟然如此敛财粮。
竟然如此据高位，垄断政令太猖狂。
天降傲慢无德人，喜欢权力日夜想。

文王开口长声叹，可叹殷朝商纣王！
你应任用善良人，强暴之行引怨恨。
听信谣言来定罪，强盗之人立朝堂。
诅咒贤才害他人，无休无止生祸殃。

文王开口长声叹，可叹殷朝商纣王！
都城之中狂咆哮，聚怨自得意洋洋。
你的德行不可信，没有贤人在身旁。
你的德行不可信，贤人卿士离朝堂。

文王开口长声叹，可叹殷朝商纣王！
上天不许你嗜酒，你做坏事太猖狂。
你的举止已大错，昼夜不分欢乐享。
大喊大叫闹嚷嚷，竟把白天当晚上。

文王曰咨，咨女殷商！	文王开口长声叹，可叹殷朝商纣王！
如蜩如螗，如沸如羹。[18]	百姓悲叹如蝉鸣，心忧不宁如沸汤。
小大近丧，人尚乎由行。[19]	大小官员都背叛，正路你还拒绝上。
内奰于中国，覃及鬼方。[20]	你已激怒国内民，罪恶延及到鬼方。
文王曰咨，咨女殷商！	文王开口长声叹，可叹殷朝商纣王！
匪上帝不时，殷不用旧。[21]	不是上帝不善良，因为你废旧规章。
虽无老成人，尚有典刑。[22]	虽无德高望重臣，尚有常法可依傍。
曾是莫听，大命以倾。[23]	竟然如此不听劝，国运倾覆将沦亡。
文王曰咨，咨女殷商！	文王开口长声叹，可叹殷朝商纣王！
人亦有言：[24]颠沛之揭，	人们常常这样讲：大树倒地树根扬，
枝叶未有害，本实先拨。[25]	树叶尚未遭损伤，树根先坏难生长。
殷鉴不远，在夏后之世。[26]	殷商教训不太远，且看夏桀怎灭亡。

注释

❶ 荡荡：放纵无度、不守法规的样子。辟（bì）：君王。

❷ 疾威：暴虐。命：政令。辟：邪僻。

❸ 烝：众。其：指周厉王。谌（chén）：诚信。

❹ 靡：无。初：指创业之初。鲜：少。克：能。终：结果。此指好结局。

❺ 文王：周文王。咨：嗟叹之词。女：你，指商纣王。以下数章都是借文王之言指责商纣王以讽喻厉王。

❻ 曾：竟然。是：此，如此。强御：强盛威武。掊克：聚敛之臣。

❼ 在位：指处于统治地位。在服：指从事。

❽ 滔德：傲慢骄横。兴：助长。

❾ 秉：操持，任用。义类：善人。怼（duì）：怨恨。

⑩ 流言：谣言。对：治罪。寇攘：盗窃财物之人。式：用。内：入。

⑪ 侯：乃。作、祝：诅。届：终极。究：终极，穷尽。

⑫ 炰烋（páoxiāo）：同“咆哮”，虎狼的叫声。中国：国内，指京城之内。敛怨：聚积怨恨。

⑬ 不明：不可信任。时：所以。背：背后。侧：身旁。

⑭ 陪：依附。卿：公卿。

⑮ 湎（miǎn）：沉溺于酒。不义：不做好事。从式：放纵地做邪恶之事。

⑯ 愆：过错。止：举止。靡：无。明：指白天。晦：指晚上。

⑰ 式：乃。俾：使。

⑱ 蜩（tiáo）：蝉。螗（táng）：蝉的一种。沸：开水。羹：肉汤。

⑲ 小大：指大小官员。丧：失。此指背叛。

⑳ 内：国内。奰（bèi）：怒。覃（tán）：延及。鬼方：商周称北方的玁狁为鬼方。此泛指边远地区的人。

㉑ 时：善。旧：指原有的典章制度。

㉒ 老成人：德高望重的旧臣。典刑：常规成法。

㉓ 曾：竟然。是：如此。莫听：不听。大命：指殷朝政权。

㉔ 人：人们。言：话。

㉕ 颠沛：倒下。揭：举。此指树根被拔出地面。本：树根，树干。拨：坏。

㉖ 鉴：镜子。夏后：夏朝国君，指夏桀。

抑

解题

这是一首西周末年的讽刺诗。诗人是一位颇有威望和才智的老臣，他看到时政混乱，君王昏聩，国运危殆，便写了这首诗。全诗十二章。首章以“靡哲不愚”起篇；二章正面提出国家当用贤臣，君臣当自勉；三章指斥君王沉溺于酒；四章指出君臣当夙夜不懈，勤勉自修；五、六章申明君王慎言之重要；七、八章劝诫君王修养美德；九章劝诫君王接受贤人之善言；十章指斥君王不能接受教诲；十一章再斥君王之不足；十二章以国之危亡相警，劝君王关心民众。诗中反映出王朝崩溃前夜的黑暗现实，体现了这位老臣忧国忧民的深挚之情。

【原文】

抑抑威仪，维德之隅。[1]
人亦有言：靡哲不愚。[2]
庶人之愚，亦职维疾。[3]
哲人之愚，亦维斯戾。[4]

无竞维人，四方其训之。[5]
有觉德行，四国顺之。[6]
订谟定命，远犹辰告。[7]
敬慎威仪，维民之则。[8]

其在于今，兴迷乱于政。[9]

【译文】

仪容举止很美好，道德品质也相称。
人们常说这句话：智者人人都愚蠢。
如果平民显得笨，只因自己有病身。
智者若是显得愚，那是装愚避祸根。

不用强暴去压人，天下之民都归顺。
有了正直的德行，诸侯个个皆顺从。
治国大计要确定，长远国策时宣示。
举止严肃又谨慎，人们以你为标准。

如今局势很不好，各种政事皆混乱。

颠覆厥德，荒湛于酒。[10]
女虽湛乐从，弗念厥绍。[11]
罔敷求先王，克共明刑。[12]

君王德行已败坏，沉溺于酒日寻欢。
你只日夜去玩乐，先祖伟业难继承。
不求先王治国策，怎能执行好法典。

肆皇天弗尚，如彼泉流，
无沦胥以亡。[13]夙兴夜寐，
洒扫庭内，维民之章。[14]
修尔车马，弓矢戎兵。[15]
用戒戎作，用逷蛮方。[16]

皇天不肯再保佑，如同泉水终日流，
君臣相率而死亡。你应早起和晚睡，
洒水打扫院与室，要为人民做榜样。
修理你的车和马，弓矢兵器都很强。
防备战争突然起，消灭蛮方保边疆。

质尔人民，谨尔侯度，
用戒不虞。[17]慎尔出话，
敬尔威仪，无不柔嘉。[18]
白圭之玷，尚可磨也；[19]
斯言之玷，不可为也。[20]

安定你的老百姓，国防建设要加强，
突发之事要提防。开口讲话要谨慎，
行动举止要端庄，事无不美全像样。
白玉之上有污点，还可磨掉闪光亮；
出口之言有差错，驷马难追事不祥。

无易由言，无曰苟矣。[21]
莫扪朕舌，言不可逝矣。[22]
无言不雠，无德不报。[23]
惠于朋友，庶民小子。[24]
子孙绳绳，万民靡不承。[25]

不要轻易把话讲，莫说言语可随便。
无人按舌来阻挡，一言既出难追上。
话已出口有回响，施恩必然得报偿。
朝中群臣要爱护，庶民子弟要沾光。
子子孙孙无穷尽，万民顺从敬君王。

视尔友君子，辑柔尔颜，
不遐有愆。[26]相在尔室，
尚不愧于屋漏。[27]无曰不显，
莫予云觏。[28]神之格思，

看你关照朝中臣，和颜悦色好心肠，
没有过错喜洋洋。看你独自在室中，
无愧上方神察访。莫言室内无光亮，
没人把我举动望。神人到来难知详，

不可度思，矧可射思。[29]	不知何时从天降，岂可厌倦不自强。
辟尔为德，俾臧俾嘉。[30]	你的品德应可信，使它美好又高尚。
淑慎尔止，不愆于仪。[31]	行为举止要美好，礼节无错要端庄。
不僭不贼，鲜不为则。[32]	不进谗言不害人，成为榜样人效仿。
投我以桃，报之以李。[33]	人家赠我一些桃，我必赠李作报偿。
彼童而角，实虹小子。[34]	那羊无角说有角，此人欲乱你周邦。
荏染柔木，言缗之丝。[35]	柔韧木料好制琴，加上丝弦弹奏响。
温温恭人，维德之基。[36]	温和善良又谨慎，美德之本人向往。
其维哲人，告之话言，	他若是个聪明人，对他要把名言讲，
顺德之行。[37]其维愚人，	依顺德性实践忙。他若是个愚蠢人，
覆谓我僭，民各有心。[38]	反说我把错话讲，人心不同难勉强。
於乎小子，未知臧否。[39]	可叹君王太年少，不知好坏和重轻。
匪手携之，言示之事。[40]	不但扶你往前行，也曾指点理朝政。
匪面命之，言提其耳。[41]	不但当面教诲你，也曾提耳细叮咛。
借曰未知，亦既抱子。[42]	假如你说还年少，你已有子是成人。
民之靡盈，谁夙知而莫成？[43]	人虽很难达完美，谁能晨知而暮成？
昊天孔昭，我生靡乐。[44]	皇天在上眼明亮，知我一生无欢畅。
视尔梦梦，我心惨惨。[45]	看你昏聩那模样，我心时时在忧伤。
诲尔谆谆，听我藐藐。[46]	我本谆谆教诲你，你却轻蔑把我望。
匪用为教，覆用为虐。[47]	施教为你你不知，反开玩笑不体谅。
借曰未知，亦聿既耄。[48]	你说你还年龄小，却似老迈年已长。

原文	译文
於乎小子，告尔旧止。[49]	可叹君王太年少，听我来把旧礼讲。
听用我谋，庶无大悔。[50]	你若能听我主张，国家大概会兴旺。
天方艰难，曰丧厥国。[51]	如今上天把灾降，我怕国家将沦亡。
取譬不远，昊天不忒。[52]	浅显比喻我来打，上天报应很允当。
回遹其德，俾民大棘。[53]	如果邪僻性难改，定使百姓遭大殃。

注释

❶ 抑抑：通“懿懿”，美好的样子。威仪：举止礼节。维：是。隅：当作“偶”，匹配。

❷ 靡：无。哲：聪明人。

❸ 亦：语助词。职：主要，只。疾：病。

❹ 维：是。斯：此。戾：罪。

❺ 竞：强。四方：指天下诸侯。训：顺服。

❻ 有觉：犹“觉觉”，高大正直的样子。

❼ 讦：大。谟：谋。定：确定。命：政令。犹：谋略，计划。辰：时。告：宣示。

❽ 敬慎：严肃谨慎。则：法则，榜样。

❾ 兴：语助词。迷乱：混乱。

❿ 颠覆：败坏。厥：其，指周王。荒湛（dān）：沉溺于酒。

⓫ 虽：只。弗：不。念：想。绍：继承。

⓬ 罔：无，不。敷：广。先王：此指先王的治国之道。克：能够。共：执。明：英明。刑：法典。

⓭ 肆：语助词。尚：保佑。泉流：泉水。无：语助词。沦胥：相率，相随。

⓮ 夙兴：早起。夜寐：晚睡。洒：洒水。内：内室。维：为。章：表率。

⓯ 戎兵：武器。

⓰ 用：以。戒：戒备。戎：军队。逷（tì）：剔，剪除，治服。蛮方：远方蛮夷之人。

⑰质：安定。人民：百姓。谨：谨慎。不虞：预想不到的事情。

⑱出话：指平时的言谈。柔嘉：柔和美善。

⑲圭：玉石制的礼器。玷：白玉上的斑点。

⑳斯：此。

㉑易：轻易。苟：苟且，随意。

㉒扪：按住。朕：我。逝：追及。

㉓雠：答。德：恩德。报：回报，报答。

㉔惠：爱。朋友：指朝中之人。庶民：百姓。小子：子弟。

㉕子孙：指庶民的子孙。绳绳：绵延不断的样子。承：顺从。

㉖尔：你。友：友爱。君子：指朝中官员。辑柔：和柔，指和颜悦色。愆：过错。

㉗相：看，察。尚：上面。屋漏：天窗。

㉘无：不。显：明亮。予：我。云：语助词。觏：见。

㉙格：来到。思：语助词。度：揣测。矧（shěn）：况且。射（yì）：厌倦。

㉚辟：明。俾：使。臧：善。嘉：美好。

㉛淑：善。止：行为举止。愆：过错。仪：礼仪，礼节。

㉜僭：说别人坏话。贼：残害。鲜：少。则：法则，榜样。

㉝投：赠送。报：回报，回赠。

㉞彼童而角：此指总角童子。虹：“讧”的借字，惑乱。小子：指周王。

㉟荏染：柔弱的样子。柔木：柔弱的树木。言：语气助词。缗（mín）：绳。此处作动词，安上。丝：指琴瑟之弦。

㊱温温：温和善良。恭人：谨慎之人。维：是。基：根本。

㊲顺德：依顺道德的准则。行：实践。

㊳覆：反而。僭：差错。民：人。

㊴於乎：呜呼。臧否（pǐ）：善恶。

㊵携：搀扶。言：语助词。示：指点。

㊶面：当面。命：教诲。

㊷借曰：假如说。既：已经。抱子：抱孩子。此指已是大人，应该通达事理。

㊸ 民：人。靡：无。盈：满。夙：早晨。莫：暮。
㊹ 昊天：上天。昭：明亮。靡乐：不快乐。
㊺ 梦梦：昏聩的样子。
㊻ 诲：教。谆谆：教诲不倦的样子。藐藐：轻视的样子。
㊼ 用：以。覆：反而。虐：通“谑”，戏谑。
㊽ 聿：语助词。耄：年老。
㊾ 旧：指旧的典章礼法。止：礼法。
㊿ 庶：庶几，可能。悔：过失。
51 方：正在。艰难：指灾害。曰：语助词。丧：沦丧，灭亡。厥：其。
52 取譬：打比喻。忒：偏差，误差。
53 回遹（yù）：邪僻。棘：通“急”，灾难。

桑柔

解题

这是周卿士芮良夫讽刺暴君周厉王的诗。全诗十六章。首章写百姓困苦不堪，呼天自诉；二章写祸乱不息，国运危殆；三章写百姓流离失所，斥责罪魁祸首；四章写边疆危机，抒发生不逢时之感；五章陈述治国在于用贤之理；六章斥厉王拒贤用谗，聚敛成性；七章写天降灾祸，非人力所能止；八章赞贤君善用人才，斥昏君自以为是；九章斥责友人用谗；十章斥执政者目光短浅；十一章斥执政者拒贤而信谗，揭示发生动乱的原因；十二章赞贤人做好事，斥执政者为非作歹；十三章指责厉王不用良言，专听阿谀之言；十四章抒发善心不得好报的感慨；十五章指责执政者违背情理，逼民造反；十六章揭示作诗的原因。诗中揭露了周厉王及其追随者排斥贤臣、荼毒百姓、狂妄自欺的罪恶，表达了诗人的忧国忧民之情。本诗内容丰富，结构宏大，布局严密，有较高的艺术性。

【原文】

菀彼桑柔，其下侯旬。①
捋采其刘，瘼此下民。②
不殄心忧，仓兄填兮。③
倬彼昊天，宁不我矜。④

四牡骙骙，旟旐有翩。⑤
乱生不夷，靡国不泯。⑥
民靡有黎，具祸以烬。⑦
於乎有哀，国步斯频。⑧

国步蔑资，天不我将。⑨
靡所止疑，云徂何往？⑩
君子实维，秉心无竞。⑪
谁生厉阶？至今为梗。⑫

忧心殷殷，念我土宇。⑬
我生不辰，逢天僤怒。⑭
自西徂东，靡所定处。⑮
多我觏痻，孔棘我圉。⑯

为谋为毖，乱况斯削。⑰
告尔忧恤，诲尔序爵。⑱
谁能执热，逝不以濯？⑲
其何能淑，载胥及溺。⑳

【译文】

茂盛桑树嫩叶长，树下浓荫可乘凉。
桑叶频采叶稀疏，百姓遭害苦难当。
心中忧伤总不消，长久失意难舒畅。
上天眼睛很明亮，何不哀怜我遭殃。

四匹雄马奔跑忙，旟旗旐旗随风扬。
祸乱发生不消除，没有一国不遭殃。
百姓当中老人少，都因战乱而死亡。
一声长叹心悲凉，国运危急心凄惶。

国运危难无资财，皇天不肯把我养。
我无处所可栖止，不知将要去何方？
我曾这样来思量，存心为国要互让。
是谁制造这罪恶？至今为害民遭殃。

心中隐痛多悲伤，怀念故土我家乡。
生不逢时到世上，正遇上天怒气旺。
人们从西逃到东，未有安定好地方。
我遭祸害实在多，又逢敌寇扰边疆。

尽心谋划慎行事，祸乱减轻有希望。
忧国之事告诉你，任用贤者好主张。
有谁炎炎烈日下，不用冷水洗个凉？
国事怎能变得好，大家溺水把命丧。

如彼溯风，亦孔之僾。[21]
民有肃心，荓云不逮。[22]
好是稼穑，力民代食。[23]
稼穑维宝，代食维好。[24]

如同逆风往前闯，喘气困难心紧张。
百姓皆想把官当，君王使他当不上。
厉王喜欢聚敛者，让他代君榨取忙。
聚敛之人你当宝，代君搜刮得赞赏。

天降丧乱，灭我立王。[25]
降此蟊贼，稼穑卒痒。[26]
哀恫中国，具赘卒荒。[27]
靡有旅力，以念穹苍。[28]

丧乱大祸从天降，在位之王被灭亡。
天降蟊贼田地满，庄稼全都被吃光。
可哀可痛我中国，虫吃庄稼田皆荒。
我无力量变现状，只能深谏向上苍。

维此惠君，民人所瞻。[29]
秉心宣犹，考慎其相。[30]
维彼不顺，自独俾臧。[31]
自有肺肠，俾民卒狂。[32]

只有顺理好君王，人民才把他敬仰。
心地光明善治国，选择辅臣慎考量。
唯有逆理坏君王，只使自己得吉祥。
昏君自行坏主张，使民人人皆迷狂。

瞻彼中林，甡甡其鹿。[33]
朋友已谮，不胥以穀。[34]
人亦有言：进退维谷。[35]

瞻望那边树林中，野鹿成群多亲热。
朋友不再相信任，不以善意来帮忙。
人皆有话这样说：进退两难心苦闷。

维此圣人，瞻言百里。[36]
维彼愚人，覆狂以喜。[37]
匪言不能，胡斯畏忌？[38]

唯有这些明智人，才能看到忧患多。
只有这些愚蠢人，反而狂妄而欢乐。
不是有话我不说，到底为何顾忌多？

维此良人，弗求弗迪。[39]
维彼忍心，是顾是复。[40]
民之贪乱，宁为荼毒。[41]

唯有这些善良人，不去奢求不钻营。
只有那些残忍人，你却关照包庇多。
百姓为何来作乱，乃因暴政太苛刻。

大风有隧，有空大谷。[42]
维此良人，作为式穀。[43]
维彼不顺，征以中垢。[44]

大风疾速刮过来，山谷漫长而空廓。
唯有这些善良人，都用善意把事做。
只有那些愚蠢人，做事想得太龌龊。

大风有隧，贪人败类。[45]
听言则对，诵言如醉。[46]
匪用其良，覆俾我悖。[47]

大风疾速刮过来，贪人竟把善人毁。
顺从之言你说好，听到谏言如喝醉。
不肯采纳我良言，反而使我遭颠沛。

嗟尔朋友，予岂不知而作？[48]
如彼飞虫，时亦弋获。[49]
既之阴女，反予来赫。[50]

唉呀我的好朋友，无知我把此诗作？
如同那些飞翔鸟，有时也被人射落。
我已前去庇护你，你把怒气来发作。

民之罔极，职凉善背。[51]
为民不利，如云不克。[52]
民之回遹，职竞用力。[53]

百姓有时无准则，因为官吏违人情。
治民使其无利得，你还以为没获胜。
百姓行为太邪僻，因你常把暴力行。

民之未戾，职盗为寇。[54]
凉曰不可，覆背善詈。[55]
虽曰匪予，既作尔歌。[56]

百姓至今不安宁，因为官吏来抢夺。
诚劝不能这样做，你却背后大骂我。
纵然你说不是我，最终为你把诗作。

注释

❶ 菀（wǎn）彼：犹“菀菀”，树木茂盛的样子。桑柔：嫩桑。侯：维，是。旬：树荫遍布。

❷ 其：因而。刘：稀疏。瘼：病。此指生活困难。

❸ 殄：灭。仓兄：通“怆怳”，失意的样子。填：通“陈”，长久。

❹ 倬（zhuō）彼：犹“倬倬”，光明而广大的样子。昊天：上天。宁：乃。矜：怜恤。

❺ 牡：公马。骙骙：马奔跑不停的样子。旟（yú）：一种画有鹰的军旗。旐（zhào）：一种画有龟蛇的军旗。有翩：犹“翩翩”，旗飘扬的样子。

❻ 夷：平息。泯：乱。

❼ 黎：老人。具：通“俱”，都。烬：通“尽”，灭绝。

❽ 於乎：呜呼。国步：国运。斯：是。频：危急。

❾ 蔑资：没有资财。将：养。

❿ 靡所：无所。疑：通“凝”，定止，停住。云：语助词。徂：往。

⓫ 君子：作者自称。维：思。秉心：持心，存心。无竞：无争。

⓬ 梗：病，害。

⓭ 殷殷：心痛的样子。土宇：土地房屋，实指家乡。

⓮ 不辰：不是时候。俾（dàn）怒：大怒。

⓯ 定处：居处。

⓰ 觏瘏（mín）：遭灾，得病。棘：紧急。圉：边疆。

⓱ 为谋：出主意。为毖：谨慎行事。乱况：祸乱滋生。斯：乃。削：减少。

⓲ 尔：你。此指周厉王。忧恤：忧虑之事。序爵：赐予爵位。此指治国用贤者。序，给予。

⓳ 热热：天气炎热。此指国势危急。逝：而。濯：洗。

⓴ 其：则。淑：善。载：则。胥：皆。溺：沉于水中。

㉑ 溯风：逆风。僾（ài）：气短不畅。

㉒ 肃心：上进之心。荓（pēng）：使。云：有。逮：及。

㉓ 好：喜欢。是：此。稼穑：指农业劳动。力民：强暴之民。代食：代替做官食禄。

㉔ 维：是。

㉕ 立王：在位之王，指周厉王。

㉖ 蟊贼：吃庄稼的害虫。此指贪婪的统治者。卒：尽。

㉗ 恫（tōng）：痛苦。赘：通“缀”，连续不断。荒：荒芜。

㉘ 旅力：膂力，体力。念：告，谏。穹苍：苍天。

㉙ 维：只有。惠君：通情达理的君王。瞻：望。

㉚ 秉心：持心，存心。考：考察。相：辅助之臣。

㉛ 不顺：指无道昏君。自独：独自。俾：使。臧：好。

㉜ 肺肠：想法，主张。狂：狂妄。

㉝ 中林：林中。甡甡（shēn）：众多的样子。

㉞ 谮：欺诈而不可信。不胥：不能帮助。以：用。穀：善。

㉟ 维：是。谷："鞫"的假借字，困窘。

㊱ 言：语中助词。百里：各种忧患。

㊲ 愚人：指周厉王及其佞臣。覆：反而。以：而。喜：欢乐。

㊳ 胡：何。斯：语助词。畏忌：害怕而有顾忌。

㊴ 良人：善人。迪：进用。

㊵ 忍心：残忍之心，指残忍的人。复：包庇。

㊶ 之：有。贪乱：贪欲作乱。宁：乃。为：因为。荼毒：苦难，毒害。

㊷ 有隧：犹"隧隧"，大风迅疾貌。有空：犹"空空"，空廓。

㊸ 作为：做事。式：用。

㊹ 征：行事。以：用。中垢：思想肮脏。

㊺ 贪人：好利之人。败类：残害善类。

㊻ 听言：顺随之言，即称颂之言。对：对答。诵言：谏言。

㊼ 良：良言。覆：反而。俾：使。悖：颠沛。

㊽ 朋友：指在朝的诸臣。作：作诗。

㊾ 虫：鸟。时：有时。弋获：射而有所获。

㊿ 既：已经。之：前往。阴：庇护。赫：怒。

51 之：有。罔极：无准则。此指做违背统治者意志之事。罔，无。职：官吏，当政者。善背：善违背人情。

52 为民：治民。不利：使民得不到利益。云：语助词。克：胜。

53 回遹：邪僻。用力：采用暴力政策。

54 戾：安定。职盗为寇：为政者像盗贼般对百姓抢掠。

55 凉："谅"的假借，确实。覆：反而。背：背后。詈：骂。

56 曰：说。既：终于。作：创作。

云汉

解 题

这是一首歌颂“中兴之主”周宣王的诗。据史书记载，宣王二年至六年，天大旱，连年饥馑，宣王登极，遂大雨。此诗即写宣王祭天求雨的情景。本诗写景抒情，历史感强烈，有极高的史料价值。

【原 文】	【译 文】
倬彼云汉，昭回于天。①	浩瀚银河高高悬，明亮运转蓝天上。
王曰於乎，何辜今之人！②	周王无奈仰天叹，如今人们何罪状！
天降丧乱，饥馑荐臻。③	上天已把灾祸降，饥馑相连闹灾荒。
靡神不举，靡爱斯牲。④	何方神仙都祭祀，不会吝啬猪牛羊。
圭璧既卒，宁莫我听。⑤	圭璧祭神全用光，上天不听诉衷肠。
旱既大甚，蕴隆虫虫。⑥	旱象已经很严重，暑气闷热如火腾。
不殄禋祀，自郊徂宫。⑦	求雨祭祀总不停，自郊来到祖庙中。
上下奠瘗，靡神不宗。⑧	祭了天神祭地神，无论何神都恭敬。
后稷不克，上帝不临。⑨	后稷不能把灾除，上帝不来助成功。
耗斁下土，宁丁我躬。⑩	人间土地皆遭灾，宁愿自身把祸承。
旱既大甚，则不可推。⑪	旱象已经很严重，若想排除难成功。
兢兢业业，如霆如雷。⑫	终日恐慌惧危险，如怕雷霆震天空。
周余黎民，靡有孑遗。⑬	周地残余众百姓，如今一个也未剩。

昊天上帝，则不我遗。[14]
胡不相畏？先祖于摧。[15]

苍天上帝是依靠，竟然不肯把粮送。
怎不相互施爱心？祖业断绝无人承。

旱既大甚，则不可沮。[16]
赫赫炎炎，云我无所。[17]
大命近止，靡瞻靡顾。[18]
群公先正，则不我助。[19]
父母先祖，胡宁忍予！[20]

旱象已经很严重，想要阻止却不能。
烈日炎热把人灼，已经无处可逃生。
寿命眼见将结束，神不照顾无行动。
诸侯贤臣之神灵，不肯助我把灾平。
父母在天之神灵，怎忍看我受苦痛！

旱既大甚，涤涤山川。[21]
旱魃为虐，如惔如焚。[22]
我心惮暑，忧心如熏。[23]
群公先正，则不我闻。[24]
昊天上帝，宁俾我遁。[25]

旱象已经很严重，山上荒秃河水干。
旱神肆意来逞狂，人间如同火烧遍。
暑热难熬令人畏，忧心如焚难入眠。
诸侯贤臣之神灵，不闻不问不肯管。
叫声上帝问苍天，你让我向哪里窜。

旱既大甚，黾勉畏去。[26]
胡宁瘨我以旱？憯不知其故。[27]
祈年孔夙，方社不莫。[28]
昊天上帝，则不我虞。[29]
敬恭明神，宜无悔怒。[30]

旱象已经很严重，努力而为不畏惧。
何以大旱加害我？竟然不知为何故。
很早祭祀求丰年，祭方祭社未耽误。
苍天之上天帝神，竟然不把我帮助。
心中恭敬众神灵，应当不会对我怒。

旱既大甚，散无友纪。[31]
鞫哉庶正，疚哉冢宰。[32]
趣马师氏，膳夫左右。[33]
靡人不周，无不能止。[34]
瞻卬昊天，云如何里！[35]

旱象已经很严重，人们离散无法度。
众官之长办法无，朝中宰相徒焦虑。
趣马师氏求雨忙，膳夫近臣也相助。
周王个个都救济，救民行动不停住。
抬头仰望那上天，心有忧愁向谁诉！

原文	译文
瞻卬昊天，有嘒其星。[36]	抬头仰望那上苍，群星微光撒满天。
大夫君子，昭假无赢。[37]	大夫君子众百官，诚心求神消灾难。
大命近止，无弃尔成。[38]	死亡虽然将临近，争取成功莫等闲。
何求为我，以戾庶正。[39]	祈雨不光为周王，是让官民把心安。
瞻卬昊天，曷惠其宁？[40]	瞻望苍天再祈求，何时赐民宁与欢？

注释

❶ 倬彼：犹“倬倬”，光明浩大的样子。云汉：天河。昭：光明。回：转。

❷ 王：指周宣王。於乎：呜呼。辜：罪。

❸ 荐：重复，一再。臻：至。

❹ 靡：无。举：祭祀。爱：吝啬。斯：此。牲：牺牲，指牛羊猪等。

❺ 圭璧：玉器，周人祭祀所用之物。卒：尽。宁：乃，竟然。莫我听：不肯听我的要求。

❻ 大甚：特别严重。蕴隆：热气郁盛。虫虫：爞爞，形容暑热之貌。

❼ 不殄：不断，不绝。徂：往。宫：宗庙。

❽ 上下：天地。奠：陈列祭品。瘗（yì）：埋。宗：尊敬。

❾ 后稷：周部族的始祖。克：胜利。临：降临。

❿ 耗：消耗。斁（dù）：败坏。躬：身。

⓫ 推：排除。

⓬ 兢兢业业：惧怕的样子。

⓭ 黎民：百姓。孑遗：遗留。孑，独。

⓮ 昊天：上天。遗（wèi）：赠送。

⓯ 于：以，而。摧：折断，指毁灭。

⓰ 沮：阻止。

⓱ 赫赫：天旱燥热的样子。炎炎：暑气炽热的样子。云：语助词。无所：没有地方可避炎热。

⓲ 大命：寿命。止：至，指死去。顾：顾念，顾及。

⑲ 群公：指前代先公神灵。先正：指前代贤臣之神。

⑳ 父母：指已死的父母之神。先祖：祖先之神。胡：何。宁：乃。

㉑ 涤涤：草木干枯之貌。

㉒ 旱魃（bá）：古代神话中的致旱怪物。惔：借作“炎”，火光升起。

㉓ 惮：怕。熏：灼。

㉔ 闻：通“问”，恤问。

㉕ 遁：逃。

㉖ 黾勉：勉力。畏去：畏却。

㉗ 憯（cǎn）：曾，乃。故：缘故。

㉘ 祈年：向神灵祈求丰收年景。夙：早。方：祭祀四方之神。社：祭祀土地神。

㉙ 虞：帮助。

㉚ 明神：神明。宜：应当。悔：恨。

㉛ 散：离散。友：“有”的假借。纪：法度，法纪。

㉜ 鞫（jū）：穷尽。庶正：众长官。疚：忧虑不安。冢宰：官名，职务如后世之宰相。

㉝ 趣马：官名，掌养马之事。师氏：官名，掌国王与贵族子弟之教育。膳夫：官名，掌天子之饮食。

㉞ 周：救济。

㉟ 卬：仰望。里：忧。

㊱ 有嘒：犹“嘒嘒”，星光微明的样子。

㊲ 昭假：向神祈祷。无赢：无差错。

㊳ 成：成功。

㊴ 我：周宣王自称。戾：安定。

㊵ 曷：何时。惠：赐。宁：安宁。

崧高

解题

这是周朝大夫尹吉甫称赞并送别宣王母舅申伯的诗。全诗八章。一章写申伯出生；二章写申伯改封谢邑及召伯奉命建谢邑之事；三章再申二章之意；四、五章写宣王命召伯完成修建谢邑的工程，并赏赐申伯；六章写宣王亲自为申伯送行；七章写申伯归谢邑之事；八章赞申伯的功德，并说明作诗旨意。本诗为送别诗，不写离别之情，却写申伯的经历和功德，末尾又自评其诗，风格独特。

【原 文】

崧高维岳，骏极于天。①
维岳降神，生甫及申。②
维申及甫，维周之翰。③
四国于蕃，四方于宣。④

亹亹申伯，王缵之事。⑤
于邑于谢，南国是式。⑥
王命召伯，定申伯之宅。⑦
登是南邦，世执其功。⑧

王命申伯：式是南邦，
因是谢人，以作尔庸。⑨

【译 文】

高峻巍峨太岳山，高峻上达蔚蓝天。
太岳之神降人间，吕侯申伯生相连。
就是申伯和吕侯，捍卫周朝是主干。
皆是诸侯好屏障，也是天下好墙垣。

申伯做事很勤勉，宣王命他把事担。
封他新地是谢城，南国诸侯好模范。
宣王命令召伯虎，先为申伯把房建。
建成南方新邦国，申伯世世基业传。

宣王命令那申伯：要成南国好榜样，
充分利用谢邑民，修建你的新都墙。

王命召伯：彻申伯土田。[10]
王命傅御：迁其私人。[11]

申伯之功，召伯是营。[12]
有俶其城，寝庙既成。[13]
既成藐藐，王锡申伯。[14]
四牡蹻蹻，钩膺濯濯。[15]

王遣申伯，路车乘马。[16]
我图尔居，莫如南土。[17]
锡尔介圭，以作尔宝。[18]
往近王舅，南土是保。[19]

申伯信迈，王饯于郿。[20]
申伯还南，谢于诚归。[21]
王命召伯，彻申伯土疆。[22]
以峙其粻，式遄其行。[23]

申伯番番，既入于谢，
徒御啴啴。[24]周邦咸喜，
戎有良翰。[25]不显申伯，
王之元舅，文武是宪。[26]

申伯之德，柔惠且直。[27]
揉此万邦，闻于四国。[28]
吉甫作诵，其诗孔硕，
其风肆好，以赠申伯。[29]

宣王命令召伯虎：协助申伯定封疆。
宣王命令傅和御：迁其家臣同前往。

申伯建谢事务多，召伯经营日夜忙。
谢城落成多美好，内寝宗庙立地上。
工程完毕很堂皇，宣王赏赐申伯多。
雄马四匹甚强壮，钩膺闪闪亮光光。

宣王亲自送申伯，大车四马作奖赏。
你的住处我思量，何地皆无南国强。
赐你珍贵的大圭，留作国宝永珍藏。
我的娘舅快上路，保卫南国永不忘。

申伯确实要上路，宣王郿郊饯行忙。
申伯启程向南方，诚心住谢忙前往。
宣王下令召伯虎，协助申伯划封疆。
要为申伯多储粮，助他急行奔南方。

申伯勇武气轩昂，走进谢邑好地方，
随从人马皆安详。周人欢乐喜洋洋，
宣王有了好屏障。这位申伯很显赫，
他是宣王大舅父，文才武略是榜样。

申伯自有好美德，为人正直而温和。
他使天下得安宁，美名传扬到四国。
吉甫写下这首诗，诗长含义很深刻，
曲调优美也极好，把它拿来赠申伯。

注释

❶ 嵩高：山大而高。岳：四岳，东岳泰山，西岳华山，北岳恒山，南岳衡山。骏：通“峻”，高。极：至。

❷ 维：语助词。甫：读作“吕”，姜姓诸侯国名。申：姜姓诸侯国名。

❸ 翰：主干，栋梁。

❹ 于：为。蕃：藩篱，屏障。

❺ 亹亹（wěi）：勤勉的样子。王：指周宣王。缵：继承。

❻ 于邑：建邑。谢：地名。式：法，榜样。

❼ 召伯：召虎，周宣王的大臣。定：确定。此指给申伯建都城。

❽ 登：建成。是：此。世：世世代代。功：事。此指政权。

❾ 是：此。因：依靠，利用。谢人：谢邑之人。庸：“墉”的假借，城。

❿ 彻：治理。

⓫ 迁：迁移。私人：指申伯的家臣。

⓬ 功：事，指筑城治田之事。营：经营，操办。

⓭ 有俶：犹“俶俶”，美好的样子。寝庙：居室与宗庙。

⓮ 藐藐：美而盛大的样子。锡：赐。

⓯ 牡：公马。蹻蹻：强壮的样子。钩膺：马胸前的一种革制宽带，上有青铜之钩，下有垂缨。濯濯（zhuó）：有光泽的样子。

⓰ 遣：送。路车：周代诸侯所乘坐之车。乘马：四匹马。

⓱ 图：谋，思考。居：居处。

⓲ 介：大。圭：古代的玉制礼器。

⓳ 近（jì）：语助词。王舅：周宣王的母舅。保：守住。

⓴ 信：确实。迈：行。郿：地名。

㉑ 谢于诚归：“诚归于谢”的倒文。

㉒ 土疆：土地疆界。

㉓ 以：乃。峙：储备。粻（zhāng）：粮食。式：乃。遄：急速。行：行动。

㉔ 番番（bō）：勇武的样子。徒：徒步而行的步兵。御：赶车的车夫。啴啴（chǎn）：安舒快乐的样子。

㉕ 咸：都。戎：汝，你，指周宣王。

㉖ 显：显赫。元舅：大舅。文：文才。武：武功。宪：效法，榜样。

㉗ 柔惠：温柔和顺。直：正直。

㉘ 揉：安抚。

㉙ 吉甫：尹吉甫，周宣王的大臣。诵：指本诗。硕：大。风：曲调。肆好：极好。

烝民

解题

本篇与《嵩高》皆为尹吉甫所作的送别诗。全诗八章。首章写天生仲山甫以辅周；二章写仲山甫有美德；三章写仲山甫的职事重要；四章写仲山甫受命尽职；五章写仲山甫品德高尚；六章写仲山甫恪尽职守；七章写仲山甫受命去东方筑齐城；八章述写诗之旨，望仲山甫速成其事而归。诗中极力赞扬仲山甫之美德，表达了对他的颂美之情。本诗语言精练，如“明哲保身”等已成为今之成语。

【原文】	【译文】
天生烝民，有物有则。①	上天生此无数民，世间万物有法则。
民之秉彝，好是懿德。②	万民心中有常理，自然喜爱好品德。
天监有周，昭假于下。③	上天观察周王朝，神明来到人世间。
保兹天子，生仲山甫。④	保佑当今周天子，生下山甫在君侧。
仲山甫之德，柔嘉维则。⑤	山甫生有好品德，柔和善良有原则。

令仪令色，小心翼翼。[6]
古训是式，威仪是力。[7]
天子是若，明命使赋。[8]

仪容脸色都美好，小心谨慎很严格。
效法先王之遗典，行事努力合礼节。
事事皆顺周天子，颁布政令不出辙。

王命仲山甫：式是百辟，
缵戎祖考，王躬是保。[9]
出纳王命，王之喉舌。[10]
赋政于外，四方爰发。[11]

周王命令仲山甫：要给诸侯做榜样，
祖先事业要继承，一心保佑周君王。
传达周王众政令，代王说话非寻常。
政令发布诸侯国，执行王命到四方。

肃肃王命，仲山甫将之。[12]
邦国若否，仲山甫明之。[13]
既明且哲，以保其身。[14]
夙夜匪解，以事一人。[15]

周王命令很严格，山甫执行不走样。
国家政事好与坏，山甫明辨尽知详。
知识渊博心明亮，保全名节身无恙。
日夜操劳不懈怠，一心侍奉周宣王。

人亦有言：柔则茹之，
刚则吐之。[16]维仲山甫，
柔亦不茹，刚亦不吐。[17]
不侮矜寡，不畏强御。[18]

人们都说这样话：东西柔软要吃下，
东西若硬便吐它。只有山甫与此异，
软的东西不吃下，硬的东西不吐它。
不肯欺负鳏与寡，强暴之徒也不怕。

人亦有言：德輶如毛，
民鲜克举之。[19]我仪图之，
维仲山甫举之，爱莫助之。[20]
衮职有阙，维仲山甫补之。[21]

人们都说这样话：品德轻得如毛发，
少能有人举起它。我今认真来思考，
只有山甫能做到，爱莫能助心烦恼。
君王执政偶有失，只有山甫匡正他。

仲山甫出祖，四牡业业。[22]	山甫外出祭路神，四匹公马高而壮。
征夫捷捷，每怀靡及。[23]	随从征夫很勤勉，常想公事尚未完。
四牡彭彭，八鸾锵锵。[24]	四匹公马跑不停，八个鸾铃锵锵响。
王命仲山甫，城彼东方。[25]	周王命令仲山甫，修筑齐城到东方。
四牡骙骙，八鸾喈喈。[26]	四匹公马很强壮，八个鸾铃叮当响。
仲山甫徂齐，式遄其归。[27]	山甫往齐奔驰忙，祝他早日返故乡。
吉甫作诵，穆如清风。[28]	吉甫送行写此诗，美如清风多舒畅。
仲山甫永怀，以慰其心。[29]	山甫心中思虑长，以此诗歌慰衷肠。

注释

❶ 烝：众。物：事物。则：法则。

❷ 秉彝：禀性。好：喜爱。是：此。懿：美。

❸ 监：观察。昭假：向神灵祈祷，表明诚敬之心。

❹ 保：保佑。兹：此。仲山甫：宣王大臣。

❺ 柔：柔和。嘉：美善。维：是。

❻ 令：善。仪：仪容。色：脸上之表情。翼翼：恭谨的样子。

❼ 式：法，效法。威仪：礼节。力：努力。

❽ 若：顺从。明命：指政令。赋：通“敷”，颁布。

❾ 百辟：百国之君，指诸侯。缵：继承。戎：汝，你。祖考：祖先。躬：身体。

❿ 出：指宣示王命。纳：指向王汇报各种情况。喉舌：指代言人。

⓫ 政：政令。外：指各诸侯国。四方：四方之诸侯国。爰：乃。发：犹言推行。

⓬ 肃肃：严肃，严格。将：执行。

⓭ 邦国：国家。此指国家政事。若：好。否（pǐ）：坏。

⑭ 哲：知识渊博，有智慧。

⑮ 解：通“懈”，怠惰。

⑯ 茹：吃。刚：硬。

⑰ 维：只有。

⑱ 侮：欺侮。矜寡：鳏寡。此指弱者。强御：指强悍之人。

⑲ 輶（yóu）：轻。鲜：少。克：能。举：举起。

⑳ 我：尹吉甫自称。仪图：揣度。

㉑ 衮：王侯所穿的绣有龙纹的礼服。职：偶然，适逢。阙：缺失。补：缝补。

㉒ 出：外出。祖：祭祀道路神。四牡：四匹公马。业业：马高大的样子。

㉓ 捷捷：行动迅速敏捷的样子。每：每每。怀：思，想起。靡及：没有完成的事。

㉔ 彭彭：马行不止的样子。八鸾：八个鸾铃。一马二铃，故曰八鸾。锵锵：车铃声。

㉕ 城：修城。东方：指齐国。

㉖ 骙骙：马强壮的样子。喈喈：和谐的铃声。

㉗ 徂：往。齐：齐国。式：语助词。遄：急速。归：回镐京。

㉘ 吉甫：尹吉甫，周宣王的大臣。诵：指本诗。穆：和美。清风：清凉舒畅之风。

㉙ 永怀：悠长的情思。慰：安慰。

韩奕

解 题

这是一首称颂韩侯的诗。全诗六章。首章写韩侯来京朝见君王，宣王亲自命其为侯；二章写宣王赏赐韩侯；三章写显父送别韩侯；四章写韩侯娶妻；五章写韩姞嫁到韩国，心满意足；六章写韩侯为北方之方伯，并开发北方边疆。诗中洋溢着对韩侯的赞美之情。

【原文】

奕奕梁山，维禹甸之。[1]
有倬其道，韩侯受命。[2]
王亲命之：缵戎祖考。[3]
无废朕命，夙夜匪解。[4]
虔共尔位，朕命不易。[5]
榦不庭方，以佐戎辟。[6]

四牡奕奕，孔修且张。[7]
韩侯入觐，以其介圭。[8]
入觐于王，王锡韩侯。[9]
淑旂绥章，簟茀错衡。[10]
玄衮赤舄，钩膺镂钖。[11]
鞹鞃浅幭，鞗革金厄。[12]

韩侯出祖，出宿于屠。[13]
显父饯之，清酒百壶。[14]
其殽维何？炰鳖鲜鱼。[15]
其蔌维何？维笋及蒲。[16]
其赠维何？乘马路车。[17]
笾豆有且，侯氏燕胥。[18]

韩侯取妻，汾王之甥，

【译文】

梁山巍峨而高大，大禹治水到此间。
去周大路很宽广，韩侯受封把王见。
宣王亲自向他说：继承祖业努力干。
别把君命弃一边，日夜奋力别懈怠。
谨守职事莫等闲，我颁册命不随便。
整顿安定纷乱国，望你辅佐令君安。

四匹雄马气轩昂，体型高大又强壮。
韩侯进京朝宣王，手持大圭进朝堂。
终于拜见周君王，宣王赠物来嘉奖。
美丽龙旗花纹好，车帘车衡闪金光。
黑色龙袍红色鞋，樊缨镂钖皆用上。
浅色虎皮包车轼，笼头车轭金光亮。

韩侯出京祭路神，中途住宿屠地方。
显父设宴来饯行，清酒百壶呈宴上。
席上荤菜是何物？煮鳖鲜鱼任你尝。
席上蔬菜是哪些？竹笋嫩蒲好多样。
所赠礼物是什么？大车四匹马儿壮。
笾豆果菜多又多，韩侯宴饮喜洋洋。

韩侯成婚作新郎，新娘之舅是厉王，

蹶父之子。[19]韩侯迎止，	妻是蹶父好姑娘。韩侯新婚去亲迎，
于蹶之里。[20]百两彭彭，	来到蹶邑好地方。车儿百辆行不停，
八鸾锵锵，不显其光。[21]	八个鸾铃锵锵响，大显派头真风光。
诸娣从之，祁祁如云。[22]	陪嫁众妾随后方，随从如云熙攘攘。
韩侯顾之，烂其盈门。[23]	韩侯回头把礼行，满门灿烂多堂皇。
蹶父孔武，靡国不到。[24]	蹶父威武很雄壮，出使足迹遍四方。
为韩姞相攸，莫如韩乐，	他为女儿选对象，没有哪里比韩强，
孔乐韩土。[25]川泽讦讦，	在韩令人很欢乐。河川大泽多宽广，
鲂鱮甫甫，麀鹿噳噳，	鲂鱼鱮鱼都很多，雌鹿雄鹿聚山冈，
有熊有罴，有猫有虎。[26]	还有熊来还有罴，有猫有虎吼声响。
庆既令居，韩姞燕誉。[27]	庆贺获得好归宿，韩姞安乐心欢畅。
溥彼韩城，燕师所完。[28]	建成韩城多宽广，全由燕民献力量。
以先祖受命，因时百蛮。[29]	因为先祖受王命，依靠蛮族势力强。
王锡韩侯，其追其貊，	宣王赏赐新韩侯，追貊两国属韩邦，
奄受北国，因以其伯。[30]	控制整个大北方，你是北方大官长。
实墉实壑，实亩实藉。[31]	城墙壕沟要增修，垦田征税切莫忘。
献其貔皮，赤豹黄罴。[32]	命令外族献兽皮，赤豹黄罴也献上。

注释

❶ 奕奕：高大的样子。梁山：山名。禹：大禹。甸：治理。

❷ 有倬：犹“倬倬”，宽大的样子。道：道路。韩侯：韩国之君主。受命：受周王册命。

❸ 缵：继承。戎：汝，你，指韩侯。祖考：祖先。

❹ 废：废弃。解：通“懈”，懈怠。

❺ 虔：敬。尔：你。位：职位。不易：不轻易。

❻ 榦（gàn）：正，纠正。方：方国。佐：辅佐。辟（bì）：君王。

❼ 修：长。张：大。

❽ 觐：诸侯朝见天子。介圭：大圭，古代玉制的礼器。

❾ 王：周宣王。锡：赐。

❿ 淑：美。绥：美好。章：文章。此指花纹。簟茀（diànfú）：遮蔽车箱的竹席。错：画上花纹。衡：车辕前头的横木。

⓫ 玄衮：画有花纹的黑色礼服。赤舄：红色的鞋，贵族所穿。钩膺：马胸前的一种革制宽带，上有青铜之钩，下有垂缨。镂：刻。钖（yáng）：马额上的一种金属饰物。

⓬ 鞹（kuò）：去掉毛的兽皮。鞃（hóng）：车轼所蒙之兽皮。浅幭（miè）：覆盖车轼的虎皮。鞗（tiáo）：皮革所制的马缰绳。厄：套在马颈上的马具。

⓭ 出：外出。祖：祭路神。屠：地名。

⓮ 显父：人名。饯：备酒送行。

⓯ 炰（páo）：烹煮。

⓰ 笋：竹笋。蒲：水生植物，嫩时可吃。

⓱ 乘马：四匹马。路车：贵族所乘的车。

⓲ 有且（jū）：犹“且且”，多的样子。侯氏：指韩侯。燕胥：宴乐。

⓳ 取：同“娶”。汾王：周厉王。厉王被国人逐至彘地，地处汾河边，故人称其为汾王。蹶父：人名，姓姞。周宣王的大臣。子：女儿。

⓴ 迎：亲迎，古代婚姻礼节之一。止：语气词。里：城邑。

㉑ 百两：百辆。彭彭：马行不止的样子。八鸾：八个鸾铃。锵锵：鸾铃的响声。光：光辉。

㉒ 娣：妾。祁祁：众多的样子。

㉓ 顾：回头看。烂其：犹“烂然”，灿烂的样子。盈：满。

㉔ 孔武：非常勇武。靡：无。

㉕ 韩姞：蹶父之女，韩侯之妻。相：看。攸：所，即住处。乐：快乐。

㉖讦讦（xǔ）：广大的样子。鲂：鳊鱼。甫甫：鱼多的样子。麀（yōu）：母鹿。鹿：此指雄鹿。噳噳（yǔ）：鹿相聚众多的样子。猫：一种毛色浅的虎。

㉗庆：贺。令：善。燕誉：安乐。

㉘溥：广。燕：国名。师：民众。

㉙因：依靠。时：是，此。百蛮：众多的蛮族，即北狄等。

㉚追：古代北方氏族名。貊（mò）：古代北方氏族名。奄：包括，全部。因：因此。以：为。

㉛实：是。墉：城墙。壑：城壕。亩：开垦田地。籍：税。此指收租税。

㉜貔（pí）：似虎的猛兽。

江汉

解 题

这是一首记述周宣王命令召伯虎讨伐淮夷的诗。全诗六章。前两章写召伯虎征讨淮夷，气势雄壮，大功告成；三、四、五章写宣王对召伯虎的命令和赏赐；末章写召伯虎感恩天命，颂扬天子。本诗气势磅礴，语言苍劲有力，感情激扬，具有很强的艺术感染力。

【原 文】	【译 文】
江汉浮浮，武夫滔滔。①	长江汉水浩荡荡，出征将士气昂昂。
匪安匪游，淮夷来求。②	不求安逸非游逛，只征淮夷保周王。
既出我车，既设我旟。③	我军兵车出京城，树起战旗随风扬。
匪安匪舒，淮夷来铺。④	不求安逸非娱乐，陈兵淮夷日夜忙。

江汉汤汤，武夫洸洸。⑤
经营四方，告成于王。⑥
四方既平，王国庶定。⑦
时靡有争，王心载宁。⑧

长江汉水水汪洋，出征将士勇而壮。
讨伐叛逆驰四方，胜利捷报告周王。
四方叛军全平定，安定局面遍周邦。
战争此时已消除，周君心宁甚安详。

江汉之浒，王命召虎：⑨
式辟四方，彻我疆土。⑩
匪疚匪棘，王国来极。⑪
于疆于理，至于南海。⑫

在那长江汉水旁，宣王对那召虎讲：
为我开辟天下忙，整治田地划土疆。
为民施政莫苛急，王朝就是好榜样。
划定边界治田地，直到南海那地方。

王命召虎：来旬来宣。⑬
文武受命，召公维翰。⑭
无曰予小子，召公是似。⑮
肇敏戎公，用锡尔祉。⑯

周王命令召伯虎：遍地巡视要宣讲。
文王武王受天命，召公姬奭是栋梁。
莫说我还很年轻，继承祖业要发扬。
你要速速建大功，赐你永久大福祥。

厘尔圭瓒，秬鬯一卣。⑰
告于文人，锡山土田。⑱
于周受命，自召祖命。⑲
虎拜稽首：天子万年！⑳

赏你玉制舀酒勺，一壶黍酒味芳香。
向你先祖来报告，大山土田周王赏。
你在岐周受封号，仍用旧典葆荣光。
召虎叩头拜周王：恭祝天子寿万年！

虎拜稽首：对扬王休，
作召公考，天子万寿！㉑
明明天子，令闻不已。㉒
矢其文德，洽此四国。㉓

召虎叩头拜周王：报答君德要颂扬，
铸成召公簋一件，祝君万年寿无疆！
勤勉不懈周天子，美誉千古永传扬。
施行仁政治家邦，天下和谐国运长。

注释

❶ 江：长江。汉：汉水。浮浮：水流动的样子。武夫：指随召伯虎征淮夷的战士。滔滔：顺流而下的样子。

❷ 安：安逸。游：游乐。来：语助词。求：通“纠”，讨伐。

❸ 车：战车。旟：画有鸟隼的旗。

❹ 舒：娱乐。铺：陈列军队以讨伐淮夷。

❺ 汤汤（shāng）：水盛大的样子。洸洸（guāng）：威武的样子。

❻ 经营：指讨伐淮夷。王：指周宣王。

❼ 既：皆。庶：差不多。定：安定。

❽ 时：此。靡：无。争：争夺。载：乃，则。宁：安宁。

❾ 浒（hǔ）：水边。召虎：召伯虎，周宣王时的名臣。

❿ 式：语助词。辟：开辟。彻：治。疆土：疆界。

⓫ 疚：病害。棘：急。极：准则。

⓬ 于：往。疆：划分边界。理：治理土地。南海：指我国南方靠海的蛮人所居之地。

⓭ 王：周宣王。命：命令。旬：巡视。宣：宣告。

⓮ 文：文王。武：武王。召公：指召伯虎的祖先召公奭。维：是。翰：骨干。

⓯ 小子：年轻者的称呼。似：通“嗣”，继承。

⓰ 肇：开创。敏：迅速。戎：大。公：功。用：因而。锡：赐。祉：福。

⓱ 厘：通“赉”，赐。圭瓒（zàn）：用玉石为柄的酒勺。秬（jù）：黑黍。鬯（chàng）：古代祭祀所用的酒，用郁金草酿黑黍而成。卣（yǒu）：有曲柄的酒壶。

⓲ 文人：有文德的人。

⓳ 自：用。召：继承。祖：祖先，指召康公奭。命：册命的典礼。

⓴ 虎：召伯虎。稽首：叩头至地的礼节。

㉑ 对：报答。扬：颂扬。休：美德。考：“簋”之借字（郭沫若说）。簋是古代的一种食器，侈口，圈足，有的有耳，有的无耳。万寿：长寿。

㉒ 明明：勤勉的样子。令闻：美好的声誉。已：止。

㉓ 矢：施，陈。文德：文治之德，即以仁政治国。洽：和谐。四国：指各诸侯国。

常武

解 题

这是一首赞美周宣王平定徐国叛乱的诗。全诗六章，记述了这次征战的情景，颇有史料价值。

【原 文】

赫赫明明，王命卿士。①
南仲大祖，大师皇父。②
整我六师，以修我戎。③
既敬既戒，惠此南国。④

王谓尹氏，命程伯休父：⑤
左右陈行，戒我师旅。⑥
率彼淮浦，省此徐土。⑦
不留不处，三事就绪。⑧

赫赫业业，有严天子。⑨
王舒保作，匪绍匪游。⑩

【译 文】

威武勤勉周宣王，他命卿士上战场。
任命南仲在祖庙，皇父太师在一旁。
整顿六军精神旺，修理武器使其强。
事事警惕要戒备，施恩南国保边疆。

宣王告诉尹太师，传命程伯任司马：
左右兵士列开阵，告知将士要开拔。
沿着淮水往前行，要对徐国细巡察。
不停留来不久住，准备就绪把徐伐。

威仪赫赫很伟大，庄严神圣周宣王。
周军从容稳前进，不缓慢来不游逛。

徐方绎骚，震惊徐方。[11]	徐国军阵已骚动，举国震惊已恐慌。
如雷如霆，徐方震惊。	其势如同雷霆响，徐国震惊很紧张。
王奋厥武，如震如怒。[12]	周王威武又高大，如同雷震怒冲天。
进厥虎臣，阚如虓虎。[13]	如虎大臣冲在前，吼声似虎震山川。
铺敦淮渍，仍执丑虏。[14]	周军布阵淮水岸，频捉俘虏开新颜。
截彼淮浦，王师之所。[15]	截断退路淮水边，周军驻扎在此间。
王旅啴啴，如飞如翰。[16]	周王大军势正盛，如鸟高飞冲蓝天。
如江如汉，如山之苞。[17]	如同江汉穿大地，似是山岳难摇撼。
如川之流，绵绵翼翼。[18]	如同河水无阻拦，绵绵不断齐向前。
不测不克，濯征徐国。[19]	难以测度难战胜，大征徐国保江山。
王犹允塞，徐方既来。[20]	周王谋划真周密，徐国终于来投降。
徐方既同，天子之功。[21]	徐国归顺天下同，大功属于周宣王。
四方既平，徐方来庭。[22]	天下已经都平定，徐君来朝拜宣王。
徐方不回，王曰还归。[23]	徐国不再谋反叛，王命大军速回还。

注释

❶ 赫赫：显赫威武的样子。明明：通“勉勉”，勤勉的样子。王：周宣王。卿士：官名，周朝的执政大臣。

❷ 南仲：人名，周宣王的大臣。大祖：太祖，指太祖庙。大师：太师，官名，周朝主掌军事的高官。皇父：人名，周宣王的大臣。

❸ 整：整顿。六师：六军。君王可拥有六军。修：整治。戎：兵器。

❹ 敬、戒：警戒。惠：施恩。南国：南方各诸侯国。

❺ 尹氏：皇父。命：策命。程：地名。伯：爵位名。休父：程伯的名。此指任命休父为司马。

❻ 戒：告诫。师旅：指征徐的军队。

❼ 率：沿着。淮浦：淮水岸边。浦，河边。省：巡察。徐土：徐国。

❽ 处：居住。

❾ 业业：威严的样子。有严：犹“严严”，庄严神圣的样子。

❿ 舒：舒缓。保：安。作：行。绍：迟缓。

⓫ 徐方：徐国。绎骚：骚动。

⓬ 奋：奋发。厥：其。武：威武。

⓭ 进：进军。虎臣：勇猛如虎的部将。阚（hǎn）如：犹“阚然”，老虎发怒的样子。虓（xiāo）：虎叫。

⓮ 铺：布阵。敦：屯兵，整顿。濆（fén）：河边高地。仍：屡次。执：捉。丑虏：战俘的轻蔑称呼。

⓯ 截：断绝。

⓰ 王旅：王师。啴啴（tān）：众多的样子。翰：高飞。

⓱ 苞：根本。

⓲ 翼翼：整整齐齐的样子。

⓳ 测：测度。克：战胜。濯：大。

⓴ 犹：猷，谋划。允：确实。塞：实，周密。

㉑ 同：一致。此指归顺周朝。

㉒ 来庭：来朝廷朝拜天子。

㉓ 回：违反，反叛。还归：班师回京。

瞻卬

解 题

这是一首讽刺周幽王宠信褒姒而误国的诗。全诗七章。前两章详写时政之弊；三、四章追究祸乱根源；五、六章描写贤人避祸逃亡，国人忧心忡忡；七章再写时弊，望君改过，拯救危难。诗中大胆抨击了幽王与褒姒的罪恶，表达了诗人的忧国忧民之情。本诗抒情直率，有较强的艺术感染力。

【原 文】

瞻卬昊天，则不我惠。①
孔填不宁，降此大厉。②
邦靡有定，士民其瘵。③
蟊贼蟊疾，靡有夷届。④
罪罟不收，靡有夷瘳。⑤

人有土田，女反有之。⑥
人有民人，女覆夺之。⑦
此宜无罪，女反收之。⑧
彼宜有罪，女覆说之。⑨

哲夫成城，哲妇倾城。⑩
懿厥哲妇，为枭为鸱。⑪

【译 文】

抬头仰望那苍天，不肯爱我不肯管。
人间很久不安宁，上天降下大祸患。
全国无处得安定，士卒百姓遭苦难。
如同害虫吃庄稼，总是吃来没有完。
罪网害人不收敛，消除病困等哪年。

人家若是有田产，你却抢夺独侵占。
别人那里人口多，你硬抢来自己管。
这人本来没有罪，你却拘捕投牢里。
那人本来有罪恶，你却开脱把罪免。

聪明男人建周国，褒姒灭亡周政权。
那位聪明褒姒妃，是枭是鸱罪滔天。

妇有长舌，维厉之阶。[12]	这个妇人生长舌，她是祸乱总根源。
乱匪降自天，生自妇人。[13]	西周混乱非由天，褒姒作孽自推翻。
匪教匪诲，时维妇寺。[14]	没谁教王施暴虐，妇人宦者把他管。
鞫人忮忒，谮始竟背。[15]	奸人善于做坏事，前言后语相违背。
岂曰不极？伊胡为慝？[16]	她做恶事还不多？为何这样成祸患？
如贾三倍，君子是识。[17]	如同商人能赚钱，令其当官成功难。
妇无公事，休其蚕织。[18]	女人不应参政事，她却参政不养蚕。
天何以刺？何神不富？[19]	上天为何责罚我？为何神灵不赐福？
舍尔介狄，维予胥忌。[20]	披甲夷狄你不管，只是对我很厌恶。
不吊不祥，威仪不类。[21]	天灾人祸不恤问，不拘礼节坏心术。
人之云亡，邦国殄瘁。[22]	贤良之人皆逃亡，周朝政权将倾覆。
天之降罔，维其优矣。[23]	上天把那灾殃降，祸患很多难说详。
人之云亡，心之忧矣。	贤人个个都逃亡，我心终日甚忧伤。
天之降罔，维其几矣。[24]	上天把那灾祸降，国运危险不吉祥。
人之云亡，心之悲矣。	贤良之人皆逃亡，我的心中很悲凉。
觱沸槛泉，维其深矣。[25]	泉水翻滚向上涌，清澈深幽流不完。
心之忧矣，宁自今矣？[26]	我的心中忧虑多，难道今日才出现？
不自我先，不自我后。	灾难不生在我前，也不生我身后边。
藐藐昊天，无不克巩。[27]	苍天茫茫甚高远，万物都要受它管。
无忝皇祖，式救尔后。[28]	切莫辱没你祖宗，让你子孙把业传。

注释

❶ 瞻卬：仰望。昊天：皇天。此指周幽王。惠：爱。

❷ 填（chén）：久。宁：安宁。厉：祸患。

❸ 邦：国家。靡：无。士民：士卒与老百姓。瘵（zhài）：疾病。

❹ 蟊：吃庄稼的害虫。此指周幽王。贼：残害。疾：害。夷：语助词。届：极，尽头。

❺ 罟：网。收：收敛。瘳（chōu）：病愈。

❻ 人：别人。土田：田地。反：反而。有：夺取。

❼ 覆：反而。

❽ 宜：应当。收：拘捕。

❾ 说：通“脱”，开脱，释放。

❿ 哲夫：聪明的男人。成城：建立国家。哲妇：聪明的妇女。倾城：败国，使国家倾覆。

⓫ 懿：通“噫”，叹词。为：是。枭（xiāo）：相传长大后即吃其母的恶鸟。鸱：猫头鹰，古人视其为不祥之鸟。

⓬ 维：是。厉：灾祸。阶：阶梯。此犹言根源。

⓭ 自：从。妇人：指褒姒。

⓮ 诲：教导。时：是，此。维：是。寺：寺人，即宦官。

⓯ 鞫（jū）人：奸人。忮（zhì）：害。忒：邪。谮：谗害。始：开始。竟：最终。背：违背。

⓰ 伊：语助词。胡：何。慝：恶。

⓱ 如：像。贾（gǔ）：商人。三倍：获取三倍的利润，言获利之多。君子：指当官的贵族。识：通“职”，主持。

⓲ 公事：政事。休：停下。

⓳ 富：通“福”，赐福。

⓴ 舍：丢弃。介狄：穿着铠甲的夷狄。予：我。胥忌：相怨恨。

㉑ 吊：抚恤慰问。威仪：举止礼仪。类：善。

㉒ 云：语助词。亡：逃走。殄（tiǎn）瘁：困病。此指政权覆灭。

㉓ 罔：灾。维：语助词。优：多。

㉔几：危险。

㉕觱（bì）沸：泉水翻腾上涌的样子。槛：通“滥”，泛滥。

㉖宁：难道。自：从。

㉗藐藐：通“邈邈”，高远的样子。克：能。巩：用韦（牛皮）束物。此有约束、控制之意。

㉘忝（tiǎn）：辱没，有愧于。式：语助词。后：后代子孙。

召旻

解题

这是一首讽刺周幽王的诗。全诗七章。首章言天降灾乱，国民受其苦；二章言统治者内讧；三章写诗人自身难保；四章写国将灭亡；五章写诗人自伤；六章写池泉枯竭，灾乱益重；七章写渴望贤臣挽救国难。诗中真实揭露了西周王朝的黑暗与腐朽，表达了诗人的忧国忧民之情。

【原文】

旻天疾威，天笃降丧。①
瘨我饥馑，民卒流亡，
我居圉卒荒。②

天降罪罟，蟊贼内讧。③
昏椓靡共，溃溃回遹，
实靖夷我邦。④

【译文】

上天对民逞暴虐，肆意降下大灾殃。
让我百姓挨饥饿，无法生活皆逃亡，
全国到处一片荒。

上天降下那罪网，奸臣内讧不相让。
昏聩造谣废职事，混乱邪僻很放荡，
实欲谋划灭周邦。

皋皋訿訿，曾不知其玷。⑤ 兢兢业业，孔填不宁， 我位孔贬。⑥	小人欺诈进谗言，幽王不知其肮脏。 君子谨慎又小心，很久不安心慌张， 我的职位又要降。
如彼岁旱，草不溃茂， 如彼栖苴。⑦我相此邦， 无不溃止。⑧	如同干旱年景来，大地野草不丰满， 草伏地上皆枯黄。我看周朝这景象， 必然崩溃而灭亡。
维昔之富，不如时， 维今之疚，不如兹。⑨ 彼疏斯粺，胡不自替？⑩ 职兄斯引。⑪	从前富有人人足，不像今天这样穷， 现在贫穷很普遍，苦难也已到顶峰。 民吃粗粮他吃米，为何自己不退让？ 局势越来越严重。
池之竭矣，不云自频。⑫ 泉之竭矣，不云自中。⑬ 溥斯害矣，职兄斯弘， 不烖我躬？⑭	池水有时会枯竭，都从水边开始干。 泉水有时会枯竭，都从泉中开始干。 这次灾祸面积广，恐怕还要再扩展， 不怕自身遭祸患？
昔先王受命，有如召公。⑮ 日辟国百里，今也日蹙国百里。⑯ 於乎哀哉！⑰维今之人， 不尚有旧？⑱	从前祖先受天命，贤臣召公最杰出。 一日百里开国土，今天日削百里土。 呜呼哀哉我长叹！今天朝中大臣多， 不知还有旧臣否？

注释

❶ 旻天：上天。疾威：暴虐。笃：厚，严重。丧：死亡。

❷ 瘨（diān）：害，降灾。卒：昏。居圉（yǔ）：国中与边疆。荒：荒芜。

❸ 罪罟：罪网。蟊贼：吃庄稼的害虫。此喻祸国殃民的统治者。

❹ 昏：乱。椓（zhuó）：通"诼"，毁谤。靡：不。共：不供其职。溃溃：昏乱的样子。回遹（yù）：邪僻。实：是。靖：谋划。夷：平。

❺ 皋皋訿訿（zǐ）：毁谤人的样子。曾：竟，乃。其：指邪恶之人。玷：玉石上的污点。此指人之污点。

❻ 填（chén）：久。贬：低下。

❼ 溃茂：丰茂。栖：枯草伏地。苴（chá）：枯草。

❽ 相：看。溃：崩溃。止：语助词。

❾ 维：发语词。时：是，此。疚：病。

❿ 彼：那，指人民。疏：蔬，以蔬菜居多的饭食。粺（bài）：精米。替：废除。

⓫ 职：主，专。兄：通"况"，情况。斯：是。引：延长。

⓬ 竭：枯竭，干枯。频：河边。

⓭ 中：泉水的中间。

⓮ 溥：广大，普遍。弘：大。不：不能，不会。烖：同"灾"。躬：自身。

⓯ 受命：接受天命当君王。如：彼。召公：召公奭。

⓰ 日：每日。辟：开辟。蹙（cù）：缩小。

⓱ 於乎：呜呼。

⓲ 尚：还。旧：旧德之臣。

颂

周颂

清庙

解 题

这是一首描写周王在宗庙中祭祀祖先的诗。开头两句写宗庙的庄严、肃穆和助祭公卿的庄重、显赫，中间四句写祭祀官吏在宗庙里忙碌，最后两句颂扬周王的高贵品质。全诗称颂周王品德高尚，陈述后人能继承其光明之德，表现了颂诗的风格。

【原 文】

於穆清庙，肃雍显相。①
济济多士，秉文之德。②
对越在天，骏奔走在庙。③
不显不承，无射于人斯。④

【译 文】

庄严肃穆宗庙中，助祭高贵又雍容。
众士祭祀排成行，文王美德在心中。
遥对文王在天灵，奔走在庙步不停。
光辉显耀后人承，仰慕之情永无穷。

注 释

❶ 於（wū）：感叹词。穆：美，庄严。清庙：肃穆清静之庙。肃雍：严肃庄重的样子。显相：高贵显赫的助祭者。

❷ 济济：多而整齐的样子。秉：怀着。文：指周文王。

❸ 越：宣扬。在天：指在天的祖先神灵。骏：迅疾，迅速。奔走：奔跑。庙：祖庙。

❹ 不：通“丕”，发语词。显：光明。承：继承。射（yì）：通“斁”，厌。斯：语气词。

维天之命

解 题

这是一首周王祭祀文王的乐歌。全诗歌颂文王光明纯正的美德，勉励子孙奋发向上，崇德向善。本诗叙事有层次，语言较质实。

【原 文】

维天之命，於穆不已。①
於乎不显，文王之德之纯！②
假以溢我，我其收之。③
骏惠我文王，曾孙笃之。④

【译 文】

想那天道的运行，美好肃穆永无穷。
多么显赫又光明，文王之德极纯正！
美好品德使我慎，我们一定来继承。
俊美仁爱周文王，后世子孙定笃诚。

注 释

❶ 维：语助词。穆：肃穆。已：止。
❷ 於乎：呜呼。纯：精纯。
❸ 假：嘉，美。溢：行为谨慎。我：祭主自称。收：继承，接受。
❹ 骏：英俊有才能。惠：仁爱。笃：厚，忠实。

维清

解题

这是一首周王祭祀文王的乐歌。诗中歌颂了文王的功业，表达了对文王的崇敬之情。本诗语言简练，富有艺术表现力。

【原 文】

维清缉熙，文王之典。①
肇禋，迄用有成。②
维周之祯。③

【译 文】

周朝政教清又明，文王美德指路灯。
始从西土建功业，直到最后大功成。
这是周朝大吉祥。

注释

❶ 维：思，想。清：清明。缉熙：光明的样子。典：德。
❷肇禋（yīn）：开辟国土。迄：终。用：以。成：成功。
❸ 祯：吉祥。

烈文

解题

这是一首周成王封立诸侯时所唱的乐歌。成王劝诫各诸侯不要忘记前辈君王的功绩与德行，要向文、武二王学习，亲贤人，修品德，以永葆福禄。本诗布局较严谨，叙事有条有理。

【原文】

烈文辟公，锡兹祉福。①
惠我无疆，子孙保之。②
无封靡于尔邦，维王其崇之。③
念兹戎功，继序其皇之。④
无竞维人，四方其训之。⑤
不显维德，百辟其刑之。⑥
於乎前王不忘！⑦

【译文】

有功有德诸侯公，赏赐你们大幸福。
上帝赐恩无穷尽，你们子孙永保住。
别在本国犯大罪，王才尊重且保护。
牢记你祖大功劳，继承弘扬多思虑。
不要与人来逞强，四方诸侯才顺服。
诸君伟大在美德，天下诸侯皆效法。
呜呼不忘先王德！

注释

❶ 烈：武功。文：文德。辟公：诸侯。锡：赐。兹：此。祉：福。

❷ 惠：爱，恩惠。

❸ 封：大。靡：累。维：语助词。王：周王。其：将。崇：尊重。之：指诸侯。

❹ 念：想。戎：大。继序：指继承祖业。皇：光大。

❺ 竞：强。四方：指天下诸侯。其：将。训：顺服。

❻ 显：显明。刑：通“型”，榜样，效法。

❼ 於乎：呜呼。前王：前代贤王，即周文王、周武王。

天作

解题

这是周王祭祀岐山的乐歌。周人祖先太王率族人自豳迁往岐山，扩大了周族基业，奠定了周人扩土建国的根基，故周人有岐山之祭。

【原 文】

天作高山，大王荒之。①
彼作矣，文王康之。②
彼徂矣，岐有夷之行，
子孙保之。③

【译 文】

天造高高那岐山，太王垦田费思量。
太王在此创基业，文王继续开周疆。
万民归周皆前往，岐山道路始坦荡，
子孙永保岐山冈。

注释

❶ 作：生成。高山：指岐山。大王：太王，古公亶父，文王的祖父。荒：开荒垦田。

❷ 彼：指太王。作：始。康：继续。

❸ 彼：指归周的万民。徂：往。夷：平。行（háng）：道路。

昊天有成命

解题

这是一首周王祭祀和赞扬周成王的诗。周成王继承了文、武二王的基业，把周朝的政治、经济、军事等推向了一个更高的发展阶段。本诗充分肯定了周成王的成就和品德，也体现了周人敬天保民的思想。

【原 文】

昊天有成命，二后受之。①
成王不敢康，夙夜基命宥密。②
於缉熙！③单厥心，
肆其靖之。④

【译 文】

上天已有成命在，文王武王把王当。
成王不敢享安乐，日夜谋划为国忙。
多么光明又辉煌！用尽心血为周邦，
遂使天下得安康。

注释

❶ 昊天：上天。成命：定命。二后：二位国君，指周文王、周武王。

❷ 成王：周成王姬诵，武王之子。康：安乐。夙：早。夜：晚。命：天命。宥：通“有”。密：通“勉”。

❸ 缉熙：光明的样子。

❹ 单：通“殚”，尽。厥：其，指成王。肆：遂，于是。靖：安定。

我将

解题

高亨《诗经今注》发挥王国维等人的说法，认为“《我将》是《大武》舞曲的第一章，叙写武王在出兵伐殷时，祭祀上帝和文王，祈求他们保佑。《大武》有舞有歌，舞分六场，歌分六章。舞的内容：一场象征武王带兵出征，歌《我将》篇……战国人说《大武》是武王、周公所作。这六篇原是一篇的六章，今本分为六篇，而且篇次已错乱”。可信。

【原 文】

我将我享，维羊维牛，
维天其右之。①仪式刑文王之典，
日靖四方。②伊嘏文王，
既右飨之。③我其夙夜，
畏天之威，于时保之。④

【译 文】

我捧祭品献上苍，有那牛来还有羊，
请求上帝把我帮。效法文王的制度，
日思安定保四方。伟大国君周文王，
请他来把祭品享。我要日夜为国忙，
心怕上天那威严，才能永保我周邦。

注释

❶ 我：武王自称。将：奉上。享：献。右：佑，保佑。

❷ 仪式刑：三字皆为效法之意。典：典章制度。靖：安定，平定。

❸ 伊：语助词。嘏（jiǎ）：通“假”，伟大。飨：享用。

❹ 于时：于是。保：保卫。

时迈

解 题

周武王战胜商朝之后，视察各诸侯国，并祭祀山川百神，周公便写下此诗以记其事。诗中先写武王伐纣之威，再写武王施行德政，以此来巩固王业，反映了周人神化先祖、天人合一的观念。本诗布局严谨，语言质朴，颇有气势。

【原 文】

时迈其邦，昊天其子之。①
实右序有周，薄言震之，
莫不震叠。②怀柔百神，
及河乔岳。③允王维后！④
明昭有周，式序在位。⑤
载戢干戈，载櫜弓矢。⑥
我求懿德，肆于时夏。⑦
允王保之。

【译 文】

当世天下有万国，天视如子显慈祥。
实是保佑我周邦，武王发兵灭纣王，
天下各国皆惊慌。安抚百神来祭祀，
山水之神把祭享。武王确是好君王！
上帝昭示周王朝，周家代代继为王。
从此收起干与戈，弓矢装袋都收藏。
美德俊才我寻访，普施美政国势强。
周王定保国运长。

注 释

❶ 时：是。迈：通“万”。邦：指各诸侯国。昊天：上天。子：儿子。

❷ 实：是。右：佑，保佑。序：通“予”，我。有周：周朝。薄言：语助词。

震：动。此指以武力震慑。叠：通“慑”，恐惧。

❸ 怀柔：安抚。河：黄河。乔岳：高山，当指四岳。

❹ 允：信，确实。王：指武王。维：是。后：君主。

❺ 明：光明。昭：昭示。式：发语词。序：继承。

❻ 载：则，乃。戢（jí）：收藏。櫜（gāo）：盛弓箭与衣甲的袋子。

❼ 懿：美。肆：施行。时：是，此。夏：中国。

执竞

解题

这是一首祭祀并歌颂周武王、成王、康王的乐歌。诗中盛赞三位君王的功业，表达了诗人的崇敬之情。这首诗可能写成于昭王时代，因而语言较产生于周初的颂诗华美，少古朴之气。

【原 文】

执竞武王，无竞维烈。①
不显成康，上帝是皇。②
自彼成康，奄有四方，
斤斤其明。③钟鼓喤喤，
磬管将将，降福穰穰。④
降福简简，威仪反反。⑤
既醉既饱，福禄来反。⑥

【译 文】

征服殷商是武王，灭商伟业世无双。
成王康王很显赫，上帝真心来嘉奖。
周自成王和康王，拥有天下日益强，
明察秋毫眼明亮。钟鼓之声喤喤响，
磬管和谐声锵锵，三王降福多吉祥。
盛大幸福从天降，礼节井然而周详。
神灵享祭醉又饱，定将福禄报周王。

注释

❶ 执：制服。竞：强。无竞：无比，即没有超过之意。维：其。烈：功业。此指武王灭商之事。

❷ 显：显赫。成：成王姬诵。康：康王姬钊，成王之子。皇：嘉美。

❸ 奄：覆盖。四方：指天下。斤斤：明察的样子。

❹ 喤喤（huáng）：形容钟鼓洪亮之声。磬：古代打击乐器。管：古代竹制管乐器。将将（qiāng）：同“锵锵”，金石之物相撞的声音。穰穰（ráng）：众多的样子。

❺ 简简：盛大的样子。威仪：举止礼节。反反：有秩序的样子。

❻ 反：反报。

思文

解题

这是周王祭祀周族祖先后稷以配天的乐歌。武王以“戎车三百两，虎贲三百人”，在牧野伐灭“俾暴虐于百姓，以奸宄于商邑”（《尚书·牧誓》）的纣王，建立起西周王朝，救万民于水火。这造就了人们对新政权及其先王们热情讴歌的盛况。全诗盛赞周人始祖后稷教民稼穑的功德，仿佛只是客观评述，真情流露。

【原文】

思文后稷，克配彼天。①
立我烝民，莫匪尔极。②
贻我来牟，帝命率育。③

【译文】

文德崇高后稷王，功德可以配上苍。
养育众民施恩德，无人不受你恩赏。
遗留麦种给后人，上帝命你来供养。

无此疆尔界，陈常于时夏。[4] | 地界不分彼和此，耕种常法遍推广。

注释

❶ 思：语助词。文：文德。后稷：周部族的始祖。克：能够。

❷ 立："粒"之省字，养育。烝民：众民。尔：你，指后稷。

❸ 贻：遗留。来牟：麦子。率：皆，都。

❹ 此疆尔界：意为疆界分明。陈：宣示。常：常规，常法。时：是，此。夏：中国。

臣工

解题

这是一首周王耕籍田而劝农的诗。西周君王有籍田千亩，每至春天来临，周王为表示对农业的重视，便亲载耒耜，率三公、九卿、诸侯、大夫到籍田之中耕田。耕田完毕，举行宴会。此诗是宴会上所唱的乐歌。本诗详重遗轻，词简义深，层次分明。

【原文】

嗟嗟臣工，敬尔在公。[1]
王厘尔成，来咨来茹。[2]
嗟嗟保介，维莫之春，
亦又何求，如何新畬。[3]
於皇来牟，将受厥明。[4]

【译文】

啊呀群臣和百官，公事一定认真办。
你有成绩王奖赏，有事询问多商谈。
啊呀田官尽职守，暮春已到快耕田，
农夫还有何要求，新田耕种要妥善。
啊呀麦种实在好，交给农夫播田间。

明昭上帝，迄用康年。[5]	光明上帝心善良，赏赐我们丰收年。
命我众人：庤乃钱镈，奄观铚艾。[6]	快去命令农夫们：准备你的钱和镈，快去检验铚与艾。

注释

❶ 嗟嗟：感叹词。臣工：群臣百官。敬：严肃谨慎。尔：你，指臣工。公：指国家之事。

❷ 王：周王。厘：通“赉”，赏赐。成：成功。咨：询问。茹：商量。

❸ 保介：田官，即田畯。维：是。亦：语助词。新：已开垦了两年的田地。畬：已开垦了三年的田地。

❹ 於（wū）：叹美之词。皇：美好。来牟：麦子。将：持。受：给。厥：其，指农夫。

❺ 明昭：光明貌。康年：丰收年景。

❻ 庤（zhì）：准备。乃：你，指农夫。钱（jiǎn）：古农具名，似今之铁铲。镈（bó）：锄田去草的农具。奄：迅速。铚（zhì）：古代的一种镰刀。艾：古代的一种镰刀。

噫嘻

解题

这是一首反映周代社会生活的农事诗。诗中先写成王祭天，再写命农官率民耕田，并号召农夫开垦私田，最后写劳动场面。全诗反映了周初的农业生产情况，因而具有较高的史料价值。

【原 文】

噫嘻成王，既昭假尔。①
率时农夫，播厥百谷。②
骏发尔私，终三十里。③
亦服尔耕，十千维耦。④

【译 文】

哎呀伟大的成王，虔诚真情上达天。
率领这些农夫们，播种百谷到田间。
迅速开发你私田，三十里田望到边。
你们快把公田种，万人耦耕要干完。

注 释

❶ 噫嘻：赞叹词。成王：周成王姬诵。昭：明。假："格"的假借字，至。尔：语助词。

❷ 率：带领。时：是，此。厥：其，那。

❸ 骏：迅速。发：开发。尔：你，指农夫。私：私田。终：尽。三十里：方圆三十里，非实指。

❹ 亦：语助词。服：从事。耕：指耕种公田。十千：一万，非实指。耦：两人并耜而耕。

振鹭

解 题

这是周王款待来朝诸侯所唱的乐歌。《毛诗序》以为是"二王（杞国和宋国之君）之后来助祭也"，可备一说。诗中赞美诸侯的高尚品德，并希望他们永葆美誉。全诗语言通俗朴实，表情达意流畅，是一首难得的好诗。

【原 文】

振鹭于飞，于彼西雍。①
我客戾止，亦有斯容。②
在彼无恶，在此无斁。③
庶几夙夜，以永终誉。④

【译 文】

成群白鹭飞天上，飞到西郊大泽旁。
我的宾客都来到，也如白鹭真漂亮。
本国无人怨恨他，受到欢迎在周邦。
望你勤勉理朝政，盛大名誉永传扬。

注 释

❶ 振：鸟儿群飞的样子。鹭：白鹭。于飞：飞翔。雍：泽。

❷ 客：指来朝之诸侯。戾：至。止：语气词。斯：此，指鹭鸟，其羽毛洁白美丽。

❸ 恶：憎恶。斁（yì）：厌恶。

❹ 庶几：希望。永：长久。终誉：盛大的美誉。

丰年

解 题

这是周王在宗庙祭祀祖宗时所唱的乐歌。每年秋收之后，新粮入仓，周王要祭祀祖宗，祈求祖宗及百神保佑，称为报祭。《毛诗序》说此诗为“秋冬报也”。

【原　文】

丰年多黍多稌，亦有高廪，
万亿及秭。①为酒为醴，
烝畀祖妣。②以洽百礼，
降福孔皆。③

【译　文】

丰年收获黍稻多，装满高高那粮仓，
成万上亿数难详。新米酿成酒与醴，
进献祖先来品尝。祭祀礼节都相合，
神灵普降大吉祥。

注释

❶ 黍：小米。稌（tú）：稻。亦：语助词。廪：粮仓。亿：周代以十万为亿。秭（zǐ）：周代以十亿为秭。此言收获粮食极多，非实指。

❷ 为：做。此指酿酒。醴：甜酒。烝：进献。畀：给予。祖妣（bǐ）：指男女祖先。

❸ 洽：配合。礼：指祭祀的各种礼节。皆：普遍。

有瞽

解题

据《毛诗序》《毛诗传笺》《礼记·月令》等记载，此诗当是周王在三月末于宗庙合乐祭祖之诗。诗中先写乐师在宗庙中陈列各种乐器，再写乐师演奏乐曲，声音美妙和谐，聆听的宾客心满意足。全诗语言简洁生动，叙事颇有层次。

【原 文】

有瞽有瞽，在周之庭。①
设业设虡，崇牙树羽。②
应田县鼓，鞉磬柷圉。③
既备乃奏，箫管备举。④
喤喤厥声，肃雍和鸣，
先祖是听。⑤我客戾止，
永观厥成。⑥

【译 文】

盲人乐师排成行，就在宗庙大庭上。
陈设钟架和鼓架，彩羽装饰木齿上。
小鼓大鼓都挂起，鞉磬柷圉列停当。
乐器备齐忙演奏，排箫管乐合奏忙。
各种乐器声洪亮，庄严肃穆声悠扬，
祖宗听罢心欢畅。我的宾客都来到，
一曲奏毕久欣赏。

注 释

❶ 瞽：盲人。周代乐官常以盲人充任。庭：指宗庙中的庭院。

❷ 设：陈设。虡（jù）：悬挂钟、磬的木架。崇牙：古代乐器横木上刻的锯齿状的木齿，用以挂乐器。树：植，插。羽：五彩羽毛。

❸ 应：小鼓名。田：大鼓名。县：悬。鞉（táo）：一种有柄的摇鼓。磬：玉或石制的板状打击乐器。柷（zhù）：古代乐器名，木制，形如方斗。圉（yǔ）：古乐器名，木制，形如伏虎。周人以柷引乐，以圉止乐。

❹ 既：皆。备：准备完毕。奏：演奏。箫：排箫，竹制管乐器。管：古乐器名。

❺ 喤喤（huáng）：指乐声和谐洪亮。肃雍：指乐声肃穆和谐。先祖：指祖宗的神灵。

❻ 戾：至。止：语气助词。永：长久。成：指乐曲终了。

潜

解题

这是周王在宗庙中献鱼祭祖的乐歌。本诗篇幅虽短，但写得形象生动，意蕴丰富，趣味盎然。

【原 文】

猗与漆沮，潜有多鱼。①
有鳣有鲔，鲦鲿鰋鲤。②
以享以祀，以介景福。③

【译 文】

漆水沮水多美丽，很多鱼藏在其中。
有那鳣鱼和鲔鱼，鲦鲿鰋鲤好多样。
把鱼献给祖宗尝，乞求大福尽情享。

注释

❶ 猗与：感叹词。漆：河名。沮（jū）：河名。潜：放在水里供鱼栖息的柴堆。

❷ 鳣：又叫鳇鱼。鲔（wěi）：鲟鱼。鲦（tiáo）：白鲦鱼。鲿：又叫黄颊鱼。鰋：鲶鱼。

❸ 享：献祭。介：求。景：大。

雍

解题

这是周武王祭祀周文王后，把祭品、祭器撤除时所唱的乐歌。朱熹在《诗序辨说》中认为此诗“但为武王祭文王而彻俎之诗，而后通用于他庙耳”。可信。本诗语言古朴，有一定的艺术特色。

【原文】

有来雍雍，至止肃肃。①
相维辟公，天子穆穆。②
於荐广牡，相予肆祀。③
假哉皇考，绥予孝子。④
宣哲维人，文武维后。⑤
燕及皇天，克昌厥后。⑥
绥我眉寿，介以繁祉。⑦
既右烈考，亦右文母。⑧

【译文】

前来祭者皆和睦，进入宗庙都严肃。
助祭之人是诸侯，周王端庄又恭敬。
进献公兽躯体大，帮我摆设众祭物。
美好伟大我的父，把我孝子来安抚。
臣子个个都聪慧，君王能文又能武。
治国能使天帝安，子孙昌盛永继祖。
文王赐我寿命长，助我获得大幸福。
已请先父保佑我，保佑我者还有母。

注释

❶ 有：语助词。来：指前来助祭的诸侯等人。雍雍：和睦的样子。至：到达。止：语气助词。肃肃：严肃恭敬的样子。

❷ 相：助祭者。维：是。天子：指周武王。穆穆：端庄恭敬的样子。

❸ 於：赞叹词。荐：进献。广：大。牡：雄性之牺牲。相：助。肆：陈列。此指陈设祭品。

❹ 假：大，美。皇考：对已故父亲的美称。绥：安抚。孝子：武王自指。

❺ 宣哲：聪明有智慧的人。人：臣。文武：能文能武。后：君王。

❻ 燕：安。及：达。克：能。昌：昌盛，兴盛。厥：其。后：后继之人。

❼ 绥：赏赐。眉寿：长寿。繁：多。祉：福。

❽ 右：保佑。烈考：对已故父亲的美称。文母：有文德的母亲

载见

解 题

这是一首诸侯朝见周成王并于武王庙祭祀时所唱的乐歌。武王去世，周成王继位，诸侯来镐京拜见周王。诗中先写诸侯觐见周成王，再写周成王率诸侯祭拜武王。全诗叙事有层次，描写也颇生动。

【原 文】

载见辟王，曰求厥章。①
龙旂阳阳，和铃央央。②
鞗革有鸧，休有烈光。③
率见昭考，以孝以享，
以介眉寿。④永言保之，
思皇多祜。⑤烈文辟公，
绥以多福，俾缉熙于纯嘏。⑥

【译 文】

诸侯首次拜成王，求取王朝众典章。
蛟龙旗子迎风扬，车行和铃叮当响。
缰绳饰玉声鸧鸧，既华美来又光亮。
率领诸侯祭武王，献上祭品武王尝，
祈求长寿心欢畅。永久保佑参祭者，
成王伟大多福祥。有功有德诸侯王，
先王赐福靠你帮，使我光明福禄长。

注释

❶ 载：开始。辟王：君王。曰：语气助词。厥：其，指周朝。章：典章制度。

❷ 和：挂在车轼上的铃。铃：挂在车衡上的铃。央央：和谐的铃声。

❸ 鞗（tiáo）：皮革所制的马缰绳。有鸧（qiāng）：犹“鸧鸧”，玉相撞的声音。休：美好。烈光：光明。

❹ 率：率领。昭考：指周武王。孝：与“享”同，献祭。介：求。眉寿：长寿。

❺ 永：长久。言：语助词。之：指参祭的人们。思：语助词。皇：大。祜：福。

❻ 烈：有武功。文：有文德。绥：赐。俾：使。缉熙：光明。纯嘏：大福。嘏，福。

有客

解题

这是纣王之兄微子启将回封国时，周王设宴饯行所唱的乐歌。朱熹《诗集传》曰：“此微子来见祖庙之诗。”其说可信。周武王灭商后，封纣王之兄微子启于宋，以祀其先王。全诗先写客至，次写客将去，后写留客，颇有层次，语言简洁生动。

【原文】

有客有客，亦白其马。①
有萋有且，敦琢其旅。②

【译文】

骑着白马进京城，宾客微子朝周王。
随从官员人很多，服饰美丽多花样。

有客宿宿，有客信信。③	宾客住了两夜晚，多住几天也无妨。
言授之絷，以絷其马。④	快把绳索交给他，绊住马腿不要放。
薄言追之，左右绥之。⑤	宾客难留且饯行，群臣安抚情意长。
既有淫威，降福孔夷。⑥	终有大德封宋国，大福大禄从天降。

注释

❶ 客：客人，指微子启。亦：语助词。白其马：骑白马。殷人尚白色，故启仍骑白马。

❷ 有萋有且：形容随从盛多的样子。敦琢：雕琢。此形容随行者皆为贤者。旅：侣伴。此指随行者。

❸ 有：语助词。宿宿：在外住两宿。宿，在外住一夜。信信：在外住四宿。宿宿、信信皆指连续住几天。

❹ 言：语助词。絷（zhí）：绊马足的绳索。下句中作动词，以绳绊马足，喻挽留客人之意。

❺ 薄言：语助词。追：送行。左右：指周王身边的大臣。绥：安抚。

❻ 既：终。淫：大。威：德。夷：大。

武

解题

一说这是记述周武王灭商的《大武》舞曲的第二章，为周公姬旦所作。诗中盛赞文王、武王的功勋，表现了对先祖的崇敬之情。

【原 文】

於皇武王，无竞维烈。[①]
允文文王，克开厥后。[②]
嗣武受之，胜殷遏刘，
耆定尔功。[③]

【译 文】

啊呀伟大周武王，功业无人比得上。
文王确实有文德，能为后代把业创。
武王继承文王业，战胜纣王杀人狂，
终成大功美名扬。

注释

❶ 於：赞叹词。皇：光明伟大。竞：强。维：其，指武王。烈：功绩。

❷ 允：确实。文：文德。克：能够。厥：其，指武王。后：后代子孙。

❸ 嗣：继承。武：周武王。遏：遏止，阻止。刘：杀。耆（zhǐ）：致使。定：成。尔：你，指武王。

闵予小子

解题

朱熹《诗集传》说："成王免丧，始朝于先王之庙，而作此诗也。"可信。诗中先写自己孤独无依的处境，接着追念先王先祖的功德，最后表示自己要日夜勤劳，继承王业。全诗语言通俗直白，情感深沉动人。

【原 文】

闵予小子，遭家不造，
嬛嬛在疚。[1]於乎皇考，
永世克孝。[2]念兹皇祖，
陟降庭止。[3]维予小子，
夙夜敬止。[4]於乎皇王，
继序思不忘。[5]

【译 文】

可怜我这小孩子，遭逢家庭大不幸，
孤独无依心忧伤。唉呀伟大我父王，
终生能孝爹和娘。想起祖父周文王，
上下推行大道忙。如今我这小孩子，
终日勤劳理朝纲。唉呀文王和武王，
我继祖业永不忘。

注 释

❶ 闵：可怜。予小子：成王年幼，故自称小子。造：吉，善。嬛嬛（qióng）：孤独无依的样子。疚：忧伤。

❷ 於乎：呜呼。皇考：对已故父亲的美称。此指周武王。永世：犹言一辈子。克：能。

❸ 兹：此。皇祖：对已故祖父的美称。此指周文王。陟：升。降：降下。止：语助词。

❹ 夙夜：早晚。敬：谨慎。止：语助词。

❺ 皇王：这里指先代君王，兼指文王和武王。序：通“绪”，事业。思：语助词。

访落

解题

这是一首周成王拜谒周武王庙时与群臣商议国事的诗。诗中先写成王拜武王庙的目的，又写祈祷武王神灵保佑。全诗结构严谨，婉转曲折，有一定的艺术感染力。

【原文】

访予落止，率时昭考。①
於乎悠哉，朕未有艾。②
将予就之，继犹判涣。③
维予小子，未堪家多难。④
绍庭上下，陟降厥家。⑤
休矣皇考，以保明其身。⑥

【译文】

执政之初即谋划，追随父道治周邦。
武王之道甚远大，阅历很浅难追上。
众臣扶我依法行，继承大业未理想。
如今我尚年纪轻，周家多灾难承当。
继承父祖治国道，暗中保佑周邦强。
美好伟大周武王，保护我这小周王。

注释

❶ 访：咨询，谋划。落：开始，执政初期。止：语助词。率：循。时：是。昭考：指周武王。

❷ 悠：远。艾：阅历。

❸ 将：扶助。就：因。犹：谋略。判涣：分散。

❹ 家多难：指国家多灾难。

❺ 绍：继。庭：公正。陟降：升降，上下。厥：其。家：国家。

❻ 休：美。皇考：指周武王。保：保佑。明：勉励。

敬之

解题

这是一首周成王敬天自戒的诗。诗中先写成王敬天自戒，并告诫群臣，希望群臣忠心辅佐，反映了周初统治者奋发进取的精神。本诗作为中国思想史上“敬天”观念的源头之一，具有深厚意蕴和历史价值。

【原文】

敬之敬之，天维显思，
命不易哉。[①]无曰高高在上，
陟降厥士，日监在兹。[②]
维予小子，不聪敬止。[③]
日就月将，学有缉熙于光明。[④]
佛时仔肩，示我显德行。[⑤]

【译文】

行事处处要警惕，上天明察眼睛亮，
天命不易保持长。莫说天帝高在上，
众臣也是时升降，天天监视大地上。
我当君王年纪轻，听从教诲常自警。
日积月累不懈怠，学问广大心明亮。
群臣辅我扛重担，指示明德为榜样。

注释

❶ 敬：通“警”，警戒。维：语助词。显：明察。思：语助词。命：天命。易：容易。

❷ 高高在上：此指天不了解人间之事。陟降：升降。厥：其，指天帝。士：臣，指天帝的臣。监：视，察看。兹：此。

❸ 予：我。小子：年幼的成王自称。不：语助词。聪：聪明。此为听的意思。止：语助词。

❹ 就：久。将：行，进。缉熙：积渐以至于光明。

❺ 佛：通“弼”，辅佐。时：此。仔肩：重担，责任。示：指示。显：明显。

小毖

解题

这是一首周成王自我规诫且求群臣辅佐的诗。诗中以“桃虫”会变得像大鸟一样强大比喻小事不注意就会酿成大祸。成语“惩前毖后”即出于此诗。

【原文】

予其惩而毖后患，莫予荓蜂，
自求辛螫。[1]肇允彼桃虫，
拼飞维鸟。[2]未堪家多难，
予又集于蓼。[3]

【译文】

谨记前非防后患，无人让蜂来蜇我，
自招祸患遭毒螫。始信那只小鷦鷯，
翻飞可以变大雕。家遭多乱难承受，
我又栖止在蓼草。

注释

❶ 惩：警戒。而：语助词。毖：谨慎小心。荓：使。辛螫：蜂的毒刺刺人。

❷ 肇：开始。允：信。桃虫：鷦鷯，小鸟名。拼飞：翻飞。维：为。鸟：指大鸟。

❸ 家多难：指国家多灾难。蓼（liǎo）：水草名。此喻成王又陷入困境。

载芟

解题

这是周王春天亲耕籍田时祭祀社稷神的乐歌，是《周颂》中的长诗。首先写农夫春耕及庄稼生长的情况；又写丰收的情景，表达人们的喜悦和自豪之情；又写祭祀情景；末三句写对神的敬意。全诗较真实地记述了西周初期奴隶制的生产关系和生产情况，有较高的史料价值。

【原文】

载芟载柞，其耕泽泽。①
千耦其耘，徂隰徂畛。②
侯主侯伯，侯亚侯旅，
侯强侯以。③有嗿其馌，
思媚其妇，有依其士。④
有略其耜，俶载南亩。⑤
播厥百谷，实函斯活。⑥
驿驿其达，有厌其杰。⑦
厌厌其苗，绵绵其麃。⑧
载获济济，有实其积，
万亿及秭。⑨为酒为醴，
烝畀祖妣，以洽百礼。⑩
有飶其香，邦家之光。⑪

【译文】

除去杂草砍树木，用力耕地土松散。
千人并肩除田草，前往湿地和路间。
主人率领大儿子，小儿晚辈走向前，
还有壮汉和雇工。大家吃饭有声响，
送饭妇女真美艳，种田男子多壮健。
翻地犁头很锋利，起土耕种南亩间。
农夫都来播百谷，种粒勃勃欲发芽。
禾苗陆续钻出土，初生苗儿真好看。
禾苗长得很整齐，谷穗连绵一大片。
开始收获人众多，场上谷堆连成片，
上亿上秭数难算。新粮酿酒很香甜，
进献男女老祖先，祭祀合礼很周全。
祭物香味皆飘散，国家光荣心喜欢。

有椒其馨，胡考之宁。[12]
匪且有且，匪今斯今，
振古如兹。[13]

酒味醇香很浓厚，进献老人得平安。
耕种非自今日始，丰收祭祀非今年，
自古至今就这般。

注释

❶ 载：开始。芟（shān）：除草。柞（zé）：砍伐树木。泽泽（shì）：土松散润泽的样子。

❷ 耦：二人并肩扶犁耕田。耘：除去田间之草。徂：往。隰：低湿之地。畛（zhěn）：田间小路。

❸ 侯：语助词。主：家长。伯：长子。亚：次。此指长子以下的老二、老三等。旅：众，指晚辈。强：指体力强健的人。以：雇佣的劳动者。

❹ 有嗿（tǎn）：犹“嗿嗿”，众人吃饭的声音。馌（yè）：送饭给人吃。思：语助词。媚：美好。妇：指送饭的女奴。有依：犹“依依”，健壮的样子。士：男子的美称。此指耕田的男人。

❺ 有略：犹“略略”，锋利。耜：犁头。俶（chù）：始。载：除草，耕作。南亩：向阳的田地。

❻ 实：指种子。函：含，被泥土覆盖。斯：乃。活：生。

❼ 驿驿：禾苗陆续生长的样子。达：幼苗长出地面。有厌：犹“厌厌”，美好的样子。杰：指最先长出的禾苗。

❽ 厌厌：禾苗整齐美好的样子。绵绵：连绵不断的样子。麃：禾苗末梢处，即禾穗。

❾ 载：语助词。获：收获。济济：众多的样子。有实：犹“实实”，广大的样子。此指庄稼收获多。积：露天堆积。亿：周代以十万为亿。秭（zǐ）：周代以十亿为秭。

❿ 为：酿造。醴：甜酒。烝：进献。畀：给予。祖妣：指男女祖先。洽：合。百礼：各种礼节。

⓫ 飶（bì）：食物的香味。邦家：国家。光：光荣。

⑫有椒：犹“椒椒”，香味浓厚。馨：香。胡考：长寿。此指老人。宁：安宁。

⑬振古：自古。

良耜

解　题

这是周王祭祀社稷神所唱的乐歌，与《载芟》是姊妹篇。先写春耕忙碌的情景；再写农夫管理农田的辛苦与和乐；再写大丰收的情景；最后写杀牛祭祀的情景。全诗真实反映了西周前期农业生产的情况，有较高的史料价值。

【原　文】

畟畟良耜，俶载南亩。①
播厥百谷，实函斯活。②
或来瞻女，载筐及莒，
其饷伊黍。③其笠伊纠，
其镈斯赵，以薅荼蓼。④
荼蓼朽止，黍稷茂止。⑤
获之挃挃，积之栗栗。⑥
其崇如墉，其比如栉，
以开百室。⑦百室盈止，
妇子宁止。⑧杀时犉牡，
有捄其角。⑨以似以续，

【译　文】

锋利犁头深翻地，起土翻草南亩上。
大家一起播百谷，种有生机芽欲放。
有的妇女来看你，手持方筐和圆筐，
送来米饭供你尝。头上斗笠用草编，
手拿锄头来锄田，清除荼蓼让禾长。
荼蓼已经全腐烂，黍稷繁茂长得旺。
收获庄稼挥刀响，田间谷堆小山样。
粮垛高高如城墙，谷堆排列如篦齿，
储粮打开上百仓。上百仓房装满粮，
老婆孩子心安详。祭祀宰杀大公牛，
牛角弯弯好模样。丰收祭祀社稷神，

续古之人。[10]　　先人传统要发扬。

注释

❶ 畟畟（cè）：刀口锋利的样子。俶：始。载：除草。

❷ 实：指种子。函：含，被泥土覆盖。斯：乃。活：生。

❸ 或：有的人。此指送饭的妇女。载：持。筐：方筐。筥：圆筐。饷：送来的食物。

❹ 笠：笠帽。纠：用绳编织。镈（bó）：锄田去草的农具。斯：乃。赵：刺。薅（hāo）：拔草。荼蓼：草名。

❺ 朽：腐烂。止：语助词。茂：繁茂。

❻ 挃挃（zhì）：收割庄稼的声音。积：露天堆积。栗栗：众多的样子。

❼ 崇：高。墉：城墙。比：紧密排列。栉：梳子。室：粮仓。

❽ 妇子：妻子和孩子。宁：安闲无事。

❾ 时：是，此。犉（rún）：黄毛黑唇的牛。牡：公兽。此指公牛。有捄：犹“捄捄”，兽角弯曲的样子。

❿ 似：“嗣”的假借字，继续。古之人：指祖先。

丝衣

解题

高亨《诗经今注》认为这是“周王举行养老之礼所唱的乐歌”。据《礼记·王制》等记载，周王每年设宴款待贵族和士阶层的老年人，称养老。此诗即记其事。

【原 文】

丝衣其紑，载弁俅俅。[1]
自堂徂基，自羊徂牛。[2]
鼐鼎及鼒，兕觥其觩，
旨酒思柔。[3]不吴不敖，
胡考之休。[4]

【译 文】

周王丝衣白又亮，漂亮礼帽戴头上。
察看庙堂至墙根，看罢牛来又看羊。
摸摸大鼎和小鼎，犀牛角杯弯弯样，
味道柔和甜酒浆。老人不嚷不骄傲，
祝他健康又长寿。

注 释

❶ 丝衣：丝织的衣服。紑（fōu）：洁白鲜明的样子。载：通“戴”。弁：古代一种礼帽，贵族所戴。俅俅（qiú）：冠饰美丽的样子。

❷ 自：从。堂：庙堂。徂：往。基：墙根。

❸ 鼐（nài）：大鼎。鼒（zī）：小鼎。兕觥：犀牛角做的酒杯。觩（qiú）：兽角弯曲的样子。旨酒：甜美的酒。思：语助词。柔：柔和。此指酒味柔和。

❹ 吴：大声喧哗。敖：傲，傲慢无礼。胡考：寿考，长寿。休：美好。

酌

解 题

一说这是记述周武王灭商的《大武》舞曲的一章，是盛赞武王出兵伐商大获全胜的诗。诗中表现出一种战胜敌人的英雄气概，也展现了周人对祖先的崇敬之情。

【原 文】

於铄王师，遵养时晦。[1]
时纯熙矣，是用大介，
我龙受之。[2]蹻蹻王之造，
载用有嗣，实维尔公允师。[3]

【译 文】

啊呀周军多威武，武王率兵取纣王。
天下形势很光明，因此上天降吉祥，
承受天宠作君王。勇武有功周武王，
可用贤才数无量，为国立功美名扬。

注释

❶ 於：赞美之词。遵：率领。养：取。时：是，此。晦：昧。此指昏聩的商纣王。

❷ 时：时势。纯：大。熙：光明。是用：因此。介：善。我：武王自称。龙：宠。

❸ 蹻蹻：强壮威武的样子。王：周武王。造：成就，功绩。载：则，乃。用：所用之人，即灭商有功而可用为官长之人。有嗣：连续不断，意谓人才用不尽。实：是，此。公：通“功”，功业。允：信。师：效法。

桓

解题

一说这是《大武》舞曲的第六章，是描写武王灭商后天下太平景象的诗。诗中洋溢着和乐欢快的气氛，在一定程度上反映了周初的社会现实。

【原 文】

绥万邦，娄丰年，
天命匪解。[1]桓桓武王，
保有厥士，于以四方，
克定厥家。[2]於昭于天，
皇以间之。[3]

【译 文】

平定天下安万邦，年年丰收得吉祥，
遵奉天命不懈怠。勇猛威武周武王，
保有祖传好土地，前往伐商取四方，
能定天下得兴旺。武王光辉照天上，
皇天命他代殷商。

注 释

❶ 绥：安定。万邦：泛指天下各国。娄：通“屡”，屡次。解：通“懈”，懒散，懈怠。

❷ 桓桓：威武的样子。武王：周武王。厥士：“厥土”之误字，指周原有的土地。于：往。克：能。定：安定。家：指周王朝。

❸ 於：赞叹词。昭：明。皇：君。以：用。间：代替。

赉

解 题

一说这是《大武》舞曲的第三章，是武王克商后征伐南国的乐歌。诗中盛赞文王的功业及武王继位的合理性，具有典型的周初诗歌风格。

【原 文】

文王既勤止，我应受之。[1]

【译 文】

文王终生很勤苦，他的基业我继承。

敷时绎思，我徂维求定。[2]
时周之命，於绎思。[3]

诸侯一定要牢记，我征南国求安定。
你们接受周王令，心悦诚服是真情。

注释

❶ 勤：辛劳。止：语助词。我：武王自称。应：承。之：指文王的基业。

❷ 敷时：普世，指天下诸侯。绎：寻绎，思考。思：语助词。徂：往。此指前往南方征讨淮夷等。定：安定。

❸ 时：奉。於：赞叹词。

般

解题

一说这是《大武》舞曲的第四章，是周王祭祀山川的乐歌。诗中描写巡守、封禅、祭祀山川之事，语言简练，气势恢宏。

【原 文】

於皇时周，陟其高山，
嶞山乔岳，允犹翕河。[1]
敷天之下，裒时之对，
时周之命。[2]

【译 文】

伟大美好周王朝，登上巍巍高山上，
狭长小山相连绵，千支万流入河淌。
普天之下众诸侯，聚集在此享祭祀，
大周受命永久长。

注释

❶ 皇：美。时：是，这。陟：登上。嶞（duò）山：狭长的小山。乔：高。岳：高大的山。允：信，实。犹：顺着。翕（xī）：合。河：黄河。

❷ 敷：同“普”。裒（póu）：聚集。对：配合。命：受命。

鲁颂

駉

解题

这是鲁僖公的大臣奚斯所作的咏马诗。马在古代是生产和边防极重要的力量，马之多寡反映了国家实力的强弱，故奚斯颂美僖公而以咏马为之。全诗四章。首章写马之德性，二章写马力量之强大，三章写马之神气，四章写马之强健。本诗结构严谨，语言精练，善用叠音词，生动而富音乐之美，有较高的艺术性。

【原文】

駉駉牡马，在坰之野。①
薄言駉者，有驈有皇，
有骊有黄，以车彭彭。②
思无疆，思马斯臧。③

駉駉牡马，在坰之野。
薄言駉者，有骓有駓，
有骍有骐，以车伾伾。④
思无期，思马斯才。⑤

駉駉牡马，在坰之野。

【译文】

群马高大且肥壮，放牧广阔草场上。
众马之中品种多，有驈马来还有皇，
又有骊马又有黄，用来驾车多雄壮。
养马事业无止境，马儿如此美无双。

群马高大且肥壮，放牧广阔草场上。
众马之中品种多，有骓有駓很多样，
又有骍马又有骐，用来驾车力量强。
养马事业无止境，马儿骏美事业旺。

群马高大且肥壮，放牧广阔草场上。

薄言駉者，有驒有骆， 有駵有雒，以车绎绎。⑥ 思无斁，思马斯作。⑦	众马之中品种多，有驒有骆很多样， 又有駵马又有雒，用来驾车腿力强。 养马无数业辉煌，马儿振作精神爽。
駉駉牡马，在坰之野。 薄言駉者，有骃有騢， 有驔有鱼，以车祛祛。⑧ 思无邪，思马斯徂。⑨	群马高大且肥壮，放牧广阔草场上。 众马之中品种多，有骃有騢很多样， 又有驔马又有鱼，用来驾车很强壮。 沿着大路不偏斜，马儿如飞奔驰忙。

注释

❶ 駉駉（jiōng）：马肥壮的样子。牡马：雄马。坰（jiōng）：远。

❷ 薄言：语助词。驈（yù）：黑身白股的马。皇：《鲁诗》作“騜”，毛色黄白的马。骊（lí）：毛色纯黑的马。黄：毛色赤黄的马。以车：用来驾车。以，用。彭彭：马强壮有力的样子。

❸ 思：语助词。无疆：没有止境。此指养马事业永远发展。斯：此。臧：善。

❹ 骓（zhuī）：毛色苍白相杂的马。駓（pī）：黄白杂毛的马。骍（xīn）：毛色赤黄的马。骐：毛色青黑相间的马。伾伾（pī）：有力量的样子。

❺ 无期：同“无疆”。才：才力。

❻ 驒（tuó）：有鳞状黑斑的青毛马。骆：尾和鬣毛黑色的白马。駵（liú）：赤身黑鬣的马。雒（luò）：黑身白鬣的马。绎绎：连续不断的样子。

❼ 无斁：犹言“无止境”。作：振奋而有精神。

❽ 骃（yīn）：毛色浅黑与白色相杂的马。騢（xiá）：赤白杂毛的马。驔（diàn）：黑色黄脊的马。鱼：双目毛色为白色的马。祛祛（qū）：强壮雄健的样子。

❾ 无邪：没有邪意。此指不偏斜。徂：行。

有駜

解 题

这是一首描写鲁僖公与群臣宴饮的诗。全诗三章。每章皆以惊叹马的肥壮开篇，后又描写君臣宴饮的场景。本诗多用叠音词，句法参差有致，富有韵律美。

【原 文】

有駜有駜，駜彼乘黄。①
夙夜在公，在公明明。②
振振鹭，鹭于下。③
鼓咽咽，醉言舞。④
于胥乐兮。⑤

有駜有駜，駜彼乘牡。⑥
夙夜在公，在公饮酒。
振振鹭，鹭于飞。⑦
鼓咽咽，醉言归。
于胥乐兮。

有駜有駜，駜彼乘駽。⑧
夙夜在公，在公载燕。⑨

【译 文】

马肥壮啊马肥壮，四匹黄马肥又壮。
日夜为公事务多，勤勉努力忙又忙。
手持鹭羽舞翩翩，好似白鹭从天降。
鼓声咚咚声深长，酒醉起舞意飞扬。
君臣全都喜洋洋。

马肥壮啊马肥壮，四匹公马肥又壮。
日夜为公事务多，今日休闲把酒尝。
手持鹭羽翩翩舞，好似白鹭在飞翔。
鼓声咚咚声深长，醉酒而舞心意畅。
君臣全都喜洋洋。

马肥壮啊马肥壮，四匹青马肥又壮。
日夜为公事务多，公事完毕来宴上。

自今以始，岁其有。[10]	自今开始到永远，年年丰收多打粮。
君子有穀，诒孙子。[11]	鲁君始终有福祥，留给子孙万年康。
于胥乐兮。	君臣全都喜洋洋。

注释

❶ 有駜（bì）：犹“駜駜”，马肥壮有力的样子。乘：四匹马。黄：黄马。

❷ 夙夜：早晚。公：办公的地方。明明：犹“勉勉”，勤勉的样子。

❸ 振振：鸟儿群飞的样子。鹭：白鹭鸟。此指用白鹭鸟羽毛制成的舞具。于：语助词。

❹ 咽咽（yuān）：鼓声有节奏。言：语助词。

❺ 于：吁。胥：皆。

❻ 牡：公马。

❼ 飞：飞翔。此指舞者的舞姿如飞。

❽ 駽（xuān）：青黑色的马。

❾ 载：则。

❿ 岁：年岁，年景。有：有年，丰年。

⓫ 君子：指鲁僖公。穀：吉祥，善。诒：留给。孙子：子孙。

泮水

解题

这是一首歌颂鲁僖公平定淮夷的诗。僖公曾征伐淮夷并取得胜利，归来后在泮水岸边的泮宫庆贺胜利，接受淮夷投降，赏赐功臣，宴饮宾客。全诗八章。前三章不厌其烦地描述献俘仪式的盛况；四、五章歌颂鲁侯之德；六、七章赞扬鲁侯麾下文武大臣的高风亮节；八章叙写淮夷臣服的场景。本诗气势宏大，但有夸张溢美之嫌。

【原文】

思乐泮水，薄采其芹。[1]
鲁侯戾止，言观其旂。[2]
其旂茷茷，鸾声哕哕。[3]
无小无大，从公于迈。[4]

思乐泮水，薄采其藻。[5]
鲁侯戾止，其马蹻蹻。[6]
其马蹻蹻，其音昭昭。[7]
载色载笑，匪怒伊教。[8]

思乐泮水，薄采其茆。[9]
鲁侯戾止，在泮饮酒。[10]
既饮旨酒，永锡难老。[11]
顺彼长道，屈此群丑。[12]

穆穆鲁侯，敬明其德。[13]
敬慎威仪，维民之则。[14]
允文允武，昭假烈祖。[15]
靡有不孝，自求伊祜。[16]

明明鲁侯，克明其德。[17]
既作泮宫，淮夷攸服。[18]
矫矫虎臣，在泮献馘。[19]
淑问如皋陶，在泮献囚。[20]

【译文】

泮水岸边多欢乐，人们采芹泮水间。
鲁侯亲自来这里，看那龙旗在前面。
龙旗飘飘迎风展，车铃叮当不间断。
无论大官或小官，跟随鲁侯迈向前。

泮水岸边多欢乐，人们采藻泮水间。
鲁侯亲自来这里，他的马儿多强健。
他的马儿多强健，声音洪亮四方传。
表情和善笑开颜，他不发怒说善言。

泮水岸边多欢乐，人们采茆泮水间。
鲁侯亲自来这里，泮宫之中设酒宴。
大家畅饮甜美酒，赐予长寿永保全。
沿着漫漫长征路，征服淮夷除祸患。

威严庄重鲁僖公，美德显耀天下传。
严肃认真举止好，是民榜样人称赞。
他既能文又能武，功追烈祖非一般。
敬祖没有不孝事，自求幸福永无边。

事事勤勉鲁僖公，能修美德天下传。
修建泮宫泮水边，征服淮夷淮水间。
官兵勇武猛如虎，泮宫尽把敌耳献。
法官善审如皋陶，俘虏皆献泮宫前。

济济多士，克广德心。㉑	贤才众多皆献力，鲁侯善意广流传。
桓桓于征，狄彼东南。㉒	威武大军去征讨，铲除东南大祸患。
烝烝皇皇，不吴不扬。㉓	军容整齐班师还，不夸军功不骄蛮。
不告于讻，在泮献功。㉔	不对顽敌穷治罪，泮宫献功事周全。
角弓其觩，束矢其搜。㉕	牛角饰弓弯又弯，束束弓箭数不完。
戎车孔博，徒御无斁。㉖	兵车很多奔向前，步兵车御不疲倦。
既克淮夷，孔淑不逆。㉗	淮夷已经被征服，尽说好话不敢反。
式固尔犹，淮夷卒获。㉘	坚定你的好计谋，终胜淮夷得平安。
翩彼飞鸮，集于泮林。㉙	翩翩飞舞猫头鹰，栖息泮边树林中。
食我桑黮，怀我好音。㉚	吃我鲁国桑树果，说尽好话给我听。
憬彼淮夷，来献其琛。㉛	淮夷觉悟表忏悔，稀有珍宝来进呈。
元龟象齿，大赂南金。㉜	大龟象牙全献上，大赂南金双手擎。

注释

❶ 思：语助词。泮（pàn）水：河名。薄：语助词。芹：水芹菜。

❷ 鲁侯：鲁僖公。戾：至，来。言：语助词。

❸ 茷茷（pèi）：旌旗飘动的样子。一说严整的样子。鸾：马镳上的铃。哕哕：有节奏的铃声。

❹ 无小无大：指随行官员职位不分大小尊卑。公：僖公。迈：行。

❺ 藻：水中植物。

❻ 蹻蹻：马强健的样子。

❼ 其：指僖公。音：声音。昭昭：说话响亮的样子。

❽ 载：又。色：指脸上和颜悦色的表情。伊：是。教：教训。

❾ 茆（mǎo）：水草名，即江南之莼菜。

⑩ 泮：泮水岸边。此指泮宫。

⑪ 旨：甜美。永：长久。锡：赐。难老：不容易年老，即长寿之意。

⑫ 顺：循，沿。长道：遥远之路。此指征伐淮夷之路。屈：征服。群丑：对淮夷的蔑称。

⑬ 穆穆：举止严肃端庄的样子。明：表明，表现。

⑭ 威仪：容貌举止。维：是。则：榜样。

⑮ 允：确实。文、武：文德、武功。昭：明。假：至。

⑯ 靡：无。伊：此。祜：福。

⑰ 明明：勤奋努力的样子。克：能。

⑱ 作：兴建，修造。泮宫：在泮水岸边修的行宫。攸：乃。

⑲ 矫矫：勇武的样子。虎臣：指猛将。馘（guó）：古代战争以割取被杀敌人左耳的多少计功，称为馘。

⑳ 淑：善。皋陶：舜时掌刑狱的官，以善于判案闻名天下。囚：囚犯。此指俘虏。

㉑ 济济：人众多的样子。士：贤才。克：能。广：扩大。

㉒ 桓桓：威武的样子。于：往。征：征伐。狄：通“剔”，治，除去。东南：指淮夷。

㉓ 吴：喧哗。扬：高扬。此言得胜而归的人们不因有功而趾高气扬。

㉔ 讻：凶恶之敌。功：战功。

㉕ 角弓：用牛角装饰于两头的弓。其觩：犹“觩觩”，弯曲的样子。束矢：一捆箭。其搜：犹“搜搜”，箭多的样子。

㉖ 戎车：战车。博：多。徒：徒行的步兵。御：驾车者。斁：疲倦。

㉗ 逆：反叛。

㉘ 式：乃。固：坚定。尔：你，指僖公。犹：通“猷”，计谋。卒：终于。获：得。

㉙ 翩：鸟飞翔的样子。鸮（xiāo）：猫头鹰，古人以为恶鸟。集：鸟栖止树上。泮林：泮水边的树林。

㉚ 桑黮（shèn）：桑葚。怀：赠送。音：指鸮鸟之鸣声。

㉛ 憬：觉悟。琛：珍宝。

㉜ 元龟：大龟。象齿：象牙。赂：美玉。南金：南方出产的黄金。

閟宫

解题

这是一首赞美鲁僖公的颂诗，相传是奚斯所作。全诗九章。一、二章追本溯源，描写姜嫄、太王等的史实；三章始写僖公继承祖业，归入正题；四章写僖公祭祀之诚心和礼仪之隆重；五章写僖公征伐戎狄与楚舒之功，极尽赞美之能事，是全诗的重点；六、七、八章写僖公开拓疆域之功；九章写僖公重建新祖庙，点明作诗称颂之意。本诗是《诗经》中最长的诗，虽写出了鲁僖公的某些史实，但也多溢美之词。

【原 文】

閟宫有侐，实实枚枚。①
赫赫姜嫄，其德不回。②
上帝是依，无灾无害。③
弥月不迟，是生后稷。④
降之百福，黍稷重穋，
稙稚菽麦。⑤奄有下国，
俾民稼穑。⑥有稷有黍，
有稻有秬。⑦奄有下土，
缵禹之绪。⑧

后稷之孙，实维大王。⑨

【译 文】

姜嫄神庙很清静，广大安静非一般。
光辉显耀那姜嫄，道德纯正不违天。
依靠天帝来行事，无灾无害得平安。
怀胎满月未拖延，生下后稷周祖先。
上天降予许多福，黍稷重穋品种繁，
豆麦播种有后先。普天之下稷所有，
他教百姓会种田。会种稷来会种黍，
稻秬丰收人开颜。天下土地全归稷，
禹王事业他来传。

后稷子孙代代传，古公亶父是太王。

居岐之阳，实始翦商。[10]
至于文武，缵大王之绪。[11]
致天之届，于牧之野。[12]
无贰无虞，上帝临女。[13]
敦商之旅，克咸厥功。[14]
王曰叔父，建尔元子，
俾侯于鲁。[15]大启尔宇，
为周室辅。[16]

住在岐山面向南，奠定基业为灭商。
待到文王和武王，太王事业得发扬。
执行天命来惩罚，牧野大战歼纣王。
别怀二心莫惊慌，上帝监视在上方。
集合殷商众俘虏，能成大业灭殷商。
成王开口叫叔父，立你长子为侯王，
让他去鲁建新邦。开拓广阔的疆域，
辅佐周朝守东方。

乃命鲁公，俾侯于东。[17]
锡之山川，土田附庸。[18]
周公之孙，庄公之子。[19]
龙旂承祀，六辔耳耳。[20]
春秋匪解，享祀不忒。[21]
皇皇后帝，皇祖后稷。[22]
享以骍牺，是飨是宜，
降福既多。[23]周公皇祖，
亦其福女。[24]

当年成王命伯禽，封他为侯在东方。
赏赐大山与河川，还有土地和城墙。
周公子孙鲁僖公，庄公儿子当侯王。
树起龙旗承祭祀，华美四马有六缰。
四季祭祀不懈怠，供奉祭品无差错。
祭祀光明的天帝，后稷事业多辉煌。
进献一头赤公牛，飨祭宜祭好风光，
天降幸福多无量。光明先祖是周公，
赐福给你尽情享。

秋而载尝，夏而楅衡。[25]
白牡骍刚，牺尊将将。[26]
毛炰胾羹，笾豆大房。[27]
万舞洋洋，孝孙有庆。[28]
俾尔炽而昌，俾尔寿而臧。[29]
保彼东方，鲁邦是常。[30]
不亏不崩，不震不腾。[31]

秋天举行尝祭礼，夏天就把牛饲养。
白赤公牛好多样，牺尊相碰锵锵响。
烤成乳猪大肉汤，捧上笾豆和大房。
跳起万舞场面壮，僖公祭祀得福祥。
使你昌盛而兴旺，使你长寿又安康。
你要保卫那东方，永远守住那鲁邦。
像那山岳不崩颓，久不震动不摇晃。

三寿作朋，如冈如陵。[32]

君侯寿命百年长，坚固如山不动荡。

公车千乘，朱英绿縢，
二矛重弓。[33]公徒三万，
贝胄朱綅，烝徒增增。[34]
戎狄是膺，荆舒是惩，
则莫我敢承。[35]俾尔昌而炽，
俾尔寿而富。[36]黄发台背，
寿胥与试。[37]俾尔昌而大，
俾尔耆而艾。[38]万有千岁，
眉寿无有害。[39]

鲁侯兵车上千辆，矛弓系缨丝线长，
备用矛弓皆成双。鲁公步卒三万整，
贝饰头盔垂红缨，步卒层层奔前方。
打击西戎和北狄，惩罚荆舒保边疆，
没人敢把鲁兵挡。使你兴旺国势盛，
使你幸福寿命长。白发变黄肤黑纹，
长寿无人能比上。使你兴旺国运强，
使你寿命长又长。万年千年永无疆，
长寿无灾无损伤。

泰山岩岩，鲁邦所詹。[40]
奄有龟蒙，遂荒大东。[41]
至于海邦，淮夷来同。[42]
莫不率从，鲁侯之功。[43]

泰山高高耸天上，鲁国人人皆仰望。
龟山蒙山在鲁邦，地面扩展到东方。
直到沿海水边上，淮夷朝见鲁君王。
他们没人不顺从，鲁侯之功不能忘。

保有凫绎，遂荒徐宅。[44]
至于海邦，淮夷蛮貊。[45]
及彼南夷，莫不率从。[46]
莫敢不诺，鲁侯是若。[47]

凫山绎山皆占有，徐国旧地归鲁邦。
势力发展到海边，淮夷蛮族都投降。
军威达到荆楚乡，没人胆敢来对抗。
没人胆敢不听话，顺从鲁侯不逞强。

天锡公纯嘏，眉寿保鲁。[48]
居常与许，复周公之宇。[49]
鲁侯燕喜，令妻寿母。[50]
宜大夫庶士，邦国是有。[51]

天赐鲁公大幸福，长寿永远保鲁邦。
收复失地常和许，恢复周公旧封疆。
鲁侯安乐又喜庆，贤妻寿母喜洋洋。
大夫众臣皆和谐，鲁国方能长兴旺。

既多受祉，黄发儿齿。[52]	屡得上天把福降，白发变黄新齿长。
徂来之松，新甫之柏。[53]	徂徕山上生苍松，新甫山上柏树长。
是断是度，是寻是尺。[54]	砍伐松柏劈成柴，大小长短仔细量。
松桷有舄，路寝孔硕。[55]	松木方椽很粗大，庙后正室很宽敞。
新庙奕奕，奚斯所作。[56]	新庙落成很漂亮，奚斯写诗来颂扬。
孔曼且硕，万民是若。[57]	诗篇很长意义大，顺应万民把诗唱。

注释

❶ 閟（bì）宫：神庙。此指后稷母姜嫄之庙。有侐（xù）：犹“侐侐”，清静的样子。实实：广大的样子。枚枚：安静无人的样子。

❷ 赫赫：显耀的样子。姜嫄：传说中周始祖后稷的母亲。回：违背。

❸ 依：依靠。

❹ 弥月：满月。迟：延迟。是：此。

❺ 重（tóng）：先种后熟的谷物。穋（lù）：后种早熟的谷物。稙（zhī）：早种的谷物。稚（zhì）：晚种的谷物。菽：豆类植物的总称。

❻ 奄：覆盖，包容。下国：犹言“天下”。俾：使。稼穑：种植庄稼。

❼ 秬（jù）：黑黍。

❽ 缵：继承，继续。绪：事业。

❾ 维：是。大王：太王，指古公亶父，周文王的祖父。

❿ 岐：岐山。阳：山南。翦：除，灭。商：商朝。

⓫ 至于：到达。文武：指周文王和周武王。

⓬ 致：执行。届：通“殛”，诛罚，惩罚。牧之野：牧野，地名。

⓭ 贰：有二心。虞：畏惧。临：监视。

⓮ 敦：同“屯”，聚集。旅：军队。克：能。咸：成。厥：其，指灭商之事。

⓯ 王：指周成王。叔父：指周公姬旦。建：立。元子：长子，指伯禽。俾：使。侯：为侯。

⑯ 启：开辟。宇：此指疆域。周室：周王朝。辅：辅佐者。

⑰ 鲁公：指伯禽。东：东方。鲁在山东，位于周京之东方。

⑱ 锡：通“赐”。附庸：城郭。

⑲ 周公之孙：指鲁僖公。庄公：鲁庄公，鲁僖公的父亲。

⑳ 承祀：继承祭祀之礼。六辔：六条马缰绳。耳耳：华丽的样子。

㉑ 解：懒散，懈怠。忒（tè）：差错。

㉒ 皇皇：光明的样子。后帝：上帝。皇祖：先祖之美称。

㉓ 享：献祭。骍：赤色。周人崇尚赤，祭祀皆用赤色之牲。飨：祭名，以饮食献神。宜：祭名，以肉献神。

㉔ 福：赐福。

㉕ 载：开始。尝：秋祭之名。楅（fú）衡：缚在牛角上的横木。

㉖ 白牡：白色公牛。骍刚：赤色公牛。牺尊：古代酒器，铜质，形似牛。将将（qiāng）：同“锵锵”，金石之物相撞的声音。

㉗ 毛炰（páo）：带毛烤熟的猪。胾（zì）：大块肉。大房：盛大块肉的食具。

㉘ 万舞：古代舞名。洋洋：场面盛大的样子。庆：福。

㉙ 俾：使。炽：盛。昌：兴盛发达。寿：长寿。臧：善。

㉚ 常：守住。

㉛ 亏、崩：毁坏。震：震荡不安。

㉜ 三寿：指上、中、下三寿。一说上寿九十岁，中寿八十岁，下寿七十岁。

㉝ 公车：鲁僖公的兵车。朱英：朱缨，矛头上的红缨。绿縢（téng）：缠在弓上的绿色的绳。二矛：每辆兵车上插两支矛以备用。重弓：每个战士带两张弓以备用。

㉞ 公徒：鲁僖公的步卒。贝胄：装饰着贝壳的头盔。胄，头盔。朱綅（qīn）：红线条，饰胄用物。烝：众。增增：同“层层”，众多貌。

㉟ 戎狄：西戎和北狄，古代北方的两个少数民族。膺：打击。荆：楚国的别名。舒：古国名。承：抵挡。

㊱ 富：福。

㊲ 黄发台背：指高寿老人。胥：相。试：比。

㊳耆：老。艾：久。

㊴眉寿：长寿。

㊵岩岩：高峻的样子。詹：通“瞻”，仰望。

㊶奄：覆盖，包括。龟：山名。蒙：山名。遂：于是。荒：有。大东：极东。

㊷海邦：指鲁国东部近海的小国。淮夷：淮水流域的古族。来同：来朝。

㊸率从：相继服从。

㊹凫：山名。绎：山名。徐宅：徐人旧居之地，即徐国，古国名。

㊺蛮貊（mò）：泛指东南部的少数民族。

㊻南夷：指楚国。

㊼诺：听从。若：顺从。

㊽锡：赐。纯嘏：大福。

㊾常：古地名。许：古地名。复：恢复。

㊿燕喜：安乐喜庆。令妻：贤妻。寿母：长寿之母。

51 宜：善。庶士：众臣。

52 祉：福。儿齿：人老掉牙后又长新齿，称儿齿，长寿之征。

53 徂来：山名。新甫：山名。

54 是：乃。度：通“剫（duó）”，劈开。寻：八尺为寻。

55 桷（jué）：方形椽子。有舄（xì）：犹“舄舄”，粗大貌。路寝：正室。

56 奕奕：高大的样子。奚斯：鲁国的大夫。

57 曼：长。硕：大。若：顺。

商颂

那

解题

根据魏源、皮锡瑞、王先谦和近人王国维等的详细考证，认为《商颂》五诗非商诗，而是春秋时代的宋国之诗。《那》是宋君祭祀先祖的通用乐歌，主要描写祭祀的情形和隆重的场面。本诗语言生动形象，声调和谐优美。

【原文】

猗与那与，置我鞉鼓。①
奏鼓简简，衎我烈祖。②
汤孙奏假，绥我思成。③
鞉鼓渊渊，嘒嘒管声。④
既和且平，依我磬声。⑤
於赫汤孙，穆穆厥声。⑥
庸鼓有斁，万舞有奕。⑦
我有嘉客，亦不夷怿。⑧
自古在昔，先民有作。⑨
温恭朝夕，执事有恪。⑩
顾予烝尝，汤孙之将。⑪

【译文】

舞姿婀娜多美盛，竖起摇鼓在堂上。
敲起鼓儿咚咚响，娱乐先祖尽情享。
汤孙虔诚祭神明，赐我成就定辉煌。
摇鼓声声咚咚响，竹管吹得很洪亮。
乐声和谐而纯正，随着磬声而抑扬。
啊呀赫赫商汤孙，和美音乐多悠扬。
敲打钟鼓声锵锵，跳起万舞人攘攘。
我有嘉宾来助祭，人人欢乐喜洋洋。
回首古代很遥远，先民祭祀也这样。
子孙早晚温且恭，主持礼仪心敬仰。
秋冬祭祀盼神降，汤孙献祭神来享。

注释

❶ 猗、那：形容乐队美盛的样子。与：叹美词。置：通“植”，竖立。鞉（táo）鼓：一种摇鼓。

❷ 简简：鞉鼓之声。衎（kàn）：快乐。烈祖：有伟大功业的祖先。

❸ 汤孙：商汤的后代子孙。奏：进。绥：赠送。思：语中助词。成：成就。

❹ 渊渊：鞉鼓之声。嘒嘒（huì）：吹管声。管：竹制吹奏乐器。

❺ 和：指乐声和谐。平：正。磬：玉或石制的打击乐器。

❻ 於：叹美声。赫：显赫。穆穆：和美的样子。声：乐声。

❼ 庸：同“镛”，大钟。斁（yì）：盛大。万舞：古代舞名。有奕：犹“奕奕”，舞蹈场面盛大的样子。

❽ 嘉客：指参加祭祀的客人。夷怿：喜悦。

❾ 自古在昔：从前。有作：有作为。

❿ 温恭：温顺恭敬的样子。朝夕：早晚。有恪：犹“恪恪”，恭敬的样子。

⓫ 顾：光顾。烝尝：祭名，冬祭曰烝，秋祭曰尝。将：奉献。

烈祖

解题

这是一首宋君祭祀祖先的乐歌，与《那》似为姊妹篇。《那》多写音乐之美盛，此诗兼及饮食。方玉润说：“周制，大享先王凡九献；商制虽无考，要亦大略相同。每献有乐则有歌，纵不能尽皆有歌，其一献降神，四献、五献酌醴、荐熟，以及九献祭毕，诸大节目，均不能无辞。特诗难悉载，且多残阙耳。前诗专言声，当一献降神之曲；此诗兼言清酤和羹，其五献荐熟之章欤？不然，何以一诗专言声，一诗则兼言酒与馔耶？此可以知其各有专用，同为一祭之乐，无疑也。”（《诗经原始》）

【原 文】	【译 文】
嗟嗟烈祖，有秩斯祜。[1]	啊呀先祖功业多，绵绵大福任他享。
申锡无疆，及尔斯所。[2]	再三赏赐福无疆，大福延及宋君王。
既载清酤，赉我思成。[3]	祭祖清酒已摆上，赐福我们兴宋邦。
亦有和羹，既戒既平。[4]	美味和羹献神灵，神灵肃穆到祭场。
鬷假无言，时靡有争。[5]	祭者默默来祷告，此时没有乐声响。
绥我眉寿，黄耇无疆。[6]	神灵赐我寿命长，黄耇之年福无量。
约軧错衡，八鸾鸧鸧。[7]	毂缠红皮衡雕花，八个鸾铃响叮当。
以假以享，我受命溥将。[8]	宋君告神来受祭，我受天命大而长。
自天降康，丰年穰穰。[9]	安定康乐从天降，五谷丰收喜洋洋。
来假来飨，降福无疆。[10]	先祖神灵尝祭品，奖赏幸福永无疆。
顾予烝尝，汤孙之将。	秋冬祭祀盼神降，宋君献祭神来享。

注释

❶ 嗟嗟：赞美之声。烈祖：有伟大功业的祖先。有秩：犹“秩秩”，大貌。斯：之。祜（hù）：福。

❷ 申：重。锡：赐。

❸ 载：陈设。清酤（gū）：清酒。赉：赐。思：语助词。成：成就。

❹ 和羹：调好的汤。戒：至。平：和平肃穆。

❺ 鬷（zōng）假：同“奏假”，祈祷。时：此时，指祷告之时。靡有争：没有争吵之声。

❻ 绥：赐。眉寿：长寿。黄耇（gǒu）：长寿之福。

❼ 约：缠束。軧：车毂两端有皮革装饰的部分。错：指花纹。衡：车辕前部用来驾马的横木。鸾：马镳上的铃。鸧鸧：车铃之声。

❽ 假：通“格”，迎神。享：献祭。受命：接受天帝之命。溥：广大。

⑨ 康：安乐。穰穰：谷物盛多的样子。

⑩ 来假：指祖宗神灵已来到。飨：指神灵享用祭品。

玄鸟

解题

这是一首宋君的祭祖乐歌。诗中写商人始祖契的诞生、成汤与武丁的建国和中兴，既有神话色彩，又有史诗意味，是《商颂》中的名篇，故方玉润称其为“三《颂》压卷”之作。

【原文】

天命玄鸟，降而生商，
宅殷土芒芒。①古帝命武汤，
正域彼四方。②方命厥后，
奄有九有。③商之先后，
受命不殆，在武丁孙子。④
武丁孙子，武王靡不胜。
龙旂十乘，大糦是承。⑤
邦畿千里，维民所止，
肇域彼四海。⑥四海来假，
来假祁祁，景员维河。⑦
殷受命咸宜，百禄是何。⑧

【译文】

天帝命令燕飞翔，降临人间生商王，
居住殷土地茫茫。帝命勇武那成汤，
征伐占领有四方。推广政令于诸侯，
尽占九州做君王。商朝前代诸先君，
承受天命不懈怠，武王子孙是贤王。
武王子孙有很多，武丁常胜继成汤。
兵车十辆插龙旗，各种酒食都供上。
国境千里很漫长，百姓所住好地方，
始有四海地面广。四海同来朝商王，
来朝官员熙攘攘，幅员广阔绕黄河。
殷商受命皆顺当，承受百福万代享。

注释

❶ 玄鸟：黑色之鸟，即燕子。商：指商始祖契。宅：居住。殷土：殷商的土地。芒芒：远大的样子。

❷ 古帝：天帝。武汤：成汤。正：通“征”，征伐。域：有。一说指疆域。

❸ 方：通“旁”，广。命：任命。厥：其，指各个部落。后：君。九有：九域，即九州。

❹ 先后：从前的君王。殆：通“怠”，松懈，懒散。

❺ 十乘：十辆兵车。承：供奉。

❻ 维：是。止：居住。肇：开始。

❼ 假（gé）：通“格”，至。祁祁：众多的样子。景：广大。员：国界。维：绕，包括。河：黄河。

❽ 咸：皆。宜：适合。禄：福。何：荷，承受。

长发

解题

这是宋君歌颂商汤及其祖先的诗。全诗七章，主要歌颂商汤及其祖先的历史功绩。本诗布局合理，把神话传说和史实糅合到一起，使诗具有神奇浪漫的色彩，尤其是描写汤之出征的场景非常生动，有较高的艺术成就。

【原 文】

浚哲维商，长发其祥。①
洪水芒芒，禹敷下土方。②
外大国是疆，幅陨既长。③

【译 文】

明智聪慧属契王，久远时代呈吉祥。
大水浩荡白茫茫，夏禹治水定四方。
安邑以外定封疆，幅员已经很宽广。

有娀方将，帝立子生商。[4]

有娀之国正兴旺，天助简狄生商王。

玄王桓拨，受小国是达，
受大国是达。[5]率履不越，
遂视既发。[6]相土烈烈，
海外有截。[7]

玄王威武又刚强，小国归附治得好，
大国归附政令畅。遵循礼法不越轨，
巡视天下业辉煌。契孙相土很威武，
海外齐心都归降。

帝命不违，至于汤齐。[8]
汤降不迟，圣敬日跻。[9]
昭假迟迟，上帝是祗，
帝命式于九围。[10]

不敢违背上帝令，传到成汤王业成。
生逢其时成汤王，勤于治事威望升。
天帝降临久不去，汤心牢记天旨意，
定作九州好榜样。

受小球大球，为下国缀旒，
何天之休。[11]不竞不絿，
不刚不柔，敷政优优，
百禄是遒。[12]

接受上帝大小法，成为诸侯好典范，
汤承上帝庇护多。不争不躁性平缓，
不刚烈来不柔软，推行政令很宽和，
各种福气都聚全。

受小共大共，为下国骏厖，
何天之龙。[13]敷奏其勇，
不震不动，不戁不竦，
百禄是总。[14]

接受上天大小法，诸侯靠他得庇护，
承受上天之荣宠。施展神威奏战功，
成汤不惊又不动，不胆怯来不慌恐，
各种福气都聚拢。

武王载旆，有虔秉钺。[15]
如火烈烈，则莫我敢曷。[16]
苞有三蘖，莫遂莫达。[17]
九有有截，韦顾既伐，

汤王开始发雄师，勇猛持钺向前闯。
汤军势盛如烈火，没人胆敢来阻挡。
一棵树干生三杈，不能让其再长大。
九州大地成一统，韦顾先后全荡平，

原文	译文
昆吾夏桀。[18]	昆吾夏桀一扫光。
昔在中叶，有震且业。[19]	商王终生拼搏忙，功业威武多雄壮。
允也天子，降予卿士。[20]	确是上天一骄子，天降卿士多相帮。
实维阿衡，实左右商王。[21]	卿士就是那阿衡，是他辅佐商汤王。

注释

❶ 浚哲：明智。维：是。商：商朝。此指商始祖契。长：久远。发：呈现。祥：吉祥。

❷ 芒芒：茫茫，水大的样子。禹：夏禹。敷：治理。下土：天下的土地。方：四方。

❸ 外大国：商以外的国家。疆：疆界。此处作动词。幅陨：疆域。

❹ 有娀（sōng）：古氏族名。方：开始。将：大。帝：天帝。立：确立。商：指契。

❺ 玄王：指契。桓拨：英明威武。

❻ 率履：循礼。视：视察。发：通“拨”，治。

❼ 相土：契的孙子。烈烈：威武的样子。有截：犹“截截”，整齐的样子。

❽ 帝命：天帝之命。汤：商汤王。齐：完成。

❾ 降：降生。不迟：不晚。跻：升起。

❿ 昭假（gé）：虔诚祈祷。迟迟：长久。祗：恭敬。式：做榜样。九围：九州。

⓫ 受：通“授”。球：法。下国：诸侯国。缀旒（liú）：标杆，榜样。何：荷，担负，承受。休：庇护。

⓬ 竞：竞争。絿（qiú）：急躁。敷政：治理政事。优优：宽和的样子。禄：福。遒：聚集。

⓭ 骏厖（máng）：庇护。龙：通“宠”，荣宠。

⓮ 敷奏：施展。勇：武功。震、动：震惊。戁、竦：恐惧。总：积聚。

⑮ 武王：商汤王。载旆（pèi）：开始发兵伐桀。有虔：犹“虔虔”，坚强勇猛的样子。秉：持。钺：古兵器，大斧。

⑯ 烈烈：大火熊熊的样子。曷：通“遏”，阻挡。

⑰ 苞：植物的茎干。蘖（niè）：旁生的枝叶。遂：生长。达：长。

⑱ 九有：九州。韦顾：皆古国名。昆吾：古国名。

⑲ 中叶：终世，一生。震：威武。业：业绩。

⑳ 允：确实。天子：天帝的儿子。予：给予。卿士：执政大臣。此指汤的得力大臣伊尹。

㉑ 维：是。阿衡：伊尹。左右：辅助。

殷武

解题

这是宋君修建庙宇并祭祀殷高宗的诗。全诗六章，主要描写殷高宗中兴之事及高宗寝庙落成。本诗语言平实浅近，颇具艺术之美。

【原 文】

挞彼殷武，奋伐荆楚。①
罙入其阻，裒荆之旅。②
有截其所，汤孙之绪。③

维女荆楚，居国南乡。④
昔有成汤，自彼氐羌，
莫敢不来享，莫敢不来王，

【译 文】

勇武伟大殷高宗，奋力伐楚到南方。
深入荆楚险阻地，俘获敌兵胜楚王。
尽占楚地扩疆域，商汤子孙功业旺。

你们荆楚诸国民，居住我国大南方。
从前商朝有成汤，虽然氐羌逞凶狂，
没谁胆敢不进贡，没谁不来朝商王，

曰商是常。[5]

商王永远是君王。

天命多辟，设都于禹之绩，
岁事来辟。[6]勿予祸适，
稼穑匪解。[7]

上天命令诸侯王，建都九州大地上，
每年朝见殷商王。不受谴责免祸殃，
努力农耕生产忙。

天命降监，下民有严。[8]
不僭不滥，不敢怠遑。[9]
命于下国，封建厥福。[10]

天子命令去巡察，百姓严谨都守法。
不越礼法无过失，不敢松懈无闲暇。
天子对宋下命令，赐予福禄治天下。

商邑翼翼，四方之极。[11]
赫赫厥声，濯濯厥灵。[12]
寿考且宁，以保我后生。[13]

商朝京都很繁华，各国以它为榜样。
武丁名声甚显赫，神灵光明闪闪亮。
神灵赐予寿与宁，保佑后代永兴旺。

陟彼景山，松柏丸丸。[14]
是断是迁，方斫是虔。[15]
松桷有梴，旅楹有闲，
寝成孔安。[16]

登上景山高山冈，松柏挺直在生长。
砍下松柏搬回来，又砍又削把材量。
松木椽子长又长，个个楹柱皆粗壮，
寝庙修毕神安详。

注释

❶ 挞（tà）：勇武的样子。殷武：指殷高宗武丁。荆楚：楚国。

❷ 罙：同“深”。阻：险阻。裒：引申为“俘”，俘虏。旅：士兵。

❸ 有截：犹“截截”，整齐的样子。其所：其地，指楚地。汤孙：商汤的子孙。此指武丁。绪：业绩，成就。

❹ 维：发语词。女：通“汝”，你。国：指宋国。南乡：犹言南方。

❺ 氐羌：古代西部的两个部族之名。享：进贡。王：朝见君王。常：长，长久。

❻ 天：天帝。辟：君，指诸侯。都：国都。绩：迹，地。岁事：指诸侯每年朝拜君王之事。来辟：前来朝见君王。

❼ 予：施予。适：通“谪”，惩罚，责备。稼穑：指农业生产。解：通“懈”，懒散。

❽ 监：监察。有严：犹“严严”，严肃守法、谨慎行事的样子。

❾ 僭：越礼。滥：过失。怠：懒散。遑：闲暇。

❿ 下国：指各诸侯国。封：大。建：立。

⓫ 商邑：指商朝首都。翼翼：整齐的样子。极：标准。

⓬ 赫赫：显盛貌。声：名声。濯濯：光明的样子。灵：指高宗的神灵。

⓭ 寿考：长寿。宁：安。后生：后代之人。

⓮ 陟：登上。景山：山名。丸丸：高大挺直的样子。

⓯ 断：砍伐。迁：搬走。斫：砍。虔：削。

⓰ 桷（jué）：方形椽子。有梴（chān）：犹“梴梴”，木长的样子。旅：众多。楹：柱子。有闲：犹“闲闲”，粗大的样子。寝：寝庙。